UN HOMME À PART
Tome II

Né en 1931 à Paris, Gilles Perrault entre à l'Institut d'Etudes Politiques. Licencié en droit, il s'inscrit au barreau de Paris. Il exerce pendant cinq ans, mais le succès d'un essai sur Les Parachutistes, *inspiré par son service militaire effectué en Algérie et pour lequel il obtient le Prix Aujourd'hui, l'incite à se tourner vers l'écriture.*
Il se consacre ensuite à des recherches historiques sur les aspects inconnus de la seconde guerre mondiale. Le Secret du Jour J *(1964) est couronné par le Comité d'action de la Résistance et devient un best-seller international.*
Son troisième ouvrage, L'Orchestre rouge, *connaît un succès encore plus vif (1967).*
Gilles Perrault a publié également : un roman, Le Dossier 51 *(1969) adapté à l'écran; des nouvelles,* Les Sanglots longs *(1970); un livre consacré à l'affaire Rousseau,* L'Erreur *(1971); l'histoire du débarquement,* Le Grand Jour; *un livre sur la mort de Roland Farjon,* La Longue Traque *(1975);* Le Pull-over rouge *(1978), sur l'affaire Ranucci, a fait l'objet d'un film;* Les Gens d'ici *(1981) et* Un homme à part *(1984).*

Qui était Henri Curiel, abattu à Paris le 4 mai 1978 par deux tueurs non identifiés ?
— « Le patron des réseaux d'aide au terrorisme » à la solde du KGB comme le magazine *Le Point* l'annonça en couverture ?
— Un agent des services israéliens, comme l'a écrit l'agence de presse soviétique Novosti ?
— Un agent français, comme le croient aujourd'hui encore les services cubains ?
La réalité est plus passionnante. Elle mena ce fils d'un banquier juif milliardaire du Caire, élevé chez les jésuites, du palais paternel aux prisons et aux camps de concentration de Farouk, roi d'Egypte, puis à l'exil forcé en 1950. Il avait ressuscité le parti communiste égyptien, fondé le parti communiste soudanais. Mais les camarades italiens le tiennent à distance et les communistes français procèdent froidement à son exécution politique.
Clandestin en France, renié par tous sinon par une cohorte de fidèles insensibles aux pires diffamations, Henri Curiel rejoint en 1957 le réseau de soutien au FLN et le dirige à la suite de

(Suite au verso.)

Francis Jeanson. Arrêté sans être jugé, libéré sans être expulsé, il crée et dirige en France, pendant plus de quinze ans, une extraordinaire Université de lutte clandestine ouverte aux mouvements de libération du tiers monde. Ce livre raconte comment Henri Curiel transmit au Caire, en 1956, les plans de la désastreuse expédition de Suez, comment il avait obtenu pour son ami Ben Barka une audience à l'Elysée à laquelle le leader marocain se rendait lorsqu'il fut enlevé, comment Henri Curiel fit s'asseoir à la table de la paix d'anciens terroristes israéliens et palestiniens...
Une vie romanesque au service d'une foi inébranlable.
Pourquoi a-t-il suscité à ce point haine et passion ? Comment a-t-il pu, pendant tant d'années, influencer de manière aussi décisive la vie de tant d'êtres ?
Gilles Perrault a fait plus que rendre justice à un homme exceptionnel : pour chacun de ses lecteurs, il lui aura rendu vie.

ŒUVRES DE GILLES PERRAULT

Dans Le Livre de Poche :

L'ORCHESTRE ROUGE.
LES SANGLOTS LONGS.
LE PULL-OVER ROUGE.
LES GENS D'ICI.

GILLES PERRAULT

Un homme à part

Tome II

BARRAULT

DEUXIÈME PARTIE

L'ALGÉRIE

Si les bonnes joues de Joyce Blau l'avaient disqualifiée pour le rôle symbolique de martyre des prisons égyptiennes, elle compensait par une activité phénoménale en faveur de ses camarades détenus. Henri Curiel l'avait préposée à la collecte des signatures de soutien. Le choix était judicieux. L'intellectuel parisien le moins sensible aux souffrances des prisonniers ne pouvait qu'être tenté de livrer sa signature comme on rend une place forte assiégée avec l'espoir d'obtenir quartier pour la garnison. Roger Vailland guidait les démarches de Joyce. Elle téléphonait quinze fois par jour à Henri, tapi dans son logement, pour lui communiquer le score, et comme elle était absolument fauchée, l'intellectuel parisien, outre sa signature, se voyait tapé du prix d'un jeton de téléphone.

Les temps étaient difficiles. Rosette et Henri avaient sous-loué une chambre à deux lits dans un grand appartement du 28, rue des Renaudes. La propriétaire ignorait leur situation irrégulière. L'argent était rare. Ils fréquentaient les restaurants universitaires. Joyce trouvait que la vêture d'Henri le faisait ressembler de plus en plus à un clochard. Il avait été opéré d'une appendicite par le célèbre docteur Leibovici, médecin attitré des dirigeants communistes français, et avait failli périr pendant sa convalescence d'une intoxication due à un poêle à charbon mal réglé. Un état dépressif chronique inquiétait son entourage encore plus que les accidents de santé : ce n'était pas son genre.

Roger Vailland conseilla à Joyce de rencontrer Robert Barrat, journaliste à *L'Express*. Elle lui téléphona au journal. « Quelle coïncidence ! s'exclama Barrat. Je rentre d'Egypte. J'ai vu là-bas une de vos amies qui est en prison. Elle m'a demandé de vous rencontrer... » Il la reçut aussitôt. Au sortir de l'entrevue, elle téléphona à Henri : « Il faut absolument que tu rencontres cet homme. » Henri obtint à son tour un entretien.

« Il est revenu transformé, épanoui, se rappelle Rosette. J'avais l'impression qu'il refleurissait. J'ai compris lorsque j'ai moi-même connu Robert Barrat. Pour Henri, ce fut l'une des deux ou trois rencontres décisives de sa vie. Il a profondément aimé Robert. Ils n'étaient pas toujours d'accord mais je crois qu'ils ont beaucoup appris l'un de l'autre. Ils s'estimaient. Ils s'aimaient, je ne peux pas mieux dire. Robert a été le premier des nombreux chrétiens avec lesquels Henri a noué des liens d'amitié. Aussi bizarre que cela puisse paraître, il s'est beaucoup mieux entendu avec les chrétiens qu'avec les communistes français. Il pouvait avoir avec eux des divergences sur un problème particulier mais elles n'entamaient pas leur identité de vue sur les questions essentielles. Cela allait plus loin que la politique au sens restreint du terme. C'était toute une conception de la vie qu'ils semblaient partager.

« Robert Barrat a sensibilisé Henri à la guerre d'Algérie. Elle avait éclaté deux ans plus tôt mais je ne me souviens pas d'avoir entendu Henri en parler vraiment. Sa seule préoccupation était l'Egypte. Il refusait par principe de s'intéresser aux affaires françaises. Dans les journaux, par exemple, il ne lisait pas les articles consacrés à la politique intérieure. Sans la rencontre avec Robert, je me demande s'il aurait décidé de lui-même de se lancer dans une action de soutien au FLN. Je ne le crois pas. Il condamnait bien entendu cette guerre mais cela restait au niveau du jugement de principe. C'est Robert qui l'a mobilisé. »

Robert Barrat, ancien secrétaire général du Centre catholique des intellectuels français, aujourd'hui décédé, a traversé les ténèbres de la guerre d'Algérie en laissant un sillage lumineux d'intelligence, d'humanité et de vrai courage. Premier journaliste français à rencontrer, dès août 1955, des dirigeants algériens et à effectuer un reportage sur le maquis, convaincu d'emblée de la nécessité inéluctable d'une solution politique, il ne cessera d'œuvrer contre une guerre insane où tant d'Algériens perdaient leur vie, tant de Français, leur âme. Juste avant les élections de janvier 1956 qui virent la victoire de ce qu'on nommait le Front républicain – en gros, la gauche moins les communistes –, il avait organisé une rencontre entre Pierre Mendès France et deux représentants du FLN. Un deuxième rendez-vous avec des dirigeants algériens importants était mis sur pied mais René Coty, président de la République, appela aux affaires Guy Mollet et non Mendès France ; on sait ce qu'il en advint. Barrat se consacrera désormais au combat contre la répression et la torture, allant son droit chemin sur un tapis d'insultes et d'inculpations. Pas une campagne dont il n'ait été la cheville ouvrière. Modeste, presque effacé, mais toujours sur la brèche. Un juste. Il était naturellement en liaison étroite avec Francis Jeanson, chef du principal réseau de soutien au FLN.

A l'automne 1957, Barrat présente Curiel à Jeanson. « J'ai perçu Curiel, dira par la suite Jeanson, comme un orthodoxe en rupture de ban, internationaliste coupé de tout parti. Il était très séduisant et a manifesté d'emblée une efficacité remarquable. »

C'était peu de dire qu'Henri Curiel était « en rupture de ban » : le PCF l'avait mis au ban ; et s'il se retrouvait « coupé de tout parti », c'est que les partis l'avaient retranché. Cela n'entamait pas un internationalisme qui allait de soi mais aurait pu mitiger l'orthodoxie bien aperçue par Francis Jeanson, même s'il n'en soupçonnait pas la rigueur. Curiel se voulait orthodoxe *Perinde ac cadaver* envers ceux-là même qui l'avaient anathémisé.

Il commença par réunir le clan des Egyptiens. Ses amis souhaitaient l'indépendance de l'Algérie ; la plupart considérèrent que leur champ d'action restait l'Egypte. Un engagement aux côtés du FLN était d'autant plus délicat qu'aucun d'entre eux, Joseph

Hazan excepté, ne jouissait de la nationalité française. Une expulsion imparable sanctionnerait la moindre incartade. Le clan décida d'apporter une aide ponctuelle (il le fit chaque fois que l'urgence ou ses compétences particulières conduisirent à faire appel à lui) mais sans entrer en corps constitué dans le réseau de soutien. En revanche, quatre de ses membres militeraient avec Francis Jeanson : Henri et Rosette, Joyce, Didar. Protégé par son passeport français, Joseph Hazan mettrait au service du réseau ses précieuses capacités d'imprimeur.

Militants révolutionnaires, ils ne voulurent pas que leur engagement résultât d'une simple décision individuelle, toujours suspecte d'aventurisme. Hazan posa la question au docteur Leibovici, qui informa Jacques Duclos. Duclos donna le feu vert.

Rosette dactylographia dans la chambre de la rue des Renaudes son premier tract FLN ; Joseph Hazan l'imprima ; Henri organisa sa livraison.

« Nous étions fous de joie, dit Rosette, parce que nous étions de nouveau utiles. »

***

On ne racontera pas le réseau Jeanson. L'écrivain enquêtant sur un sujet d'histoire contemporaine déjà traité par quelques confrères est d'ordinaire reçu comme un sauveur : il va obvier aux bévues de ses prédécesseurs, combler leurs lamentables lacunes, redresser leurs parti pris outrageants. Ici, leitmotiv des anciens du réseau : « Reportez-vous au *Porteurs de valises* de Hamon et Rotman[1]. » L'hommage implicite est vif. Notre lecteur aura lui aussi intérêt et plaisir à suivre le conseil. Nous entrons donc dans cette nouvelle aventure le nez dans le livre d'Hervé Hamon et de Patrick Rotman, passionnés au point de ne pas entendre, crissant sous nos semelles, la scrupuleuse provision de guillemets tombée de nos poches percées...

Francis Jeanson et ses amis voulaient apporter

1 Hervé Hamon et Patrick Rotman, *Les Porteurs de valises*, Albin Michel.

une contribution française à la lutte du peuple algérien pour sa liberté. Simplement symbolique, cette contribution eût été déjà légitime. Elle fut capitale. Son efficacité tenait sans doute à la qualité des militants et aux dons exceptionnels révélés par Jeanson pour l'action clandestine ; elle résulta surtout de la parfaite adéquation du réseau : quelques dizaines de militants firent beaucoup parce qu'ils agirent dans le secteur précis où ils pouvaient accomplir le plus.

L'argent, nerf de la guerre, était le point faible du FLN. L'impôt révolutionnaire trouvait en Algérie ses limites dans la pauvreté de la population et dans une perception contrariée par le quadrillage militaro-policier. Les quatre cent mille Algériens immigrés en France représentaient, avec leurs salaires proportionnellement élevés, une puissance financière dont l'intervention pouvait être décisive. Mais la perception, là encore, posait un problème ardu. Il n'était pas au pouvoir de la police française d'empêcher chaque immigré de verser sa contribution – deux mille anciens francs par mois pour les salariés ; un pourcentage du chiffre d'affaires pour les commerçants. En revanche, cette police pouvait paralyser l'organisation fiscale indispensable à la centralisation des fonds et à leur transfert à l'étranger. Inapte à contrôler les masses algériennes entassées dans les faubourgs, il lui suffisait de surveiller les routes, les trains et les frontières pour tailler des coupes claires dans le budget du Front. Un Algérien empruntant l'express Marseille-Paris s'exposait au contrôle de ses papiers et à la fouille de ses bagages. Un Français blond aux yeux bleus était un voyageur comme les autres.

Lorsque Curiel et ses camarades rejoignent Jeanson, en novembre 1957, le réseau existe depuis plus d'un an mais il ne s'est véritablement structuré que le 2 octobre 1957. C'est dire que le train pris en marche vient tout juste de démarrer. Mais Jeanson, aux commandes, a d'ores et déjà organisé son affaire. Le vital secteur financier fonctionne impeccablement ; il traversera sans accroc notable toutes les péripéties du réseau. Les cadres du FLN centralisent les cotisations algériennes jusqu'à l'échelon de la région. Cette collecte faite, pas un seul billet ne passera par les mains trop brunes d'un militant algérien. Les fonds sont remis aux « porteurs de valises » français et convoyés jusqu'à Paris. Dix appartements sont réservés à leur réception ; trois autres au décompte minutieux des billets ; un appartement-terminus reçoit enfin la totalité du trésor de guerre. Un courtier le prend alors en charge et, moyennant une confortable commission, le transfère sur un compte bancaire helvétique.

Chaque mois, quatre à cinq cents millions de francs de l'époque (plusieurs milliards de centimes d'aujourd'hui) passent ainsi en Suisse. Ils représentent la moitié du budget du FLN. « Porteur de valise » est physiquement exact mais réducteur. Ces valises bourrées de billets crasseux donnaient aux patriotes algériens les moyens de leur liberté. « L'immigration algérienne en France a financé la plus grande partie de la guerre, nous dira Abdel Krim Souci, ancien trésorier du Front. Et cela a été possible grâce à Jeanson, à Curiel et à leurs camarades. »

Le réseau ne se borne pas aux finances. Multiservices, il assure l'hébergement clandestin des dirigeants du Front et leurs déplacements à travers le pays. Lorsque la répression policière contraint les instances de la Fédération de France à se replier en Allemagne fédérale, Jeanson et ses amis organisent pour les émissaires le passage des frontières. Des filières sûres conduisent en Belgique, en Suisse, en Allemagne et en Espagne. Quelques voitures ingénieusement aménagées permettent le transport d'armes légères. Le troisième secteur est celui de la propagande. Grâce à des imprimeries secrètes ou discrètes, le réseau imprime les tracts du FLN ; il publiera bientôt *Vérités Pour,* bulletin clandestin à peu près mensuel justifiant ses positions devant l'opinion publique française.

Francis Jeanson appartenait suprêmement à la catégorie humaine avec laquelle Curiel avait le plus grand mal à communiquer. Intellectuel parisien de haut vol, directeur de collection aux éditions du Seuil, ancien gérant de la revue *Les Temps Modernes,* ami de Sartre, exégète de son œuvre, pourfendeur d'Albert Camus, Jeanson n'avait point cru nécessaire de changer de plumage, fût-ce pour endosser une cape couleur de muraille, sous prétexte qu'il mettait sa vie au bout de ses principes, et son ramage restait dans le ton du bar du *Pont-Royal,* rendez-vous favori de la haute intelligentsia. En présence de ces chatoyants oiseaux, Curiel s'éprouvait tristement corbeau. Mais ils se plurent parce qu'ils se reconnurent hommes d'action. Rosette, Joyce et Didar furent à des degrés divers choquées par l'allégresse sexuelle de Jeanson et de ses camarades. Didar mesurait l'énergie perdue à des frivolités. Rosette découvrit avec étonnement que la fidélité conjugale n'était pas toujours respectée par les militants. Joyce fut franchement scandalisée. Francis Jeanson, qui l'aimait bien, l'avait surnommée « Alice au pays des merveilles ». Elle avait plutôt l'impression de s'être fourvoyée dans une moderne Babylone. Ce fut l'occasion d'une violente dispute avec Henri. Après une période de dures tensions, il lui avait conseillé d'accepter une invitation de Jeanson à passer quelques jours de vacances dans une villa de Saint-Jean-de-Luz. Elle revint horrifiée : « Ces gens sont impossibles ! » Il paraît qu'Henri se sentit coupable. En revanche, Robert Barrat trouva à Joyce un travail à temps partiel chez un employeur dont la moralité défiait le soupçon : François Mauriac. Il cherchait une étudiante qui l'aidât à répondre à son courrier. L'écrivain demanda à Joyce : « Qu'avez-vous lu de moi ? » Elle n'avait rien lu de lui mais s'était renseignée sur les titres : « *Thérèse Desqueyroux,* répondit-elle au hasard. – Ah ! fit le maître en agitant l'index, attention ! ce n'est pas tout à fait un livre pour une jeune fille. » Joyce se sentit en confiance.

Elle servait de chauffeur à Henri, assurait les liaisons, remplaçait au pied levé tel militant indisponible. Didar eut la surprise de se retrouver occupée à compter du matin au soir des billets de banque, comme elle faisait au Caire du temps qu'elle travaillait à la Banque nationale. Son expérience lui permit de répandre parmi ses compagnons de labeur l'usage du dé en caoutchouc, facteur de productivité. Elle garde un puissant souvenir olfactif de la manipulation des billets imprégnés de misère et ne croit plus que l'argent n'a pas d'odeur.

La première contribution importante d'Henri Curiel fut elle aussi d'ordre bancaire. C'était bien la peine de débarquer dans un réseau d'amateurs avec quinze ans de pratique révolutionnaire derrière soi pour épater les nouveaux camarades avec deux ou trois trucs appris chez le papa banquier...

« J'avais rencontré Francis Jeanson en 1956, raconte le père dominicain Kaelin, à l'occasion d'une conférence organisée en Allemagne par l'association chrétienne des étudiants. Nous avons noué des liens assez étroits. Quelques mois plus tard, il a repris contact avec moi. J'habitais à Annemasse mais j'avais des ministères à Genève où je me rendais très fréquemment. Jeanson m'a demandé si j'accepterais de faire passer la frontière à quelqu'un chaque fois qu'il en aurait besoin. J'ai accepté. Il s'agissait d'Henri Curiel. La première fois, il était accompagné de Rosette. Nous nous sommes rencontrés dans un restaurant végétarien très simple, tout près de la gare de Genève. Nous avons éprouvé une grande sympathie réciproque qui n'a fait que s'affirmer avec le temps – je lui ai fait passer la frontière suisse pendant trois ans. J'étais fasciné par sa personnalité. C'était un dialecticien remarquable absolument convaincu de la cause qu'il défendait. Staline ? C'était pour lui “ un mauvais communiste ”. Il se voulait orthodoxe mais c'était au fond un marginal. Il avait une trop forte personnalité pour se couler dans un moule, même s'il défendait par principe les partis communistes. Il reconnaissait d'ailleurs qu'il était bien difficile de justifier la ligne du PCF. Il me disait : « Partons chez les Pygmées. Vous prêcherez et vous me laisserez organiser la société. Quand j'aurai fini, vous verrez que vous n'aurez plus besoin de prêcher. » C'était un homme foncièrement bon, délicat, généreux. Il me disait souvent : « Vous feriez un excellent communiste. » Je lui répondais : « ... et vous un excellent chrétien ! » Je garde le souvenir d'un missionnaire, d'un apôtre. Il vivait pour les autres. Rosette, que je voyais encore plus souvent, m'a fait aussi une très forte impression. Nous avons l'un pour l'autre une profonde affection. C'est un être en recherche. Nous parlions de Dieu, de vie spirituelle. Il y a en elle un désir de foi. J'ai évoqué devant elle mon ami Jacques Maritain, qui vivait très isolé à Princeton. Et un jour, j'ai vu arriver Rosette avec un billet d'avion pour New York. Elle me l'offrait pour que j'aille voir Maritain... »

Les amitiés du père Kaelin ne se limitaient pas aux philosophes chrétiens : il était lié avec le directeur d'une des principales banques genevoises. Il lui présenta Rosette, qui se fit ouvrir un compte en laissant prévoir des versements substantiels tirés de l'héritage de son beau-père. Le directeur feignit de la croire avec une calme hypocrisie suisse dont Rosette resta impressionnée. Deux ans plus tard, aux accusations précises lancées par un sénateur français de droite sur le rôle des banques helvétiques dans le maniement des fonds du FLN, l'imperturbable directeur préciserait par communiqué officiel : « Nous n'avons pu trouver aucune trace d'une opération qui justifierait de pareilles insinuations. »

L'épineux problème du transfert des fonds se résuma à un simple jeu d'écritures mis au point par Henri Curiel.

Chaque mois, une puissante automobile conduite par un chauffeur de maître s'arrête devant le domicile d'un correspondant parisien de la banque genevoise. Le chauffeur – un militant déguisé – aide sa patronne – le plus souvent Rosette – à sortir de la voiture les grands cartons de Dior contenant la manne mensuelle du FLN. Quelques minutes plus tard, un télex parvient à la banque genevoise et le compte de Rosette est crédité du contenu des cartons. Ainsi l'argent volumineux et odorant devient-il par un tour de passe-passe bancaire incolore et inodore tout en conservant sa saveur. Il lui arrive même de prendre une valeur supplémentaire car Henri Curiel, attentif au marché des changes, retarde l'opération lorsque le franc français est à la hausse. Il est au sens propre insaisissable puisqu'il franchit désormais la frontière par télex.

La phase la plus dangereuse de l'opération échoit à Rosette. Chaque mois, elle prend le train à la gare de Lyon, arrive au matin à Genève, loue une chambre à l'hôtel *Cornavin*, téléphone à Henri pour qu'il sache la frontière passée sans encombre (« Jamais le moindre problème, constate Rosette : j'ai une tête qui inspire confiance »), attend la visite de l'émissaire du FLN qui lui indiquera le jour et l'heure. Ces précisions reçues, elle se rend à la banque genevoise et retire le montant du dernier virement. Un employé impassible bourre une valise de billets de mille francs suisses. Le directeur ne manque jamais de soupirer : « Faites très attention... » en la raccompagnant à la porte. C'est le moment critique. Seule, sans protection, Rosette sort dans la rue, sa valise à la main, et cherche des yeux le militant algérien préposé à la réception. Il change à chaque remise de fonds mais Rosette garde le souvenir de garçons uniformisés par la peur évidente de trimbaler un demi-milliard de francs dans une ville grouillante de services secrets et où la fameuse Main rouge, émanation officieuse du SDECE français, a déjà frappé plusieurs fois. L'émissaire organisateur du rendez- vous surveille la transmission qui s'effectue dans le plus complet mutisme. Rosette, habituée à la tendresse égyptienne, trouve les Algériens très froids, très réservés. Elle se détend en discutant avec le père Kaelin de l'existence de Dieu. Une bonne personne pourvue en effet d'une tête rassurante et un père dominicain dont Sylvie Braibant écrit : « J'ai rarement rencontré un homme dont le visage exprime une telle douceur, une telle bonté. » La Main rouge n'en reviendrait pas.

***

Préparé par les ultras d'Alger, perpétré par l'armée, coiffé par de Gaulle, entériné par une énorme majorité de Français de tous bords lassés de l'impuissance rédhibitoire de la Quatrième république à en finir avec l'interminable cauchemar algérien, le coup d'Etat de mai 1958 inspira à quelques dirigeants politiques la pensée romanesque de l'imminence d'une dictature fasciste. Curiel en profita pour faire se rencontrer Francis Jeanson et le responsable communiste Laurent Casanova.

C'était un événement. Le PCF, s'agissant de l'Algérie, avait depuis toujours un train de retard. En 1939, Maurice Thorez déclare à Alger : « Il y a une nation algérienne qui se constitue dans un mélange de vingt races. » La formule, ambiguë à souhait, invitait le peuple algérien à réussir sa mayonnaise de « vingt races » avant de poser sa candidature à l'indépendance. Le 12 mai 1945, après les émeutes du 8, jour de la victoire sur le nazisme, qui ont fait une centaine de morts européens, le comité central du PCF déclare : « Il faut châtier rapidement et impitoyablement les instigateurs de la révolte et les hommes de main qui ont dirigé l'émeute. » Les représailles, sauvages, coucheront au sol des dizaines de milliers d'Arabes. (Trente-trois ans plus tard, André Billoux admettra : « Je crois qu'il faut dire très carrément qu'à ce moment-là, il y a eu un certain nombre de déclarations du Parti, en tout cas de représentants du parti communiste français en Algérie, qui méritent d'être critiquées, pour ne pas dire condamnées. ») En 1946, Jacques Duclos prône l'Union française rassemblant « sous le signe de la liberté » la métropole et ses anciennes colonies. A la Toussaint 1954, quand tombent les premières victimes d'une guerre qui va durer huit ans, le bureau politique proclame le droit du peuple algérien à disposer de lui-même mais « ne saurait approuver le recours à des actes individuels susceptibles de faire le jeu des pires colonialistes ». Les Algériens ont droit à la liberté mais défense de se battre pour elle. En 1956, alors que le Front républicain est sorti vainqueur des urnes sur la promesse de faire la paix en Algérie, Guy Mollet plie sous la tomate et s'engage dans une politique de force : les députés communistes lui votent les pouvoirs spéciaux. (Vingt ans plus tard, Etienne Fajon écrira de cette décision : « Je pense personnellement aujourd'hui qu'elle était très contestable. ») Des jeunes communistes refusent de porter les armes dans une guerre injuste où la torture est devenue quotidienne : le parti fait silence sur eux et condamne hautement insoumission et désertion. (Trois ans plus tard, il publiera une brochure à la gloire de ses condamnés, tout en continuant à réprouver désertion et insoumission, sous le titre médiocre : *Des jeunes qui servent l'intérêt de la France.)* Tout militant communiste français convaincu d'apporter une aide matérielle aux Algériens est exclu ; les « porteurs de valises » sont taxés dans la presse du Parti d'aventurisme irresponsable. (Dix-neuf ans plus tard, Roland Leroy reconnaîtra : « Je crois – c'est là une chose facile à dire rétrospectivement – que nous avons eu des expressions trop sévères pour ceux qui, selon la formule d'alors, « portaient les valises du FLN ». Il était indispensable de gagner ceux qui disaient au contraire n'être pas prêts à porter les valises. Mais cela n'aurait sans doute pas dû nous amener à traiter simplement tous les intellectuels tentés par la coopération directe avec le FLN de gens irresponsables. »)

Ce n'est pas un parcours sans faute.

Mais Francis Jeanson est trop politique pour s'attarder à un examen critique du passé : seul l'avenir l'intéresse. Si le PCF bouge, le paysage politique français s'en trouvera bouleversé. Il espère un engagement communiste résolu aux côtés du FLN sous le double mot d'ordre : « Lutte contre le fascisme et indépendance de l'Algérie. » Il évoquera un éventuel soutien aux patriotes algériens. Il compte à tout le moins que le Parti autorisera désormais l'engagement individuel de ses membres dans le réseau. De nombreux militants communistes rejoindraient Jeanson et ses camarades si la menace de l'exclusion ne les en dissuadait.

La rencontre avec Casanova, organisée dans des conditions de sécurité parfaites par Curiel, se déroule le 30 mai 1958 dans un appartement proche du bois de Boulogne. Elle est positive. Un deuxième rendez-vous est pris pour le 5 juin. Cette fois, c'est Waldeck-Rochet que Jeanson rencontre dans l'arrière-salle d'un café de Montparnasse. Interlocuteur difficile, le dirigeant communiste déçoit d'abord Jeanson qui le trouve très en retrait sur Casanova, mais il termine l'entretien par une proposition inattendue : une rencontre entre un représentant du PCF et un dirigeant du FLN. Jeanson n'en espérait pas tant. Le lendemain, nouvel entretien avec Casanova. Il est convenu que la rencontre historique se déroulera dans les huit jours à venir ; les interlocuteurs seront Waldeck-Rochet lui-même et le responsable algérien de la Fédération de France du FLN.

Elle n'aura jamais lieu. Le PCF rompt le contact sans explication. Selon toute vraisemblance, il avait accepté la proposition d'Henri Curiel, transmise par Leibovici, sous le coup de la grande frousse née du coup d'Etat. Convaincu de l'imminence d'une dictature fasciste, la plupart des dirigeants du Parti avaient quitté leur domicile tandis que Louis Aragon demandait un lit à l'ambassade soviétique. Le Parti tout entier se tenait prêt à passer dans la clandestinité après sa probable interdiction. Dans une conjoncture aussi grave, la direction communiste, isolée par le ralliement quasi unanime de la classe politique à de Gaulle, ne pouvait négliger le formidable potentiel combatif représenté par les quatre cent mille Algériens immigrés en France. Lorsqu'il apparut que l'ancien chef de la France libre n'était pas revenu aux affaires pour chausser les bottes de Mussolini ou se coiffer du bonnet à pompon de Franco, l'alliance avec le FLN perdit son urgence.

Francis Jeanson avait reçu avec enthousiasme l'opportunité offerte par Curiel d'un contact politique avec un dirigeant communiste. Ils étaient en parfaite concordance d'esprit, avaient entretenu les mêmes espérances, partagèrent la même déception. Mais on sut dans le réseau que l'initiative était venue d'Henri Curiel et celui-ci apparut à beaucoup pour ce qu'il n'était pas : l'homme du Parti.

DEUX années et demie d'activités clandestines frénétiques. L'écume de la controverse sur le principe de l'aide au FLN continue aujourd'hui encore d'occulter la réalité et l'efficacité du réseau. Les anciens dirigeants algériens, moins sensibles aux déchirements de l'intelligentsia parisienne, s'en tiennent à un bilan pratique : diffamé, discuté ou approuvé, le réseau n'a pas cessé d'agir. « Jeanson était un homme de réflexion qui a su s'entourer d'hommes d'action, nous dit M. Chergui. J'ai rencontré Henri Curiel très vite après son engagement dans le réseau. Il dégageait un calme et une souveraineté extraordinaires. C'était l'homme d'action par excellence et un organisateur de grande envergure. Il a rendu d'immenses services. »

Son expérience est son atout-maître. Dénicher un imprimeur, trouver des appartements discrets à issues multiples, mettre en place des systèmes de liaison souples et sûrs, recruter là où il faut des informateurs dignes de foi : c'est son lot quotidien depuis tantôt quinze ans. Il amène au réseau un imprimeur, ancien résistant communiste, qui prend en charge la publication de *Vérités Pour.* Lorsque l'appartement des Jeanson, à Meudon, sent le roussi, il leur trouve un point de chute rue des Acacias. Quand l'abbé Davezies est pourchassé par toutes les polices de France pour avoir fait franchir la frontière espagnole au commando algérien venu abattre Jacques Soustelle, ancien responsable de la répression en Algérie et ministre de l'Information de de Gaulle (il s'en est tiré de justesse et, il faut le dire, grâce à un beau sang-froid), c'est Henri Curiel qui trouve pour le prêtre une planque sûre : la maison jurassienne de son vieil ami Roger Vailland. Et lorsque les chefs de l'ALN demandent à la Fédération de France de leur procurer les cartes d'état-major françaises du territoire algérien, Francis Jeanson confie à Curiel le soin de dégotter des documents classés « diffusion restreinte » et placés sous bonne garde par les militaires. Contrairement à ce que croient aujourd'hui encore les amis de Jeanson, les cartes ne furent pas soustraites au ministère de la Défense nationale par un jeune appelé sympathisant : Henri les demanda au professeur Jean Dresch, qui les emprunta tout bonnement au service de documentation géographique de la Sorbonne, où elles retournèrent après avoir été photographiées. (Selon le militant du réseau qui fit passer les photos en Allemagne dans le réservoir à essence truqué de sa voiture, elles ne furent jamais utilisées. C'est la vie.)

« Les activités étaient débordantes, écrit Didar Rossano dans un récit encore inédit. Transport des fonds, comptage des billets, étude de nouvelles filières, impression et distribution de *Vérités Pour*. Combien d'heures et de courses pour récupérer, revoir, taper, tirer, diffuser les textes ? Nous avions un fichier à faire pâlir un ordinateur. Il fallait poster le journal dans tous les quartiers de Paris. J'aimais bien ces balades en auto à travers la ville, le soir, avec cette douce chaleur que procure le travail en équipe et le sentiment de servir une cause juste. Nous étions plus tendus lorsqu'il s'agissait de faire franchir la frontière, dans un sens ou dans l'autre, à des cadres du FLN. Parfois, c'étaient des condamnés à mort qu'il fallait évacuer d'urgence. Les routes étaient sillonnées de patrouilles de motards armés et les CRS tendaient des barrages. Nous préparions le voyage minutieusement, cartes en main. Une voiture ouvreuse précédait la voiture transporteuse. A la moindre alerte, elle devait faire demi-tour pour donner l'alarme. L'angoisse d'avoir pu louper la préparation d'un barrage ! Et dans la voiture transporteuse, il fallait faire gaffe, scruter la route, se tenir prêt à bifurquer sur une route secondaire. Et rester calme pour que le condamné à mort vous fasse confiance. Jamais de pépin. Des disputes parce que le chauffeur allait trop vite ou trop lentement, mais rien de grave.

« Et les faux papiers d'identité, le camouflage, les planques pour les militants recherchés, les détours innombrables pour casser les filatures, l'obligation de mémoriser une masse d'adresses et de numéros de téléphone. Le lot de tout militant clandestin.

« Henri et moi, avions-nous jamais connu autre chose ? »

« Nous savions que nous ne risquions ni la mort ni la torture. C'était pour les Algériens. Nous nous sentions d'autant plus responsables de leur sécurité face à une police fasciste disposant de moyens considérables. Une vraie hantise. Il ne fallait pas que les flics, par nous, puissent remonter jusqu'à eux. »

L'éditorial du numéro onze de *Vérités Pour,* imprimé le 12 octobre 1959, débute par cette phrase sagace : « Il paraît que la police s'intéresse à nous de plus en plus. » C'est exact. Jeanson et ses amis perçoivent la menace à de multiples signes. A la fin novembre, Hélène Cuénat, compagne de Jeanson et pilier du réseau, sent la surveillance s'épaissir. Le couple quitte la rue des Acacias, change de voiture et s'installe dans une nouvelle planque. Quelques jours plus tard, accompagnée de Didar, Hélène transporte en voiture deux cents millions entassés dans des valises. Devant l'immeuble où elles doivent livrer les fonds, un homme fait les cent pas. Un flic, c'est sûr. Les deux femmes redémarrent. Un peu plus tard, effectuant une mission avec la même voiture, Hélène Cuénat doit stopper : une roue crevée. On lui montrera à la DST la photo prise tandis qu'elle réparait : sa roue avait été crevée par un policier armé d'un pistolet à plombs.

Plusieurs militants connaissant de semblables alertes, l'accumulation des indices déclenche, comme toujours, une psychose collective. Francis Jeanson décide de rassembler ses amis pour définir en commun la conduite à tenir en cas d'arrestation.

La dangereuse assemblée générale se déroule dans l'arrière-salle d'un café d'Enghien, dans la banlieue parisienne. Elle est houleuse. Henri Curiel n'en est pas. Présent, il eût revécu avec un sourire triste un phénomène bien connu en Egypte : le déchirement d'une communauté militante travaillée par l'angoisse de la répression imminente. Comme lui jadis, Francis Jeanson est pris à partie, accusé d'exercer un « pouvoir personnel ». Des orateurs véhéments dénoncent l'inconscience générale, le non-respect des règles de sécurité élémentaires. Plusieurs militants annoncent leur décision de tout planter là. Henri ne cessait de répéter à ses jeunes camarades enthousiastes : « La clandestinité use vite. » Il était payé pour savoir qu'elle tire sur les nerfs.

Le 27 janvier 1960, la DST lance son coup de filet. Une vingtaine de militants du réseau sont pris. Haddad Hamada, coordonnateur de la Fédération de France, est arrêté avec plusieurs cadres importants du FLN.

Francis Jeanson, rescapé, n'avait pas cru à la menace d'une offensive policière, estimant que le gouvernement gaulliste se soucierait peu d'offrir au réseau l'incomparable tribune qu'est une enceinte de justice (le procès, dans huit mois, sera en effet une bien mauvaise affaire pour le pouvoir). Sans attendre, Jeanson réagit au coup dur par un coup d'éclat. Le 15 avril, l'homme le plus recherché de France tient en plein Paris une conférence de presse devant une quinzaine de journalistes étrangers et plusieurs photographes ; seuls Français : Georges Arnaud, qui écopera d'un procès spectaculaire après publication de son article, et Paul-Marie de la Gorce, alors et encore l'un des hommes les mieux renseignés de France même s'il ne publie pas toujours ses informations. Henri Curiel, chargé par Jeanson d'organiser cette délicate affaire, a eu recours à Didar. Elle a trouvé un appartement sûr, 1, rue du Chêne, et pilote elle-même plusieurs journalistes étrangers.

Le retentissement est énorme. Jeanson n'a pas seulement tiré un savoureux pied de nez à toutes les polices lancées à ses trousses : il s'est longuement exprimé sur les raisons de son engagement et a justifié les activités de ses amis. Même si une presse misérable continue d'expliquer le réseau par les fureurs utérines de ses femmes et par la vénalité des hommes, le problème politique du soutien au FLN est posé devant l'opinion.

Mais Jeanson est désormais grillé. Henri Curiel lui succède à la tête du réseau.

***

Il s'y préparait depuis plus d'un an, à la demande des Algériens, non point dans l'état d'esprit d'un ambitieux guettant dans la coulisse l'instant propice pour se saisir du pouvoir, mais en fonction d'une expérience égyptienne qui lui avait fait mesurer la nuisance d'une répression policière subie sans préparation. Grâce à une capacité de lecture hors du commun (il assimilait un livre en une soirée ; Rosette l'a vu souvent en lire deux ou trois en une nuit), il avait étudié la quasi-totalité des ouvrages concernant la Résistance et, de façon générale, les organisations et mouvements clandestins. Les fiches de lecture qu'il a laissées témoignent de son intérêt pour les recettes pratiques. La capture ou la neutralisation d'une direction clandestine étant d'évidence particulièrement grave, il avait trouvé ingénieuse la méthode consistant à désigner à l'avance une « direction dormante », mise au fait des rouages du réseau sans être mêlée à rien, donc indétectable et apte à monter en ligne après élimination de la direction active. Son implication dans le réseau en faisait le contraire d'un « dormant » mais enfin il lui restait suffisamment extérieur pour espérer échapper à l'offensive policière qui lui paraissait inévitable. De fait, son petit groupe égyptien n'avait même pas été effleuré par la répression. Ainsi était-il prêt, au printemps 1960, à prendre la relève de Francis Jeanson.

Il la prit mal.

Leurs relations étaient excellentes. Ils étaient d'accord sur presque tout. Comme Jeanson, et au contraire de certains militants, notamment chrétiens, qui n'auraient point vu d'inconvénient à être placés sous la direction directe des « frères algériens », l'apatride Curiel tenait pour essentielle l'autonomie vis-à-vis du Front. La justification politique principale du réseau était de préserver les chances d'une amitié franco-algérienne en démontrant par l'action que toute la France n'était pas dans la France officielle, répressive et tortionnaire. Jeanson et Curiel partageaient d'autre part l'intime conviction que de Gaulle avait pris son parti de l'indépendance de l'Algérie et ferait la paix. Rares étaient les militants du réseau à penser de même. Francis Jeanson affirme que la révélation lui vint en entendant le fameux « Je vous ai compris ! » lancé par le Général à la foule algéroise. Il fallait avoir l'oreille fine. « Il y avait tant d'ironie dans sa voix, on sentait tellement qu'il allait rouler ceux qui l'acclamaient sur le Forum d'Alger, ce 4 juin 1958, que j'en suis arrivé à cette conclusion. » Des renseignements sûrs confirment son intuition ; Paul-Marie de la Gorce, parfaitement informé, ne laisse aucun doute sur ce point à Jeanson. Henri Curiel, de son côté, ne manque pas d'antennes dans les milieux gaullistes où il conserve de solides amitiés nouées au temps de la Délégation de la France libre au Caire. Son cousin André Weil-Curiel, gaulliste de gauche, lui répète que le Général est l'homme providentiel, seul capable d'imposer l'indépendance à l'armée française. Chaque dimanche, Henri rencontre Albert-Paul Lentin, compagnon de route du PCF depuis la Libération, vétéran de la presse de gauche, introduit dans tous les milieux. (Aussi différent que possible d'un moine dominicain, il dépeint curieusement Henri avec les mêmes mots que le père Kaelin : « C'était vraiment un apôtre. Il faisait avancer les choses par la conviction et la douceur. Il escamotait les divergences et tirait les convergences. Et il écoutait l'autre attentivement, avec gentillesse. C'est comme ça qu'il en a convaincu plus d'un. ») « A partir de 1958, raconte Lentin, j'ai assuré une liaison entre l'Elysée et le FLN. Je faisais sans cesse le circuit Paris-Alger-Tunis-Rabat. Henri était tenu au courant. Je lui donnais la température politique française en lui expliquant, par exemple, les deux tendances du pouvoir : celle, ultra-répressive de Debré et de la DST – il y avait là un contentieux qui l'a suivi jusqu'à sa mort – ; l'autre, libérale, de Michelet et de Tricot. J'avais à l'époque toutes les informations sur la politique de l'Elysée. Henri a su qu'il fallait jouer de Gaulle. »

Politiquement d'accord, Jeanson et Curiel travaillent ensemble depuis bientôt deux ans et demi sans avoir connu les antagonismes et les crises dont la clandestinité est fertile. Jeanson, dès 1957, a apprécié à sa juste valeur l'efficacité d'Henri. En janvier 1959, Didar, retour d'Egypte, apporte une grande nouvelle : les fidèles de Curiel souhaitent son retour au pays. Le clan des Egyptiens est plus que réticent. Henri, convaincu que son rôle en Egypte est terminé, ne veut pourtant pas donner l'impression de se dérober. Il lui faut un passeport de meilleure facture que ceux bricolés par Rosette. Le réseau dispose d'un expert en la matière : Adolfo Kaminski, alias M. Joseph, ancien du groupe Stern. Didar rencontre Jeanson pour lui demander l'aide de M. Joseph : « Francis a été théâtral. Pendant plus d'une heure, il m'a expliqué quelle perte irréparable représenterait pour le réseau le départ d'Henri. A la fin, j'en avais les larmes aux yeux. Mais il m'a promis de fournir le passeport. » Promesse sans suite car le chimérique projet de retour tombe à l'eau. L'épisode indique en tout cas l'estime et l'attachement de Jeanson, dont le registre favori n'est vraiment pas la théâtralité dramatique.

Ses amis lui reprocheraient plutôt un certain ton badin. Il agit sérieusement sans se prendre au sérieux. A Robert Davezies qui lui demande : « Au fond, Francis, pourquoi fais-tu cela ? » il répond tout à trac : « Parce que cela me fait plaisir. » Davezies, pourtant peu enclin à la componction, en reste éberlué. Hamon et Rotman, qui rapportent l'anecdote, commentent : « Jeanson n'oublie jamais la dimension ludique de son action même dans les phases critiques. En bon existentialiste, lui qui a écrit *La Signification humaine du rire,* il estime que les actes pèsent et que le reste est commentaire. D'où une distanciation, un sens de l'humour et parfois de la dérision qui n'est pas sans choquer ses amis. »

Les amis de Curiel sont de ce point de vue à l'abri du risque. « Moine de la révolution qui a épousé l'Histoire, écrivent Hamon et Rotman, Henri Curiel offre toute garantie de rigueur aux jeunes militants un peu agacés par le parisianisme de l'entourage de Jeanson. » Ils sont nombreux à préférer le drapé néo-kominternien de l'un aux froufrous existentialo-chrétiens de l'autre. Affaire de goût qui concerne la forme, non le fond. Car rien ne serait plus faux que d'imaginer un réseau Jeanson composé d'aimables amateurs auxquels le messie révolutionnaire Curiel serait venu apporter l'esprit de sérieux. Aussi précieux qu'ait été le concours d'Henri, Jeanson ne l'avait pas attendu pour organiser admirablement son affaire (le réseau est aujourd'hui au programme des écoles du KGB ; c'est comme, pour un pilote de formule 1, d'être engagé chez Ferrari). Injustes vont être les militants eux-mêmes qui attribueront à la nouvelle direction curiélienne un plus strict respect des règles de sécurité. Jeanson consacrait les trois quarts de son temps aux problèmes de sécurité mais c'est toujours la croix et la bannière pour imposer la vigilance à des clandestins, fussent-ils formés à la meilleure école : il faut un premier coup dur pour que les rescapés, ayant senti le vent du boulet, consentent à serrer leur garde. Vieille histoire. La sécurité eût été automatiquement renforcée si Jeanson avait conservé la direction du réseau.

Il la perd. C'est normal. De mauvais gré – c'est humain. Il a sans doute la compréhensible faiblesse de se juger irremplaçable et l'illusion de se croire invulnérable. Mais les dirigeants algériens, qui ont applaudi au coup de culot de la conférence de presse, tirent la conclusion évidente de la situation : Jeanson est archigrillé. Verdict sans appel. C'est donc un écorché vif qui rentre à Paris, contre le souhait des Algériens, au mois de mai 1960 après s'être mis au vert en Suisse. Il constate que le réseau est contrôlé par Curiel, qui a installé à tous les postes de commande des hommes à lui, et que l'opération était entamée dès avant les arrestations de janvier-février. Devenu indésirable de par la décision des Algériens, Jeanson est considéré comme superflu dans son propre réseau. Il exige une explication. Henri Curiel accepte de le rencontrer.

Il n'était que de verser un peu de baume sur le cœur d'un homme malheureux. Un apôtre eût été un luxe superflu. Henri ne fut qu'abouna, comme disaient ses amis égyptiens pour moquer une certaine componction jésuitique (certains, dans le réseau Jeanson, le surnommaient « l'Evêque »). Faux jeton comme il n'est pas possible, le sourire rayonnant mais la parole creuse, il élude les vraies questions et enrobe ses fausses réponses d'une onctuosité horripilante. Aucune explication raisonnable à son attitude. La rencontre n'a pas d'enjeu puisque la décision des Algériens est prise. Et la sottise est d'autant plus forte que Christiane Philip assiste à l'entretien. Elle travaille avec Curiel, connaît donc les réponses à toutes les questions posées par Jeanson, et se trouve être la nouvelle compagne de ce dernier, qu'elle épousera par la suite...

Didar engueula Henri toute une nuit.

L'épisode, très subalterne alors que le drame algérien fait chaque jour des dizaines de victimes, ne sera pas sans conséquence sur l'avenir du réseau ; surtout, il donne un coup de projecteur singulièrement éclairant sur la personnalité de l'homme que nous nous efforçons de comprendre tout en sachant l'irréfragable énigme qui est au cœur de tout être. S'il s'est mérité tant d'affection et même d'amour, c'est par une chaleur humaine exceptionnelle, une attention rare à ceux qui l'entouraient. S'il a suscité tant de haine dans son propre camp, depuis l'Egypte jusqu'à sa mort, c'est que le conflit politique le dépouillait de son charme, glaçait sa sève, tel un arbre pétrifié au printemps par un coup de chien hivernal. Il aurait peut-être répondu qu'il mettait toute la générosité possible dans son particulier mais que l'action politique a ses exigences et qu'il s'en faisait une idée trop haute pour l'engluer dans le miel de ses inclinations personnelles. Hillel Schwartz ou Marcel Israël devaient être politiquement neutralisés parce qu'ils défendaient une ligne erronée ; cela n'empêchait pas les sentiments ; de même Francis Jeanson eût-il reçu un accueil affectueux s'il était venu – hypothèse hardie – confier à Curiel un douloureux problème intime. Les exemples abondent dans le passé et l'avenir n'en sera pas avare. Il n'empêche que pour un Jeanson d'abord amertumé mais surmontant à la fin sa rancœur, beaucoup ne se remettront pas d'avoir, au détour d'un conflit, découvert derrière l'ami, l'aîné, le camarade ruisselant du lait de la tendresse humaine, un manœuvrier n'hésitant pas à les passer froidement par profits et pertes. Ils avaient fondu devant son sourire rayonnant : tout soudain, ils ne lui voyaient plus que les dents. Et ce qu'ils eussent trouvé chez un autre admissible, sachant l'implacable dureté des luttes politiques intestines, ne l'était pas chez celui-ci, qui avait semblé mettre dans le politique un peu plus que de la politique.

C'est si vrai que des militants perspicaces, avertis du danger pour avoir observé quelques drames, se refuseront à l'intimité. Pendant dix ans, parfois quinze, ils travailleront au contact immédiat d'Henri, investis de toute sa confiance, lui vouant une loyauté absolue, mais en confinant leurs rapports au champ politique. De l'amitié, certes, comme il est normal entre camarades militant pour la même cause, mais point de ces effusions auxquelles s'abandonnaient avec délices la plupart – pas même l'affection déclarée que Francis Jeanson portait à Henri Curiel.

Goût du pouvoir ? Il l'avait comme tout le monde. Machiavélisme ? Il n'en était sans doute pas indemne. Mais on se tromperait en attribuant à ceci ou cela la volte-face apôtre-abouna, la métamorphose apparente du révolutionnaire romantique et chaleureux en un apparatchik faisant cyniquement passer à la trappe les camarades de la veille. Dans le cas précis de Jeanson, la question du pouvoir est réglée dès l'instant que les Algériens ont décidé avec bon sens que le fondateur du réseau leur ferait désormais courir des risques inacceptables, de sorte que le machiavélisme devenait superflu. Il suffisait à Curiel de s'expliquer clairement. Au lieu de quoi il se conduit de la manière la mieux faite pour persuader Jeanson qu'on le roule dans la farine. Didar n'a pas traité Henri de salaud, mais d'idiot. Si l'on interroge ses amis les plus intimes sur son principal défaut, à part Joyce qui ne lui en trouve aucun, la réponse fuse, unanime : « Le manque de psychologie. » Cela se manifestait le plus souvent par une flambée d'enthousiasme pour un nouveau venu. Dix fois, vingt fois, il va s'emballer pour un néophyte, lui trouver toutes les vertus et lui confier des tâches dépassant ses capacités ; souvent, cela finira mal. C'est encore le ratage lamentable d'occasions importantes, telle la rencontre avec Jeanson. Noué peut-être par la timidité, muré en lui-même, borné à tous les sens du terme, il avance, bulldozer aveugle et sourd, et s'étonne lorsqu'on lui montre la porcelaine brisée. Il sera très surpris des reproches de ses amis sur sa conduite avec Jeanson ; il avait eu le sentiment d'être limpide et fraternel. C'est ainsi. Et si le lecteur nous demande comment nous concilions la balourdise bête et méchante, préjudiciable à ses intérêts propres, blessante pour autrui, avec l'ouverture habituelle à Henri et l'intuition qui lui permet d'intervenir heureusement dans tant de vies, nous lui répondrons que nous ne les concilions pas. Jean Paulhan écrit : « Les gens gagnent à être connus. Ils gagnent en mystère. »

⁂

Avant même le pas de clerc avec Jeanson, il y avait du tirage avec l'équipe des jeunes insoumis ou déserteurs installés en Suisse et bientôt regroupés sous la dénomination Jeune résistance. Elle se divise sur Curiel. Il est pour certains l'homme du Parti, sinon l'homme de Moscou. « A cette époque-là, constate aujourd'hui Robert Davezies, vous étiez pour un oui, pour un non, dénoncé comme l'agent de Moscou. »

Jacques Berthelet est le plus réticent. Ancien séminariste, il a rencontré Henri à la fin de 1958 : « Nous avons eu de longues conversations. Il aimait ça ; il en avait l'habitude. Très paternel. Une fois, nous avons passé toute une journée à discuter dans un chalet et il m'a invité au restaurant à deux ou trois reprises. Il devait penser que j'étais encore récupérable. C'était un animal politique. Tant qu'il avait l'espoir de convaincre le partenaire, il avait une attitude charmante et séduisante. Il était paternel avec les jeunes. Il était gentil avec les femmes, leur offrant des manteaux. Vraiment gentil, pas agressif sexuellement. Quant à sa soi-disant austérité de mœurs, elle plaisait beaucoup aux chrétiens. Physiquement, l'aspect d'un professeur chahuté. Mais pour éliminer les gêneurs, toutes les méthodes staliniennes étaient bonnes. Des méthodes « gentilles » qui allaient jusqu'à la calomnie. Beaucoup plus tard, après la fin de la guerre, j'ai su par une amie commune qu'il pensait que je le haïssais. C'est vrai que la lutte politique était dure, mais c'était normal. Lui aussi savait être dur et mordant. »

Berthelet, doyen du groupe des insoumis, s'insurge contre ce qu'il perçoit comme une tentative de mainmise communiste : « Curiel poussait les siens. » C'est évident et naturel. Patron du réseau, il place aux postes de commande ses « maréchaux » : Georges Mattéi est responsable du vital secteur financier, Jehan de Wangen s'occupe des filières, Martin Verlet est détaché à Jeune résistance. Robert Davezies et Jean-Louis Hurst, hors de France, sont ses antennes extérieures. Tous, d'une manière ou d'une autre, accompagneront Curiel bien au-delà de la guerre d'Algérie.

Communistes ?

Georges Mattéi se définirait plutôt comme anarchiste lorsqu'il est rappelé en Algérie au mois de juin 1956. A son retour, il est reçu par Jean-Paul Sartre, à qui il a envoyé une pièce de théâtre sur la désertion. Sartre le convainc de témoigner sur la guerre ; ce sera *Jours kabyles*, narration sans fard d'une guerre atroce publiée dans *Les Temps Modernes.* Le courrier reçu donne à Mattéi l'idée de regrouper les anciens rappelés et maintenus d'Algérie dans une association militante. Il fait ensuite l'unité avec une organisation dépendant du parti communiste et une autre fondée par Jean-Jacques Servan-Schreiber. Nommé secrétaire général-adjoint de la Fédération, il voudrait lancer des manifestations d'anciens à travers la France. La composante communiste freine des quatre fers et donne sa préférence à des campagnes pour l'octroi d'une pension aux démobilisés atteints de paludisme. Puis Servan-Schreiber, président de la Fédération, réclame son exclusion après qu'il a témoigné au procès des agresseurs de Soustelle en déclarant sous les huées de l'assistance : « Je comprends l'acte de ces hommes. » Désavoué par les communistes, Mattéi quitte ses fonctions. Il est convaincu de l'inutilité d'une action légale. C'est alors la rencontre avec l'inévitable Robert Barrat, la présentation à Jeanson, l'entrée dans le réseau. « Des types très sympathiques, certains très efficaces, mais une certaine frivolité, beaucoup d'imprudences, un ton mondain qui hérissait mon puritanisme de l'époque. » Il marche avec Curiel. Non seulement Georges Mattéi n'est pas communiste mais il réagirait très mal, hier comme aujourd'hui, à l'insinuation qu'il serait tenté de prendre sa carte.

Jehan de Wangen, rejeton colossal et tabagique d'une grande famille alsacienne, a été recruté à travers lui. Mattéi avait envoyé le manuscrit de sa pièce au metteur en scène Jean-Marie Serreau. Enrôlé dans le réseau, Serreau amène Wangen, administrateur de son théâtre. Wangen a milité dans les organisations de la gauche non communiste, jamais au Parti.

Martin Verlet, ancien élève des jésuites, sortait d'une famille de chrétiens jansénistes. Son père était conservateur au Louvre. Sa mère, chartiste, s'était précipitée au Vel d'hiv, le 16 juillet 1942, en apprenant que la police française y parquait les juifs pour le compte des nazis. Une mère lui avait tendu son enfant à travers les grilles. Les Verlet l'avaient élevé comme leur propre fils. Martin avait perdu la foi dans sa quinzième année. Il perdit beaucoup de ses illusions à vingt ans, quand l'armée l'expédia pour vingt-sept mois au Maroc et en Algérie. A son retour, il mena de front de brillantes études d'africaniste et un militantisme modeste dans le réseau Jeanson ; il agrafait des textes de propagande. Puis il rencontra Henri : « C'était au moment où il avait la charge de reconstituer le réseau. Il m'a pourtant consacré des heures et des heures, comme à beaucoup d'autres. Ce n'était pas exactement de la pédagogie, plutôt une maïeutique. Il vous révélait à vous-même. Moi, il m'a fait découvrir que j'étais communiste. Je devais partir pour le Niger et travailler avec Jean Rouch. J'y ai renoncé pour devenir permanent du réseau. » Un communiste, au moins d'intention.

Jean-Louis Hurst vient d'une respectable famille alsacienne. Il est membre du PCF. Instituteur, il choisit de résilier son sursis, décide de servir chez les parachutistes et suit les EOR : le voilà sous-lieutenant. La guerre d'Algérie le révulse. Affecté à une unité stationnée en Allemagne, il offre ses services au professeur André Mandouze, proche du FLN. Mandouze met cette recrue de choix en contact avec Davezies. Hurst, revêtu de son uniforme d'officier, fera franchir dans sa voiture la frontière franco-allemande à des dirigeants algériens traqués par la police. En août 1958, désigné pour partir en Algérie, il choisit de déserter et passe en Suisse. Un communiste déserteur, c'est-à-dire un communiste renié par les siens.

Robert Davezies est prêtre. Il parle du Parti comme de l'église d'à coté et le trouve aussi incommode que la sienne.

Pour eux, pour tous, Curiel est « le Vieux ». C'est affaire d'âge (en 1960, il a quarante-six ans ; Francis Jeanson en a trente-huit et la moyenne d'âge du réseau tourne autour de la trentaine) mais les jeunes militants disent « le Vieux » comme le disaient de Trotski ses fidèles : avec un respect affectueux.

Ils ne savent rien de lui, apprendront peu de chose. Curiel n'est pas homme à se raconter. Ils découvrent au hasard d'une conversation que le Vieux a milité en Egypte. L'Egypte se résume pour presque tous à deux noms : Farouk, Nasser. L'archétype du potentat oriental vautré dans ses Mille et une nuits graveleuses et le maigre colonel devenu figure de proue d'un tiers monde revendiquant sa dignité. C'est sommaire mais l'imaginaire y trouve son compte. Henri Curiel aurait donc joué un rôle quelque part entre ces deux-là. Des initiés prétendent qu'il a fondé le parti communiste égyptien. Cela frappe, même si l'on apprend du même coup l'existence d'un parti communiste égyptien. Il y a du mystère. « Personnage étrange et fascinant, écrira le sous-lieutenant déserteur Hurst. Ni Français ni Algérien, que pouvait-il être ? Il avait la noblesse et la fragilité d'un prince exotique, mais le mystère et la fermeté d'un agent du Komintern. Son discours n'était que politique. Pourtant, souvent, derrière ses lunettes d'écaille, un regard attentif aux problèmes de chacun. » Tout est dit dans ces lignes fulgurantes d'intuition.

Pour les jeunes gens qu'il séduit en ce temps, et dont beaucoup accompagneront vingt ans plus tard sa dépouille mortelle au Père-Lachaise, il vient de chez Malraux ou Kœstler. Il est pour toute une génération orpheline de l'espoir révolutionnaire l'ultime incarnation de l'épopée kominternienne, un « commis-voyageur de la révolution » à l'image des Borodine, Wollweber, Munzenberg ; un être venu de nulle part pour allumer partout les brasiers de l'Internationale. Sa figure mythique tire un relief supplémentaire de l'ombre enveloppant ses origines. Le clan des Egyptiens n'oublie pas la villa de Zamalek, les filles du *Kit-Kat,* le short calamiteux – le lilas foudroyé. Hurst et les autres découvrent un moine de la révolution, comme écrivent justement Hamon et Rotman, et l'entendent évoquer au détour d'une conversation des séjours en camp et en prison, les actions syndicales brisées à coups de mitrailleuse, ses grèves de la faim, la difficile genèse d'un mouvement communiste clandestin. Il fait passer la houle de l'Histoire sur des jeunes gens grandis dans le clapot misérable de la Quatrième république. Martin Verlet l'entend dire chez son frère : « Etre révolutionnaire, c'est transformer le monde » ; il lâche son agrafeuse, tel Pierre son filet, et le suit. « Bon, c'est vrai que j'ai été séduit, reconnaît Georges Mattéi, et je me sentais pourtant loin de ses convictions politiques. J'avais été élevé par un vieil oncle, membre du Komintern, ancien des Brigades internationales, et je me croyais revenu de tout ça. Mais j'avais quand même gardé une certaine nostalgie du bolchevik. Henri correspondait tout à fait à cette image du révolutionnaire professionnel. C'est pour ça que j'ai accroché immédiatement avec lui. »

Ils sont fascinés par son passé mystérieux et l'admirent pour sa compétence. Ils l'aiment pour son écoute de l'autre, si rare en politique. L'adhésion au réseau entraînait pour la plupart une rupture difficile, des problèmes d'ordre professionnel ou familial. Le Vieux écoutait, conseillait, répétait inlassablement que la militance doit être élargissement et épanouissement de la personnalité, non pas sa mutilation. Robert Davezies : « C'était quelqu'un qui ne pouvait pas être heureux tout seul. Il a été heureux à plusieurs. » Ils sont enfin enthousiasmés par la confiance qu'il leur accorde. « Il avait le talent rare, dit Mattéi, d'inscrire le politique dans l'action. Et il avait ce don extraordinaire : confier des responsabilités énormes sans tenir compte de l'âge, de l'expérience. Il s'est quelquefois planté. Mais il a donné à des jeunes la chance inouïe de se réaliser. Moi, je m'occupais de *Vérités Pour* et je m'y sentais à l'étroit. A notre première rencontre au café *Villars,* près des Invalides, il m'a dit : « Le réseau Jeanson, c'est bientôt fini. Les Algériens m'ont chargé de monter un nouveau réseau. J'ai besoin de filières pour le passage des frontières. As-tu déjà fait cela ? Non ? Tu vas t'y mettre. » Et je m'y suis mis. Quelques mois plus tard, il me confiait la responsabilité du secteur financier, qui était vraiment fondamental. »

Tels sont les « communistes » dont Berthelet et beaucoup d'autres (Jeanson lui-même...) redoutent l'emprise tentaculaire. Inutile de dire que ces communistes-là n'encombrent pas les couloirs du comité central et qu'un Maurice Thorez ou un Elie Mignot leur trouverait une suffocante odeur de soufre. Au vrai, c'est leur association avec le méphistophélique Curiel qui les fait diaboliques pour Jeune résistance et la vieille garde du réseau Jeanson.

La grande affaire du Mouvement anticolonialiste français (MAF) n'allait rien arranger.

CE qui rend assommant le retour sur ces péripéties, l'affaire du MAF en particulier, c'est la lancinante et quasi générale obsession du péril fasciste. Non point le fascisme – si l'on choisit de donner ce nom à une répression sauvage – qui s'exerce depuis des années sur le sol algérien, ni même le fascisme quotidien qui frappe les patriotes algériens en France et dont les militants du réseau Jeanson sont bien placés pour mesurer l'épouvantable violence (rafles, exécutions sommaires, torture banalisée), mais le fascisme d'Etat dont le général de Gaulle serait soit le promoteur conscient et organisé, soit le vecteur involontaire – vieille ganache manœuvrée par ses ultras. On pourrait multiplier les citations étonnantes. Vercors déclare à *Vérités Pour :* « Quand les libertés sont mortes (ou mourantes, ce n'est qu'une question de mois), il n'est qu'une liberté qui subsiste, c'est celle que donne la vie clandestine. Il n'est jamais trop tôt pour s'organiser en vue de l'action secrète, la seule qui restera possible, selon toute apparence, d'ici peu. » Et il en appelle à la résistance, comme au temps de l'occupation nazie. Jean- François Revel écrit dans *Le 14 Juillet :* « Nous risquons d'assister, nous assistons déjà au passage d'un semi-fascisme, masqué en République, au fascisme ouvert de la dictature militaire... Désormais, la droite a engagé la lutte contre les institutions elles- mêmes. De Gaulle est déjà débordé par les partisans du fascisme totalitaire. » C'est le ton ordinaire à gauche. A vingt ans de distance, et pour nous qui savons la fin de l'histoire, ces égarements ont le charme exotique d'une république bananière.

Henri Curiel, bien renseigné sur la politique élyséenne, ne se fait pas un souci excessif sur l'avenir de la démocratie en France. Il sacrifiera cependant au rituel antifasciste, ne serait-ce que pour exacerber les contradictions internes du gouvernement Debré et insuffler une salutaire mauvaise conscience à des hommes tels que Malraux ou Michelet dont le bureau ministériel est à quelques hectomètres des chambres de torture de la DST. Mais si le MAF luttera « pour le rétablissement intégral de la démocratie en France », sa justification fondamentale est d'être, comme son nom l'indique, une organisation anticolonialiste.

Francis Jeanson avait créé un réseau. L'objectif de son successeur est d'élargir le soutien aux dimensions d'un véritable mouvement.

Notre lecteur n'est pas surpris. Pour lui, et au contraire des jeunes militants du réseau, Henri Curiel n'émerge pas d'un néant ténébreux ni ne sort par une porte dérobée du mausolée des héros légendaires de la révolution mondiale. Le Vieux n'est point si vieux et le lecteur sait qu'il contestait la virginité de la Sainte Vierge devant les jésuites de Fagallah quand les militants chinois de Borodine brûlaient dans les locomotives de Shanghai, qu'il récitait des vers au téléphone tandis que Munzenberg mobilisait l'opinion mondiale sur le procès de l'incendie du Reichstag, qu'il débattait doctement de la plus-value dans le salon paternel lorsque Léopold Trepper arrivait à Bruxelles, sa baguette invisible de chef d'orchestre sous le bras. Nous qui le suivons depuis les bords du Nil, c'est presque machinalement que nous le voyons une fois de plus obéir à sa pensée constante, tendre vers l'objectif qu'il s'est toujours assigné : briser la coquille groupusculaire pour déboucher sur l'action de masse. (Ce en quoi il est par nature le contraire d'un homme de services. Il possédait sans doute bon nombre des qualités qui font les agents de grande classe mais il présentait le handicap rédhibitoire d'être un politique. L'agent peut être animé par une théorie politique : il a horreur de la pratique. Il est hors de la clandestinité comme un poisson dans l'air. Pour Curiel, la clandestinité est une contrainte imposée par les circonstances, jamais un choix. L'agent est singulier ; le politique, pluriel. La jouissance de l'agent est d'être pris pour un autre ; celle du politique, d'être compris par les autres. On n'en finirait pas d'énumérer les incompatibilités. Mais les connaisseurs savent bien que pour Sorge, Philby, Abel – tous agents à motivation idéologique – vivre la vie d'un Curiel eût été pur cauchemar.)

« Il devient urgent, proclamera le manifeste du MAF, de procéder à une réorganisation générale de toutes les forces anticolonialistes, à un regroupement sur une plate-forme commune de tous les Français décidés à intensifier le combat pour en terminer avec la guerre d'Algérie et le régime colonialiste, et à instaurer la collaboration du peuple français avec tous les peuples libérés de la domination coloniale. » Le MAF sera une organisation clandestine « parce que son action est illégale ». Il n'est pas un parti politique et n'entend pas se substituer aux partis. Enfin, le MAF, qui « ne prétend pas au monopole de l'action anticolonialiste, se propose donc de soutenir et d'intensifier toutes les actions de masse qui pourraient être décidées contre la guerre d'Algérie par les partis, les syndicats, les groupes et organisations quelconques, et de les provoquer toutes les fois que ce sera possible ». Nous retrouvons l'inspiration et le ton du programme du MELN ou du MDLN, avec, toujours, cette idée-force : rassembler le plus de monde possible sur l'objectif le plus mobilisateur. En Egypte, la libération nationale. Ici : « Le MAF regroupe des hommes et des femmes venant d'horizons politiques, philosophiques et religieux divers qui ont comme dénominateur commun l'anticolonialisme. »

Lu aujourd'hui, rien que de très raisonnable. En 1960, cela déchaîne la tempête.

***

Il est aisé de critiquer les lenteurs communistes

sur le problème algérien. Si le PCF avait un train de retard, c'est que l'opinion publique française en avait trois ou quatre. Waldeck-Rochet dira à Francis Jeanson : « Nous agissons selon nos moyens. La classe ouvrière comprend des éléments avancés – le PCF regroupe l'avant-garde – mais il faut tenir compte des éléments retardataires, nationalistes, voire racistes. » Et Jean Daniel, attaché à réfuter les schémas simplificateurs, rappellera justement que la classe ouvrière française pouvait concevoir de la perplexité au spectacle de la guerre fratricide qui, pendant des années, opposa dans les usines et les banlieues les messalistes, d'abord largement majoritaires et incontestables patriotes, même si les survivants devaient finir en auxiliaires de la répression, aux tenants du FLN – lutte sans merci qui fit plus de victimes algériennes en France que les balles de la police.

Mais si le parti communiste fut longtemps à la remorque d'une opinion publique apathique, la gauche non communiste et l'intelligentsia dont sortait le réseau Jeanson ne furent pas toujours à l'arrière-garde des pourfendeurs des « porteurs de valises ». Le florilège composé par Hamon et Rotman réserve de belles surprises au lecteur dont la mémoire flanche. C'est Maurice Clavel écrivant de la « petite gauche » : « Elle s'est comportée avec le FLN d'une façon que j'appellerais femelle, sourdement conquise par la violence, le sang, le primitif dans la cruauté. » Usant d'un registre qui n'est plus celui de la basse insulte, c'est Maurice Duverger affirmant dans *Le Monde* : « Aider ou approuver Francis Jeanson et ses amis, c'est un crime. » Jacques Fauvet, rédacteur en chef, opine lui aussi : « Ces deux crimes, la désertion et la torture, sont le sous-produit d'une guerre qui n'en est pas une », amalgame pour le moins frivole. C'est Claude Bourdet lui-même, militant de la première heure de l'indépendance algérienne, qui, en 1960, six ans après le déclenchement de l'insurrection, écrit du réseau : « Le combat de ces hommes et de ces femmes n'est pas le nôtre », et qui, rejoignant au fond et quoi qu'il en ait la position du PCF, affirme : « On voit bien, étant donné la mentalité du grand public, que les hommes et les femmes qui aident le FLN perdent toute autorité en ce qui concerne la lutte pour la paix. » Jean-Marie Domenach, François Mauriac, Françoise Giroud : leur condamnation du réseau est sans équivoque, même si les attendus l'enrobent de sympathie. Mauriac, qui fut tout au long de la guerre aux avant-postes du combat contre la torture, et dont la plume acérée dégonfla plus d'un rodomont de la politique de force, Mauriac entre dans une violente agitation lorsque Joyce lui demande de recevoir Henri Curiel : « Je travaillais chez lui depuis deux ans et nous étions devenus bons copains, mais là il s'est mis très en colère : « Vous n'avez pas à intervenir dans ce genre d'affaire ! me criait-il. Ce n'est pas votre rôle ! » Il a refusé de voir Henri et il m'a mise à la porte... »

L'Eglise catholique observe la même prudence. Ce sont ses francs-tireurs qui s'engagent dans le soutien au FLN, et particulièrement les prêtres-ouvriers de la Mission de France, d'où vient Robert Davezies, qui ont été sommés par le Vatican, en 1954, de choisir entre l'usine et l'église ; la majorité a choisi l'usine. Sans doute plus d'un curé de campagne ouvrira-t-il la porte de son presbytère à un fugitif tandis que des prélats multiplieront les prises de positions courageuses, comme les admirables cardinaux Liénart et Gerlier, mais ces exceptions spectaculaires ne sont pas plus représentatives du peuple chrétien que les aumôniers parachutistes cherchant dans l'Evangile une justification à la torture. Les ouailles participent de l'atonie générale de l'opinion publique et la hiérarchie s'efforce de contrôler les dérapages. Le Vatican a condamné dès 1955 l'équipe de chrétiens progressistes publiant *La Quinzaine ;* avec Robert Barrat et André Mandouze, elle a pris position contre la guerre et dénonce avec virulence la répression.

De sorte que tous les militants du soutien sont en rupture par rapport à leur église, parti, famille spirituelle ou milieu politico-culturel d'origine. Pourchassés par le pouvoir d'Etat, ce qui était la moindre des choses, ils sont reniés par les leurs – c'est bien pis. Certains allaient jusqu'à se désolidariser d'une nation française globalement complice du crime colonial. Les chrétiens éprouvaient plus que les autres ce sentiment de culpabilité collective et voulaient chercher l'expiation dans une identification totale à la cause algérienne, se voulant plus Algériens que les Algériens eux-mêmes, refusant a priori de porter un jugement sur les initiatives les plus discutables du FLN. Francis Jeanson, habité par la volonté de faire inscrire au crédit de la France l'activité du réseau – tel de Gaulle, en d'autres temps, pour les actions des résistants et des Français libres –, avait réussi à redresser les égarements masochistes. Mais la rancœur, sinon la haine, demeurait largement répandue chez les réprouvés à l'égard des institutions établies. Le parti communiste polarise l'hostilité. Curieusement, le ressentiment est moins fort chez ses anciens militants, qui ont pour la plupart déchiré leur carte ou appris leur exclusion avec fatalisme, qu'à sa périphérie. C'est une constante : la gauche non communiste exige et attend infiniment plus du Parti que ses membres eux-mêmes. Ainsi l'ancien séminariste Berthelet, chrétien militant, trouve-t-il apparemment superfétatoire de contester le cardinal Feltin, archevêque de Paris, qui arguera de sa dignité d'aumônier général des armées pour s'abstenir d'émettre la moindre réserve sur la répression et les tortures : toute sa hargne se concentre sur Maurice Thorez et son parti. « J'avais évolué vers le PCF, comme beaucoup de chrétiens progressistes, et, en 55-56, je me sentais très proche de ses positions. J'ai été complètement révolté par le vote des pouvoirs spéciaux. Ce fut la rupture définitive. » Les pouvoirs spéciaux : tournant décisif, pierre noire jalonnant la ligne molle du parti. Ils sont très nombreux à refuser d'oublier.

Et voilà le paria Curiel qui propose bravement aux réprouvés, dans la corbeille de mariage de son MAF, « les partis, les syndicats » – grosses et tristes choses qui leur font horreur – tout de même qu'il avait offusqué en Egypte les tenants d'un marxisme-léninisme pur et dur en les invitant à marcher avec les bataillons massifs de la petite bourgeoisie patriote. Certes, le manifeste du MAF critiquera sans ambages l'atonie de ce qu'on nommait dans le réseau « la gauche respectueuse » (le qualificatif avait fait florès parce qu'il renvoyait à la fameuse pièce de Sartre *La Putain respectueuse).* Il stigmatisera les reculades de ses chefs : « Ce que l'on nommait l'impuissance de la gauche n'était en réalité que la carence de ses dirigeants... Par un processus complexe, l'indécision ces dirigeants de la gauche, en dépit de la volonté d'action de bien des militants, a engendré l'apathie des masses pour la refléter ensuite. L'habitude se prenait d'un verbalisme vague, de motions inefficaces ou d'une polémique stérile. » Mais il notera aussi que « certains partis ou organisations donnent quelques signes d'un réveil tardif » et louera l'UNEF, principal syndicat étudiant, de « braver le pouvoir en renouant des relations avec l'association hors la loi des étudiants algériens » : « Centrales syndicales, suivez l'exemple de l'UNEF : établissez des liens avec l'Association générale des travailleurs algériens. »

« L'erreur de Curiel, analyse avec finesse Georges Mattéi, est d'avoir voulu capitaliser politiquement quelque chose – le soutien au FLN – qui n'était pas capitalisable. Car l'engagement de la plupart d'entre nous s'était fait en réaction aux organisations politiques, malgré elles et contre elles. Les uns trimbalaient leur mauvaise conscience de chrétiens, les autres leur romantisme : chacun son truc. Et là-dessus arrive un révolutionnaire professionnel – type peu commun à l'époque dans les rues de Paris – qui explique que le soutien doit être l'expression politique d'un anticolonialisme, d'où la nécessité de construire une force politique. L'organisation était la hantise du marxiste Curiel. Or, il s'adressait à des gens qui s'étaient engagés individuellement. Pour Berthelet et les autres, c'est l'épouvante. L'horreur politicienne vient souiller la pureté de l'aide. Et qui propage la contamination ? Curiel, “l'homme du Parti, l'homme de Moscou, le manipulateur venu du froid...” »

L'homme du Parti, l'homme de Moscou... Pour faire un tabac auprès de ces jeunes gens, il eût suffi à Henri Curiel de raconter l'histoire de ses relations avec le PCF. Le mépris permanent du « grand parti frère », l'affaire Marty, sa dénonciation comme « élément douteux », la suspicion jetée sur tous ses amis, leur exclusion finale du mouvement communiste égyptien entérinée sinon téléguidée par le Bureau colonial : on lui eût ouvert les bras, il serait devenu le martyr de la crasseuse bureaucratie stalinienne, le héros d'une jeunesse révulsée par les apparatchiki.

Pas un mot. Personne n'en saura rien. Force d'âme à la Vigny ? Plutôt une énorme capacité à encaisser, comme on dit des boxeurs (et comment ne pas voir, la part faite à une indéniable maladresse psychologique, que cet homme recru d'épreuves, abreuvé d'injustices dont il est sorti le cœur brisé, ne peut pas bien comprendre les froissements d'âme d'un Jeanson refusant d'admettre l'évidence que la sécurité du réseau exige sa mise sur la touche, les émois d'un jeune Berthelet qui, déclarant que « la lutte politique est dure », n'a pas payé trop cher pour le savoir...) C'est encore et surtout réflexe d'un politique. Le passé est à chaque instant aboli : seuls comptent présent et avenir. Il pourrait aussi bien qu'un autre faire le procès du PCF, en particulier de sa piteuse politique algérienne. Mais on est en 1960 et le Parti est toujours là, rassemblant le quart de l'électorat français, capable de mobiliser des centaines de milliers de militants. « Etre révolutionnaire, c'est transformer le monde. » Encore faut-il le voir tel qu'il est et discerner les leviers propres à le faire bouger. Pour Henri Curiel, le PCF recèle un potentiel révolutionnaire sans aucun doute bridé, voire dévoyé, mais dont il faut inlassablement tenter de découpler les forces.

Non seulement il ne se gagnera pas les sympathies en exhibant ses blessures politiques mais c'est à cette époque qu'il prend l'habitude, lui qu'on taxe de machiavélisme et qu'on soupçonne d'être « un manipulateur venu du froid » (ô Égypte !), de se présenter ainsi à tout interlocuteur inconnu : « Je suis un communiste orthodoxe. » Et si l'autre lui semblait hésiter sur l'interprétation, il précisait avec son plus beau sourire : « Je suis ce qu'on appelle en général un stalinien. » Staline eût trouvé cette candeur soupçonnable ; Berthelet la reçoit comme un aveu.

Mais il y a, dans le conflit engendré par le MAF, autre chose, et qui va plus loin.

***

« L'anticolonialisme ? C'était limiter beaucoup nos ambitions ! Nous nous voulions révolutionnaires. Il ne s'agissait pas seulement de lutter contre le colonialisme : il s'agissait de faire la révolution avec les frères algériens, puis de l'importer en France. » Georges Mattéi exprime parfaitement les certitudes qui habitaient alors bon nombre de ses camarades, et Jeanson lui-même.

Francis Jeanson savait trop bien son PCF pour s'abandonner au fantasme d'un Curiel lui servant de cheval de Troie au sein du réseau. Les rendez-vous avec Casanova et Waldeck-Rochet devaient tout à des circonstances d'exception. Depuis, Henri Curiel n'avait de relations qu'avec des communistes en dissidence officieuse : Jean Pronteau, bientôt exclu ; Pierrard, en désaccord avec la direction ; Victor Leduc, animateur d'une fraction contestatrice. Pour Jeanson, le problème n'est pas Curiel, mais, plus sérieusement, le Parti lui-même. Dans une lettre très éclairante publiée pour la première fois par Hamon et Rotman, il écrit alors à son successeur : « Sans doute nos analyses ne diffèrent-elles qu'à partir du moment où il s'agit de désigner le véritable moteur de la lutte : car il me semble que pour toi c'est le parti communiste, et si je suis théoriquement d'accord sur ce point de vue, je crois, quant à moi, que le Parti n'est pas encore en mesure de jouer ce rôle (qui en effet lui reviendrait de droit) et qu'il faut bien qu'une avant-garde le joue, assurant en quelque sorte une fonction intérimaire et s'efforçant de rappeler sans cesse aux militants du socialisme leur véritable rôle. » Curiel, selon ceux qui partageaient alors sa pensée, ne voyait aucune contradiction entre cette position et la sienne. Il ne se faisait pas d'illusion sur les capacités motrices du PCF : il voulait seulement faire servir le moteur avant-gardiste à l'allumage de la lourde machinerie communiste.

Le vrai clivage se situe à propos de ce que les deux hommes appellent « la révolution algérienne ». Jeanson, comme Mattéi et beaucoup d'autres, épouse les thèses de Frantz Fanon et croit que la victoire du FLN signifiera davantage que l'indépendance de l'Algérie : elle inaugurera un mouvement authentiquement révolutionnaire dont l'onde de choc, se propageant à travers la Méditerranée, donnera à l'avant-garde française une impulsion décisive. Robert Davezies : « Henri ne voyait de révolution possible en France que par la conversion du PCF. Francis, au contraire, considérait que la révolution algérienne était capable de provoquer l'éclatement de la Ve République et du capitalisme français. » Et Jeanson supporte mal que Curiel mette en doute le potentiel révolutionnaire du FLN : « On ne me pardonnait pas, écrit-il à un ami, de croire à la révolution algérienne. Or je n'y « croyais » pas, je n'avais pas besoin d'y croire : je la voyais prendre forme et se développer de jour en jour, je suivais pas à pas cette prodigieuse fermentation à la base qui est beaucoup plus que l'application (déjà fort rare à notre époque) des « théories » marxistes, car elle est la réinvention même du marxisme... »

Jean Daniel, né en Algérie, bon connaisseur des réalités maghrébines, s'interroge au même moment dans *Esprit :* « Je crains que nos philosophes n'en soient arrivés à « sacraliser » le FLN comme les intellectuels staliniens sacralisaient il y a quelques années le parti communiste. C'est la recherche angoissée de l'absolu disparu. C'est la considération du FLN comme seule force organisée de la gauche. »

Recherche de l'absolu : toute une génération s'y jettera, cherchant dans les brasiers du tiers monde le brandon qui ranimerait les cendres refroidies de l'Europe. C'est l'Algérie ; ce sera Cuba, la Chine, le Viêt-nam. Tant de foi et tant d'espoir ont été investis dans cette quête sans cesse recommencée, toujours déçue, que nous ne sommes pas tenté de rire en visitant vingt ans après les cimetières de l'illusion lyrique.

Son passé préservait Curiel. Car Francis Jeanson se trompe évidemment lorsqu'il écrit en janvier 1962 ces phrases grinçantes qui, sous le pluriel de circonstance, visent son successeur : « J'ai compris, à force de torpillages et d'embûches de tous ordres, comment certains pouvaient soutenir la lutte algérienne tout en méprisant le peuple algérien, c'est-à-dire en lui déniant toute aptitude révolutionnaire ; j'ai entendu traiter de « paysans frustrés » les responsables de la Fédération de France ; j'ai vu des hommes qui semblaient avoir le vrai communisme dans la peau et qui se refusaient à admettre qu'une révolution puisse avoir lieu dans un pays sous-développé, aussi longtemps que le parti communiste de la métropole n'y jouerait pas un rôle prépondérant. » Le dernier reproche est infondé : Curiel avait trop souffert sous le Bureau colonial pour reprendre la thèse éculée, partout démentie et abandonnée même par le PCF, que le cadet colonisé devait attendre son salut du grand parti frère. Quant au reste, pur contresens ! Henri Curiel ne dénie pas « toute aptitude révolutionnaire » au peuple algérien : il le croit capable de faire sa propre révolution mais ne voit ni comment ni pourquoi il ferait celle des autres. Autrement dit, la mission historique du FLN est, comme son nom l'indique, de réaliser la libération nationale de l'Algérie – c'est en soi une révolution –, non de raviver la flamme révolutionnaire française. Où est le mépris ? Chez un Curiel qui prend l'exacte mesure des problèmes affrontés par les patriotes algériens et des moyens dont ils disposent pour les résoudre, ou chez ceux qui, si l'on ose dire, continuent de faire suer idéologiquement le burnous en lui demandant de produire de la révolution utilisable par le consommateur français ? « Paysan frustré » ? L'expression fait le tour du réseau, suscitant la plus violente indignation. Robert Davezies : « Il est clair que pour Henri, la lutte des Algériens n'était pas une révolution au sens strict du mot puisqu'elle n'était pas dirigée par la classe ouvrière. Cette lutte ne cadrait pas avec l'histoire de la révolution telle qu'il l'avait apprise. Henri l'analysait comme la révolte de paysans frustrés de leur terre. » Mais non ! Curiel n'est pas un examinateur marxiste recalant les candidats dont la copie révolutionnaire n'est pas conforme au programme. Il n'avait pas appris « l'histoire de la révolution » dans les manuels. Il avait milité dans un pays où la classe ouvrière était infiniment minoritaire. Il avait vécu une période révolutionnaire au milieu de « fellahs frustrés » qu'il avait vu marcher sus aux mitrailleuses pour obtenir par le sang l'évacuation de l'occupant anglais. Il s'était battu pendant dix ans contre ceux qui, au sein du mouvement communiste égyptien, ne reconnaissaient pour révolutionnaire que le modèle breveté Marx, révisé Lénine, et refusaient de prendre en compte la situation originale d'un pays sous-développé occupé et exploité par l'étranger. Passé au banc d'épreuve égyptien, il avait compris qu'une révolution tiers-mondiste n'a guère à emprunter aux sociétés industrielles occidentales, rien à leur proposer. Il en avait surtout retiré la certitude de l'inéluctabilité des étapes. Didar Rossano, formée à la même école du réel : « Notre décision d'aider le FLN ne reposait pas sur l'avenir de la révolution algérienne. Il faut beaucoup de temps et de travail pour qu'un peuple colonisé et maintenu dans l'arriération se mobilise pour construire le socialisme. » Curiel et ses amis avaient tout de suite compris que Nasser, c'était mieux que Farouk – évidence pour le peuple égyptien, qui y voyait une révolution alors que les gauches européennes concluaient au remplacement d'un autocrate par un dictateur. Mais Nasser n'était pas Lénine. Les masses algériennes, à leur stade d'évolution historique, se reconnaissaient dans la direction petite-bourgeoise du FLN comme les masses égyptiennes s'étaient identifiées à une poignée de colonels. Mais Ben Bella ne serait pas Lénine. Henri Curiel n'acceptait pas le FLN faute de mieux : il l'appréciait d'être une étape décisive vers le mieux.

« On était vraiment déconnants, constate aujourd'hui Georges Mattéi lorsqu'il évoque l'espoir défunt d'une réaction révolutionnaire en chaîne. Le problème, c'est qu'on ne connaissait pas les camarades algériens. Lui les connaissait : à travers les Egyptiens. Même erreur lorsque nous avons créé *Partisans.* Nous étions complètement sous l'influence de Fanon, tombé depuis aux oubliettes de l'Histoire. Cela ne s'est passé nulle part comme il avait dit. La vérité, c'est qu'aucun de nous, ou presque, n'avait une connaissance réelle des pays colonisés. »

⁂

Le congrès de Saint-Cergue reste pour tous un triste souvenir.

Henri Curiel avait voulu marquer de solennité la fondation du MAF. Grâce à ses amitiés suisses, Jehan de Wangen obtint une salle à la mairie de Saint-Cergue. Trente délégués vinrent de toutes les régions de France, représentant les « porteurs de valises », les diffuseurs de *Vérités Pour,* les déserteurs et insoumis de Jeune résistance, les sympathisants du réseau ; l'un d'eux représentait aussi les Renseignements généraux mais on ne l'apprit qu'avec retard.

Bien loin de se dérouler dans l'ambiance adorable d'une naissance, la réunion s'enveloppe d'une lumière crépusculaire. Elle a été précédée de manœuvres dignes d'un congrès radical où Henri Curiel a fait preuve de la virtuosité acquise tout au long des luttes de factions du mouvement communiste égyptien. Ainsi avait-il démontré aux membres de Jeune résistance, avec les meilleurs arguments du monde, l'intérêt qu'ils avaient à rester à l'écart du réseau : c'était du temps que Jeanson le dirigeait. Il leur a depuis expliqué, avec les meilleures raisons du monde, que la place de Jeune résistance ne saurait être qu'au sein de son MAF. Ce 20 juillet 1960, Jeanson est à Saint-Cergue, mais isolé. Curiel, maître du congrès, se montre sous son plus mauvais jour : dur, cassant, systématique. Un Robert Davezies, pourtant son partisan résolu, doit se tenir à quatre pour ne pas éclater. Les débats, empoisonnés par la rancœur des uns, la méfiance des autres, tournent au règlement de compte. Georges Mattéi, navré : « C'était un vrai rassemblement de mafiosi. » (Et pour les adversaires d'Henri, les membres du MAF, au lieu d'être appelés mafistes, deviendraient les mafiosi...) « Il faut dire, constate Davezies avec un soupir, que Francis et Henri avaient un côté diva qui n'arrangeait rien. Henri n'avait aucun humour. Un poignard n'a pas d'humour. Et puis nous étions tous si fatigués, nerveusement épuisés... A distance, c'est l'impression dominante qui me reste de Saint-Cergue, de toute cette période odieuse et bête : des types au bout du rouleau qui n'ont plus que la force de s'engueuler... » Martin Verlet garde un même souvenir d'épuisement nerveux absolu, propice à tous les psychodrames. « La clandestinité use. » Cela fait deux ans, trois ans, parfois plus, qu'ils trimbalent leurs valises, impriment des tracts, distribuent *Vérités Pour,* comptent des montagnes de billets, font passer les frontières aux clandestins, cherchent des planques, déjouent des filatures, vivent dans la crainte de se faire prendre et l'angoisse de faire prendre les frères promis à la torture, peut-être à la mort...

Triste Saint-Cergue ! Curiel excepté, tous ceux qui se déchirent là, et leurs mandants, ont en commun d'avoir pris la décision la plus difficile, la plus courageuse et en l'occurrence la plus juste : celle de se mettre au ban de la communauté nationale pour aider son adversaire déclaré. Certains la paieront de longues années de prison. Berthelet et sa poignée de pèlerins ne savent même pas s'ils pourront rentrer un jour en France car la désertion n'est en principe jamais amnistiée. Tous ont accepté d'être diffamés par l'autre camp, reniés par le leur. Depuis la Résistance, c'est la première fois qu'est posé un acte collectif impliquant autant de courage politique et humain. Car nous savons bien aujourd'hui qu'ils ont été l'honneur de la France occupante comme les autres l'avaient été de la France occupée. Et les voilà qui se bouffent le nez. (Comme les autres, d'ailleurs. Prenez la monumentale *Histoire de la Résistance* d'Henri Noguères. Les premiers tomes : des êtres admirables accomplissent des prouesses qui nous enflamment le cœur ; les derniers : des organisations, mouvements, réseaux s'opposent si durement que le lecteur est en danger d'oublier leur adversaire commun. Vous me direz : c'est la politique. D'accord, mais entre toutes les illusions lyriques, on a bien le droit de choisir celle de la fraternité.)

Bref, Henri Curiel triomphe sur toute la ligne. Ephémère victoire. Le FLN, peu soucieux d'avoir à traiter avec une organisation politique bien plus autonome qu'un réseau, va redistribuer les cartes. Jeune résistance gardera son indépendance. Le réseau continuera l'aide technique. Le MAF se consacrera à la propagande.

Et puis Curiel est arrêté.

ROSETTE tomba la première.

Francis Jeanson était en Suisse avec une camarade, Cécile Marion, suspendu au déroulement de ce qu'on nommait le « procès Jeanson », qui était en vérité celui des membres du réseau arrêtés en janvier-février. Les péripéties judiciaires tinrent l'opinion en haleine du 5 septembre au 1er octobre 1960. La publication du Manifeste des 121 ponctua spectaculairement le procès en révélant au public que des personnalités des arts et des lettres soutenaient désormais le droit à l'insoumission dans la guerre d'Algérie. Une lettre de Sartre fit sensation : le philosophe s'y déclarait prêt à porter les valises du FLN. Incontestablement, quelque chose bougeait. Lassitude générale de la guerre, exaspération devant les manœuvres des ultras de l'Algérie française, certitude grandissante que de Gaulle avait décidé d'en finir : tout concourait à un glissement de l'opinion publique.

Jeanson avait besoin de dix millions de centimes pour ses filières. Rosette les retira de la banque et les lui remit dans un café proche. Il était filé. La police suisse l'arrête en compagnie de Cécile Marion. Il a une fausse carte d'identité belge. Les autorités suisses la lui restituent et l'expulsent aussitôt vers l'Allemagne avec son amie. Jeanson leur avait fait observer avec bon sens qu'il risquait d'être « un hôte encombrant ».

Le lendemain matin, 7 octobre, Rosette est cueillie dans le petit studio mis à sa disposition par le père

Kaelin. Les policiers, d'une grande correction, trouvent dans son sac un jeu de faux papiers, dont un faux passeport. Soit que Rosette fût trouvée moins « encombrante » que Jeanson, soit que la possession d'un faux passeport fût plus grave que celle d'une fausse carte d'identité, soit pour une autre raison dont le secret repose toujours dans un dossier helvétique, le fait est qu'on l'écroua à la prison Saint-André au lieu de l'expulser. Reçue comme une criminelle par les gardiennes, une pancarte « Dépend de la Fédération helvétique » accrochée à sa porte, Rosette allait passer deux mois en cellule dans l'isolement le plus complet. Elle n'eut pour la réconforter que la visite du cousin André Weil-Curiel, accouru de Paris, et celle du père Kaelin. Elle trouva odieux son vieux juge d'instruction, qui marqua un réel scepticisme lorsqu'elle lui raconta que son compte en banque était alimenté par l'héritage de son beau-père.

« En réalité, dit-elle, j'étais écrasée par les responsabilités. Tout l'argent du FLN était à mon nom. J'avais bien donné une procuration à une amie suisse mais j'ai su qu'elle avait peur et ne voulait pas bouger. L'argent est resté bloqué pendant deux mois. Pour les Algériens, c'était dramatique. Il fallait que je sorte. »

Son avocat suisse lui proposa une transaction : « Renoncez à votre demande de résidence et l'on vous oublie. » Sur le conseil d'Henri, elle avait en effet demandé le droit à résidence ; le père Kaelin était sur le point de le lui obtenir grâce aux bons offices d'un notaire de Martini. Elle accepta et reçut avis de son imminente expulsion vers l'Allemagne. Elle ne voulait pas aller en Allemagne, terre d'élection des services spéciaux français officiels et officieux. Le père Kaelin fut appelé à la rescousse : « Je connaissais le conseiller fédéral de la Justice de Berne. J'ai obtenu un rendez-vous le jour même. Nous avons discuté deux heures. C'était un chrétien traditionnel et il était très surpris de voir un prêtre intervenir pour une criminelle. En Suisse, la possession d'un faux passeport est un crime abominable.

Mais il a fini par donner un coup de fil ordonnant de surseoir à l'expulsion. »

Munie d'un laissez-passer pour la Tunisie délivré par les dirigeants du FLN, Rosette atterrit finalement à Tunis. Personne ne l'y attendait. La police tunisienne l'interrogea sèchement et elle découvrit avec surprise qu'un laissez-passer algérien n'était pas un sésame à Tunis. Croyant arranger les choses, elle déclara naïvement avoir été expulsée de Suisse parce qu'elle était communiste. Le policier fronça les sourcils, dégaina son revolver et le posa sur la table. L'interrogatoire prit un ton franchement hostile. La Tunisie n'était décidément pas ce que Rosette avait cru. La décision de la fourrer en prison resta en suspens plusieurs heures, puis on la mit dans un taxi. Elle se fit conduire au *Grand Hôtel.* Dans le hall, elle tomba dans les bras de Sarah Blau, la sœur de Joyce. Sortie d'Egypte mal en point, Sarah s'était refait une santé en France avant d'être expulsée. Elle avait désormais la nationalité tunisienne. En contact avec tous les dirigeants du FLN installés à Tunis, elle ouvrit à Rosette les portes nécessaires. Rosette fut déconcertée : « Les Tunisiens détestaient les Algériens. Les Algériens méprisaient les Tunisiens et se comportaient comme en pays conquis. » Mais la surprise le céda à l'écœurement quand elle découvrit les féroces luttes de clans se déroulant au sein du FLN : « Je croyais m'être battue pour une belle cause et je découvrais que les frères algériens se déchiraient à belles dents. Cela n'a pas remis en cause mon engagement mais j'ai décidé de ne plus faire de politique. » Son illusion lyrique avait reçu un coup mortel. Munie d'un passeport tunisien en bonne et due forme, elle s'envola pour Bruxelles, où elle retrouva Joyce Blau. Puis elle s'effondra nerveusement. Une cure de sommeil de quinze jours la tira du marasme mais sa dépression allait durer six mois. Les illusions lyriques ont parfois l'agonie longuette.

***

Joyce avait échappé de justesse à la prison. Ce même mois d'octobre 1960, à Paris, roulant avec

Henri dans une voiture pleine de documents, elle repère dans son rétroviseur trois voitures obstinées. Quelques rues plus tard, le doute n'est plus possible : ils sont pris en filature. Ils arrivent à Vanves et entrent dans l'allée du petit pavillon du camarade chargé d'entreposer les tracts. Les policiers se garent dans la rue. La voiture est prestement vidée. Le camarade évacue Henri, accroupi sur le plancher de la voiture, en sortant par l'arrière de la maison. Joyce reste ostensiblement pour fixer les policiers. A minuit, ceux-ci font irruption, l'arrêtent et la conduisent au siège de la DST, rue des Saussaies.

Il est pratiquement impossible de faire comprendre au lecteur comment des policiers coriaces et expérimentés, vouant, après six ans d'une guerre où ils étaient en première ligne et avaient essuyé des pertes cruelles, une haine farouche à tout ce qui était FLN ou pro-FLN, ont pu se faire rouler au point de laisser filer une prise exceptionnelle. Joyce est un phénomène dont la description et l'interprétation excèdent les limites de notre art. Arrivée aux Saussaies, elle se présenta comme l'institutrice des enfants de Vanves. Elle tremblait si fort qu'un policier compatissant lui apporta une chaufferette, croyant qu'elle avait froid. C'était la peur. « Où est Guillaume ? » lui demanda-t-on. C'était le pseudonyme d'Henri. Les mélopées lamentables qu'elle produisit en réponse créèrent une grande tension. Les trois policiers qui l'interrogeaient perdirent de leur sang-froid : « Attention ! Ne nous obligez pas à vous frapper ! On va vous gifler ! » Elle devint comme une folle. D'une voix hystérique, elle appela sa mère. Elle l'appela des heures durant dans un registre suraigu. A quatre heures du matin, la DST craqua. On fourra Joyce dans une voiture et on la ramena à Vanves.

Elle se rendit aussitôt à pied dans la petite chambre de la rue de Tournon où se cachait Henri. Elle trouva son ami dormant tout habillé sur le lit, enveloppé dans son manteau. Connaissant Joyce, Henri ne s'étonna pas outre mesure de sa remise en liberté ; mais il ne fallait pas tenter le diable : la DST, ses tympans pacifiés, risquait de réaliser sa bévue. De fait, elle retourna dans la journée à Vanves et fit rageusement chou blanc. Joyce, grimée et déguisée, passa en Allemagne. Elle s'installa à Bruxelles après l'arrestation d'Henri : « Ce fut la pire période de ma vie. Je croyais qu'on torturait et tuait en prison. Je suis tombée malade. Une jaunisse. Tout était sombre et triste. J'ai continué à rendre des services au FLN mais ce n'était plus pareil. Je n'aimais pas ces types qui essayaient toujours de me draguer. Moi j'agissais par devoir. Ma seule joie était la lettre quotidienne d'Henri, écrite à l'encre sympathique. Il me demandait de les détruire après lecture. Je n'ai jamais pu le faire. Il dirigeait ma vie de sa prison. » Elle obtint un travail de chercheur à l'université de Bruxelles et entama le parcours universitaire qui ferait de la petite dactylo cairote un professeur de l'Ecole des langues orientales.

Henri et les siens se savaient sur le gril. L'été avait été démentiel. Juillet et août étaient traditionnellement des mois noirs pour le réseau car les militants non permanents et les sympathisants partaient en vacances. Les tentatives d'étalement avaient échoué là comme ailleurs. On acceptait volontiers le risque d'une villégiature de quelques années à Fresnes ou à la Santé mais pas question de renoncer aux quatre semaines estivales à Palavas-les-Flots. L'été 1960 fut pire que les autres, obligeant à des cadences folles les rares militants disponibles. Etienne Bolo : « En août, j'ai parcouru vingt-trois mille kilomètres. Je me souviens qu'une fois, en sept jours, j'ai fait Paris-Cologne-Paris puis Paris-Coblence-Paris, et qu'au retour Curiel m'a demandé de filer à Marseille chercher trente briques. Je suis resté trois nuits sans dormir ; je marchais à coups d'amphétamines. » On conçoit l'épuisement nerveux des congressistes de Saint-Cergue, réunis le 20 juillet.

Didar Rossano constate que la raréfaction militante obligea à enfreindre la règle du cloisonnement : « Mon rôle à ce moment-là n'était pas d'assumer physiquement les passages de frontière, seulement de les organiser. Mais il y a eu des trous et j'ai été obligée de les boucher, voiture ouvreuse ou voiture transporteuse selon les nécessités. Une fois, j'ai dû partir en catastrophe pour faire passer un jeune Algérien – double passage : France-Luxembourg, Luxembourg-Allemagne. A pied. Je tenais le garçon par la main pour le rassurer. Henri était furieux mais comment faire ? Je travaillais beaucoup avec Jehan de Wangen mais il m'est arrivé aussi de servir de chauffeur à Omar Boudaoud, le chef de la Fédération de France du FLN. Autant dire que le cloisonnement a été souvent bafoué, cet été-là... Il n'y a pas eu de pépins mais nous avons certainement été repérés. »

En septembre, Jehan de Wangen, qui fume trois paquets et demi de cigarettes par jour, s'éclipse d'une réunion pour refaire son plein de tabac. Un piéton photographe, surpris par sa sortie inopinée, braque son appareil sur lui, puis se met à mitrailler la rue avec une conviction peu convaincante. Plusieurs militants repèrent dans leur sillage des silhouettes suspectes. Il est établi que des téléphones sont sur table d'écoute. De nouveau, la psychose de l'arrestation s'empare du réseau. Puis l'alerte avec Joyce. Pour couronner le tout, un avocat algérien, défenseur habituel des militants FLN, passe à Etienne Bolo une information sûre : la DST prépare une quinzaine d'arrestations.

Henri exhortait au calme mais il était trop vieux clandestin pour ne pas sentir venir l'hallali. L'étau se resserrait autour de lui au point d'entraver l'efficacité du réseau. Bien qu'il lui en coûtât, son départ s'imposait. Une équipe moins repérée prendrait la relève. Il décida de rejoindre Rosette à Tunis. Là-bas, il continuerait son action sous une autre forme, avec d'autres moyens. Il était cependant sans illusions, son expulsion d'Egypte lui ayant fait mesurer les handicaps de l'exil. Or, en dépit des réticences du FLN et des zizanies intestines, il croyait au MAF. Il prit le risque de retarder son départ jusqu'à la publication du programme ; une équipe à dominante communiste achevait sa rédaction ; Georges Mattéi s'était chargé de l'impression. Le programme diffusé, le MAF aurait son assise. C'était une question de jours.

Il se cachait chez un couple de sympathisants habitant en banlieue. La jeune femme, sans expérience militante, supportait mal la tension ambiante et vivait du matin au soir au bord de l'évanouissement. Henri décida d'abréger l'épreuve et fixa son départ pour l'Allemagne au 22 octobre. Le matin du 20, Jehan de Wangen et Georges Mattéi vinrent le chercher pour une ultime réunion de mise au point. Où la tenir ? La pression policière avait raréfié les planques sûres. Ils choisirent un appartement du 176, rue de Grenelle, dont la locataire en titre était au cinéma la doublure de Michèle Morgan ; elle hébergeait en connaissance de cause Christian Mottier, membre du réseau, et son amie Marie-Claude Bouchoux. L'appartement était utilisé comme relais téléphonique mais la ligne souffrait depuis quelque temps d'un grésillement suspect, de sorte que consigne avait été donnée de ne l'utiliser qu'en cas d'urgence et sans jamais préciser l'heure ou le lieu d'un rendez-vous. Mais l'endroit pouvait être tenu pour relativement sûr dans la mesure où il n'avait servi ni de planque ni de lieu de réunion. Curiel et ses amis n'y resteraient que quelques heures – le temps de se passer les ultimes consignes et de vérifier la nouvelle répartition des tâches.

Henri monte dans la voiture de Jehan de Wangen. Georges Mattéi ouvre la voie dans la sienne. À la moindre alerte, il provoquera un accident permettant au second véhicule de prendre la tangente. Le trajet s'effectue sans problème.

Ce matin-là, Didar Rossano avait rendez-vous avec Wangen à neuf heures trente dans un square de la rue Monge. Elle l'attendit en tournant autour du square. Elle était épuisée comme tout le monde, et réfrigérée ; l'automne parisien lui semblait sibérien. Elle logeait dans un atelier délabré proche de l'Hôtel de Ville, sans eau courante ni chauffage ; la nuit, l'air froid pénétrait par la lucarne brisée ; il lui avait fallu acheter une couverture électrique pour retrouver un peu de sommeil. Rentrée chez elle, son grand bonheur était de se blottir sous sa couverture et d'écouter pendant des heures les chœurs de l'Armée Rouge dont elle empilait les disques sur son pick-up.

La fatigue et le froid restaient cependant peu de chose auprès du cas de conscience qu'elle venait de trancher dans la douleur mais qui continuait de la tarauder. Osmane, remarié, poursuivant à travers le monde sa carrière diplomatique, elle avait la garde de leurs deux filles. Les enfants avaient passé plusieurs années à Vence, en pension chez deux excellentes femmes spécialisées auparavant dans l'élevage des chiens, dont l'une était assez agressive lorsqu'elle avait bu. L'aînée des filles s'en tira à merveille ; la cadette eut des problèmes. Didar les reprit avec elle et toutes trois vécurent une année matériellement difficile mais de bohème exquise dans deux chambres d'un petit hôtel de la rue Victor-Cousin, près du Panthéon. Henri Curiel venait souvent passer la soirée avec elles et des militants du réseau, pédagogues ou pédiatres de profession, s'occupèrent efficacement des enfants. Pour les vacances d'été 1960, Didar avait trouvé à Argelès-Gazost un home d'enfants tenu par un couple de juifs autrichiens qui avaient fui jadis le nazisme. Mais en septembre, que faire ? Il n'était plus question de faire partager aux petites les aléas d'une vie clandestine. Didar inclinait à les laisser à Argelès. Rosette lui conseilla de passer en Suisse avec elles : une vie de famille serait là-bas possible tout en laissant à Didar maintes opportunités d'action. Henri la laissa libre de son choix. « Conscience politique ? se demande-t-elle aujourd'hui encore. Sûrement. Goût de l'action ? Sans aucun doute. Tout ce que je sais, c'est que je ne pouvais pas faire un autre choix, que je ne pourrais toujours pas en faire un autre. » Mais son récent voyage à Argelès la laissait bouleversée : « Cela avait été très pénible. Nous avions beaucoup parlé, toutes les trois. Comment leur faire comprendre qu'il fallait que je les laisse, que je ne pouvais pas agir autrement ? »

A onze heures, Wangen n'était toujours pas là. Elle se demanda s'il n'avait pas été arrêté. L'un de ses contacts téléphoniques avec lui passait par Christian Mottier. Elle appela la rue de Grenelle. Mottier lui dit : « Viens au début de l'après-midi : ils seront tous là. » C'était enfreindre l'interdiction de mentionner l'heure ou le lieu d'un rendez-vous mais Didar ne se souvient pas d'avoir bronché. La fatigue, peut-être, et la multiplication des alertes depuis quelques jours. Le fait aussi que les écoutes téléphoniques de routine se pratiquaient par enregistrement magnétique ; on savait que les policiers n'écoutaient les bandes qu'en fin de journée : la réunion serait terminée.

Elle déposa chez un militant des passeports à transformer et se rendit rue de Grenelle. Henri Curiel et Jehan de Wangen étaient au travail. Henri lui demanda d'aller à un rendez-vous avec Martin Verlet ; Christian Mottier l'y conduirait en voiture. En accompagnant Didar à la porte, il lui annonça qu'elle devrait quitter la France, elle aussi, et se replier avec Rosette et lui sur la Tunisie. Ils étaient trop brûlés pour envisager de continuer, au risque de mettre le réseau en péril. Didar voulait protester mais la profonde tristesse d'Henri et son ton suppliant l'en détournèrent. Elle se borna à lui dire qu'ils en reparleraient à son retour du rendez-vous avec Verlet.

Peu après son départ, Jehan de Wangen quitte l'appartement pour téléphoner d'une cabine publique. Au bas de l'escalier, il distingue plusieurs silhouettes dans le couloir d'entrée de l'immeuble. Il fait demi-tour, remonte quatre à quatre et ferme la porte à double tour. Henri et lui vident leurs poches. On sonne à la porte. Ils brûlent leurs papiers. Le seul document volumineux est un rapport de synthèse sur des entretiens diplomatiques franco-allemands établi à partir des informations fournies par des journalistes amis. Henri ouvre la fenêtre et déchire les feuillets. Las ! il pleut à verse : les bouts de papier, plaqués par la pluie, tombent dans la rue. En bas, les policiers s'agitent. Des passants obligeants font la cueillette des confettis ; quelques commerçants quittent même leur boutique et donnent un coup de main (Didar s'en étonnera naïvement : « Cela ne serait jamais arrivé à Londres. Londres m'a toujours fait l'effet d'une ville prolétarienne tandis que Paris n'est qu'une ville petite-bourgeoise. »

Pourquoi pas ? Cela dit, la rue de Grenelle n'est pas à Ménilmontant).

Quatorze policiers de la DST font irruption dans l'appartement, mitraillette au poing. Une partie de l'équipe conduit ses prises rue des Saussaies, le reste s'installe en souricière.

Le téléphone de l'appartement était placé sur écoute permanente, c'est-à-dire qu'un policier, et non un magnétophone enregistreur, entendait en direct les conversations. La phrase de Christian Mottier : « Ils seront tous là » a déclenché la descente en force de la DST.

Didar revenait avec une décision ferme : elle ne partirait pas pour la Tunisie. Henri avait des responsabilités politiques et se situait à un niveau tel qu'il resterait utile à l'extérieur. Quant à elle, sa seule justification était de pouvoir remplir des tâches ponctuelles exigeant une certaine expérience. Et le réseau, si l'offensive policière se déclenchait, aurait plus que jamais besoin de militants entraînés.

Elle devait longtemps se reprocher son manque de vigilance. Christian Mottier garait la voiture à proximité de l'immeuble. Sans l'attendre, elle court vers la porte sous la pluie battante. Peut-être se fiait-elle trop à sa toute récente transformation physique. Selon son habitude, elle s'était rajeunie : cheveux teints en roux, coupés « à la chien », coiffés d'un paradoxal béret de parachutiste, lunettes escamotées. Ses amis la jugeaient méconnaissable. Mais elle n'allait jamais à un rendez-vous forain ni n'entrait dans un immeuble sans inspection préalable des alentours. Cette fois, elle se jette à l'étourdie dans la gueule du loup. Deux policiers l'interceptent : ils l'avaient vue descendre de la voiture de Mottier, identifié comme l'un des occupants de l'appartement du troisième étage. Didar s'en voulut de n'avoir pas même esquissé une tentative de résistance ou de fuite ; après cela, elle suivit un entraînement de judoka pour se mieux conduire en pareille éventualité. Christian Mottier, arrivé sur ses talons, se retrouva lui aussi menottes aux poignets.

Quelques heures plus tard, Georges Mattéi, inquiet d'être sans nouvelles, se fait conduire rue de

Grenelle par un ami. Blotti au fond de la voiture, il constate l'envahissement policier. Le soir même, l'alerte est donnée. Avec les captures de Curiel, Didar et Wangen, le réseau est décapité. Etienne Bolo – militant essentiel – et Robert Davezies vont bientôt tomber. Georges Mattéi et Jacques Vignes – un vieux de la vieille de chez Jeanson – assurent la relève, bouchent les trous, recrutent une nouvelle génération de militants. De l'automne 1957 au 18 mars 1962, date du cessez-le-feu, le réseau de soutien aura, à travers répression policière et soubresauts internes, assuré ses services sans interruption.

⁂

Fondateur et directeur de la DST, Roger Wybot avait dit des Curiel : « S'ils entrent en France, je les fais interner au Sahara. » C'était en 1951. Ils étaient aussitôt entrés en France et la DST avait mis neuf ans à s'emparer d'Henri Curiel. Neuf années représentent une belle longévité clandestine.

Il n'était plus guère envisageable de les déporter au Sahara et, à dire vrai, le premier sentiment d'Henri fut qu'on ne savait pas trop quoi faire de lui. Quant à Didar, qui s'attendait au pire, elle eut l'impression bizarre de se trouver en face de fonctionnaires complétant paisiblement les imprimés nécessaires à une banale procédure d'expulsion. Les policiers avaient trouvé sur elle des tracts émanant du parti démocrate kurde : elle s'était liée aux Langues orientales avec des patriotes kurdes et facilitait l'impression de leur matériel de propagande. C'était un terrain sûr. Elle ne fut pas avare de révélations sur l'histoire de ce peuple attachant, sa culture d'une richesse injustement méconnue en Occident (quels poètes épiques ! Je ne les ai pas lus mais Joyce, autre kurdophile ardente, m'en a parlé pendant des heures, je me sentais devenir flicophile-kurdophobe), la nécessité enfin de réparer l'iniquité séculaire en permettant la création d'un Etat kurde. L'inspecteur dactylographe, effaré, l'interrompait sans cesse pour lui demander d'épeler les noms propres. Cela, qui dura à peu près une heure, se termina par le hurlement d'un autre inspecteur : « Mais on s'en fout, nous, de la question kurde ! » Et l'on passa aux choses sérieuses.

Même retournement, au même moment, pour Curiel et Wangen. Henri devait l'attribuer par la suite à une intervention des services américains. L'hypothèse est fragile. D'une part, le délai eût été bien bref pour une telle intervention ; d'autre part, la DST disposait depuis longtemps d'informations précises sur son passé, sinon le veto de Wybot ne s'expliquerait pas. Les deux hommes refusèrent de répondre aux questions. Elles leur apprirent qu'ils étaient parfaitement identifiés mais que les policiers étaient bien loin de se former une représentation précise du réseau et du partage des responsabilités. C'était de bon augure pour les rescapés.

Didar tremblait car un inspecteur feuilletait son carnet. Il ne comportait naturellement aucun nom, aucune adresse, aucun numéro de téléphone, et les rares indications de rendez-vous étaient codées (jours et heures décalés, lieux non identifiables) mais le matin même, après avoir remis au militant les passeports à falsifier, elle avait noté en clair sur la dernière page du carnet le rendez-vous qu'il lui avait fixé pour la restitution des documents : « 19 h. métro LM ». L'heure était proche. Le repérage du militant serait aisé si la DST possédait déjà sa photo ; les passeports le trahiraient en tout cas. Et l'inspecteur approchait de la dernière page...

Un autre policier examinait la carte grise de la 2 CV de location de Didar. Elle se tourna vers lui en mettant toute l'anxiété possible dans son regard. Il lui posa des questions. Elle répondit de manière évasive puis lâcha que la voiture était dans un garage. « J'ai été quasiment soulevée de ma chaise et emmenée au garage par quatre policiers. Oublié, le carnet de notes ! » La fouille de la voiture dura jusqu'à vingt heures et les policiers rentrèrent bredouilles pour reprendre, mais trop tard, l'examen du carnet. La découverte du rendez-vous périmé suscita de rudes interjections.

Didar avait abandonné depuis longtemps sa 2 CV, trop repérée. Elle l'avait louée, avec son consentement, au nom de Sam Bardell, ce sous-officier anglais qui avait fréquenté jadis le Rond-Point, facilité le passage en Palestine de Rosette et de son amie Henriette, cousine d'Albert Arié, qu'il avait fini par épouser, coopéré enfin au sauvetage des démocrates grecs persécutés par ses compatriotes. Vingt ans déjà ! Mais Sam est toujours là, solide au poste, prêt à donner un coup de main. Amours anciennes, amitiés d'enfance, vieilles fraternités : invisibles passerelles jetées à travers le temps et l'espace, et qui forment leur vrai réseau à l'intérieur des réseaux. Oiseaux rares dans la couvée jeansonienne, Henri et Didar apporteront au grand public le frisson romanesque d'un couple exotique relevant de l'imagerie de l'agent international. Mais quand ils se croiseront dans un couloir de la DST, le regard qu'ils échangeront renverra à cet autre regard complice de l'aîné à l'adolescente fugueuse, jadis, dans la calèche poussiéreuse du Caire, et lorsque Didar apercevra, par une fenêtre ouverte, Henri assis mains jointes devant un aréopage policier, de l'autre côté de la cour, elle sera rassurée : « Il avait son air abouna. » Les tribulations peu ordinaires qui font aller Joyce d'une geôle égyptienne à une université bruxelloise en passant par le salon des Mauriac, Rosette d'une villa cairote à une prison suisse, Didar du Ghezireh Sporting Club à l'ambassade d'Egypte à Moscou, puis à la prison de la Petite-Roquette, Henri de Zamalek à Fresnes, de Khaled Mohieddine à Francis Jeanson, ils les traversent sans trop de turbulences parce que la permanence des acteurs assure la continuité de l'histoire. Ils bougent prodigieusement, mais ensemble. Ils ne sont point tel « un vol de gerfauts hors du charnier natal » mais comme une escadrille de canards sauvages volant d'un continent l'autre, d'une tempête l'autre, dans la paix supérieure d'une formation impeccable et d'un mouvement d'aile bien rythmé. Ils ne tombent malades que séparés. Le tonnerre des grandes catastrophes scande sans jamais l'assoupir la chronique bavarde de leur communauté – belles amours croisées (Joyce a bonne mine avec ses pruderies sur les promiscuités jeansoniennes !), brouilles répétitives où ils ressassent les griefs accumulés depuis leur préhistoire égyptienne, problèmes personnels à solution collective. Ils collectionnent les pseudonymes de clandestinité mais usent entre eux des sobriquets cocasses qui leur sont échus, à la mode du Caire, dans leur adolescence : « Soussou a vu Titi. Ils vont régler l'affaire de Mayou. » (« Joseph Hazan a vu Albert Arié. Ils vont régler l'affaire de Sarah Blau. ») On est loin de l'ambiance KGB. Le clan : cocon nourricier et bulle protectrice, car c'est une grande force que d'exister ensemble depuis si longtemps.

La DST pensa peut-être qu'il y aurait profit à jouer du passé car Didar se retrouva seule dans un bureau avec un inspecteur d'origine égyptienne censé savoir par quel bout la prendre. Il commença sur le ton tonitruant (« à la Youssef Wahbi », précise Didar pour les initiés) et avec les gestes tranchants de l'homme à qui on ne la fait pas. Il y avait de l'intimidation dans l'air. Las ! Didar eut tôt fait de le situer : un juif de toute petite extrace qui serait entré chez ses parents par la porte de service. Mettant dialectiquement l'esprit de caste au service de la lutte de classe, elle prit si bien ses distances que l'homme finit en gémissant : « Si c'est pas malheureux, sortir d'une famille comme la vôtre et se mettre au service des Arabes... » Ses collègues l'évacuèrent prestement.

Elle eut droit naturellement au bon père de famille compatissant à la douleur de ses deux filles lorsqu'elles apprendraient, là-bas à Argelès, que leur maman était en prison ; au troisième couteau à l'œil torve glissant à l'oreille de ses collègues dans un soupir sonore : « Il va falloir employer les grands moyens » ; à l'intellectuel heureux d'échanger des idées sur la querelle sino-soviétique ; à l'ancien résistant qui avouait son sincère désarroi mais le terrorisme musulman, on ne pouvait quand même pas confondre...

De temps en temps, un pick-up diffusait une samba endiablée pour couvrir les hurlements des Algériens qu'on torturait aux étages supérieurs.

DRÔLE d'oiseau quand même, ce Curiel. On croit le connaître et il surprend encore. D'ordinaire, c'est en changeant que les gens étonnent ; lui, c'est par son inaltérabilité. Il a un côté Fenouillard : immuable sous toutes les latitudes, imperturbable dans toutes les circonstances. Une capacité sidérante à reproduire des conduites identiques quand bien même l'expérience a montré qu'il lui en cuira. « Quel militant ! » s'exclament les uns, qui ne l'aiment pas toujours. « Quel emmerdeur ! » soupirent les autres, qui souvent l'affectionnent.

Bref, reçu à Fresnes sur un tapis rouge par les prisonniers algériens, Henri Curiel se retrouve bientôt avec, à la porte de sa cellule, une sentinelle FLN chargée de le surveiller.

Mis au dépôt avec Wangen à l'issue de leur garde à vue, il avait créé une certaine stupeur parmi les clochards algériens ramassés sur les grilles du métro en leur disant : « Ne perdez pas espoir. Votre pays est virtuellement indépendant. » Après quoi il se lança dans une série d'exercices de yoga qui portèrent l'étonnement à son comble.

A Fresnes, son formulaire d'écrou avait été vite rempli : nationalité : sans ; religion : sans ; profession : sans ; domicile : sans. On l'enferma avec Jehan de Wangen dans une cellule où croupissaient des détenus de droit commun. Quelques heures plus tard, la porte s'était entrouverte et une main leur avait tendu deux paquets de cigarettes « de la part du FLN ». Le lendemain, ils étaient transférés dans la détention algérienne.

La deuxième division de Fresnes regroupait sur ses cinq étages un millier et demi de militants algériens. Au terme d'une grève de la faim qui avait conduit plusieurs dizaines d'entre eux aux approches de la mort, ils avaient obtenu un statut très voisin du régime politique. La vie interne de la deuxième division était régie par le Front de l'aube à l'extinction des feux. Chaque journée commençait par le chant de l'hymne national suivi d'une minute de silence en hommage aux morts. Le culte, les études, les promenades et les corvées occupaient les heures selon un programme mis au point par la hiérarchie algérienne. Elle faisait régner la discipline avec des sanctions allant de la privation de tabac à la mise en quarantaine. Les détenus français du réseau, traités en hôtes d'honneur par les frères algériens, étaient parfaitement intégrés. Ils participaient aux activités les plus secrètes, comme la préparation des évasions, ou, plus tard, la constitution d'un groupe armé pour résister à un éventuel coup de main de l'OAS. Une harmonie sans ombre.

Henri Curiel, accueilli avec la déférente fraternité que lui avait méritée son rôle à la tête du réseau, commença par suggérer un regroupement à part des détenus français afin qu'ils puissent se doter d'une organisation autonome. Cela jeta un froid. Il rappela que le réseau aidait le FLN sans se confondre avec lui et que le MAF faisait de l'autonomie un principe fondamental : la captivité n'avait pas pouvoir d'abolir les principes. La direction algérienne, abasourdie, refusa de transiger sur la création d'une deuxième structure organisationnelle mais concéda volontiers ce qui n'avait jamais fait problème : les Français pouvaient bien entendu se regrouper à leur convenance. L'incident fut clos. Mais les responsables algériens gardèrent sur le frère Curiel un œil rêveur.

Ses compagnons français le considérèrent d'un œil rond. Ils étaient jeunes, dynamiques, supportaient mal la privation de liberté et rêvaient d'évasion. Or, le Vieux s'installait à Fresnes avec la béatitude d'un voyageur de commerce retrouvant ses pantoufles. « Il était en prison comme si c'était normal, s'étonne encore Simon Blumenthal. Il faut dire qu'il n'avait pas de besoins, c'était un type très austère. Sa cellule était l'une des plus vides. Simplement des bouquins. Beaucoup de bouquins, de tous genres. Ce qui m'a énormément surpris, c'est qu'il avait la collection complète des signes du Zodiaque. Et il s'en servait. Après coup, j'ai pensé que c'était un moyen de correspondre avec l'extérieur. Un système de codage. » (Mais non, Simon ! Il étudiait les signes du Zodiaque parce qu'il y croyait ! Drôle d'oiseau, on vous le dit...) Etienne Bolo : « Rencontrer Henri Curiel sous les verrous, c'était tout un poème. Il vous recevait dans sa cellule comme dans un salon, vous offrait le café, aussi souriant, aussi courtois que si rien ne s'était passé. Henri s'était appliqué à supprimer tout ce qu'il y a de traumatisant dans cet univers. Tout était organisé, les tâches réparties. On voyait Curiel cheminer dans les coursives, un volume à la main, un peu voûté, fragile, avec son éternel sourire. Il allait donner son enseignement dans une cellule comme il l'aurait fait à la Sorbonne. »

Il commença par enseigner l'histoire aux détenus algériens. Brûlant peut-être quelques étapes, il arriva assez vite à 1848 et mentionna la publication du *Manifeste communiste*. Surpris de constater que les élèves ignoraient son existence, il leur en analysa le contenu dans un souci pédagogique. La hiérarchie FLN, alertée, supprima l'enseignement de l'histoire.

Sa proposition d'une série de cours sur la réforme agraire fut accueillie avec faveur. La réforme agraire figurait au programme du FLN mais rares étaient les militants immigrés en France qui avaient eu loisir d'y consacrer quelque réflexion. Henri mit beaucoup de soin à la préparation de ses cours. Grâce aux avocats, il put réunir une sérieuse documentation sur la réforme agraire bourgeoise réalisée avant la guerre en Roumanie et sur les expériences plus révolutionnaires tentées à Cuba et en Chine. Tout se serait bien passé si le problème des minorités en Chine n'avait inopinément surgi au cours du débat. Henri exposa la conception communiste du développement autonome des minorités. La hiérarchie FLN mit un terme au cours sur la réforme agraire : elle ne souhaitait pas ajouter à ses nombreux problèmes l'épineuse question de la minorité kabyle.

Soupçonnée d'être l'antre d'un complot kabylo-communiste, la cellule d'Henri se vit dotée d'un cerbère chargé d'enregistrer les visiteurs.

L'apaisement venu, il fut autorisé à enseigner des rudiments d'italien et le français en se cantonnant au programme du BEPC. Il trouva l'expérience passionnante. Comme premier sujet de rédaction, il demanda aux élèves de raconter le livre qui les avait le plus frappés. La classe rendit copie blanche : aucun n'avait lu de livre. Partis de loin, ses élèves arrivèrent à peu près au niveau du BEPC. En classe d'italien, il remarqua un Algérien de vingt ans, ouvrier polisseur. Avec son flair de sourcier, il devina en lui un gisement intellectuel inexploité. Avec sa force d'envoûtement de sorcier (« Tu es capable de grandes choses. Tu vas faire de grandes choses ») il le « mit aux études ». Le garçon passa son bac l'année suivante. A sa libération, Henri l'adressa au professeur Laurent Schwartz, qui lui fit poursuivre des études scientifiques.

Du 2 au 20 novembre 1961, une grève de la faim massive arracha le régime politique intégral, avec droit de réunion, parloir rapproché, permission de posséder un transistor, etc. Les activistes de l'Algérie française en avaient bénéficié dès leur arrestation.

Ses rapports avec ses camarades français étaient plus paisibles. Il avait son cercle intime. Jehan de Wangen prenait ses galons de premier lieutenant. Les plus jeunes, embarqués souvent dans le soutien au FLN par révolte contre une guerre inhumaine, trouvaient chez lui l'argumentation théorique de leur engagement et sa mise en perspective historique. Certains sortirent de sa cellule communistes. D'autres, tel Simon Blumenthal, s'agaçaient de ce qu'ils nommaient sa cour, à l'instar de quelques militants égyptiens, vingt ans plus tôt... Avec Étienne Bolo, plus âgé, l'amitié n'était pas à l'abri d'un coup de torchon ; il faut dire que Bolo n'a pas le genre abouna (Didar, conquise par son audace, sa résistance physique, son style de vie à fond la caisse, s'engueulait souvent avec lui) et qu'il utilisait la machine à écrire procurée par Henri à dactylographier une traduction du *Trotski* d'Isaac Deutscher. Robert Davezies, œcuméniste par vocation sinon par tempérament, assoupissait les différends. Il y avait aussi un agent polonais, Lewandowski, de loin le plus ancien pensionnaire de la division : condamné pour espionnage, il tirait sa neuvième année de captivité. Vétéran de l'Internationale, il faisait un peu figure d'ambassadeur officieux du camp socialiste et la deuxième division lui envoya une délégation pour le féliciter du vol du Spoutnik. Davezies se lierait avec lui d'une amitié profonde qui durerait jusqu'à la mort du Polonais, en 1982.

Naturellement, Henri leur fit le coup du ramadan. La détention algérienne avait obtenu pour la première fois le droit d'observer le ramadan. Henri demanda à ses camarades de se joindre aux frères pour marquer leur solidarité. Ils jeûneraient jusqu'au coucher du soleil et se priveraient de tabac et de boisson comme les Algériens. Etienne Bolo, marxiste athée, piquant une colère pourpre, se déchaîna contre la cucuterie hypocrite (« Un franciscain doublé d'un jésuite », dira-t-il de Curiel, ce qui n'est pas mal trouvé). Henri rallia cependant une majorité sur sa proposition mais, lâché progressivement par ses ouailles, se retrouva seul à jeûner au dixième jour d'un ramadan qui en comporte trente. Déconfit, il entra en grand arroi dans la cellule de Bolo : « Etienne, tu es peut-être un bon intellectuel révolutionnaire, mais tu es un jouisseur, avant tout un jouisseur ! – Moi, j'aime la vie sous toutes ses formes. – Tu es un Danton ! – Et toi Robespierre ? Veux-tu que je t'adresse le même testament que Danton ! » Ils éclatèrent de rire. Danton avait dit avant de monter sur l'échafaud : « Je lègue mes couilles à Robespierre. »

⁂

Didar aurait sans aucun doute observé le ramadan avec ses compagnes musulmanes mais le jeûne fut suspendu pour les six prisonnières, dont elle était, qui devaient tenter la belle.

Elle n'avait pas envie de s'évader. Ecrouée à la Petite-Roquette après une année d'activités frénétiques, elle aspirait au repos. Quarante ans ; moult stries blanches dans sa chevelure de jais. Et s'évader pour qui, pour quoi ? Osmane, nommé premier conseiller à l'ambassade de Tokyo, était allé récupérer les filles à Argelès. Sherif Hetata en avait encore pour trois ans à rissoler au bagne de Kharga. Henri était à Fresnes.

Elle aimait cette vieille prison bâtie au XIXe siècle dans un style néo-médiéval. Sa chambre (elle la trouvait si confortable qu'elle n'osait l'appeler cellule. « Mais tu es au *Plazza-Athénée* ! » lui avait écrit son frère après description épistolaire) s'ouvrait sur une cour par une vraie fenêtre. Elle avait eu permission de la retapisser en rouge vif, sa couleur préférée. Les journées passaient vite entre les séances de yoga, les parties de volley-ball, les cours donnés par l'une ou l'autre. Elle apprenait l'arabe à Christiane Zuber, qui lui enseignait le latin. Le soir, Véra Herold préparait sa spécialité, les œufs frits dans l'huile d'olive, après qu'on eut bu l'apéritif – une noisette de confiture d'orange au fond d'un verre de vin – offert par Jackie Carré (ou bien était-ce Hélène Cuénat ?).

La surveillance était assurée par des religieuses sulpiciennes. L'anticléricalisme virulent de certaines prisonnières s'en accommodait mal. Didar les aimait bien. Elles lui rappelaient les sœurs infirmières de l'hôpital français du Caire où étaient nées ses deux filles. Infiniment sensible à la beauté des êtres, elle trouvait trop rares les apparitions de la surveillante principale, sœur Andrea, une Irlandaise grande et belle dont les yeux viraient sans cesse du bleu au gris. Sœur Hermance, chargée de la division politique, était une bonne vieille dure d'oreille, ce qui est une grande qualité du point de vue du prisonnier, qui appelait tout le monde « mon petit », menait guerre ouverte à la poussière et n'aimait rien tant qu'entendre ses taulardes chanter en chœur. Elles n'étaient pas plus de vingt détenues politiques. Une harmonie rarement troublée par les petites zizanies ordinaires. Les discussions politiques les plus âpres concernaient l'avenir de la révolution algérienne : les Françaises reprochaient aux Algériennes leur nationalisme petit-bourgeois. Didar servait d'arbitre. Tout cela ne la passionnait pas. Elle préférait se livrer aux joies de la correspondance officielle et clandestine, lire les conseils que lui envoyait le pauvre Sherif du fond de son bagne et du haut d'une expérience carcérale de dix ans (manger beaucoup de beurre, inclure le saut dans la gymnastique pour renforcer le cœur, etc.), écouter de la musique sur son transistor, et surtout dévorer des livres. Elle avait une boulimie de lecture. Un an de prison aurait fait son affaire.

Eh bien, non ! A peine débarquée, même pas le temps de souffler, elle se retrouvait à percer des trous avec des ciseaux dans les minces plaquettes de fer arrachées à son lit... Le projet d'évasion était né quatre mois plus tôt chez ses compagnes, arrêtées en janvier-février 1960, tout juste jugées. Cinq d'entre elles – les plus lourdement condamnées – tenteraient la belle. Didar était encore loin du procès mais il ne faisait aucun doute qu'elle écoperait d'au moins cinq ans, sans doute de dix, et son expérience ne serait pas superflue dans une entreprise audacieuse : les annales de la Petite-Roquette n'avaient jamais enregistré d'évasion collective.

Piégée par son personnage – « comment refuser de participer à une action militante quand on est communiste ? » – Didar n'osa pas refuser de prendre le train en marche. Mais elle se fit promettre par les Algériennes d'être envoyée dans un maquis si le coup réussissait. Elle croyait au succès : « Une équipe de militantes, c'est forcément génial. »

Jackie Carré, ouvrière spécialisée, un mètre cinquante de haut, vive, passionnée, toujours amoureuse (elle le fut un peu de Didar), perturbée par le décalage entre son milieu d'origine et l'ambiance intellocratique du réseau Jeanson, mais surmontant ses contradictions par l'action, Jackie s'était procuré deux lames de scie à métaux.

Hélène Cuénat, professeur de lettres, pilier du réseau, surnommée « la tigresse » par la presse pour sa pugnacité face aux flics venus l'arrêter, confectionne à partir d'un cintre une clef permettant d'ouvrir les portes des cellules – mais de l'extérieur...

Micheline Pouteau, agrégée d'anglais, un physique de basketteuse avec des bras qui n'en finissent pas, lima la grille de son judas pour la rendre amovible, de sorte qu'au bout de son long bras, sa main atteignait la serrure, lui permettant d'ouvrir sa porte avec la clef d'Hélène et de libérer ensuite ses compagnes.

Zina Haraigue, brune aux yeux verts, prise avec neuf valises contenant cent vingt-sept mitraillettes, sœur d'Omar Haraigue, longtemps chef de l'Organisation spéciale du FLN en France, trois fois condamné à mort par contumace, Zina confectionna avec les autres les cordages destinés à devenir échelles. Fatima Hamoud, sixième et dernière équipière, tressait elle aussi les bas dont les torsades gainées de fils en nylon supporteraient le poids des évadées. Les barreaux de la future échelle furent empruntés aux tables des cellules ; la barre transversale, raccourcie, semblait prédisposée à cet usage.

Tout cela accompli dans les transes d'être découvertes, avec dix idées avortées pour une qui fleurit et cent problèmes subsidiaires à régler. Par exemple, évacuer définitivement de la division les détenues de droit commun préposées au nettoyage des sols en démontrant à sœur Hermance que le carrelage brille mieux sous une poigne politique ; « c'est bien, mon petit, c'est bien ! » hurlait Hermance de sa voix de stentor. Commencés en octobre 1960, les préparatifs occupèrent quatre mois. Février 1961 ouvrit la phase finale.

L'échelle de corde permettrait de descendre les cinq mètres séparant les fenêtres du premier étage de la cour. Mais le mur d'enceinte, haut de six mètres cinquante, ne pouvait être franchi qu'avec une aide extérieure. Un premier contact est rompu par l'arrestation des militants concernés. C'est finalement l'équipe de Roger Rey qui interviendra. Les hommes balanceront par-dessus le mur d'enceinte une corde à nœuds.

Il reste à scier au moins l'un des barreaux défendant les ouvertures du premier étage. Le plus simple serait de choisir l'une des fenêtres du couloir mais la scieuse – les scieuses : ce sera long – risquerait d'être aperçue de l'immeuble d'en face, dont la plupart des appartements abritent le personnel administratif de la prison. Force est de se rabattre sur la petite ouverture éclairant les toilettes installées dans une tour. Elle a l'inconvénient d'être protégée par une persienne fixe à jalousie qui obligera à scier de biais. Or, les barreaux sont systématiquement vérifiés par un garde du service de sécurité le mardi et le vendredi. L'opération devra donc être accomplie en trois jours au plus. Des tests effectués sur un pied de lit sont rassurants.

Le sciage fut un vrai cauchemar. L'opératrice devait passer le bras entre deux lattes de la persienne – le bras gauche, étant donné la disposition des lieux – et manier une lame nue qui mordait mal puisqu'elle mordait de biais. Des alertes continuelles interrompaient le travail ; c'était sœur Hermance signalée dans la division, un gardien faisant sa ronde dans la cour, des détenues de droit commun allant aux toilettes de l'étage supérieur ou inférieur et qui auraient pu être alertées par les grincements. Les six candidates à l'évasion travaillent par équipes de deux tant les crampes viennent vite aux mains. L'une surveille, l'autre scie.

Rendez-vous a été donné à l'équipe de Rey dans la nuit du mercredi 22 février. Trois voitures et une camionnette prennent position autour de la prison. Les militants chargés de lancer la corde à nœuds attendent vainement le signal : une poignée de pièces de monnaie jetée par-dessus le mur. Le dispositif d'accueil est levé. Le barreau résiste.

La journée du mercredi met les doigts et les nerfs à vif. On progresse, mais trop lentement. Par bonheur, le ramadan repousse l'extinction des feux à une heure du matin. Pour meubler la soirée et couvrir le grincement de la scie, Micheline Pouteau et Véra Herold organisent un spectacle de marionnettes avec scènes de Molière et danses algériennes, le tout accompagné d'une musique puissante. Sœur Hermance somnole, sa tisane du soir ayant été gratifiée d'une pincée de soporifique. L'intérêt du spectacle n'est pas seulement de couvrir le bruit : il tient éloignées des toilettes les détenues de la division qui ne sont pas au courant du projet.

A une heure du matin, la première coupure du barreau n'est pas terminée ; il faudra deux coupures pour pouvoir l'ôter. Micheline Pouteau sort de sa cellule dans la nuit et achève seule le travail. Dans le silence nocturne, le grincement de la scie est d'une sonorité redoutable. Dehors, l'équipe de Rey fait chou blanc pour la deuxième fois.

Le jeudi matin, conseil de guerre. C'est le dernier jour. Demain, la ronde de sécurité détectera l'entaille. Les affidées décident de mettre toute la division dans le secret, seul moyen d'obtenir libre disposition des toilettes toute la journée. Christiane Zuber et Didar se lancent dans un lessivage à grande eau des sols et s'attaquent même aux vitres des fenêtres du couloir, ce remue-ménage justifiant un transistor tonitruant ; sœur Hermance est aux anges.

Dans la journée, alors que Didar est au poste d'observation près de la scieuse, elle voit deux hommes aller et venir dans la cour, transporter diverses choses, dont une échelle, qu'ils rangent dans une remise. « Tous ces détails s'enregistrèrent automatiquement dans ma mémoire. Sans raison, puisque notre projet ne prévoyait pas une échelle qui, de toute façon, serait trop courte pour escalader un mur de près de sept mètres. Je suppose que je les enregistrai parce qu'à cette période de ma vie, j'avais pris l'habitude de tout enregistrer. »

La deuxième coupure du barreau est terminée en fin d'après-midi. Il ne tient plus que par un fil d'acier.

Les « partantes » sont reçues dans la cellule de Hafida, militante du Front, pour une soirée d'adieu. On s'embrasse, quelques-unes pleurent. A une heure trente, dernière ronde de sœur Hermance. A deux heures trente, le commando se met en tenue : survêtement et chaussures légères ; Didar a pris soin de teindre ses cheveux blancs. Un traversin sous les draps en cas de ronde inopinée. Deux ou trois crochets-clefs fabriqués par Hélène Cuénat sont laissés en évidence sur les tables pour que les enquêteurs ne croient pas à une complicité interne (mais la pauvre Hermance, soupçonnée, sera rudement questionnée par la DST).

Les six sont dans les toilettes, piaffantes d'impatience. Jackie Carré procède à l'ultime opération : l'arrachage de la persienne. Elle a préparé le travail en la découpant en pointillé avec le bout d'un tisonnier chauffé à blanc dans le grand poële du couloir. Malgré cela, la persienne résiste. Le boucan est épouvantable. Si Hermance, qui dort dans sa chambre toute proche, n'était pas affligée d'une bienheureuse surdité, la tentative finirait là.

Le barreau est ôté ; l'échelle de corde, déroulée.

Une inquiétude : un gros fil électrique passe au ras de la paroi extérieure. Ignorant s'il était sous tension ou relié à un système d'alarme, les prisonnières avaient décidé de l'isoler sous un rouleau de couvertures ficelées autour d'un balai. Le paquet, trop gros, ne passe pas. On s'efforcera d'éviter le fil.

Jackie Carré plonge la première. Bruit métallique : elle a atterri dans un tas de vieilles ferrailles déposées au pied de la tour. Didar est l'avant-dernière. Au bas de l'échelle, elle trouve Jackie cherchant quelque chose à tâtons : « J'ai perdu ma ballerine. » (« Dans ce type d'action, enregistre Didar, qui a aux pieds des chaussures de tennis, il faut toujours avoir des chaussures souples, mais à lacets. C'est simple : toutes celles qui avaient des ballerines les perdirent à un moment ou à un autre. Les chaussures de tennis, par contre, tout aussi légères, tinrent bon jusqu'à la fin. » Réaction typiquement curiélienne qui, au fil des expériences, finit par constituer un solide bagage technique. L'équipe de Rey, pourtant pas les deux pieds dans le même sabot, a sué sang et eau et vécu mille morts avant de dégotter une corde à nœuds. Après avoir écumé en vain les magasins spécialisés dans la spéléologie – on y travaille à la commande et les délais sont longs –, une fille a l'idée toute bête de tenter sa chance au *Bazar de l'Hôtel-de-Ville,* qui débite de la corde à nœuds en-veux-tu-en-voilà. Ouf ! Un curiéliste sait toujours où trouver une corde à nœuds et il dispose, d'autre part, d'une analyse théorique de la corde à nœuds situant celle-ci à sa juste place dans la lutte de classes. Lorsque les détenues de droit commun sont mises à l'écart de la division politique dans un évident souci de sécurité, Didar note : « Plus question d'enquête sur les conditions de détention de cette prison où, le soir, on peut entendre des hurlements hystériques qui indiquent bien que le système pénitentiaire de leur pays intéresse moins les intellectuels français dits de gauche que celui qui existe ailleurs, dans les pays socialistes par exemple... » Quant à la règle selon laquelle deux détenues ne peuvent partager une même cellule – il faut être seule ou à trois – pour éviter la formation de couples, Didar trouve qu'elle relève « d'une morale pour le moins périmée dans une société où la torture est implicitement admise et où les fortunes sont bâties sur l'exploitation des autres ». Ingéniosité pratique et inexorabilité idéologique sont les deux mamelles de la *gens* curiélienne.)

Jackie a perdu sa ballerine. Tant pis. Au bruit cristallin des pièces lancées par les femmes répond la divine musique des pièces lancées en retour par les hommes de Rey. Groupées au pied du haut mur, elles attendent la corde à nœuds. La voici ! A son extrémité est noué un filin se terminant par un crochet enfoncé dans un savon de Marseille. Le savon est destiné à assourdir le choc. Les prisonnières devront l'ôter et il ne leur restera plus qu'à relancer la corde de manière à bloquer le crochet sur le rebord extérieur du mur. Catastrophe ! la corde s'est coincée dans une anfractuosité au sommet de la muraille fissurée et écaillée par l'âge. Le lanceur, Denis Berger, tire tant qu'il peut pour la décoincer : elle ne bouge pas. Il se décide à grimper lorsqu'un bruit de moteur lui fait tourner la tête. Une voiture de police tourne le coin de la rue. La camionnette s'esbigne. Les flics la prennent en chasse. Berger disparaît à son tour.

Le morceau de savon se balance insolemment à plusieurs mètres au-dessus des têtes du sextuor hébété. Pyramide humaine. Au sol, Micheline Pouteau et Fatima Hamoud, les plus costaudes. Sur leurs épaules, Didar et Zina Haraigue. Au sommet,

Hélène Cuénat. Le savon est à cinquante centimètres du bout de ses doigts. Sans espoir. Et puis la pyramide s'écroule.

Il faut trouver autre chose. Les six s'éparpillent. « Attention, pas à droite ! » se répète Didar. Le poste de garde est à droite. Elle se rappelle en un éclair sa fugue à quatorze ans : elle avait donné droit dans un commissariat pour éviter un flic en faction sur un trottoir...

Un chien aboie. La première ronde est à cinq heures. Les projecteurs fixes de la prison sculptent les vieilles murailles, éclaboussant de lumière les espaces découverts.

Sur la gauche, une baraque est adossée au mur d'enceinte. Il suffirait d'atteindre son toit pour pouvoir se hisser sur la muraille. « On ne va quand même pas sauter de cette hauteur ! » s'inquiète la minuscule Jackie. « Je vais me gêner ! » répond Hélène Cuénat, farouche. Mais comment monter sur le toit ? Le banc de la mère supérieure ! Elles l'ont repéré au passage. Aussitôt dit, aussitôt fait. Hélène et Didar plaquent le banc contre la baraque. Il comporte sous la planche deux barres croisées qui devraient faire échelle. L'échelle ! Didar, illuminée, souffle à Hélène : « Il y a une échelle dans cette baraque ! Je l'ai vue. » Ouvrir la porte serait un jeu d'enfant pour une technicienne de la force de Jackie. Hélène ne l'écoute pas. Elle tente l'escalade du banc, tombe, recommence, mais ce sacré banc ne cesse de glisser... « L'échelle ! » halète Didar. Personne ne l'entend. Jackie répète mécaniquement : « Ma ballerine ! J'ai perdu ma ballerine ! » Les autres s'agitent. « Ce n'était pas l'affolement, affirme Didar, mais le désordre. » On veut bien. Finalement, sans concertation préalable, elle se retrouve en train de faire la courte échelle aux cinq autres, qui disparaissent sur le toit.

Elle est seule. « Accroupie dans le recoin de la cabane, je pouvais voir mes camarades progresser sur le mur à quatre pattes, comme des chattes. Spectacle grandiose avec des lumières et des ombres à la Hamlet, moment exceptionnel dont vous savez qu'il vous appartiendra à jamais. Encore aujourd'hui, le réflexe de retenir mon souffle. »

Seule. Elle s'interrogera longtemps sur les raisons qui l'ont poussée, en un acte réflexe, à s'oublier pour sauver les autres. Conscience politique ? Besoin d'être exemplaire ? Ou bien, parce qu'elle est la plus âgée, transfert sur ses compagnes des sentiments maternels qu'elle aurait voulu mieux dispenser à ses filles ?

Elle roule un tonneau vide jusqu'à la cabane. Il n'est pas assez haut.

Des bruits de pas. Un gardien, sans doute. Elle se prépare à faire diversion. Surprise : c'est Zina Haraigue revenue la chercher. Jackie l'accompagne. Sang-froid recouvré, elles trouvent la solution au problème : Jackie fait la courte échelle aux deux autres, puis est hissée par elles sur le toit de la cabane – elle est légère.

Hélène Cuénat aurait sauté si Micheline Pouteau n'avait eu idée de progresser sur le mur jusqu'à la corde coincée. Les trois retardataires entament le même parcours : deux cents mètres sur un ciment incrusté de pierres tranchantes et de tessons de bouteilles. Les cloches de la chapelle sonnent, appelant les sœurs à la prière. La rue s'éveille. Elles parviennent à la corde, se laissent glisser. Didar : « Le sentiment de légèreté qui s'empara de moi lorsque mes pieds touchèrent terre est inoubliable. Aujourd'hui encore, vingt ans après, je suis prise d'une envie de me lever de ma chaise, et de danser, de tourner, de voler... »

Hélène, Micheline et Fatima ont déjà filé. Après quelques tribulations, elles atteindront le point de chute indiqué par Rey. Le problème est que Micheline est la seule à connaître l'adresse dudit point de chute. « Mesure de sécurité inepte, dogmatique », constate à juste titre Didar, qui se retrouve sur le trottoir avec Zina et Jackie, et vingt francs en poche. Un taxi. « Métro Blanche », indique Didar. Elle voulait dire : « Maison-Blanche », dans le treizième arrondissement (le treizième sera pendant vingt ans l'arrondissement curiéliste par excellence). Finalement, Pigalle est un bon choix : elles ont l'air de touristes en goguette. Jackie est pieds nus. Didar s'est blessée à la main gauche. Elle tonitrue en anglais sous l'œil torve des portiers de boîtes de nuit. Où aller ? Zina Haraigue se souvient tout à coup de l'adresse d'une Algérienne récemment libérée sous caution. Second taxi. Didar donne évidemment un faux numéro de rue au chauffeur. Le numéro n'existe pas. Le chauffeur, perplexe, stoppe devant le mur du cimetière du Père-Lachaise. Il y a du flottement. « C'est parfait », tranche Didar. L'homme reçoit le prix de la course avec un long regard sur la main gonflée, tuméfiée, virant au violet. Il ne soufflera mot à la police (« les travailleurs, c'est quand même autre chose que les commerçants ! » note Didar).

L'amie de Zina les conduit dans un hôtel algérien tout proche. L'accueil est réservé. Qu'est-ce que c'est que cette histoire ? On les enferme dans une chambre. Mais la radio ne tarde pas à diffuser la nouvelle de l'évasion, que la presse écrite annoncera sur cinq colonnes à la une. Explosion de joie, congratulations, embrassades. Un couscous arrive des cuisines. Dans l'escalier s'installent des militants armés de mitraillettes : on ne reprendra pas sans casse les sœurs évadées.

Cette fois, Didar a réussi sa fugue.

***

Henri attendit la fin de la guerre dans sa cellule, ne prêtant qu'une oreille distraite aux multiples projets d'évasion qui enfiévraient ses amis. Quelques Algériens réussiront ; Bolo manquera la belle d'un cheveu ; Roger Rey, extraordinaire d'activité, était à l'extérieur la cheville ouvrière de presque toutes les tentatives.

L'évasion lui eût infligé les inconvénients d'une clandestinité hasardeuse sans lui rendre une réelle possibilité d'action. Il était grillé pour le soutien. Et le MAF n'avait pas pris. Georges Mattéi, réquisitionné par les tâches pratiques, avait bien imprimé le programme « par fidélité au Vieux » mais avait borné là son effort. Il n'était pas d'accord avec la volonté affirmée par Curiel de diriger le mouvement depuis Fresnes. Certes, les moyens de communication de toutes sortes ne manquaient pas mais un prisonnier ne pouvait vivre la réalité comme les hommes de terrain. Et le terrain changeait. Le FLN continuait d'être l'objet d'une répression impitoyable (la police parisienne, placée sous les ordres du détestable Papon, écrirait la page la plus noire de son histoire depuis la rafle du Vel d'hiv en massacrant, le 17 octobre 1961 , plusieurs centaines d'Algériens manifestant pacifiquement), mais il était désormais évident que l'adversaire prioritaire du pouvoir serait la fraction la plus dure de l'armée et les tenants irréductibles de l'Algérie française, bientôt rassemblés au sein de l'OAS. Les organisations politiques et l'opinion publique, si réticentes à se mobiliser en faveur des patriotes algériens, allaient s'engager contre les extrémistes français. Le MAF, dans ce paysage revivifié, perdait de ses couleurs. Il devait drainer vers le soutien au FLN les masses militantes découragées par l'inertie de la gauche ; la gauche va les engager dans la lutte contre l'OAS ; le résultat pratique est le même, si les motivations sont différentes. Un Front de soutien à la révolution algérienne créé en septembre 1961 échouera lui aussi à prendre racine. Les Français ne s'intéressent pas à l'avenir de l'Algérie. Ils veulent la paix en Algérie pour avoir la paix en France.

D'octobre 1960 à juin 1962, vingt mois d'étude, de lecture, d'écriture. Les photos de sa cellule pourraient avoir été prises dans une turne de normalien. Le bureau et les étagères sont surchargés de livres, de dossiers. La corbeille à papier déborde de brouillons chiffonnés. Un bouquet de roses dans un vase et un énorme transistor sur la table de chevet. Le fameux sourire. On ne lui donnerait vraiment pas ses quarante-huit ans. Il est en pleine forme, comme toujours en captivité, remplumé, détendu. Les repas sont pris en commun. Voici une tablée de cinq convives. Lui, Lewandowski, Robert Davezies, Jean-Claude Paupert, Gérard Meier. Un bouquet de muguet dans un pot de confiture ; bière, vin, cigarettes. Visages paisibles, souriants. Ce n'est pas cette fois-ci qu'Henri, très excité, s'est assis à table en réclamant le silence : « J'ai une grande nouvelle à vous annoncer. Les Soviétiques viennent de publier un livre où l'inexistence de Dieu est démontrée scientifiquement. » Alors Davezies : « Arrête tes conneries, tu veux ? » Mais Curiel : « Que ça te plaise ou non, le fait est que les Soviétiques... » Davezies se lève et se retire dans sa cellule, où une délégation composée d'athées vient le convaincre de rejoindre leurs frugales agapes. Brouilles sans lendemain. Davezies n'oublie pas cette conversation à Genève, c'était en 1959 ou 1960 au café Landolt jadis fréquenté par Lénine, ils étaient absolument crevés, Henri et lui, et soudain, après un long silence, Henri qui murmure : « Tu sais ce qu'on devrait faire, Robert, quand la guerre sera finie ? On devrait s'occuper des vieux. Ils ont trop de problèmes et personne ne s'en occupe. » Une émotion nue sur son visage creusé par la fatigue. Alors, les démonstrations scientifiques des camarades moscovites... Il agace mais on fait avec. Même chose pour Blumenthal, qui l'écoute chanter la gloire de l'Union soviétique en se demandant : « Il fait semblant ou il se fout de moi ? » Souvent, Henri conférencie pendant ses séances de yoga. Un type qui vous vante le système kolkhozien dans la position du lotus a droit aux circonstances atténuantes.

Jehan de Wangen quitta Fresnes un an avant les autres. Sa famille avait des relations.

Les visites abondaient. L'avocate Michèle Beauvillard allait à Fresnes deux fois par jour. Elle arrivait légère, repartait alourdie. Jacques Mercier parlait politique plutôt que procédure car il savait de source bien informée que le procès Curiel n'aurait jamais lieu : le procès Jeanson avait suffi au bonheur du gouvernement. Le père Kaelin, venu en robe de dominicain, trouva Henri « parfaitement en forme, presque heureux ». André Weil-Curiel était un visiteur assidu.

Raoul vint chaque semaine. Il était rentré en France en 1960 après des années de travaux archéologiques en Afghanistan avec son ami Daniel Schlumberger, qu'il avait quitté en 1954 pour prendre la direction des services archéologiques du Pakistan. Il avait passé à Islamabad les cinq années « les plus heureuses de sa vie », connu une réussite professionnelle éclatante, décliné avec sa courtoisie habituelle une offre de recrutement des services de renseignements soviétiques. A Paris, il avait renoué avec Henri Seyrig, père de la comédienne Delphine Seyrig, qu'il connaissait de longue date. Seyrig, nommé par André Malraux directeur des musées de France, lui avait proposé de travailler avec lui. Directeur adjoint, Raoul avait offert sa démission à Malraux après l'arrestation de son frère mais le ministre avait balayé la proposition d'un grand geste du bras. Henri Seyrig, de son côté, ne faisait pas mystère de ses sympathies pour les Algériens. La DST n'en gardait pas moins Raoul sous surveillance étroite.

Henri écrivait inlassablement. L'essentiel de sa correspondance sortait de Fresnes par des voies officieuses et beaucoup de missives étaient rédigées à l'encre sympathique. Lettres politiques aux militants du soutien qui l'avaient suivi au MAF ; à ses innombrables correspondants, contacts, informateurs ; au clan des Egyptiens. Lettres personnelles à Joyce, engagée dans son marathon universitaire ; à Rosette, pour laquelle il se faisait un souci noir. Emergeant lentement de sa dépression, Rosette avait quitté la Belgique « comme on sort d'une tombe » et s'était installée en Italie, d'abord chez les Nahum, à Milan, puis chez un ami syndicaliste à Rome. Elle y resterait jusqu'en 1963, menant la vie d'une touriste, sans aucune activité politique.

Didar, au contraire, n'aspirait qu'à l'action. Henri lui avait écrit sa fierté et sa joie du bel exploit accompli avec ses cinq compagnes, et lui avait conseillé de reprendre le travail à Bruxelles, où le réseau l'avait évacuée avec Zina Haraigue après que la comédienne Catherine Sauvage les eut faites méconnaissables par un savant grimage. Mais le groupe de soutien bruxellois la tenait pour brûlée et préférait se passer de ses services. Juste retour des choses : il était d'obédience jeansonienne... Didar notait, mélancolique : « Si c'était pour rester planquée à ne rien faire, à quoi bon s'être évadée d'une prison très acceptable ? » C'était le raisonnement d'Henri. Ses filles étaient à Tokyo avec leur père. A la fin, elle obtint du FLN d'être envoyée « aux frontières », première étape vers le maquis. Hélène Cuénat et Jackie Carré décidèrent de l'accompagner. Comme Rosette Curiel leur avait fait une peinture épouvantable de la « corruption » et de la « dissolution des mœurs » en Tunisie, elles optèrent pour le Maroc : « Nous voulions une atmosphère rigoureuse. » Train de Bruxelles à Rome, puis avion jusqu'à Casablanca. Les trois évadées furent présentées aux soldats de l'ALN, qui acclamèrent leur prouesse déjà fort célébrée en France, mais leur candidature à un service d'infirmière dans un maquis fut repoussée : l'ALN ne voulait plus d'infirmières, qu'elles fussent Algériennes ou Européennes, « il y avait eu des histoires », les soins médicaux étaient dispensés exclusivement par des hommes.

Didar et Hélène Cuénat travaillèrent au service de presse de la Mission algérienne de Rabat, ambassade officieuse. Didar préparait des dossiers de documentation ; Hélène, dotée d'une belle voix, parlait à la radio algérienne. C'était servir mais Didar avait espéré mieux. Une blessure intime l'atteignit si grièvement qu'elle dut pour un temps abandonner son travail. Elle avait proposé à Osmane de lui envoyer les filles, dont les études à Tokyo se révélaient problématiques alors que Rabat disposait d'un excellent lycée français. Il lui opposa un refus sec « à cause de ses idées ». Osmane ! le compagnon de militance de ses vingt ans...

A la fin de la guerre, établie à Oujda, elle enseignait des jeunes algériens réfugiés au Maroc.

***

Le 18 mars 1962, à cinq heures de l'après-midi, les transistors de Fresnes annoncèrent la signature des accords d'Evian. La deuxième division se vida de ses Algériens. Henri Curiel quitta sa cellule le 14 juin. Ses compagnons de détention Gérard Meier et Jean-Claude Paupert restèrent dans la leur dix-huit mois de plus, tout comme Véra Herold à la Petite-Roquette. Beaucoup de déserteurs ou d'insoumis ne furent autorisés à rentrer en France qu'en 1966.

Un arrêté d'expulsion avait été pris contre Curiel le 9 novembre 1960, trois semaines après son arrestation. Il lui fut signifié. Un fonctionnaire de police, même libéral, chargé d'appliquer les lois et règlements, ne pouvait que trouver naturelle l'expulsion d'un apatride entré illégalement en France onze ans plus tôt et incarcéré pour des activités subversives justifiant le maintien en détention de jeunes citoyens français dix-huit mois après le cessez-le-feu. Dans le cas de Curiel, l'expulsion n'eût même pas été contrariée par la difficulté coutumière avec les apatrides, qui est de trouver un pays disposé à les accueillir : l'Algérie indépendante ne pouvait qu'ouvrir les bras à un homme qui l'avait si bien servie.

Henri Curiel obtint l'autorisation de rester en France avec permis de séjour renouvelable tous les trois mois. Les services de police français, où les libéraux ne sont pas légion, ne comprirent pas cette faveur pour eux exorbitante. Ils en conçurent un dépit durable.

Les hommes qu'Henri Curiel avait aidés en Egypte au début des années quarante retrouvaient chaque mercredi au conseil des ministres ceux qui avaient pu, grâce à lui, renouer avec Le Caire, à la fin des années cinquante, les liens sottement rompus par l'expédition de Suez. La décision de ne pas expulser fut prise au sommet de l'Etat. En 1962, il culminait à très haute altitude.

MAIS la page algérienne tournée resterait maculée de taches de haine plus corrosive que la rancœur policière, et qui ne sécheraient pas.

On dut bientôt en prendre son parti : le soleil rouge de la révolution ne se levait pas sur Alger et ses rayons n'embraseraient pas Paris. Une fois de plus, le décolonisé décevait cruellement l'ex-colonisateur. Ben Bella, Boumediene, Chadli – et puis quoi ? Un Edgar Faure de Tizi-Ouzou ?...

Certains ne pardonnèrent pas à Curiel d'avoir eu raison. Sur sa personne si apte à susciter des réactions en tout sens se cristallisa le ressentiment né de la frustration. Des jeunes gens confits dans l'aigreur se prirent de haine pour le briseur de rêve. La haine : le mot n'est pas trop fort. Il est celui par qui l'avenir a manqué, l'avorteur de la révolution. « Je ne lui pardonne pas, continue de clamer aujourd'hui tel d'entre eux, d'avoir cassé en 1960 l'ébauche d'un Mai 68. » Défense de rire. Quinze ans durant, ils vont distiller le doute, répandre la rumeur, multiplier l'allusion. Les futurs détracteurs d'Henri n'auront qu'à se baisser pour ramasser ces misères.

Il n'est pas sûr qu'Henri Curiel ait été assassiné par des mots avant de l'être par des balles. Si c'est le cas, les balles venaient de l'autre camp ; les mots, souvent du sien.

Ceci encore :

Le lecteur a pu légitimement s'agacer d'un certain

côté gnangnan du personnage, ou de sa représentation : le petit saint Martin de Zamalek toujours prêt à donner son manteau à un nécessiteux (il l'a fait, nous avions oublié l'anecdote), le leader prestigieux bassinant les pieds meurtris de ses militants, le chef de réseau que ses responsabilités n'empêchent pas de verser une larme sur les petits vieux délaissés, l'ascète faisant fi des douceurs matérielles, l'apôtre possédé par sa foi et ne possédant qu'elle...

Or donc, ceci qui nous saisit peut-être parce qu'une modeste pratique militante nous a appris que tel qui marcherait bravement au poteau en chantant *L'Internationale* ou *La Marseillaise* déploiera des ruses infernales pour éviter le trésorier de sa cellule ou de sa section.

Le 27 octobre 1964, Henri et Raoul Curiel se retrouvèrent devant Me Jean Thion de la Chaume, notaire à Paris, en son étude du boulevard de Sébastopol. L'acte notarié avait été préparé par un clerc, comme c'est l'habitude, de sorte que le notaire le découvrait en même temps qu'il en donnait lecture aux deux frères. Lorsqu'il en fut à la vingt-troisième ligne, le visage de Me Thion de la Chaume commença de s'empourprer, phénomène rare chez un notaire, surtout de la stature de celui-ci, car un notaire a tout vu et tout entendu, et l'excellent homme, s'étranglant au milieu de la deuxième page, leva les yeux vers ses deux clients et proféra : « Ce n'est pas possible ! Vous savez ce que vous faites ? » Je suis sûr qu'Henri avait son air abouna ; Raoul devait se retrancher derrière un sourire d'exquise urbanité. Me Thion de la Chaume expédia sa lecture, comme pressé d'en finir avec une polissonnerie peu compatible avec sa dignité. On se sépara. Raoul s'en retourna à son logement de fonction de la rue du Pré-aux-Clercs ; Henri réintégra les trois pièces mises à sa disposition par la mère de Michèle Beauvillard. L'acte prévoyait la donation à la République algérienne démocratique et populaire, qui en ferait son ambassade, de la propriété de Zamalek, deux hectares et demi dans le quartier le plus recherché du Caire, les pièces de réception et de service, les dix-sept chambres... L'idée, venue d'Henri, avait été accueillie avec enthousiasme par Raoul, jamais en reste pour tenir l'argent à distance.

Un Cairote averti, dodelinant du chef, me disait en janvier 1981 que, compte tenu du marasme des affaires, la propriété pouvait valoir un milliard et demi d'anciens francs.

Cet hiver-là, elle était vide. Des soldats égyptiens en uniforme noir montaient la garde devant le portail, fusil d'assaut à la hanche. L'Algérie avait rompu ses relations diplomatiques avec l'Égypte à la suite des accords de Camp David. Un panneau bringuebalant indiquait que la légation d'Inde était chargée du règlement des affaires courantes. Situation typiquement curiélienne.

TROISIÈME PARTIE

LE MONDE

Il a compris.

La marginalité est son lot. Il y est assigné à résidence. Expulsé d'Egypte et d'Italie, clandestin en France, puis résident sursitaire. C'est peu de chose. La marginalité est son destin politique. Rejeté par les partis communistes, y compris celui qu'il a contribué à créer, refusé par la gauche française. Apatride et paria. Il ne le ressent pas comme un échec. L'échec n'existe pas en politique. Toute action laisse sa trace, enfouit ses graines. Et il n'est pas homme à ruminer le passé. Mais dans sa cellule de Fresnes, il lui faut bien, pour penser l'avenir, tirer les leçons du passé. Il s'est investi deux fois dans le champ politique classique. Le mouvement communiste égyptien l'a exclu parce qu'il était l'Europe. La gauche française du soutien, au-delà des bonnes ou mauvaises raisons circonstancielles, a récusé en lui une image trop peu exaltante du tiers monde. Métis de deux sociétés, il a trop pris de chacune pour être acceptable à aucune. Contradiction apparemment insoluble. Il va la résoudre en fabriquant du plus avec du moins, en transformant ses handicaps en atouts. Opération possible à condition de se situer à un niveau d'extraordinaire modestie. Car s'il a rêvé jadis – nous n'en savons rien – d'être le Lénine de l'Egypte, ou plus récemment de s'insérer dans le jeu politique français à un niveau de direction – c'est peu probable –, ces ambitions sont désormais obsolètes. Il sera homme-charnière.

Il sait ce qu'est le tiers monde : il y est né. Il n'a

pas appris sa détresse à travers des chiffres mais dans la puanteur de la maladie et de la mort. (Hazan : « Ne jamais oublier que c'est la misère du peuple égyptien qui l'a conduit à la politique. ») Il a découvert la violence du sentiment national dans une prison où d'honorables patriotes égyptiens souhaitaient la victoire de Hitler sur Churchill. Il sait les pesanteurs et les lenteurs de l'Histoire, et ses détours. Il a éprouvé la difficulté de construire une organisation politique illégale à partir du néant, avec des militants riches d'enthousiasme, démunis d'expérience. La part faite aux spécificités exotiques, son vécu lui ouvre le dialogue avec n'importe quel militant du tiers monde ; sa pratique l'introduit de plain-pied dans la difficulté d'être d'un mouvement de libération nationale d'Afrique ou d'Amérique latine.

Il est aussi, par formation intellectuelle et grâce à ses immenses lectures, le dépositaire de l'expérience révolutionnaire accumulée en Europe, singulièrement en France. Il côtoie depuis dix ans des hommes et des femmes qui ont appris la clandestinité sous l'occupation nazie. Il est à Fresnes avec des jeunes gens rodés à la militance illégale. Il a pu apprécier à quel point l'aide technique du réseau avait multiplié l'efficacité du FLN.

De là l'idée de créer une organisation procurant aux mouvements de libération du tiers monde les moyens et techniques accumulés en Europe. Un MAF nouvelle manière ? Le MAF aurait eu la même vocation mais son programme prévoyait d'actionner partis et syndicats de gauche ; il serait allé au tiers monde en s'efforçant de tirer avec lui les mastodontes politiques, en mobilisant en tout cas leurs militants les plus dynamiques. Même s'il déclarait expressément ne pas être un parti politique, le MAF eût fait entendre sa voix dans le concert général. Le MAF avait au moins un nom. Très significativement, la nouvelle organisation n'en aura pas pendant près de deux ans : elle sera pour les adhérents eux-mêmes « la chose ».

Faute d'être nommée, elle peut se définir comme une centrale de prestation de services. Un confluent d'expériences, un dispositif de rediffusion des techniques apprises les uns des autres, repassées des uns aux autres. Régis Debray, qui est allé sur le terrain, évoquera les camarades qui se font fort « de prendre la tête d'une vaste guerre de libération nationale et de libérer de surcroît, en passant, deux ou trois pays voisins » mais ne savent pas « mettre leurs archives en lieu sûr, acheminer une lettre de l'autre côté de la frontière, se procurer un passeport convenable ou préserver pendant un mois un lieu sûr dans la capitale ». « La chose » enseignera ces choses. Debray toujours : « Des auteurs de plans admirables, de manœuvres à grande échelle où sont mises échec et mat divisions blindées brésiliennes et cavalerie aéroportée yanquie, sont arrêtés un mois plus tard, en rentrant chez eux, au premier contrôle policier, sur la route, parce qu'ils s'étaient trompés de tampons sur leur fausse carte d'identité[1]. » « La chose » aura ses spécialistes du tampon. Nous sommes vraiment dans la modestie. Les chaussures de tennis plutôt que les ballerines.

Avec qui ?

Le clan des Egyptiens décroche. Il avait fait plus qu'approuver l'aide au FLN ; la fondation du MAF l'avait déconcerté ; la création de « la chose » acheva de l'éloigner. Joseph Hazan avait écrit une longue lettre à Henri, à Fresnes, pour lui expliquer ses réticences. Elargir le soutien à l'ensemble du monde lui paraissait relever de l'utopie, sinon de l'aventurisme : avec quels moyens atteindre un tel objectif ? Ses amis et lui préféraient s'obstiner sur l'Egypte en espérant que l'ostracisme finirait par être levé. Mais tous comprenaient le nouvel engagement d'Henri, et il pouvait compter sur eux en cas de coup dur.

Avec l'indéfectible Didar, avec Jehan de Wangen et son frère Gerold, Robert Davezies et Martin Verlet, avec le noyau de militants qui avaient cru au MAF, avec ceux que la paix en Algérie ne renvoie pas dans leurs foyers...

(1) Régis Debray, *La Critique des armes, Editions du Seuil, p. 101.*

Avec la plus ahurissante collection d'hommes et de femmes qui se peut imaginer, un invraisemblable cocktail d'êtres que tout sépare – l'origine sociale, la foi religieuse, les croyances politiques, le style de vie –, cour des miracles parcourue d'éclopés, communauté effervescente se décomposant sans cesse pour reformer de nouvelles figures, organisation clandestine aussi fréquentée qu'un hall de gare, rassemblement hétéroclite sans précédent connu dans le genre.

Ils sont tous à contre-courant. La révolution à l'ordre du jour est électroménagère. La France de 1962, en paix pour la première fois depuis un quart de siècle, s'embarque pour la décennie la plus prospère de son histoire. On dit « les trente glorieuses ». 1962-1972 : « les dix prodigieuses ». On n'a jamais vu cela ; on ne le reverra probablement jamais. Un bond fantastique vers le mieux-être. Une boulimie insatiable dont les petites conséquences gastriques seront vite dissipées par Mai 68, révolution délicieuse. Le monde développé se met au diapason. La crise des fusées russes à Cuba, en octobre 1962, donne la dernière grande frousse de la guerre froide : l'Est et l'Ouest décident de coexister pacifiquement, enterrent le spectre de la guerre atomique et transportent leur compétition dans l'espace – on respire. Des rondeurs rassurantes tiennent le devant de la scène : Khrouchtchev à Moscou, Jean XXIII au Vatican ; Johnson, succédant au regretté *wonderboy* Kennedy, fait des débuts plutôt sympathiques. Le moment ou jamais d'être heureux. Et pourquoi pas ?

Ce n'est pas que le tiers monde ne soit pas à la mode : il l'est. L'intelligentsia lui a délégué l'ardente obligation révolutionnaire et investit dans le maquis comme d'autres dans l'immobilier. Une aide ininterrompue est acheminée vers les points chauds de la lutte anti-impérialiste sous forme d'analyses idéologiques, plans stratégiques, conseils politiques, critiques d'une rigueur fraternelle. Tout cela se situe à une altitude faisant bien dérisoires les recettes de cuisine de « la chose ». Sur le terrain, les voyageurs seront rares. Pour une Michèle Firk, qui y laissera la vie, ou un Régis Debray, trois ans et demi de prison, combien de guérilleros empêchés par les bouchons du dimanche soir ?

Marginal, Henri Curiel avait toujours milité avec des marginaux : juifs communistes d'Egypte, réfractaires français du réseau de soutien. Les uns et les autres étaient tombés le nez dans le réel : insupportable misère égyptienne, horreur inadmissible de la guerre coloniale. Ils pouvaient dater leur engagement, lui dessiner un visage, le nommer. Enfant égyptien mis à l'égreneuse et lacéré par le fouet du contremaître. Adolescent algérien mis à la question et déchiré par la schlague du tortionnaire. Le scandale réquisitionnait.

Pour « la chose », rien de tel. La plupart ne connaissent du tiers monde que ses statistiques. Dix millions d'enfants morts de faim chaque année dans le journal mobilisent moins qu'un seul visage décharné par la bilharziose ou déformé par la peur des coups. Le réel se fait moins contraignant d'être si lointain. Rallier « la chose » ne résultait donc pas d'une réaction à une insupportable agression extérieure mais correspondait à une démarche complexe, toujours originale, souvent énigmatique. L'adhésion au MDLN ou au réseau Jeanson se faisait en connaissance de cause réciproque. « La chose », auberge espagnole, ne sait pas trop ce qu'elle va découvrir dans la besace du passant venu parfois par d'étranges chemins et qui pousse à la fin sa porte. Si elle procède du romanesque à un point rarement atteint dans l'histoire de la militance, c'est qu'elle est une addition de destins.

Elle s'appellera Solidarité.

« MA famille est ancienne. L'une des nôtres a épousé Charlemagne en quatrièmes noces et nous avions quelqu'un dans la première croisade de Godefroi de Bouillon.

« Mon arrière-grand-père a choisi la France après 1870 et a quitté l'Alsace en abandonnant tous ses domaines. Il y a là-bas un château en ruine qui porte notre nom – plusieurs châteaux en ruine, de fait. Mon grand-père a épousé Alice Solvay, fille de l'inventeur du procédé Solvay grâce auquel cette famille belge a fait fortune. Mon père s'est marié avec une Vezy de Beaufort, d'une famille ardennaise.

« Je suis né en 1927. Mon enfance parisienne a été très dorée : nous avions un argent considérable. Nurses anglaises. J'ai su l'anglais avant le français, je ne pouvais même pas parler avec mes cousins. Nous avions une préceptrice à domicile. Je circulais dans une voiture avec chauffeur ; jamais mis les pieds dans le métro, bien entendu.

« En 1937, nous nous sommes installés à Bruxelles où mon père devait s'occuper des affaires Solvay. Nous allions skier à Megève ou à Gstaad et nous passions les vacances d'été dans la propriété paternelle, deux mille cinq cents hectares de forêts, d'étangs et de terres en Lorraine.

« Je voulais être pape ou maréchal de France.

« Quand la guerre a éclaté, nous nous sommes réfugiés à Lourdes pour nous mettre sous la protection de la Vierge, très vénérée dans la famille. Chacun des cinq enfants a Marie parmi ses prénoms.

Nous formions une troupe imposante : ma grand-mère maternelle, ses trois filles, onze petits-enfants, plus la smala des domestiques. Nous sommes d'abord descendus à l'*hôtel de l'Ostensoir et du Saint-Sacrement réunis,* tenu par deux vieilles filles, puis nous avons loué un ensemble de trois villas. Nous avons passé deux années à Lourdes. J'allais au cours Daumas, replié de Paris. J'étais scout après avoir été louveteau. Les Boches n'étaient pas appréciés dans la famille mais Pétain, c'était « le Maréchal »...

« De Lourdes, nous sommes allés nous installer dans le Cher. Toute la tribu. Une grande propriété isolée. J'avais des bagarres terribles avec mon frère cadet. Surtout après le départ de mon père. Mon père a décidé un retour à la terre et il s'est retiré dans sa propriété de Lorraine, où il a mené une existence de gentleman-farmer. Nous avions toujours des précepteurs, souvent bizarres. Je me souviens d'un curé peloteur, d'un autre qui courait les filles. Nous avons eu aussi une demoiselle qui est tombée amoureuse de ma mère et qui a tenté de se suicider.

« C'est dans le Cher que j'ai eu la vocation religieuse – j'avais donc treize ou quatorze ans. L'influence de ma mère a sûrement beaucoup compté. Elle en était très heureuse. C'est aussi à cette époque que j'ai eu une maladie nerveuse avec des crises qui se sont répétées tout au long de ma vie. C'est une grande sujétion. Cela amène un certain type de comportement. Il faut ne pas s'écouter, marcher à coups de botte dans le cul, d'où finalement un comportement assez tendu, assez crispé, et une usure très forte.

« En 42-43, la tribu s'est installée à Megève à cause du bon air. Ma mère faisait des miracles pour le ravitaillement. J'étais en classe de seconde dans un petit collège. J'ai retrouvé un professeur de ski que j'avais connu à Gstaad ; c'était un Autrichien naturalisé. Il était dans la Résistance. Nous faisions ensemble de longues courses en montagne. Et j'étais toujours scout, chef de patrouille ou assistant, je ne sais plus. C'est au cours d'un camp scout que je suis tombé sur un garçon de dix-sept ans que j'avais souvent croisé dans la montagne. Les Boches l'avaient cloué sur la porte d'une église. Cela a dû remuer beaucoup de choses, ce jeune mort crucifié... J'ai dit à mon professeur de ski que j'étais d'accord pour travailler avec lui. Nous faisions passer des fugitifs en Suisse. C'était facile. Il fallait simplement aider les gens qui ne savaient pas skier ou qui skiaient mal. Une fois, nous avons été pris en chasse par une patrouille italienne et nous avons essuyé son feu, mais sans dommage. Ma mère n'était pas au courant. Elle n'aurait sans doute pas accepté. Pour moi, c'était un réflexe patriotique sans engagement politique. Il y avait quand même rejet du pétainisme.

« La tribu a éclaté à la fin 1943 et nous nous sommes installés dans une des propriétés familiales de la Meuse, au bord d'un étang de trois cent cinquante hectares (mon père vient justement d'en faire don aux Paralysés de France). J'étais pensionnaire dans un collège religieux de Nancy mais j'avais pris contact avec les FTP et je consacrais mes petites et grandes vacances à faire des liaisons pour eux. Je m'engageais comme bûcheron – on fabriquait du charbon de bois – et j'assurais le contact avec les maquis. Maquis très primitifs : aucune personnalité, aucun officier. Peu de Français. Il y avait surtout des Espagnols, des Yougoslaves, des Polonais et des déserteurs allemands.

« En juillet 44, j'ai été incorporé à un groupe local de FFI. J'avais donc dix-sept ans – pas tout à fait. A la fin de l'été, on m'a envoyé porter un message au responsable d'un bourg voisin. A l'entrée du bourg, j'ai demandé à des gens s'il y avait des Allemands – non, pas d'Allemands. Mais si. J'ai été ramassé par des SS à trente mètres de la maison du responsable avec le message sur moi. Ils m'ont placé devant un mur où étaient déjà alignés des Français, jeunes et moins jeunes. Le peloton était en face, l'arme au pied. Un garçon qui comprenait l'allemand m'a expliqué que nous allions être fusillés en représailles de la blessure d'un SS qui avait eu l'oreille arrachée par une balle.

« Il était cinq heures et demie du matin. Nous

sommes restés adossés à ce mur jusqu'à six heures et demie du soir, avec toujours le peloton en face. Les plus âgés parmi nous n'ont pas tenu le coup. Ils finissaient par s'écrouler en pleurant. Je me souviens d'un boucher rentré depuis peu d'un camp de prisonniers. Pauvre diable. Je ne sais pas pourquoi mais ce sont les plus jeunes qui ont le mieux résisté. A six heures et demie, on nous a tous enfermés dans une soue à cochons. J'ai pu enfin avaler mon message. Mais ce n'était pas fini. Les SS reviennent et demandent trois volontaires. Personne ne bouge. Ils insistent. Je me suis levé avec deux autres garçons. Trois SS nous ont escortés dans une maison du bourg où ils nous ont fait remettre une brouette, des pelles et des pioches. Et en route. Là, vraiment... Les gens du pays nous regardaient passer en pleurant. Il s'agissait d'enterrer deux gendarmes abattus par les SS. Les malheureux avaient été littéralement sciés en deux à la mitraillette. On les a mis dans la brouette et on les a transportés au cimetière. Un Allemand m'a ordonné d'aller chercher le curé. Il s'est fait tirer l'oreille pour venir et il nous a fait un sermon sur la Grande Allemagne... De retour à la soue, je me suis endormi comme une masse. Le lendemain, à mon réveil, les Américains étaient là.

« J'ai passé mon bac à la session spéciale d'octobre et je me suis engagé dans un bataillon de marche, formé de FFI. J'étais caporal. Nous sommes montés en ligne en Alsace. Les Américains avaient refusé de nous habiller – venant du maquis, nous n'étions pas en odeur de sainteté – et nous avions hérité d'uniformes de la guerre de 14-18, capotes bleues et bandes molletières. On nous avait collé des adjudants de carrière très secs pour nous inculquer une saine discipline. Nous avons eu des moments très difficiles pendant l'offensive allemande des Ardennes. Les Américains avaient renoncé à défendre l'Alsace. On se battait par des températures de moins vingt-sept. Un de nos postes, douze hommes, s'est fait exterminer par un coup de main allemand. Les sentinelles n'avaient pas donné l'alarme. On les a retrouvées gelées debout.

« Je me suis bousillé un genou en tombant dans

un trou au cours d'une patrouille. Convalescence à Nancy. Le bataillon ayant été dissous, je rejoins le 3e régiment de hussards de la Première armée. J'ai fait la campagne d'Allemagne comme maréchal des logis. Du nettoyage plus qu'autre chose. Ensuite, Coëtquidan. Mais mon genou se bloque. J'avais refusé d'être opéré à Nancy pour remonter plus vite au front. J'ai dû quitter. Si j'étais resté à Coët, j'aurais été le plus jeune officier de l'armée française. Le plus jeune après moi était le fils de de Lattre de Tassigny.

« J'ai passé la deuxième partie du bac en février 1946. J'avais toujours la vocation mais je ne me décidais pas. Pendant deux ans, j'ai milité chez les étudiants catholiques, dirigé des colonies de vacances, des camps de jeunes, et je suis devenu dirigeant national du Mouvement chrétien de l'enfance. J'ai fait une mission de neuf mois en Afrique française, sous l'égide de l'Education nationale, et j'en suis revenu avec du paludisme et un rhumatisme articulaire aigu avec atteinte cardiaque. J'avais vingt ans. Un an et demi de soins mais j'ai pu continuer à militer dans des organisations s'occupant de jeunes délinquants et aussi à Ad Lucem, qui envoyait en Afrique des équipes missionnaires pour les problèmes sanitaires et le développement.

« En 1948, je suis entré au séminaire d'Issy-les-Moulineaux. Cela ne s'est pas bien passé. Il y avait la hantise des amitiés particulières. Jamais être à deux. Les promenades se faisaient à six, trois qui avancent, trois qui marchent à reculons. Moi qui allais depuis cinq ans de chambrée en chambrée, je trouvais tout ça un peu gamin. Le supérieur, un type remarquable, m'a conseillé de faire autre chose. J'ai travaillé dans des organisations s'occupant de jeunes délinquants mais j'avais l'impression de tourner en rond. Je suis parti pour la Suisse et j'ai passé un an à l'Institut des sciences de l'éducation de Piaget. Mon frère y était. Avec cinq ou six jeunes, nous avons formé une communauté dont l'objectif était une action médico-sociale. C'est dans ce cadre que j'ai commencé des études de médecine. Il avait été décidé que je serais le médecin de l'équipe.

« Avant cela, il y a eu un deuxième épisode de séminaire. C'était à Voiron, spécialisé dans les vocations tardives. J'y suis resté six mois, en 50-51 et cela s'est encore moins bien passé que la première fois. J'ai souvenir de l'ordination d'un ouvrier. Sa famille était venue pour y assister. Nous avons discuté toute la nuit précédant la cérémonie. Il me disait : « Je ne suis pas fait pour ça. » Mais trop tard : toute sa famille etait là, il était piégé. Il a prononcé ses vœux.

« Notre communauté médico-sociale a éclaté et j'ai décidé de travailler en usine. Je voulais aller à ceux qui ne possèdent pas. J'avais une conscience aiguë de tous les privilèges que me valait ma naissance. Pas seulement l'argent : la culture... J'ai été embauché comme manœuvre dans une usine de charpente de Montreuil mais j'ai été renvoyé après une engueulade avec le patron. Ensuite, j'ai travaillé dans le tranchage et le déroulage du bois, puis, toujours dans la même entreprise, comme pontonnier. Je vivais dans la communauté des Amis des enfants de Paris, qui s'occupe de cas sociaux.

« J'ai rencontré ma première femme. Elle était fille d'immigrés espagnols et travaillait comme femme de ménage. Elle avait un gosse de dix mois et en attendait un autre. Je les ai reconnus tous les deux, ce qui a entraîné pour longtemps une rupture avec presque toute ma famille.

« Et puis j'ai repris mes études de médecine sous l'influence de mon frère. Il me répétait que je perdais mon temps. C'était en 1952. J'ai fait une vingtaine de métiers pour vivre : livreur, vendeur sur les marchés, débardeur aux Halles, surveillant médical, gérant d'une société d'imprimerie... A la fin de mes études de médecine, je suis devenu interne suppléant à la Maison départementale de Nanterre. Comme elle dépendait de la préfecture de police, j'avais droit à une carte barrée de tricolore bien utile pour franchir les barrages.

« Mon frère m'a amené au réseau de soutien. J'ai soigné des militants blessés ou malades et il a dû m'arriver de faucher le matériel médical indispensable. J'assurais aussi des passages de frontière quand il y avait une implication médicale. J'ai comme ça le souvenir d'avoir roulé douze cents kilomètres avec un Algérien qui venait de faire un infarctus. Mais c'est la rencontre avec Henri qui a été pour moi décisive. Mon frère me tannait pour que je le connaisse. Je ne me suis pas senti d'atomes crochus avec sa personnalité. Trop mystique. Je sortais d'en prendre. Mais avec sa personne, oui. Il insistait sur l'importance de l'organisation et il répétait : « L'organisation, c'est le choix des hommes. » Moi, la vie m'avait appris à attacher de l'importance à l'action organisée des hommes. J'ai décidé de m'engager avec lui.

[Pendant douze ans, de 1962 à 1974, il sera l'un des deux piliers de Solidarité, l'un des deux bras droits, si l'on ose dire, d'Henri Curiel.]

« J'ai été d'accord pour le MAF, d'accord pour ce qui est devenu Solidarité. Je me sentais personnellement *obligé* par les conditions sociales dans lesquelles je vivais. J'avais le devoir de mettre au service des autres les moyens qui m'avaient été donnés.

« Nous avons eu des demandes d'aide pendant la détention d'Henri à Fresnes. Des militants martiniquais qui avaient eux-mêmes aidé le FLN et souhaitaient que nous leur apportions le même soutien. Des militants angolais sous colonisation portugaise. Nous étions en contact avec le Maroc. Il se passait là-bas beaucoup de choses. C'est du Maroc que nous est venue la confirmation à propos de Ben Bella... »

***

« Je suis né au Maroc en 1940 dans une famille de la bourgeoisie juive. Mon père faisait de l'import-export. Ma mère a participé à la lutte pour l'indépendance ; elle était proche de Bouabid. En 1950, mes parents ont divorcé et je suis parti avec ma mère pour la France. Nous habitions Neuilly. Elle gardait ses contacts politiques. C'est chez elle que Mendès France a rencontré Ben Barka. Elle trouvait Ben Barka un peu trop comploteur mais quand il m'a proposé un rendez-vous, je n'ai pas hésité. C'était en 1959. J'avais été très marqué par l'affaire de l'aspirant Maillot, communiste déserteur de l'armée française, abattu par elle en Algérie. La lutte anticolonialiste était pour moi la priorité des priorités. Ben Barka m'a suggéré d'aller au Maroc et de découvrir le pays sous un jour nouveau grâce à ses amis politiques. J'avais déjà appris un certain nombre de choses sur la réalité coloniale quand j'allais en vacances chez mon père. Une fois, nous roulions en voiture, l'associé de mon père était au volant, mon père à côté de lui et moi derrière. On a écrasé un Arabe. Ils n'ont même pas ralenti : « On ne va pas s'arrêter pour un bicot. Eux, c'est comme les mouches : ça repousse. » Mais ce séjour avec un responsable juif marocain de l'UNFP [Union nationale des forces populaires] a été une prise de conscience politique. J'ai compris beaucoup de choses. De retour à Paris, j'ai revu plusieurs fois Mehdi Ben Barka. Il voulait que je m'engage avec les forces populaires et me promettait la nationalité marocaine. A l'époque, je voulais faire du cinéma. Il me disait : « La lumière du Maroc est la même qu'à Hollywood. Tu feras du cinéma mais il faut d'abord faire la révolution. »

« En attendant, il y avait la guerre d'Algérie. La révolution, d'accord, mais le stade de l'indépendance formelle ne me paraissait pas si négligeable. J'étais rongé par cette guerre, je voulais faire quelque chose. Ben Barka a fini par me donner son accord à condition que je le rejoigne après l'indépendance algérienne. Il devait me faciliter le contact avec le FLN. Rien n'est venu. En désespoir de cause, je suis allé au procès Jeanson, j'ai repéré dans l'assistance des femmes algériennes et après trois jours d'observation attentive, j'ai donné à l'une d'elles mon nom et mon adresse en me recommandant de Ben Barka. Très rapidement, un type est venu me voir. Il m'a dit : « On est un peu en difficulté. Tu vas faire tout de suite des choses importantes. Pour commencer, on t'envoie en Belgique avec un grand chef. » Un transport de propagande imprimée. Le grand chef, c'était Martin Verlet. Il m'a bien plu. Sérieux, efficace, le contraire de l'intellectuel de café. Evidemment, il y a de la perte affective, mais ça vaut mieux que l'inverse. C'est Martin qui m'a dit un jour : « Il y a deux grands révolutionnaires :

Lénine et Curiel. » Il a organisé l'évasion de Boudia, qui a été quelque chose d'extraordinaire.

« J'ai travaillé sous sa responsabilité et sous celle de Gerold de Wangen. Lui aussi m'a fait une forte impression. Un type de très grande classe et un vrai talent d'organisateur. J'avais beaucoup de contacts avec des Algériens à travers Bernard Noël, qui était une plaque tournante. Parmi eux, Alain – un pseudonyme – qui demandait à être relevé : il était à bout de nerfs, sur le point de craquer, et il nous disait : « Si je suis pris, je parlerai. » Il a été arrêté, torturé à mort à la DST, et il a parlé.

« J'étais en réunion avec Gerold de Wangen et d'autres, et Bernard Noël n'était pas là, ce qui n'était pas normal. J'ai appelé chez lui. Un type m'a répondu. Un flic, j'en étais sûr. Il m'a passé Bernard Noël. Je lui ai demandé : « C'est ça ? » Il m'a répondu « oui » et il a raccroché. Mais Gerold a voulu en avoir le cœur net et il s'est rendu chez Bernard, rue du Dragon. Une bêtise. Un flic l'a pris en chasse et lui a presque cassé une jambe d'un coup de matraque. Gerold a réussi à se jeter dans un taxi et à filer mais nous devions tous nous considérer comme brûlés. En plus, j'étais appelé au service militaire et il n'était pas question pour moi de partir en Algérie. Le réseau a décidé de m'envoyer au Maroc. J'ai fait étape à Lille, chez des curés ; je suis passé par Bruxelles, où j'ai croisé Joyce Blau, et j'ai atterri à Rabat.

« Juste avant mon départ, j'avais fait une interview de Mehdi Ben Barka pour *Vérités anticolonialistes,* le journal du MAF qui avait succédé à *Vérités Pour.* C'est une interview d'un intérêt exceptionnel parce que Ben Barka développait exactement les mêmes idées qu'Henri Curiel était en train de mettre au point dans sa cellule. Sans se connaître, ils étaient sur la même longueur d'ondes : la lutte algérienne était une chose mais il fallait élargir et embrayer sur le soutien à tous les mouvements de libération nationale.

« Mehdi Ben Barka m'avait donné une ouverture sur les gens du CONCP [Comité de coordination des organisations nationalistes des colonies portugaises].

J'ai rencontré à Rabat Marcelino dos Santos, son président, et Aquino de Braganza. Ils animaient à l'étranger l'ensemble de la lutte contre le colonialisme portugais. Dos Santos a d'abord été très réservé : « Qu'est-ce que c'est que ces Blancs qui viennent se mêler de nos affaires ? » Braganza a été plus chaleureux. Il m'a ouvert toutes les portes du mouvement anticolonialiste. Je les ai mis en contact avec Pitera Santos, dirigeant du Front de libération du Portugal, qui arrivait de Lisbonne. Après, ils m'ont présenté à des gens de l'ANC [African National Congress] d'Afrique du Sud, de l'UPC [Union des Populations Camerounaises] et de la Sawaba, organisation du Niger. C'était toute la contradiction du Maroc : malgré la pourriture interne, il était une plaque tournante anticolonialiste.

« Un peu débordé, j'ai éprouvé le besoin de faire le point et je suis allé voir Didar à Oujda. Je voulais me confronter à quelqu'un qui était un peu le dépositaire de la pensée d'Henri Curiel. Elle m'a parlé de lui pendant deux jours et m'a dit : « Vas-y ! Fonce ! » Elle-même, à Oujda, était coupée de tout. J'étais en correspondance par lettres sympathiques avec Gerold de Wangen et Martin Verlet. Ils m'ont encouragé à poursuivre. J'ai même fait un voyage à Genève pour rencontrer Jehan de Wangen. Les contacts avec les colonies portugaises l'ont beaucoup intéressé. Il m'a donné des directives.

« Mehdi Ben Barka était rentré au Maroc. Je le voyais tous les jours, d'autant plus qu'il avait engagé comme secrétaire ma compagne, Julie. Il me facilitait beaucoup les choses. Moi, je lui servais de chauffeur, j'étais son homme à tout faire. C'était quelqu'un d'extraordinaire. Une énergie, une vitalité comme je n'en ai vu chez personne d'autre. Il n'arrêtait jamais de travailler. Une vraie mitrailleuse. Il recevait dix personnes à la fois, menait quatre conversations en même temps... Pour aller plus vite, il organisait des rendez-vous dans sa voiture. Un phénomène. Après, quand j'ai connu Henri, je n'ai eu de cesse de les faire se rencontrer. Je me disais qu'il n'était pas possible que deux êtres comme ça ne se connaissent pas. La rencontre a eu lieu et tous deux m'ont dit ensuite : « Quel type extraordinaire ! Comment ne l'ai-je pas rencontré plus tôt ? » Je ne saurais dire lequel avait le plus d'envergure. Pour moi, ils étaient sur le même plan. Mais je me sentais beaucoup plus proche d'Henri. Mehdi, c'était une boule de feu, une intelligence hors de pair, mais il pouvait être très dur à l'occasion. Henri avait un rayonnement politique et humain exceptionnel. Il a compris que je cherchais un père. Il m'a fait comprendre qu'il se cherchait un fils. Il est devenu mon père politique avant de devenir mon père tout court.

« Pour vous dire le côté ahurissant de Ben Barka : un jour, il donne un texte à Julie en lui demandant de le dactylographier sans le lire, et de tout oublier. Sans le lire, vous vous rendez compte ? C'était un rapport pour l'URSS. Mais cela, il ne faut peut-être pas l'écrire, c'est de la dynamite ! [Exemple symptomatique de la force d'intimidation de l'idéologie dominante. Quand cette phrase est prononcée, Ben Barka est mort depuis quinze ans et l'interviewé estime, comme tous ses amis, que le rôle des services américains dans son assassinat a été déterminant. Lorsque le dirigeant marocain donne ces instructions incontestablement pittoresques à sa secrétaire, il anime les forces d'opposition populaires dans une monarchie pourrie bénéficiant du soutien inconditionnel de Washington. Et il n'aurait pas le droit de chercher un appui politique du côté de l'URSS sans s'attirer le soupçon d'être un agent ? Il lui serait interdit de rééquilibrer le rapport de forces, tout de même que de Gaulle allant chercher à Moscou, en 1945, un contrepoids à la tutelle écrasante des Anglo-Saxons, sous peine de disqualification ? On ne voit ni pourquoi ni comment les peuples tenus en sujétion par l'une ou l'autre des deux superpuissances se priveraient de jouer l'une contre l'autre afin de s'ouvrir une mince marge de manœuvre...]

« Au moment de l'indépendance de l'Algérie, Ben Barka m'a fait venir et m'a dit : « Préviens tes amis de Paris qu'il leur faut prendre contact avec Ben Bella. Qu'ils ne se trompent pas d'Algérie ! Qu'ils ne jouent surtout pas la carte du GPRA [Gouvernement provisoire de la république algérienne] ! Ben Bella va gagner, et c'est tant mieux pour eux et pour nous car je suis sûr qu'il nous aidera. Fais vite ! »

« J'ai prévenu Paris. »

⁂

Paris avait un problème. Les sommes énormes collectées en France par le FLN se trouvaient sur un compte bancaire suisse dont Jehan de Wangen avait seul la signature. A qui les remettre ? Trois groupes étaient en compétition pour le pouvoir. Le gouvernement français misait sur Ben Khedda, président du GPRA. La gauche croyait à la victoire de Boudiaf, soutenu par la puissante Fédération de France. Ben Bella avait pour lui sa légende et son charisme mais paraissait bien isolé.

Ben Bella ?

Il avait à Fresnes un partisan résolu, Bachir Boumaza, avec lequel Henri Curiel et ses amis entretenaient des relations chaleureuses. Boumaza organisa un rendez-vous à Tlemcen, où Ben Bella s'était établi au milieu des unités algériennes venues du Maroc, ce qui le faisait tout à coup moins solitaire. Gerold de Wangen, désigné comme émissaire, accepta les risques du voyage. C'était en vérité une folle équipée. En cet été 1962, l'Algérie tout juste indépendante paraissait au bord de la guerre civile. Avec sa belle prestance, ses yeux clairs et son profil de médaille, Wangen avait une allure d'officier para d'affiche de propagande à se faire couper en petits morceaux. Mais il avait essuyé quelques péripéties propres à tremper les nerfs. Il traversa un nombre incalculable de barrages, fut enlevé et séquestré par divers chefs de maquis ou d'unités militaires en dissidence, crut dix fois sa dernière heure venue, parvint enfin à Tlemcen.

Il n'y resta qu'un jour mais rencontra Ben Bella à deux reprises. Il le trouva dans les dispositions annoncées par Ben Barka : ouvert à la perspective d'une aide élargie au plus grand nombre possible de mouvements de libération nationale, disposé à y participer. « La meilleure façon, dit-il, de vous remercier de ce que vous avez fait pour nous, c'est de vous donner les moyens d'en faire autant pour les autres. » Gerold accomplit en sens inverse sa traversée des barrages d'obédiences rivales. Parvenu sain et sauf à Paris, il rendit compte. Il avait été fort impressionné par l'envergure de Ben Bella, son aptitude à concevoir la politique à l'échelle mondiale, sa rapidité de jugement. Curiel et ses amis décidèrent de marcher avec lui. L'argent du compte suisse lui fut versé, par l'intermédiaire de Mohamed Khider, après son entrée à Alger.

Après son installation au pouvoir, l'interlocuteur habituel de Solidarité serait Bachir Boumaza mais le bureau du président algérien resterait toujours ouvert à Henri, à Didar, ou à tel émissaire dépêché en catastrophe à Alger pour régler une urgence ponctuelle, en général d'ordre financier. Ainsi Robert Davezies, arrivé en décembre 1963 pour obtenir sans délai les fonds nécessaires à un mouvement espagnol antifranquiste et aux organisations angolaises, vécut-il une scène déjà familière aux autres mais dont le caractère bon enfant ne laissa pas de l'étonner : « On entrait dans le palais de la présidence comme dans un moulin. J'ai été tout de suite reçu par un Ben Bella très accueillant, très sympathique. Il m'a dit en soupirant : « Vous avez de la chance de faire ce que vous faites. Moi, je suis coincé. Combien vous faut-il ? » Il a pris douze millions anciens dans son tiroir de droite, les a enveloppés dans un numéro du *Moudjahid* et m'a tendu le paquet : « Voilà. Envoyez mon salut aux frères. » Je lui ai fait un reçu. J'étais quand même interloqué et je lui ai demandé : « Mais comment je vais passer à l'aéroport avec ça ? » – « Voilà ma carte de visite. Si vous vous faites pincer, vous ne dites rien et vous me téléphonez. » Je n'ai pas eu de pépin, j'ai pris l'avion de Genève, je suis rentré en France par une filière et j'ai donné le fric à Henri. »

D'août 1962, date de la prise du pouvoir par Ben Bella, jusqu'à son renversement par Boumediene en juin 1965, les activités de Solidarité seront financées par l'Algérie.

LE premier congrès de Solidarité eut lieu les 1er et 2 décembre 1962 dans la banlieue parisienne. Il avait été précédé de deux réunions préparatoires informelles. Trente participants dont la majorité venait du réseau de soutien au FLN. Trois membres du PCF, deux pasteurs, un prêtre, un Belge et un Suisse délégués par leurs groupes respectifs.

Les empoignades furent rudes. Les uns tenaient pour la formule du strict réseau clandestin. Les autres ne voyaient pas pourquoi l'organisation devrait s'infliger les contraintes de la clandestinité plutôt que de travailler au grand jour. Henri Curiel exalta les vertus du « travail organisé », rappelant que sa faiblesse structurelle avait été le grand handicap du réseau Jeanson. Il obtint l'adoption du principe d'une direction élue, responsable devant ses mandants – encore quelques orateurs demandèrent-ils qu'elle ne se réunisse qu'une fois par trimestre. Quant au choix de la clandestinité, il ne trahissait pas une coupable inclination romanesque mais était imposé par la nature même du travail. Une organisation fabriquant des faux passeports pouvait difficilement avoir pignon sur rue. Surtout, la clandestinité n'avait pas pour objet principal de protéger les adhérents français, dont les risques étaient minimes : elle était faite pour assurer la sécurité des militants des MLN (mouvements de libération nationale) menacés dans leur liberté ou même leur vie. On savait bien que des services étrangers opéraient à leur aise en France, souvent en relation fructueuse avec les polices françaises, pour détecter les opposants en exil plus ou moins provisoire. Seules des règles de sécurité rigoureuses empêcheraient le repérage de ces militants. C'était le bon sens.

L'Algérie fit problème. Si l'on aidait au Cameroun, pays formellement indépendant, les forces d'opposition au président Ahidjo, pourquoi ne pas aider en Algérie les organisations hostiles au président Ben Bella, qui venait d'interdire le parti communiste algérien ? Au nom de quoi refuser le concours de l'organisation au parti socialiste révolutionnaire de Boudiaf, favori de la gauche française ? Une motion fut mise aux voix : « Considérant le rôle capital que remplit actuellement le pouvoir algérien au sein de la lutte contre l'impérialisme, l'organisation décide de refuser toute aide politique, soit collective, soit individuelle, aux groupes ou fractions qui s'y opposent. » Vingt voix pour, huit contre, deux abstentions.

Un consensus s'établit sur une déclaration riche d'ambiguïté : « Nous sommes fermement décidés à mener notre action sur la base des principes du mouvement ouvrier international. » Quelques intervenants déclarèrent ignorer ce qu'était le mouvement ouvrier international. Certains firent observer que la récente rupture entre l'URSS et la Chine ôtait beaucoup de sens à la formule.

Tout le monde fut d'accord pour ajouter le combat antifasciste à la lutte anticolonialiste. C'était entériner un constat vécu quotidiennement sur le terrain. L'aide aux colonies portugaises renvoyait au régime portugais lui-même et à l'alliance avec des forces démocratiques combattant la dictature de Salazar. L'Espagne était trop présente dans la sensibilité collective pour qu'on pût refuser assistance à une organisation antifranquiste.

Ainsi l'action allait-elle, au fil des mois, définir principes et règles bien mieux qu'une assemblée composite. Solidarité ne se voulait exportatrice d'aucune idéologie, d'aucun modèle politique. Sa seule justification était d'être au service des MLN. Ce seraient en fin de compte les MLN qui la façonneraient à leur meilleur usage.

***

Grâce à la dynamique antenne marocaine, le travail avait démarré sur les chapeaux de roue avec une quinzaine de mouvements africains. Leur premier problème était de se faire connaître en Europe. Solidarité assurait l'impression de leur matériel de propagande (journaux, périodiques, brochures, tracts ponctuels) et sa diffusion dans les milieux les plus réceptifs. Au réseau de relations personnelles d'Henri Curiel s'ajoutaient les ouvertures propres à chacune des composantes de Solidarité : la trentaine de militants fondateurs ouvrait les portes des Eglises, syndicats, partis de gauche, organisations humanitaires... Il y avait là une caisse de résonance peu ordinaire. Ainsi le représentant du MPLA angolais en Europe était-il financièrement pris en charge par Solidarité, qui organisait pour lui une tournée en Belgique, Hollande, Italie et Suisse, avec dans chaque capitale des rencontres avec les journalistes spécialisés et les hommes politiques adéquats. Dix jeunes militants angolais, mozambicains et guinéens étaient envoyés au festival d'Helsinki. Robert Davezies préparait un long séjour dans les maquis angolais ; il en rapporterait deux livres, *Les Angolais* et *La Guerre d'Angola* qui populariseraient largement la lutte d'indépendance. En sens inverse, expédition en Afrique, par des filières clandestines, de la documentation souhaitée par les MLN.

Les demandes débordèrent rapidement ce cadre relativement classique. La Sawaba nigérienne voulait un stage de formation pour un opérateur radio. L'ANC sud-africain avait besoin de passeports. Le FLP espagnol réclamait des filières de passage à travers les Pyrénées. Un réseau de boîtes à lettres devait être organisé rapidement pour disposer de liaisons sûres et régulières.

L'urgence contraignit parfois à improviser. Jean-Paul Ribes racontera avec verve dans l'almanach d'*Actuel* un voyage clandestin qu'il fit cet été-là avec un ami au Mozambique, via l'Afrique du Sud, pour tenter d'y prendre contact avec des résistants. « C'est Henri Curiel qui nous a aidés à préparer cette mission. Pour la dernière fois, il nous fait réciter les adresses, puis nous brûlons les papiers compromettants. » Il s'agit de proposer aux militants des stages de guérilla en Algérie. Mais Ribes essuie de sérieuses déconvenues. Ses quatre contacts sont des Blancs. Le premier renâcle et suggère l'envoi de livres de chez Maspero. Le second est grillé. Le troisième est absent. Le quatrième veut bien aller à Alger, mais pour étudier l'économie. Aucun d'eux ne connaît le FRELIMO, organisation clandestine qui parviendra au pouvoir quinze ans plus tard après avoir reçu de Solidarité un soutien constant dont le voyage de Ribes et de son ami n'a été que l'aventureux prologue.

Ce même été 1962, Martin Verlet débarqua en catastrophe à La Corogne, port espagnol proche de la frontière portugaise, pour prendre en charge une demi-douzaine de militants noirs angolais à faire passer en France. Les filières pyrénéennes du réseau Jeanson s'étaient défaites avec l'indépendance de l'Algérie. Verlet n'avait bénéficié que d'un contact aléatoire avec le curé du village de Biriatou, en pays basque français. L'homme avait été mêlé à l'affaire Finaly, sombre histoire d'enfants juifs cachés sous l'Occupation chez des catholiques un peu exaltés qui les avaient escamotés après la guerre plutôt que de les restituer au judaïsme. Fâcheux antécédent. Mais nécessité faisait loi. Verlet avait reconnu à pied le parcours, soit six heures de marche en montagne. Il trouva ses Angolais exacts au rendez- vous, qui était fixé au stade de La Corogne où se déroulait une rencontre d'athlétisme entre le Portugal et l'Espagne. Plusieurs voitures participaient à l'opération. Le convoi fut à la frontière à la nuit et la longue marche commença. L'obscurité la rendait ardue. Martin Verlet tomba. Il ressentit une vive douleur à la cuisse mais décida de poursuivre, soutenu par les camarades. La souffrance était pourtant trop forte. Au bord de l'évanouissement, il dut s'arrêter. Il s'était fracturé le fémur. Il dit aux Angolais de continuer sans lui, se reposa deux ou trois heures et repartit en clopinant. La police l'attendait au débouché du sentier. Le curé l'avait dénoncé. Nul délit ne lui étant reprochable, il gagna Saint-Jean-de-Luz où un médecin le soigna avec un zèle particulier, l'ayant pris pour un membre de l'OAS en cavale. Il monta vaille que vaille dans le train de nuit de Paris et se fit hospitaliser à son arrivée. Deux policiers munis d'une commission rogatoire vinrent l'interroger sur son lit de souffrance : pour faire bonne mesure, le curé de Biriatou l'accusait de lui avoir volé ses économies... Quant aux militants angolais, arrivés sans encombre, trois d'entre eux furent inquiétés car ils avaient eu la naïveté de décliner leur véritable identité à l'hôtel où ils étaient descendus...

L'ahurissante inexpérience des militants des MLN stupéfia tous les membres de Solidarité, à la seule exception d'Henri Curiel. Le plus jeune adhérent était Alain Bréjac[1], dix-sept ans, préposé pour ses débuts à la diffusion du matériel de propagande des mouvements auprès des agences de presse et des journalistes. Sa mère avait collecté des fonds pour la guerre d'Espagne. Ses deux oncles, militants des Jeunesses communistes, avaient fait partie du fameux groupe Fabien, auteur d'attentats meurtriers contre les nazis ; le premier, arrêté par la police française, avait été remis par elle à la Gestapo et fusillé à vingt-deux ans ; l'autre, déporté à Mauthausen à dix-neuf ans, n'en était pas revenu. Le grand-père avait été toute sa vie typographe à *L'Humanité,* y compris la clandestine. Ainsi Alain avait-il grandi parmi les ombres toujours invoquées de combattants de l'ombre exposés à tous les pièges de la répression, aux embûches de la trahison. Il avait pour ainsi dire la clandestinité dans le sang. Elle était en tout cas inscrite en lettres sympathiques au fond de sa mémoire. A dix-sept ans, un certain comportement lui était aussi naturel qu'à tel vieux briscard de la Résistance rengagé dans le réseau Jeanson. Un militant angolais n'avait pas derrière lui cette précieuse tradition.

Mais c'était précisément l'inexpérience des MLN qui justifiait l'existence de Solidarité. Henri Curiel ne cessait de répéter : « Si peu que nous leur appor-

(1) Pseudonyme choisi par l'auteur.

tions, vous verrez que ce sera déjà énorme. » Presque tous ses gens en firent le constat. Le responsable du stage consacré à la répression sera bientôt un militant français rescapé des prisons d'Algérie : « J'étais membre du parti communiste algérien et j'ai milité au FLN à partir de 1955. Je m'occupais du ravitaillement des maquis. La police m'a arrêté et torturé en juin 1956. J'avais vingt-deux ans. J'ai passé trois ans en prison avant d'aller dans un camp d'internement. Quand Henri m'a demandé de faire un cours sur l'attitude à avoir face à la répression, j'ai été très sceptique. Mon expérience était limitée et je ne voyais pas l'intérêt qu'elle pouvait présenter pour des militants agissant ailleurs, dans des conditions différentes. Il m'a dit : « Moi, j'ai commencé en Egypte. Tu ne peux pas savoir comme c'est dur de débuter à zéro, d'avoir tout à apprendre. On perd du temps, on fait des fautes. Pourquoi ne pas faire profiter les autres de l'expérience acquise ? Tu verras que tu leur en apprendras beaucoup. » Il avait raison. Non pas tellement grâce aux recettes : il n'y a pas de recettes. Mais on faisait le tour des problèmes et cela leur faisait prendre conscience de ces problèmes. Je leur parlais du procès Dimitrov et de la possibilité de retourner contre le régime le plus dur sa propre légalité. Je leur disais qu'il faut prendre même l'avocat bidon, l'avocat mouchard envoyé par la police parce qu'il donne au moins accès au dossier. L'arrestation, aussi. Il faut absolument faire savoir aux camarades qu'on est arrêté. Donc crier le plus fort possible, à l'intention des voisins : « Je suis Untel, on me connaît bien ici, pourquoi vous m'arrêtez ? » Alors que beaucoup de militants, par respect humain, se laissent arrêter en silence. Ensuite, torturés, ils crachent le morceau et personne n'est au courant. Encore une technique que j'avais apprise en Algérie : quand un militant est capturé, la famille et les voisins vont pleurer devant le poste militaire ou le commissariat : « On sait qu'il est là ! » Ça empêche le pire, la liquidation anonyme. Remarquez que quand j'ai parlé de ça aux stagiaires haïtiens, ils ont été effarés, ils m'ont dit : "Mais c'est pas possible ! Chez nous, les tontons macoutes seraient trop heureux : ça leur permettrait de liquider toute la famille d'un coup !" »

Les faux papiers ne souffrent pas l'improvisation. « Je suis venu à Solidarité plus par attache personnelle que par opinion. Je connaissais un vieux militant italien qui avait beaucoup lutté et beaucoup souffert (les fascistes lui avaient coupé la langue). Un jour, j'ai appris son décès et quelqu'un m'a dit qu'il avait demandé, juste avant de mourir, qu'on me présente au réseau Curiel. Un intermédiaire m'a fait rencontrer Gerold de Wangen. Je me demandais un peu qui étaient ces gens. Il m'a expliqué les choses très progressivement. A l'époque, j'étais chef de publicité dans une grosse boîte. J'étais très au fait des problèmes graphiques. On m'a parlé de faux papiers. Ma première réaction a été : « Je ne veux pas faire des faux papiers comme ça. Je veux savoir pour qui je travaille. » On me l'a toujours dit. J'ai toujours su à qui allaient mes passeports ou mes fausses pièces d'identité. Il ne faut pas croire qu'on était des imbéciles manipulables comme l'ont insinué certains au moment des attaques contre Henri. J'étais bien entendu d'accord avec les objectifs de Solidarité mais je voulais savoir.

« On m'a envoyé chez deux anciens résistants, l'un en Belgique, l'autre en Hollande, pour apprendre la technique. Je suis resté chaque fois enfermé pendant plusieurs jours dans un appartement. Le Hollandais travaillait à la peinture. C'était très bon mais il fallait être peintre. Ce qui m'a séduit chez le Belge, c'est la légèreté du matériel. Voilà mes instruments de travail : des petites baguettes de bois et un compte-fils [petite lentille]. Très planquable. On peut perquisitionner chez moi : rien de compromettant. Des baguettes de bois et un compte-fils. N'importe qui peut avoir ça chez lui. Autre intérêt : ça se trouve partout. Henri tenait beaucoup à ce que nous utilisions des procédés faciles à transmettre aux militants – parce que j'enseignais aussi la fabrication des faux papiers. Je peux vous dire qu'avec ma technique, des militants emprisonnés ont réussi à faire des faux papiers dans leur cellule.

« Je n'oublierai jamais mon premier passeport.

Un soir, je rentre chez moi fatigué et je trouve les camarades. Il y avait un passeport à faire d'urgence, cette nuit même, pour un Iranien traqué par la police du Shah. Il fallait le faire sortir du pays. J'étais affolé. Je leur ai dit : « Mais non, je ne suis pas capable. » Ils m'ont répondu : « C'est une question de vie ou de mort. » J'ai même dit bêtement : « Mais je n'ai pas dîné ! » – « Mets-toi au travail. On va s'occuper de toi. » Et ils m'ont entouré, choyé, pendant toute cette nuit qui a été pour moi une terrible épreuve. J'étais rongé par le doute. Je me répétais sans cesse : « La vie d'un homme dépend de la qualité de ton travail. »A l'aube, le passeport était terminé. Et il était beau. Très beau. L'Iranien s'en est tiré.

« Après, on prend les choses plus calmement. Regardez votre passeport ou votre carte d'identité et voyez comme c'est mal foutu. Les cachets sont tremblés, flanqués de travers, les écritures bavent : il n'y a que les parties imprimées qui sont impeccables[1]. Un bon faux passeport, ce n'est pas tellement un passeport techniquement parfait qu'un passeport qui colle à votre personnalité. Il faut bien entendu un minimum de technique mais c'est sur le reste qu'on risque le plus de se faire coincer. Combien de militants m'apportaient leur photo en col ouvert et bras de chemise alors qu'ils étaient censés être cadres supérieurs. Il faut toujours avoir l'air d'un voyageur de commerce, porter un attaché-case, et si possible passer le contrôle de police avec un bouquet de fleurs, un paquet – la grosse poupée-cadeau, par exemple, c'est excellent.

« Une fois, on m'apporte un passeport américain à travailler. Je n'ai pas besoin de vous dire que le passeport américain pose de très gros problèmes. Et celui-là était dans un état épouvantable : déjà raturé,

(1) En 1944, des agents américains de l'OSS parachutés en Allemagne furent arrêtés à cause de la trop grande perfection de leurs papiers. Les Feldgendarmes, habitués à examiner des papiers où manquaient toujours deux ou trois des très nombreux tampons et cachets exigés par la bureaucratie nazie, avaient eu leur suspicion éveillée par une impeccabilité trop rare pour être honnête.

trafiqué, presque troué par endroits – une horreur ! A première vue, travail impossible. La seule solution était de le saloper encore davantage. Je me suis dit : « Allez, je tente le tout pour le tout... » J'ai fait comme si le gars se servait de son passeport comme portefeuille. Je l'ai truffé de cartes de visite, de tickets, de photos, toutes sortes de bricoles. Et à côté de timbres-poste en bon état, j'en ai collé d'autres sur les parties abîmées de telle façon qu'on pouvait les croire collés par la sueur. Pourquoi ? Le type à qui était destiné le passeport buvait beaucoup, allait au bordel – vous voyez le genre. Son passeport a été contrôlé plusieurs fois sans problème : il collait à sa personnalité.

« Il y a les règles de base à respecter. Ne jamais utiliser le papier falsifié dans son pays d'origine. Pas de faux passeports argentins en Argentine, par exemple. Un détail peut vous avoir échappé. Les polices ont parfois un code à elles : position du cachet, etc. Et si vous êtes pris, la condamnation est plus lourde. J'ai fait je ne sais pas combien de faux papiers pour je ne sais plus combien de militants. Mon seul pépin est venu d'une infraction à cette règle : un jeune militant s'est rendu en Allemagne avec un faux passeport allemand. Une encre ne convenait pas. Il a payé une amende et il a été relâché.

« Si vous allez en Suisse, ne passez pas par Bâle ou Genève : les passeports y sont examinés aux infrarouges. »

Et caetera.

⁂

Transférée à Alger, l'antenne marocaine était devenue une véritable base. Trente-huit militants travaillaient sous la direction bicéphale de Jean Tabet et de Didar. Tabet aurait préféré rejoindre Henri Curiel à Paris : « Je voulais être un révolutionnaire professionnel selon la définition de Lénine. A l'époque, j'étais très marqué par Trotski et ses thèses sur la révolution permanente. Pour Staline, la haine, et une grande fureur contre le PCF. Henri a insisté pour que j'aille à Alger : « Tu connais les mouvements, des liens se sont tissés... » Et puis la phrase sacramentelle qu'il vous ressortait toujours : « L'organisation, c'est le choix des gens. » Après, j'ai découvert que c'était une phrase de Staline. Mais Staline ajoutait : « ... et le contrôle des gens ». De toute façon, je ne pouvais rien refuser à Henri. »

Didar était l'œil d'Henri, mais un œil baladeur. Elle travaillait au ministère algérien de la Jeunesse, dirigeant le service de presse, créant un centre de documentation, et organisant avec Jean-Louis Hurst des chantiers de travail volontaire. Dans son roman *La Blanche et la Rouge,* Ania Francos, qui l'a bien connue à Alger, trace d'elle ce portrait : « Petite, très fine, son visage, d'un ovale très pur, était éclairé par des yeux bleus presque mauves. Meriem ne se lassait pas de la regarder. Elle parlait un arabe très beau, presque littéraire, et lorsqu'elle disait à Meriem en la croisant dans les couloirs *naharek tayeb* (Que ta journée soit belle), c'était comme un poème. Elle s'occupait de presque tout dans le ministère. La première arrivée, la dernière partie, on voyait souvent la nuit la lumière briller dans son bureau au sixième étage. Meriem se demandait si elle avait une vie personnelle, si elle aimait quelqu'un, si quelqu'un l'aimait, et surtout, pourquoi était-elle toujours aussi gaie, aussi sereine ?[1] »

La joie est consubstantielle à Didar mais ses nouvelles activités lui procuraient un bonheur encore jamais éprouvé : « Ce furent les années les plus intenses de ma vie militante. Participer à la construction nationale d'un pays qui vient d'accéder à l'indépendance par la lutte armée est autrement plus exaltant que d'agir pour la destruction d'un régime corrompu comme celui de Farouk ou du système colonialiste français. » Son premier chantier la mit en sympathie, au sens étymologique du terme, avec le malheureux Sherif qui rôtissait toujours à Kharga : au lieu de la région « fraîche en été, balayée par une brise » annoncée par le rapport

(1) Ania Francos, *La Blanche et la Rouge,* Editions Julliard, p. 171.

arrivé au ministère, le chantier était ancré au flanc d'une montagne de roc nu dans l'une des zones les plus torrides d'Algérie.

Jean Tabet, instituteur à mi-temps à la Casbah, organisait les activités de la base algéroise. Sa tâche principale consistait à assurer le contact avec les MLN d'Afrique, d'Amérique du Sud et d'Asie du Sud-Est qui avaient ouvert un bureau à Alger. Il centralisait leurs demandes et les transmettait à Paris. Un certain nombre de services étaient assurés sur place. Avec sa compagne Julie et Didar, lorsqu'elle n'était pas sur ses chantiers, il dirigeait des stages de formation technique élémentaire (liaisons secrètes par encre sympathique, système de boîtes à lettres, etc.). Il faisait traduire et imprimer la documentation des mouvements. Les membres de Solidarité servaient encore d'interprètes pour des groupes de futurs combattants venus s'initier à la guérilla auprès des anciens maquisards algériens.

L'une des consignes inlassablement répétées par Curiel visait à faire sortir chaque mouvement de son isolement. Jean Tabet : « Il me disait : « Même si tu ne vois pas a priori de rapport entre eux, tu dois mettre les mouvements en relation les uns avec les autres. » Je l'ai fait selon sa méthode : organisation de la rencontre dans un endroit discret, présentation des interlocuteurs, et je m'en vais, je les laisse seuls. Ils appréciaient beaucoup cette discrétion. Elle leur prouvait notre volonté de non-ingérence. »

Henri Curiel venait en moyenne une fois par mois, un peu pour les affaires, beaucoup pour la révolution. Sa métamorphose de porteur de valise en porteur d'attaché-case s'était faite dès l'été 1962, alors que les nouveaux responsables de l'Education nationale algérienne s'arrachaient les cheveux face à un problème quasi insoluble : faire surgir du néant pour la rentrée d'octobre les manuels scolaires de l'Algérie nouvelle. Le puissant groupe Hachette ne pouvait livrer qu'en février. Joseph Hazan, associé de la maison Nathan, se fit fort d'imprimer dans les délais. Le contrat fut signé le 10 juillet. Pas un professionnel du livre n'aurait parié un centime sur son exécution. Le 15 septembre, Nathan livrait à Alger les trois millions et demi d'exemplaires du cycle primaire. Hazan avait fait imprimer les manuels sur les rotatives de *L'Humanité.* Techniquement, c'était un tour de force. Henri Curiel fut engagé par Pierre Nathan avec un salaire fixe symbolique et des primes proportionnelles aux contrats décrochés. Ils furent rares. Une autre opération consista à arranger les affaires de la Compagnie métallurgique et minière, un peu embrouillées depuis l'indépendance, et dont son cousin André Weil-Curiel était l'avocat. Henri réussit à régler les difficultés. Il ne demanda aucun honoraire pour ses démarches. Le directeur de la société était aveugle.

A ses camarades étonnés, il disait : « Défendons les positions françaises en Algérie : si elles sont emportées, les Américains prendront la place. »

Mais l'attaché-case restait le plus souvent dans sa chambre d'hôtel. Il faisait le point avec Didar et Tabet, rencontrait Boumaza, était reçu par Ben Bella – on a dit plus haut l'épreuve que représentaient pour lui ses entretiens avec un Ben Bella pourtant bon garçon –, avait enfin des rendez-vous réguliers avec l'ambassadeur de Cuba à Alger, personnage flamboyant proche de Che Guevara.

Quelques alertes donnèrent à penser sur la fragilité du pouvoir benbelliste.

Un jour, Jean Tabet va prendre l'avion pour Paris. Il est porteur de lettres de Ben Barka. Sous le texte apparent (déclarations d'amour enflammées), des messages écrits à l'encre sympathique : Tabet est arrêté à l'aéroport, conduit à la Sûreté, interrogé toute la nuit. Le ton est brutal. On l'accuse d'être un agent de la DST. « Et qu'est-ce qu'on fait d'un type de la DST qui vient traîner chez nous ? On le supprime. » Tabet commence à y croire. Cependant Julie, aux quatre cents coups, court alerter Boudia, directeur d'*Alger Ce Soir.* Boudia se renseigne auprès du bureau politique du FLN. Personne n'est au courant de l'affaire. A dire vrai, personne ne semble bien au fait de ce qui se passe dans les services de police algériens. C'est toujours mauvais signe. Boudia n'est pas un ingrat : il n'a pas oublié que les amis de Curiel ont organisé son évasion en France.

Il rassure Julie : « Ne t'en fais pas. Au pire, je rassemble les copains de la Fédération de France et on le sort de force. » Et il continue à donner des coups de fil. Au matin, Tabet reçoit des excuses et des croissants pour son petit déjeuner. Il repart pour l'aéroport. Il est cueilli dans l'avion, juste avant le décollage, par deux géants qui éclatent d'un rire rabelaisien lorsqu'il leur demande leur carte de police. On l'enfourne dans une voiture. Elle sort d'Alger, roule dans la campagne. Sueurs froides. Tabet, convaincu de sa liquidation imminente, est trop furieux pour s'apitoyer sur son sort. Finalement, les deux malabars le ramènent à Alger et il passe la nuit dans une cellule sans lumière. Libéré au matin, il va demander des explications au directeur de cabinet de Ben Bella. On l'apaise, on témoigne de la plus vive irritation contre les extravagances policières, mais Jean Tabet retire de l'entrevue une impression de fragilité. Le pouvoir ne contrôle pas ses flics.

L'affaire du « maquis » de Draa-al-Mizan est d'une autre sorte. Grosse pour Henri Curiel de haines solides que sa mort n'assoupirait pas, elle conclut sur le terrain, en travaux pratiques, le débat théorique qui avait agité le réseau de soutien sur le devoir pour l'Algérie indépendante de nourrir et de propager la flamme révolutionnaire.

L'un des personnages les plus pittoresques d'Alger était Abd el-Kader Rassak. Agé d'une cinquantaine d'années, petit-fils du fameux émir Abd el-Kader qui avait jadis incarné et animé la résistance de l'Algérie au corps expéditionnaire français, il tenait l'aïeul prestigieux pour un traître à la cause et racontait volontiers comment lui-même avait tué son père, coupable d'avoir trompé sa mère. Grand et fort, courageux, passionné, il n'avait mis les pieds dans son pays qu'après l'indépendance. La politique du pouvoir le décevait amèrement. Il rêvait de déclencher une révolution maoïste en couvrant le pays de « communes chinoises ». Didar, toujours friande de riches natures, le trouvait fascinant et peu sérieux. Elle l'avait présenté à Henri mais le courant n'était pas vraiment passé. Il passait en revanche très bien avec un certain nombre de jeunes coopérants français dont certains avaient courageusement aidé le FLN mais qui trouvaient que l'Algérie indépendante ne répondait pas aux espoirs qu'ils avaient mis en elle. On les appelait les Pieds-Rouges. La quarantaine de militants travaillant pour Solidarité étaient eux aussi des Pieds-Rouges mais de l'espèce « non déconnante », selon l'expression de Tabet. Didar, quant à elle, avait une fois pour toutes réglé le problème : « La direction du mouvement national algérien était typiquement bourgeoise. Mais elle était évidemment révolutionnaire puisqu'elle s'assignait pour tâches la transformation des structures coloniales de l'Etat et l'édification d'une nation. Le reste, c'est-à-dire la lutte entre clans dirigée par des éléments à vocation plébéienne ou non, est une question de détail. »

Cette sage disposition d'esprit ne l'empêcha pas d'être arrêtée à son bureau du ministère, un jour de l'été 1963, et d'être conduite au commissariat général, près de la prison Barberousse. A sa profonde surprise, elle s'entendit accuser de complot sioniste. Elle avait l'impression de se retrouver en Egypte dix ans plus tôt. Elle s'inquiéta aussitôt pour Henri, de passage à Alger, mais il avait sauté dans le premier avion pour Paris en apprenant son arrestation. « Dans ces cas-là, fait observer Didar, il ne sert à rien de jouer les héros. »

Tout était de la faute d'Abd el-Kader. Il avait rassemblé dans une ferme de Draa-al-Mizan des armes et une petite troupe de jeunes Pieds-Rouges qu'il commençait d'entraîner à la dure vie du maquis. Les autochtones étaient rares. Le maquis de Draa-al-Mizan avait été repéré avant même d'avoir ouvert les hostilités. Les jeunes gens avaient attiré l'attention des représentants de l'ordre en allant faire furtivement leurs courses au village voisin. La jeune fille placée en sentinelle devant la ferme fut si émue de voir arriver les policiers qu'elle tomba de l'arbre où elle s'était perchée et se cassa le bras.

Cette flatulence fit en Algérie un bruit de tonnerre car elle libéra d'un seul coup l'exaspération accumulée contre certains Pieds-Rouges. Ceux-ci, intégristes de l'internationalisme, professaient qu' « un militant vaut partout un militant », en conséquence de quoi un garçon natif de Romorantin pouvait très bien, en vertu de son autodéfinition révolutionnaire, enseigner la juste ligne à un natif de Tizi-Ouzou qui sortait de se battre huit ans contre les Français. Les populations en concevaient un vif agacement ; Ben Bella l'exprima en fustigeant dans un violent discours les « insupportables donneurs de leçons ».

Complot sioniste ? On avait trouvé sur Abd el-Kader une carte d'identité française datant de sa militance au sein de la Fédération de France du FLN. Elle lui conférait le prénom David et un patronyme juif. Beaucoup de ses Pieds-Rouges étaient juifs. Il n'en fallut pas plus pour que la police accusât le pauvre diable d'œuvrer pour le Mossad, service secret israélien. Tout cela sans conséquence dramatique : les « maquisards » furent relâchés, y compris Abd el-Kader qui, toujours magnifique, avait refusé de recevoir dans sa cellule un Ben Bella désireux de s'entretenir avec lui de l'avenir de l'Algérie. Henri Curiel était personnellement intervenu auprès du président algérien en faveur des malheureux.

Sotte et vieille histoire. Sauf pour Serge Thion, sociologue. Il écrivit après l'assassinat de Curiel un petit factum débordant de fiel intitulé *Du bon usage des momies en politique,* la momie était en l'occurrence, si l'on a bien compris, le cadavre de l'assassiné. Il y pousse la perfidie jusqu'à insinuer, sans avoir le courage de l'écrire franchement, qu'Henri Curiel aurait eu un rôle peu clair dans l'arrestation de certains militants du tiers monde. Et il évoque Draa-al-Mizan à propos de « l'affaire de la pétition ». Soixante et un coopérants, soucieux de ne point voir compromettre par les « égarements » de quelques-uns l'œuvre entreprise en Algérie, avaient signé une pétition assurant le peuple algérien de leur solidarité et le gouvernement de leur confiance. On y trouve la signature d'hommes qui n'ont point la réputation de se précipiter, pour les cirer, aux bottes d'un pouvoir quelconque, tels Etienne Bolo, Jean-Paul Ribes ou Tienno Grumbach. Pour Thion, qui se dit d'extrême gauche, c'est l'occasion de tracer d'Henri un portrait que ne récuseraient pas ses détracteurs d'extrême droite : « Elle [« la pétition »] dessine bien en filigrane le portrait politique de Curiel. D'abord, il est masqué, il ne signe pas lui-même et la plupart de ses proches s'en abstiennent egalement. La main reste cachée. » Signer lui-même ? Comment Henri l'aurait-il pu puisqu'il n'était pas lui-même coopérant ? La plupart des proches s'abstiennent ? Nous relevons les signatures de Claude Belmas, membre fondateur de Solidarité, Jean-Louis Hurst, Nathan Blau, frère de Joyce, Didar Rossano et Jean Tabet, tous deux responsables de la base algéroise de Solidarité...

Ayant ainsi planté son croc dans le corps encore tiède d'Henri Curiel, Thion s'en fut trottinant vers six millions de momies pour lui problématiques : il mit sa plume au service du célèbre Faurisson, l'homme qui nie les chambres à gaz.

Si par aventure je suis un jour tué, prière aux amis de tenir Serge Thion à l'écart de mon cadavre.

FRANÇOIS

« Je suis né en 1921 à Saïgon. Ma mère était d'origine bourgeoise. Mon père avait fait fortune dans l'import-export. Il était milliardaire. Ils se sont séparés très vite et je suis rentré en France avec ma mère ; j'avais deux ans. Elle m'a donné une éducation très bourgeoise. Quand je voulais inviter un copain de classe, elle ne me demandait jamais « Comment est-il ? » mais « Que fait son père ? » Il y avait d'un côté les gens bien, les bourgeois ; de l'autre, la populace. Je ne me sentais à l'aise qu'à l'office, avec la femme de chambre et la bonne. J'ai fait mes études à Bossuet et à Montaigne. Il y a eu la guerre après ma première partie du bac.

« Nous étions repliés à Royan. Un officier allemand nous a poussés dans le caniveau, mon grand-père et moi, parce que nous ne nous effacions pas assez vite. C'est drôle comme une chose comme ça peut vous marquer.

« Nous sommes rentrés à Paris en 1942. Je voulais faire quelque chose contre les nazis. J'ai cherché le contact avec la Résistance. Ma mère a compris que j'étais prêt à toutes les bêtises. Elle a parlé de moi à ma marraine, la femme du professeur Aubin. Il m'a fait entrer dans le réseau Centurie. J'ai été un simple agent de liaison. Je n'arrêtais pas de circuler.

« J'ai été arrêté le long de la Seine. Je ne peux pas vous dire la date parce que depuis le camp, j'ai beaucoup de mal à dater les événements. Mais ma femme vous dira ça tout à l'heure [1943]. J'attendais quelqu'un et, subitement, mes pieds ne touchent plus terre. Deux géants me soulevaient. Je suis jeté dans une traction avant. « Bouge pas ou on te crève ! » C'était la Gestapo française. J'avais une serviette pleine de choses que j'ignorais.

« Ils m'ont conduit rue des Saussaies. J'ai été passé à tabac. Ensuite, Fresnes.

« En entrant à Fresnes, j'ai eu une impression formidable de liberté. Jusque-là, j'avais été le fils à sa maman et j'avais vécu avec elle, ma sœur aînée, la bonne, la femme de chambre. Dans ma cellule, je me suis dit : « Mon petit père, te voilà seul. Il faut être à la hauteur. » Je savais que je ne tiendrais pas le coup pour rester sans rien dire, et ils savaient que j'étais agent de liaison. Mais entre qui et qui ? J'ai inventé une histoire avec deux hommes : mon cousin Pierre, qui était en Indochine, et mon cousin Jacques, le pétainiste. Il ne me restait plus qu'à être un grand comédien.

« Pour mon premier interrogatoire, on m'a d'abord enfermé dans un sous-sol des Saussaies avec d'autres résistants. A un moment, on nous a amené une jeune femme nue, avec le sang qui coulait de son sein dont le bout avait été tranché. Ils nous l'ont balancée dans les jambes en disant : « Regardez comme elle est belle, la juive... »

« On m'a conduit au colonel. Il commençait à interroger un gars. Le gars l'a regardé dans les yeux. Le colonel lui a flanqué une râclée à coups de chaise. Il en est mort, le malheureux. Moi, j'ai fait attention de regarder à droite et à gauche, jamais en face. Il ne m'a pas frappé. J'ai dit : « Je n'ai rien fait, mais même si j'avais fait quelque chose, je ne vous le dirais pas. » C'était prémédité. Il m'a dit : « Viens à côté. » On m'a fait mettre à genoux, les mains en l'air. Je me suis dit : « Maintenant il faut trembler. » Mais c'est venu tout seul. Je tremblais et je claquais des dents. J'ai raconté mon histoire. On m'a ramené à Fresnes. J'ai dansé la gigue dans ma cellule : j'avais roulé la Gestapo.

« Une semaine après, deuxième round aux Saussaies. Le colonel m'a dit : « Tu nous as raconté des histoires. » Je m'en suis tenu à mon histoire malgré les coups. C'était dur. Vraiment dur. On m'a ramené à Fresnes. J'étais heureux. J'avais prouvé que j'étais un homme.

« Le camp de Compiègne ensuite, et le train pour Buchenwald. Le dernier convoi [15 juillet 44]. La Croix-Rouge distribuait des colis : pain d'épice, saucisson, des choses salées. J'ai eu une intuition. Je me suis dit : « Je ne mange rien tant qu'on ne boit pas. »

Le voyage a duré je ne sais plus combien de jours. Pas une goutte d'eau. Beaucoup sont morts. Je suis arrivé les lèvres crevassées, la langue triplée de volume. Des copains se sont gargarisés avec de l'urine. Certains sont devenus fous. Moi, j'étais pratiquement dans le coma. On m'a extirpé du wagon par les bras et par les jambes et on m'a jeté dans un camion plein de corps. J'ai eu la chance d'être sur le dessus. A un moment, le camion s'arrête devant les douches (j'ai su après que c'était les douches). J'entends parler français. J'avais un bras libre. J'ai tendu la main. Je l'ai agitée. Quelqu'un a dit : « Regardez, celui-là a l'air d'être vivant. » Ils m'ont sorti du camion, qui est reparti vers le four crématoire. Ils m'ont mis sous la douche sans me donner à boire. Quelqu'un avait dit : « Il ne faut surtout pas lui donner à boire. Humecter seulement. » Quand j'ai pu parler, sous la douche, et qu'ils se sont rendu compte que j'étais français, ils m'ont dit : « Ne t'inquiète pas : tu es sauvé. »

« On m'a montré un type à qui il manquait un doigt. Les copains m'ont dit : « Il y en a qui disent qu'il est de la Gestapo. Est-ce que tu le reconnais ? » Je l'avais vu rue des Saussaies. Il était avec le colonel. Il est mort étouffé le lendemain.

« Je suis entré dans l'organisation de résistance du camp. Je n'ai pas fait des choses extraordinaires mais j'ai fait mon boulot et je trouvais ça très intéressant.

« Dans mon bloc, il y avait deux prêtres, le frère d'un grand industriel, des officiers, des types du peuple. Un prêtre nous volait le pain, le frère de l'industriel gardait pour lui seul ses colis, un officier aurait fait n'importe quoi pour un mégot. A côté de ça, un ouvrier qui donnait tous ses colis à plus malheureux que lui. Je me suis dit : « Il y a bien une hiérarchie mais ce n'est pas forcément celle qu'on m'a apprise. » J'étais très religieux. A Buchenwald, j'ai perdu la foi.

« Après notre libération, on nous a amenés à l'hôtel Lutétia, boulevard Raspail. J'ai téléphoné à ma mère. Nous habitions rue Bréa. J'entends : « Allô, allô, allô. » Je n'ai pas pu parler. Aucun son ne sortait de ma gorge. Ma mère était tout pour moi. J'ai pris un taxi et je suis rentré à la maison. Ma mère m'a fait un accueil délirant. Un dîner merveilleux. Je voulais lui raconter. Elle m'a dit : « Non, ne parle pas de ça, maintenant tu vas être heureux. » – « D'accord, je ne raconterai pas, mais il faut au moins que tu saches quelles leçons j'ai tirées de cette expérience. » Mais ses lèvres se pincent quand je commence à raconter, son regard se durcit. J'ai vu que je ne l'intéressais pas. J'ai parlé de la famille, de la pluie et du beau temps.

« Le lendemain matin, j'ai envoyé la bonne acheter *L'Humanité.* Ma mère n'a pas compris. Je lui ai dit que j'avais découvert les communistes à Buchenwald, que j'avais eu l'intention d'adhérer au camp et que j'allais le faire maintenant.

« Le surlendemain, le chauffeur de mon grand-père m'a conduit dans une maison de repos trouvée par ma mère. Elle voulait que je me retape. On m'a fait une piqûre. Bon. Mais je n'aime pas trop. Je regarde par la fenêtre, je vois une voiture s'arrêter et des infirmiers en sortir quelqu'un qui avait la camisole de force. J'ai eu plus peur que je n'avais jamais eu peur à Buchenwald. J'étais depuis trois jours en France et ma mère m'envoyait dans un asile de fous. Je me suis habillé à toute allure, je me suis jeté dans l'escalier et j'ai cherché la sortie. Je suis tombé sur une femme qui m'a dit : « Vous partez ? Je vous en supplie, dénoncez mon mari qui m'a fait enfermer pour une histoire d'argent ! » J'ai noté son nom et son adresse. J'ai réussi à filer et j'ai téléphoné à mon grand-père du café du village. Il m'a dit : « Ne bouge pas. Je viens te chercher. On arrive. »

« Ma mère a fait celle qui s'est trompée, qui ne savait pas que c'était un asile de fous. Et moi, j'ai fait semblant de la croire. Mais j'ai filé. Je suis allé chez un copain de déportation, puis chez un autre, encore un autre. Je me suis planqué comme ça pendant un an. Avec eux, je me sentais sécurisé.

« Mon père m'a proposé de venir le rejoindre en Indochine : « Tu auras tout ce que tu veux. » Il n'a pas compris mon refus. Je m'étais inscrit au Parti et je voulais retrouver les gens que j'avais découverts à

Buchenwald. Je suis entré chez Renault comme OS et je suis devenu fraiseur. J'ai travaillé plusieurs années chez Renault [trois ans].

« Pendant des vacances [1948], j'ai rencontré ma femme à Vézelay. Nous remettions les remparts en état dans le cadre du service civil international. J'étais chef de chantier ; elle s'occupait de la cantine. Ma mère me disait : « Fais-en ta maîtresse, tu en auras vite fait le tour. » Nous nous sommes mariés. Mon père, très chiquement, nous a donné de quoi acheter un appartement et le meubler très confortablement. J'ai travaillé un an avec lui, et puis nous avons revendu l'appartement et acheté une papeterie à Aix-en-Provence. Nous y sommes restés plusieurs années [1951-1958].

« A Aix, j'étais secrétaire de cellule, membre du comité de section. Dès le début de la guerre d'Algérie, je suis contre. J'ai organisé un comité de soutien aux familles de détenus algériens. Ensuite, un ami m'a demandé d'héberger un responsable du FLN. Nous habitions un mas à la campagne. Je me disais que ma femme ne serait peut-être pas trop d'accord. Un jour, je lui en parle. Elle me dit : « Pas question ! Les voisins le verront, on sera dénoncés, ce n'est pas possible... » – « Et si je te disais qu'il est dans la maison depuis une semaine... » – « Tu es fou ou quoi ? » Mais c'était vrai. J'avais planqué le type pour démontrer à ma femme que c'était possible. Du coup, elle a été d'accord. Après celui-là, nous avons caché un autre responsable qui était un peu exalté. Aux repas, il posait un énorme Colt à côté de son assiette et il nous disait toujours : « Tout va bien, aucune inquiétude, l'armée algérienne ne va pas tarder à débarquer en France. » Nous l'écoutions avec une certaine surprise.

« Le Parti ignorait les hébergements mais on m'a donné l'ordre de cesser même l'aide aux familles des détenus. Un camarade est venu me voir, un type merveilleux qui avait participé à la révolte de la centrale d'Eysses. Je lui demande : « Et si un responsable algérien frappe à ma porte en me demandant de le cacher ? » – « Tu refuses parce que tu engagerais le Parti. » – « Et si je ne suis pas au

Parti ? » – « Ce serait différent. » – « Alors je quitte le Parti. » – « Ne plaisante pas, tu ne peux pas le faire. » Je sors ma carte et je lui dis : « Regarde. » Et je l'ai déchirée sous ses yeux. Il était fou de rage. Il m'a crié : « Tu sais que ça ne se passera pas comme ça ! Tu seras exclu ! Tu es commerçant. Tu perdras toute ta clientèle communiste. Les camarades changeront de trottoir. Et les autres, les non-communistes, ils sauront que tu l'étais et ils te plaqueront aussi. Ce sera ta ruine ! » Pierre Doize, le secrétaire fédéral, est venu me voir. Je lui ai calmement expliqué les choses. Il a essayé calmement de me convaincre. J'ai finalement été exclu, mais sans tapage. Nous avons vendu le commerce et nous sommes montés à Paris. Nous avons travaillé dans un magasin de matériel de dessin dans le quartier Latin .

« C'est à ce moment-là [1958] que j'ai rencontré Henri Curiel. Il était dans sa voiture. Tout de suite, le coup de foudre. Pour moi, cet homme-là était un saint, quelqu'un d'une intégrité absolue. Je lui ai raconté mes problèmes avec le Parti. Il m'a dit : « Moi, je suis un communiste orthodoxe. »

« J'ai travaillé à *Vérités Pour.* J'ai aussi compté l'argent et porté les valises. Avec ma femme, nous avons fait des passages de frontière, la Belgique, la Suisse. J'avais le contact direct avec Henri mais je travaillais aussi avec Mattéi. Je connaissais Joyce, Didar...

« Et puis Henri est arrêté. Un jour, je vais chercher ma femme à son travail et j'ai l'impression que des flics attendent. Aujourd'hui, j'en suis moins sûr. Mais enfin j'ai cru préférable de filer. Mattéi m'a fait partir pour Saint-Tropez, où il avait un contact. Je me suis occupé des déserteurs. Ensuite, on me fait passer en Allemagne, dans une planque. Je n'avais presque plus d'argent quand un Algérien arrive et me dit : « Voilà ton passeport, tu es Bachir el-Halami, de Tanger. Tu pars pour Tunis. Je t'accompagne à l'aéroport. » A Tunis, j'ai été reçu au bureau de Boussouf. On me traite royalement. On me dit : « Tu te reposes, nous te prenons en charge. » Mais je voulais être utile. Je suis parti comme instituteur dans un camp de réfugiés algériens à Gafsa. J'y ai passé un an. Une année merveilleuse. Les gosses étaient extraordinaires. Ils voulaient tellement apprendre le français qu'ils refusaient de quitter l'école à la fin des heures normales. Quand le camp a été fermé, à l'indépendance, nous nous sommes séparés en pleurant. Une année merveilleuse.

« J'avais reçu la nationalité algérienne. Je suis allé à Alger, où ma femme m'a rejoint. Notre premier boulot a été de récolter dans les casernes le matériel médical et les médicaments que l'armée française n'emportait pas. Les débuts ont été un peu crispés mais les officiers se sont montrés ensuite très coopératifs, je dirai même très sympathiques. Ensuite, j'ai travaillé avec l'Organisation mondiale de la santé. Le coup d'Etat de Boumediene [1965] nous a forcés à partir, comme presque tous les autres. Nous avons même été perquisitionnés.

« A Paris, nous avons acheté une papeterie dans le quartier Latin. Henri est venu nous voir et nous a parlé de Solidarité. J'ai immédiatement accepté de travailler. Je donnais des cours de serrurerie aux militants des MLN, surtout des Noirs d'Afrique du Sud ou de Rhodésie, et des Sud-Américains. Je leur apprenais à fabriquer des clefs avec des moyens de fortune, à ouvrir les serrures les plus sophistiquées, etc. Bien sûr, j'avais été fraiseur mais je ne connaissais rien à la serrurerie. Avant d'enseigner, j'ai dû tout apprendre. C'était la grande théorie d'Henri. Il disait que les spécialistes sont les moins aptes à transmettre leurs connaissances parce qu'ils dominent trop leur sujet. Ils ne voient même plus les difficultés. Tandis que lorsqu'on a appris par soi-même, on sait où ça risque d'accrocher.

« J'ai fait ça plusieurs années [1965-1972]. »

Si Mehdi Ben Barka avait puissamment aidé au démarrage de Solidarité en patronnant à Rabat les premières prises de contact avec les MLN, Curiel et ses amis furent vite en mesure de lui rembourser leur dette.

Réchappé par miracle d'un attentat fomenté par le palais royal en 1962 (le coup avait été maquillé en accident de la route), condamné à mort par contumace en 1964, le dirigeant marocain vivait en exil entre l'Algérie et la Suisse. Henri lui rendait fréquemment visite dans son petit studio algérois de la rue du Premier-Novembre. Leur entente était parfaite. Didar, qui assista à de nombreux entretiens, ne ressentit jamais chez Henri la tension qui le paralysait devant Ben Bella : « Ils étaient deux militants traitant de problèmes concrets et ils allaient tout de suite au cœur du sujet. Ils n'étaient pourtant pas au même niveau. Ben Barka avait une stature internationale et il aurait pu être chef d'Etat. Henri n'avait pas de rôle politique. Ben Barka représentait un beaucoup plus grand danger pour l'impérialisme. Et il était irremplaçable. »

Aux échanges de vues sur l'expérience autogestionnaire algérienne et la situation des forces d'opposition au Maroc s'était ajoutée, à partir de 1964, la préparation de la conférence tricontinentale prévue pour 1965 à Cuba. Elle allait, au fil des mois, former l'essentiel de leur travail commun. Aujourd'hui que les espoirs mis dans la Tricontinentale ont avorté, en partie à cause de l'assassinat de Ben

Barka, et que son nom même ne signifie rien pour le plus grand nombre, il est difficile de se représenter l'espérance investie dans l'événement. Bandoung avait été la révélation du tiers monde. La Tricontinentale marquerait la mobilisation de sa partie militante.

Président désigné de la conférence, Ben Barka savait à peu près son Afrique mais ignorait tout de l'Amérique latine. Grâce aux liens déjà tissés avec les MLN sud-américains, Solidarité fut en mesure de lui fournir des dossiers documentés ; le choix des invitations s'en trouva facilité. L'ambassadeur de Cuba à Alger participait souvent aux entretiens. On savait que le grand débat opposerait les tenants du guévarisme à ses adversaires. Ben Barka et Curiel avaient de la question une vue identique : le passage à la lutte armée étant affaire de lieux et de circonstances, une décision dogmatique dans un sens ou dans l'autre serait politiquement absurde.

Il était prévu que Jehan de Wangen accompagnerait Ben Barka à Cuba en qualité de secrétaire. De tous les membres de Solidarité, il était celui qui connaissait le mieux l'ensemble des MLN. Proche d'Henri, il serait un porte-parole autorisé.

A Genève, où le dirigeant marocain faisait de longs séjours, le groupe local de Solidarité avait été chargé d'assurer sa sécurité. C'était de moins en moins simple. Ben Barka n'était plus ce militant sur ses gardes dont Didar se rappelle qu'il n'omettait jamais d'ouvrir la radio, dans son studio algérois, quand elle entrait avec Henri, pour brouiller un possible dispositif d'écoute. Sans doute cédait-il à ce sentiment d'invulnérabilité qui s'empare si souvent du clandestin, aussi dangereux que l'ivresse des grandes profondeurs pour un plongeur, et qui le conduit à dangereusement provoquer le sort. « La clandestinité use vite. » Le futur président de la Tricontinentale était en 1965 un clandestin usé.

A Paris, Solidarité s'employait à lui ouvrir des portes, y compris celle de l'Élysée. Henri Curiel, refusant par principe de porter le moindre jugement sur la politique intérieure française – ce n'était pas son affaire –, trouvait éminemment positive la politique de de Gaulle en direction du tiers monde. Il regrettait cependant qu'au Maroc, la France misât tout sur Hassan II. Ben Barka pourrait faire entendre la voix de l'opposition marocaine, ce qui serait fort apprécié d'un gouvernement algérien en mauvais rapports avec Rabat (une courte guerre avait opposé en 1964 les deux pays). Mais au-delà des problèmes maghrébins, la Tricontinentale ouvrait des perspectives auxquelles la France ne pouvait rester indifférente. De Gaulle devait savoir l'importance historique de la conférence. Ben Barka était le plus qualifié pour lui en exposer les prémices et les éventuels prolongements.

Un premier pas fut accompli avec la levée de l'interdiction de séjour en France de Ben Barka. Elle ne l'avait pas empêché de faire de nombreux séjours clandestins à Paris. Il y viendrait désormais sous son vrai nom. Ce succès, résultat de nombreuses démarches, eut pour revers un sentiment de sécurité accru du Marocain.

Il s'était ouvert à Henri Curiel d'un projet de film sur le tiers monde. Curiel avait trouvé l'idée excellente et lui avait conseillé d'en confier la mise en scène à Joris Ivens : « C'est l'homme qu'il te faut. » Ivens n'étant pas disponible, Ben Barka avait prospecté ailleurs. Solidarité, qui ne manquait pas d'antennes dans les milieux cinématographiques et journalistiques, s'était livrée à une discrète enquête sur l'équipe rassemblée autour du projet. Ses résultats avaient conduit Henri Curiel à mettre en garde son ami. L'équipe réunissait le meilleur et le pire, des personnages au-dessus de tout soupçon et des individus pour le moins suspects. Ben Barka avait paru convaincu.

Solidarité lui obtint une entrevue avec l'un des plus proches collaborateurs du général de Gaulle. Il serait reçu le 30 octobre 1965 à l'Elysée.

Jehan de Wangen mit au point avec lui les modalités du voyage – son premier à Paris depuis la levée de l'interdiction de séjour. Il eut le plus grand mal à le convaincre de ne pas descendre à l'hôtel. Ben Barka ne parvenait pas à concevoir que sa sécurité pût être en danger dans un pays dont le président était disposé à le recevoir. Il refusa d'être pris en charge à Orly par des militants de Solidarité, prétextant que la présidence de la République voudrait peut-être s'assurer de son arrivée à bon port et que la présence d'un comité d'accueil officieux ferait fâcheux effet. On transigea : il débarquerait seul à Orly mais logerait chez un membre de Solidarité. Rendez-vous fut fixé à dix-sept heures dans un café. Gerold de Wangen le conduirait à l'appartement.

On sut ensuite que le malheureux Ben Barka avait trompé son monde. S'il avait refusé une protection dès Orly, c'est qu'il avait décidé d'arriver par un vol du matin au lieu de prendre l'avion de l'après-midi, comme il l'avait indiqué à Wangen. Un déjeuner était organisé à la brasserie Lipp à propos du projet de film. Jehan de Wangen : « Il ne nous en a pas parlé parce qu'il savait très bien que si nous avions été au courant, nous ne l'aurions jamais laissé faire. »

A son arrivée en taxi devant la brasserie, boulevard Saint-Germain, le 29 octobre 1965 à douze heures trente, Mehdi Ben Barka est courtoisement abordé par deux hommes qui lui montrent leur carte de police, parfaitement authentique, et l'invitent à monter avec eux dans une Peugeot 403 officielle de la préfecture de police. Ben Barka suit les inspecteurs Voitot et Souchon sans poser la moindre question. Pourquoi le ferait-il ? Il est en France officiellement et sera reçu le lendemain à l'Elysée. Pourquoi se méfierait-il de policiers français ? Selon toute probabilité, il a pensé que le rendez-vous élyséen était avancé.

On sait ce qu'il en advint.

La violence de la réaction de de Gaulle surprit beaucoup d'observateurs. Elle n'étonna pas Henri Curiel et ses amis. Le Général s'estimait personnellement offensé. On avait escamoté sur le seuil de son bureau un homme qu'il devait considérer comme son hôte.

Solidarité se livra à des investigations en France et hors de France. Les conclusions, non étayées par des preuves matérielles à la vérité difficiles à obtenir, furent que l'enlèvement avait été organisé par les services américains de concert avec la police marocaine et avec la complicité active de certains éléments du SDECE français. Rabat se débarrassait du seul opposant capable de mettre le trône en péril. Washington privait la Tricontinentale du seul dirigeant en mesure de surmonter, par son prestige et son intelligence, les contradictions internes qui, sans lui, feraient en effet éclater le grand rassemblement tiers-mondiste.

Henri Curiel, apatride soumis au régime du sursis renouvelable, fut reçu par Roger Frey, ministre de l'Intérieur, pour lui faire part des résultats de l'enquête.

CHAQUE année, le congrès.

Ce qui est fou. On n'a jamais vu une organisation clandestine tenir congrès annuel. Des amis sérieux, avertis des choses de la vie, avaient haussé les épaules en entendant évoquer le projet de Solidarité : « Vous ne tiendrez pas six mois avant d'être découverts et démantelés par la police... » S'ils avaient su qu'il y aurait congrès !...

On ignore où se tient le congrès. On a rendez-vous un samedi matin d'hiver dans un café situé près d'une porte de Paris. On y repère quatre ou cinq personnes, connues ou inconnues, porteuses elles aussi du petit sac pour le pyjama et la brosse à dents. A l'heure dite, une voiture vient charger son monde. Le chauffeur est seul à connaître la destination, et il ne l'apprend qu'au dernier moment. L'opération se répète à la même heure dans d'autres cafés, à d'autres portes de Paris. Soixante-dix à cent vingt adhérents se retrouvent ainsi vers midi dans un lieu point trop éloigné de Paris. Les premières années, ce n'est pas le rêve. Une grande salle chauffée par un poêle à bois qui tire mal, de sorte qu'on a le choix entre suffoquer dans un nuage de fumée ou grelotter fenêtres ouvertes. Nous ne sommes pas surpris d'apprendre qu'Henri Curiel est toujours volontaire pour la corvée de bois et qu'il donne généreusement sa couverture à tel camarade frigorifié sur son lit de camp. A partir de 1966, cela s'arrange. Les congrès ont pour cadre des lieux alliant la beauté naturelle et l'élévation spirituelle. Ils sont peuplés mais leurs hôtes permanents ont visiblement la tête ailleurs, très au-dessus des nuages. Par mesure de précaution, le congrès est censé être un séminaire sur, par exemple, l'avenir des cultures céréalières en Tanzanie. Chaque congressiste a devant lui un dossier consacré à la question. La consigne est de ne pas réagir en cas d'intervention extérieure inopinée. L'usage du pseudonyme est obligatoire. Aucune communication avec l'extérieur jusqu'au dimanche soir. Le groupe de sécurité règle les cas d'urgence.

Tout Solidarité n'est pas au congrès : les locaux, même spacieux, ont leurs limites. Un certain nombre de membres sont d'ailleurs indisponibles au jour fixé. Une liste d'invitations est établie par les organes de direction, qui s'efforcent d'assurer une représentation équilibrée des différents secteurs d'activité. Mais chaque membre de Solidarité peut assister au congrès s'il en exprime la volonté. On invite aussi des sympathisants susceptibles d'adhérer ainsi qu'un certain nombre de personnalités du monde syndical, religieux et associatif.

Le congrès est la grand-messe de Solidarité, sa fête, sa respiration. Un travail clandestin est par essence fractionné et cloisonné. Travail de fourmi obstinée sur sa brindille. Travail monotone, souvent ingrat. Vous êtes par exemple dans l'hébergement, c'est-à-dire que vous accueillez chez vous, pendant un temps plus ou moins long, un militant venu d'au-delà des océans pour suivre les stages de Solidarité. Tous les militants, vous en savez quelque chose, ne sont pas des Guevara. Pire que le buveur ou le cavaleur est celui qui, assistant à la table familiale à l'important débat sur le point de savoir si l'on retournera skier à Val-d'Isère ou si l'on essaiera Courchevel, ricane qu'en ce qui le concerne, ce sera probablement la prison ou le cimetière. Le congrès vous fait du bien. Ou encore vous vous occupez des résistants grecs luttant contre la dictature des colonels. Vous agissez grec, vous rêvez grec, vous vous obsédez grec, vous en venez à croire que la scandaleuse inertie de Solidarité à l'égard des Grecs résulte d'une volonté délibérée de saboter la résistance grecque : le congrès vous fait du bien, qui vous révèle les

Haïtiens, Sud-Africains, Iraniens, Angolais, etc. A longueur d'année, vous recevez des instructions tombées des lèvres augustes de grands chefs invisibles : « Paul a décidé que... Marthe est furieuse contre toi... Blaise t'ordonne de... » Ils sont là : Paul vous assène son sourire rayonnant ; Marthe dissipe les quiproquos sous des rafales de « parole d'honneur ! » ; Blaise, personnage intimidant, vous invite à boire un coup de cognac dans sa chambre après dîner (chaque année, on se dit que Blaise oubliera le cognac : il ne l'oublie jamais).

Si Henri Curiel maintint contre vents et marées le principe du congrès annuel, souvent dénoncé par la jeune classe de Solidarité comme une perte de temps et un risque inacceptable pour la sécurité, c'est qu'il savait par expérience que la clandestinité et son cloisonnement débouchent aisément, si l'on n'y prend garde, sur une redoutable paranoïa. Le brassement du congrès balayait les miasmes méphitiques engendrés par le confinement. Il était aussi un efficace antidote au « romanesque de réseau », déviation à laquelle Solidarité était exposée. La plate-forme de l'organisation précisait : « Nous ne sommes pas un groupe d'activistes sans principes. » Et si les critères de recrutement étaient conçus pour ratisser large, le romantisme constituait une tare rédhibitoire.

La plus grande partie du congrès est consacrée aux rapports d'activité. Si nous prenons 1966 pour année de référence, le rapport « liens » constate que Solidarité est en contact avec une quarantaine de MLN répartis entre l'Afrique et l'Amérique latine, Longue et ennuyeuse énumération. On se perd un peu dans la jungle des sigles. Quelquefois, un spécialiste intervient pour analyser en détail la situation d'un pays. En 1966, Saint-Domingue et l'Afrique du Sud. C'est déjà plus passionnant. Le rapport « services » fait monter l'intérêt de plusieurs crans. Il justifie le principe fondamental d'Henri Curiel repris dans la plate-forme : « La forme supérieure du travail est celle du travail organisé. » Chacun milite petitement dans son petit secteur, mais voici que l'addition des mosaïques aboutit à une fresque impressionnante. Impressionnante ? Curiel ne cesse de rappeler l'ampleur des moyens mis en œuvre par l'impérialisme contre les MLN. Qu'est-ce que Solidarité auprès de la fameuse école de Las Americas installée par Washington à Panama et qui forme chaque année des milliers de policiers latino-américains à la lutte antirévolutionnaire ? Que pèsent les stages de Solidarité auprès de ceux qu'organisent le FBI ou la CIA pour les chiens de garde des dictatures-gorilles ? Éternel combat de David contre Goliath... Mais chaque année, David éprouve que sa fronde gagne en efficacité.

En 1966, Solidarité a offert cinq cents jours d'hébergement à des militants venus de sept pays ; mis à la disposition des MLN vingt-trois lieux de réunion, tant à Paris qu'en banlieue ; installé quinze boîtes à lettres assurant les liaisons des mouvements et neuf centraux téléphoniques, c'est-à-dire neuf téléphones sûrs autorisant des conversations un peu confidentielles. Cinq traducteurs d'espagnol et six d'anglais ont traduit trois cents pages de documents fournis par les mouvements ; l'organisation dispose de traducteurs en allemand, russe, arabe et hébreu ; on cherche un spécialiste du portugais. Six dactylos ont tapé cinq cents pages de textes, dont deux cents stencils. Le service ronéo a fonctionné pour treize pays. Cinquante faux passeports ont été fournis, ainsi qu'un grand nombre de pièces d'identité diverses, mais le rapporteur constate que le manque de matière première se fait cruellement sentir : Solidarité a dû acheter cinq passeports pour la somme de 2 060 F ; il faut absolument que les membres incitent leurs amis sympathisants à « perdre » leur passeport. Pour les cachets et tampons, situation améliorée : soixante-cinq en stock et les spécialistes sont en mesure de reproduire les autres. Un exploit : la fourniture de deux mille laissez-passer au ZAPU rhodésien. Six spécialistes sont affectés aux faux papiers. Deux visagistes-maquilleuses, un dentiste-prothésiste et un opticien ont « transformé » quatorze militants recherchés par leurs polices nationales. Deux postes émetteurs-récepteurs ont été fournis, ainsi que des boussoles, jumelles, appareils photo, cartes. Un spécialiste de la télécommande a fabriqué lui-même des appareillages ad hoc. Le problème posé par les fournitures volumineuses est celui de l'acheminement. On y réfléchit. (Exemple typique du fonctionnement artisanal et inventif de Solidarité : un adhérent remettra l'année suivante un rapport débutant ainsi : « Ayant effectué cet été une croisière où, partis de Bénodet, nous avons finalement rallié Toulon, j'ai longé et pratiqué pendant deux mois les côtes espagnole et portugaise. J'ai été frappé, m'attendant à subir les contrôle et surveillance d'un appareil policier rigide et visible, par l'absence totale de ce contrôle et de cette surveillance. Nous aurions pu faire absolument ce que nous aurions voulu, débarquer ou embarquer ce que nous aurions voulu, sans que personne s'en aperçoive. » Suit une description des ports ibériques et un mode d'emploi.)

En quatre ans, les stages de formation se sont multipliés et diversifiés. Soixante-trois stages pour 1966, soit en internat, soit en externat. Leur durée est variable, ainsi que le nombre des stagiaires. Un militant d'Amérique latine a suivi un stage de cinq semaines. Quinze militants d'un même mouvement ont suivi un stage de trois semaines en internat. Au total, quatorze mouvements ont bénéficié d'une formation. Solidarité est à cette époque en mesure de procurer des cours dans les domaines suivants :

– Organisation, sécurité, renseignement.
– Attitude face à la répression.
– Ecriture invisible, codage.
– Photographie.
– Cartographie, topographie.
– Faux papiers.
– Maniement d'armes, fabrication et utilisation d'explosifs, sabotage, piégeage.
– Radio et télécommande.
– Guérilla.
– Soins médicaux, premiers secours.

Quinze moniteurs sont affectés à ce secteur « formation ». Le rapporteur rend hommage à leur dévouement et souhaite que les traces d'amateurisme entachant encore quelques cours soient rapidement éliminées. Un problème difficile, qui ne trouvera d'ailleurs jamais de solution : les travaux pratiques pour le cours de maniement d'armes et d'explosifs. Les militants ressentent une véritable frustration de ne pouvoir tirer au fusil et faire péter leur plastic, et il faut bien avouer qu'un cours sur les explosifs sans passage à l'acte n'est pas tout à fait complet. Il eût été facile de disposer d'une propriété isolée mais la pétarade aurait tôt ou tard attiré l'attention des pandores locaux, de sorte qu'on renonça à de véritables travaux pratiques, avec cette consolation que le moniteur, hautement qualifié, se débrouillait pour faire de son cours l'un des plus passionnants et des mieux suivis de la panoplie. Même difficulté pour les fournitures d'armement. Dès la première année, des mouvements sans complexe avaient réclamé « un cargo d'armes ». Sans aller jusqu'au cargo, on pouvait envisager des fournitures d'armes en quantités raisonnables – le principe ne posait pas problème – mais c'eût été s'engager dans un domaine étroitement surveillé par les services et polices de tout poil : la sécurité de l'organisation aurait été sacrifiée à un secteur d'activité limité. Solidarité se bornera à fournir des armes de poing à des militants menacés et, pour les besoins plus massifs, tient à disposition la collection des catalogues spécialisés.

Le secteur « études », fort de cinq membres, a enfin fourni des dossiers de documentation politique et économique à vingt mouvements. Ce sont, puisées à bonne source, des informations sur la pénétration économique étrangère dans le pays concerné, le montant des investissements, le rôle des réseaux bancaires. Des dossiers sont également constitués sur des organismes d'intérêt général, comme la CIA, l'OEA, l'OCAM, etc.

Le rapport financier est aussi ennuyeux qu'au comité des fêtes de mon village.

***

Ben Bella avait été renversé par Boumediene au mois de juin 1965. Solidarité en fut profondément ébranlée. L'Histoire dira si le style de gouvernement du premier président de la République algérienne était adéquat à la situation : le fait est qu'il séduisait la majorité des coopérants étrangers, y compris ceux de Solidarité. Il y avait une espérance, un souffle, l'impression peut-être fallacieuse que tout restait possible. Les liens tissés pendant la guerre avec son entourage formaient une trame solide. Pour les camarades de Curiel, l'appui décisif apporté à l'organisation par la présidence et ses services achevait de faire d'Ahmed Ben Bella un personnage irremplaçable.

Il était remplacé par un colonel moins sensible aux ferveurs tiers-mondistes, et dont le putsch déclencha à travers le pays une vague de rafles et d'arrestations. Les benbellistes étaient pourchassés. La gauche européenne prenait fait et cause pour eux. Il parut évident à tous les membres de Solidarité résidant en Algérie que l'organisation serait au premier rang du combat contre le coup de force militaire.

La consigne tomba : « Affaire interne à l'Algérie : on ne bouge pas. » Henri Curiel n'avait convaincu les instances dirigeantes de Solidarité qu'au terme de discussions passionnées. Sa thèse était politiquement peu contestable : le coup d'Etat se déroulait dans un pays indépendant sans intervention d'une quelconque puissance étrangère. Un clan chassait l'autre. Au nom de quoi Solidarité interviendrait-elle dans cette lutte intestine ? Les MLN ne seraient-ils pas justifiés à la soupçonner d'ingérence s'ils la voyaient intervenir dans la politique intérieure d'une nation libre ? La chute de Ben Bella allait poser à l'organisation des problèmes peut-être insurmontables, notamment sur le plan financier. Mais une prise de position en faveur de Ben Bella violerait le principe fondateur de Solidarité : être au service des MLN sans ingérence d'aucune sorte.

Passionnés pour le président déchu, certains refusèrent la froideur du raisonnement politique. L'avocate Michèle Beauvillard, si proche de Curiel, cessa de le voir pour plusieurs années. Il y eut des démissions. Sur place, en Algérie, c'était la franche indignation. Didar elle-même vint à Paris et fit à Henri une scène violente sur le thème : « Tu n'as pas de cœur. » Elle était si affectée par la chute de Ben Bella qu'elle en fit une dépression. Le jeune Alain Bréjac, dépêché à Alger pour expliquer la décision de non-intervention, reçut un accueil glacial de la part des adhérents. Presque tous, malgré la surveillance policière dont ils étaient l'objet, s'employaient à cacher et à évacuer les benbellistes. On savait que les prisonniers étaient torturés. Curiel approuva ces gestes de solidarité à la condition qu'ils n'engageassent point Solidarité.

Jean Tabet, qui s'était déjà éloigné de l'organisation, fut chargé par Boudia d'intervenir auprès de Curiel pour obtenir un engagement auprès des benbellistes. Boudia était un ami très proche des dirigeants de Solidarité. Tabet se heurta à un ferme refus. Il fit savoir à Henri Curiel qu'il le tenait pour un salaud et que la simple honnêteté consisterait pour Solidarité à restituer à Ben Bella les millions qu'il avait versés.

Boumaza, ancien ministre de l'Industrie, interlocuteur privilégié de l'organisation à Alger, partit à son tour en exil et rencontra Curiel pour demander une aide politique contre Boumediene. Jehan de Wangen : « Le ton fut courtois, la discussion très emberlificotée, dans une atmosphère d'incompréhension totale. On s'est quittés en se disant qu'on se reverrait, on ne s'est plus jamais revus. » Boumaza avait eu droit au même traitement que Jeanson, à cette différence près que l'enjeu politique impliquait ici un comportement décevant.

Au congrès suivant la chute de Ben Bella – celui de 1966 –, la plate-forme de Solidarité s'enrichit d'un paragraphe supplémentaire : « Nous considérons que nos activités d'aide concrète à un mouvement de libération nationale déterminé, prennent fin avec l'accession de son pays à une véritable indépendance. A cette étape, nous nous abstenons soigneusement de tout ce qui pourrait être une intervention dans les affaires intérieures d'un Etat indépendant. C'est qu'en effet nous trouvons la justification de notre action aux côtés des mouvements de libération nationale dans le fait que ceux-ci luttent contre une domination étrangère ou contre un régime instrument de l'étranger. Avec la fin de l'intrusion étrangère s'arrête notre intervention. »

Les grands principes étant respectés, il restait à trouver des sous. La solution fut à la fois hardie et simple.

Solidarité, fondée sur le bénévolat, avait des frais de fonctionnement limités. Les seuls militants rémunérés étaient les quatre ou cinq permanents consacrant la totalité de leur temps à l'organisation ; ils percevaient un salaire équivalent au SMIC. Il fut décidé que les cotisations des adhérents couvriraient les frais de fonctionnement. Ce ne fut pas le cas en 1966 : 38 140 F de recettes pour des dépenses s'élevant à 48 370 F. L'équilibre est atteint l'année suivante et il sera vaille que vaille obtenu jusqu'à la fin au prix d'exhortations vibrantes du trésorier (c'est à peu près le seul moment où le grand souffle de l'éloquence passe sur le congrès car les rapports sont en général lus d'une voix monocorde). Les vacances scolaires sont particulièrement néfastes aux finances : les enseignants, nombreux à Solidarité, négligent couramment de régler leur cotisation. En 1966, la cotisation mensuelle minimale est de 10 F. Un quart des cotisants versent plus de 100 F. Deux d'entre eux, disposant de revenus considérables, donneront bientôt 2 500 F par mois, ce qui assurera de manière décisive l'équilibre du poste « fonctionnement ».

Le budget des services posait un problème autrement grave : il engloutissait la quasi-totalité des subventions algériennes. Voyages des militants des MLN, frais de reprographie, organisation des stages, achat du matériel indispensable, fournitures diverses... Où trouver l'argent ? Personne ne se rappelle qui eut l'idée toute bête de répondre : les mouvements. Cela choqua. Il y avait de l'obscénité, de la part d'une organisation composée de gens à leur aise, et qui ne risquaient guère, à faire payer le service rendu à des militants généralement fort dépourvus et engagés dans un combat meurtrier. Mais le moyen de faire autrement ? Nécessité faisant loi, on décida, la mort dans l'âme, que chaque service serait facturé au prix coûtant. Or, le congrès de 1966 fit entrevoir une bonne surprise que les exercices suivants allaient confirmer : la facturation, si déplaisante dans son principe, se révélait politiquement positive. Il n'y eut que les mouvements fantaisistes pour caler devant l'obstacle, de sorte que le critère financier permit de gagner un temps considérable dans l'évaluation toujours indispensable de la qualité d'une organisation militante. En quinze ans, les mouvements sérieux, représentatifs, trouvèrent toujours les ressources nécessaires au financement. D'autre part, le nouveau système conduisit à plus de réalisme dans des demandes qui avaient souvent tendance à verser dans l'extravagance. Un mouvement donnant un texte à imprimer ne se privait pas d'en demander dix mille exemplaires alors que ses possibilités réelles de diffusion n'excédaient pas le millier : la facturation apprit à mieux ajuster le tir. Les stages furent choisis en fonction des besoins réels et non plus selon la curiosité ou l'engouement pour une spécialité attrayante (à quoi bon un stage radio, long et complexe, si le mouvement ne peut en aucun cas utiliser un émetteur-récepteur sur le terrain ?) La facturation eut enfin la conséquence fort inattendue de simplifier les relations avec les mouvements. Echaudés ailleurs, beaucoup de militants redoutaient l'ingérence, au moins le paternalisme, et leur suspicion ne tombait qu'après de longs délais, expérience faite. Le paiement des services affirma leur indépendance.

Tous les groupes suivirent dès lors le processus décrit par Sébastien Vessiroglou, Grec résistant à la dictature des colonels, arrivé à Paris en compagnie de plusieurs camarades : « Avec Solidarité, il n'y a jamais eu de discussion politique ou théorique. Solidarité n'était pas un endroit où tu discutais sans cesse. C'était comme un magasin de chemises : tu entres, tu choisis ce que tu veux, ce que tu peux acheter. Le premier problème a été la question d'argent. Ce n'était pas gratuit. Pour un groupe comme le nôtre, six militants, le stage complet coûtait entre 4 000 et 5 000 F [1970]. Pour nous, c'était un peu dur. Mais c'était normal. Ça ne servait pas à payer des salaires mais à couvrir des frais – la bouffe, le transport, etc. Tous les services étaient payants. Sauf l'hébergement, qui était gratuit. De toute façon, on a obtenu des délais de paiement et on a réglé petit à petit. On s'est réunis entre nous, on a discuté et on a demandé à faire, pendant une ou deux semaines, le tour de toutes les spécialités pour voir celles qui conviendraient le mieux. Les plus intéressantes pour nous ont été la sécurité, les armes et explosifs, le cours radio, le comportement en cas d'arrestation, le maquillage, les faux papiers. Je me souviens surtout du cours sur les faux papiers qui m'a été donné par un camarade espagnol. Pour moi, c'était presque l'équivalent d'un doctorat de troisième cycle. Tous les groupes grecs qui sont venus après nous ont fonctionné comme ça. »

Délais de paiement mais aussi péréquation : un mouvement riche se verra facturer les services au prix fort, ce qui permettra de travailler à perte pour des groupes moins fortunés. Les annales de Solidarité ne comportent pas d'exemple d'un service utile refusé pour une question d'argent. Il arriva même plus d'une fois que l'exceptionnel potentiel de relations dont disposait l'organisation apportât aux mouvements des ressources inattendues. Ainsi Solidarité écoula-t-elle des émeraudes de contrebande pour le compte de maquis colombiens. Des militants brésiliens en exil, utilement conseillés, ouvrirent à Paris un restaurant qui se révéla très rentable.

En 1966, le poste « services » comporte 48 370 F en dépenses pour une recette de 44 933 F, soit un déficit très acceptable de 3 457 F. Les années suivantes, l'équilibre sera d'autant plus facilement obtenu qu'il suffit de ne rien oublier dans la facture présentée à chaque mouvement. Le seul problème viendra des inévitables liens d'amitié tissés entre les membres de Solidarité et les militants étrangers dont ils ont la charge : les premiers, insoucieux des affres du trésorier, avaient tendance à facturer au plus bas les services rendus à leurs amis. A chaque congrès, rappel lancinant du trésorier : « Facturez au juste prix ! » En 1970, sûr de faire grincer des dents son auditoire, il ajoute cyniquement : « Nous ne sommes pas des seigneurs, à Solidarité. »

Le troisième et dernier poste du budget de Solidarité était intitulé « dons ». Il se montait en 1966 à 10 375 F. Mais le rapporteur indique que les dépenses humanitaires, auxquelles est affecté le budget « dons », ont représenté à peu près un million, soit cent millions de centimes. Il ajoute ce commentaire énigmatique pour le profane : « Ceci dépasse même les critères financiers normaux puisqu'en bonne logique financière, on dit qu'un capital peut tourner neuf fois, et que nos 10 375 F ont tourné à peu près cent fois. » Voilà qui mérite une explication.

Solidarité avait été contactée par trois mouvements dominicains : le Mouvement du 14 juin, prochinois ; le parti communiste dominicain, prosoviétique, et le Mouvement populaire dominicain. Dixneuf militants du 14 juin et un militant du Mouvement populaire vinrent à Paris, furent hébergés et suivirent un cycle complet de stages. Puis Solidarité organisa leur retour au pays. La chose n'était pas simple. Le président Bosch, démocratiquement élu après l'exécution du dictateur Trujillo, avait été renversé en septembre 1963 par un coup d'Etat militaire soutenu par Washington. Les services américains veillaient au grain et contrôlaient entrées et sorties pour le compte de leurs hommes de paille. Les spécialistes de Solidarité firent un travail exceptionnel, tant pour l'établissement des faux papiers que pour la transformation physique des vingt militants. Puis des itinéraires complexes furent élaborés, qui évitaient aux voyageurs les points de passage les plus dangereux. Tous arrivèrent à bon port. Les militaires au pouvoir assassinèrent le docteur Manuel Tavarez Justo, chef du Mouvement du 14 juin, et plusieurs de ses adjoints. Une insurrection populaire éclata le 24 avril 1965 avec l'objectif de rétablir la Constitution démocratique de 1963. Elle fut victorieuse. Le président Johnson envoya ses Marines, qui la noyèrent dans le sang, Quinze des vingt militants formés par Solidarité moururent au combat. Les blessés se comptaient par centaines. Solidarité prit l'initiative d'une aide humanitaire et mit sur pied une opération consistant à amener en Europe une trentaine de mutilés. Ils y seraient appareillés et rééduqués. Le docteur Jean-Michel Krivine fut la cheville ouvrière de l'affaire. Elle nécessitait des appuis nombreux, des interventions au plus haut niveau. Solidarité mobilisa le Quai d'Orsay, la Cimade, organisation protestante, le Mouvement de la paix, la Fédération syndicale mondiale. Le gouvernement français prit à sa charge les billets d'avion et accueillit trois mutilés. Le reste fut réparti entre la Hongrie, l'Algérie et la Yougoslavie. Ils furent tous soignés, appareillés, rééduqués ; plusieurs apprirent un nouveau métier. Puis ils retournèrent à Saint-Domingue. L'opération, dans son ensemble, avait coûté un million de nouveaux francs mais le trésorier de Solidarité pouvait à bon droit déclarer que ce million avait été engendré par le petit capital de 10 375 F investi au départ.

Chaque année, des organisations humanitaires versent à Solidarité des sommes variables mais souvent considérables. Les associations catholiques et protestantes démontrèrent une disponibilité et une générosité remarquables. Toutes les opérations n'impliquaient pas la mise en œuvre de moyens aussi importants que pour les mutilés de Saint-Domingue. En 1966, Solidarité assura la prise en charge médicale de deux militants iraniens, l'un cardiaque, l'autre atteint d'une dermatose ; d'un militant des FAR guatémaltèques et d'un autre du PCML haïtien. Toujours en 1966, l'organisation intervint pour sauver dix-huit Camerounais arrêtés au Ghana à la suite d'un coup d'Etat, et sur le point d'être livrés à l'impitoyable Ahidjo : voyages en Suisse, en Grande-Bretagne et en Belgique afin d'alerter les instances internationales chargées de faire respecter les droits des réfugiés politiques, garantis par la Convention de Genève ; voyages au Ghana et au Cameroun – les dix-huit militants furent expulsés vers les pays de leur choix. Les déplacements non financés par des organismes humanitaires ont été assurés par des membres de Solidarité disposant de facilités personnelles.

Bien entendu, l'humanitaire est souvent étroitement imbriqué avec le politique. Faire sortir du Chili des dizaines d'hommes et de femmes traqués par Pinochet, c'est sauver des vies mais aussi récupérer des militants décidés à poursuivre le combat. Il arriva plus d'une fois qu'avec l'accord des donateurs, le budget « dons » alimenta le budget « services ». Ainsi le Conseil œcuménique des Eglises, installé à Genève, est-il engagé dans la lutte contre l'apartheid. Les membres de cette éminente assemblée ne sont point des naïfs. Interrogé par *Le Monde* le 14 août 1974 sur le distinguo entre aide humanitaire et aide militaire, l'un de ses membres répond : « C'est une fiction. L'argent, c'est toujours de l'argent. Si vous me donnez un dollar pour acheter des pansements et rien d'autre, je pourrais toujours utiliser ce dollar, que j'aurais mis de côté à cet effet, pour m'acheter des munitions. » Solidarité ne fournit pas de munitions mais des centaines de faux laissez-passer. Le laissez-passer intérieur imposé aux Noirs d'Afrique du Sud limite leurs déplacements et constitue une très efficace entrave à la mise en place de structures militantes à l'échelle du pays. Pourquoi le Conseil œcuménique s'abstiendrait-il de contribuer à cette forme de lutte contre l'apartheid ? Après chaque congrès, un membre de la direction de Solidarité fait le voyage de Genève pour présenter le programme de l'année suivante. Il est rare qu'aucune action envisagée ne reçoive l'approbation du Conseil.

⁂

Le rapport d'orientation d'Henri Curiel intervenait le dimanche après-midi. Le samedi avait été consacré aux rapports d'activité et au travail en commissions, lesdites commissions se réunissant après le dîner pour ne se séparer qu'aux alentours de minuit. Une pause d'une demi-heure coupait l'après-midi. « Goûter » spécifiait le programme remis aux congressistes. C'était peut-être en souvenir de la sacro-sainte tasse de thé de cinq heures chez *Groppi*, jadis au Caire, mais le mot énervait prodigieusement les jeunes membres de Solidarité : on avait beau avoir renoncé au romanesque, à ses pompes et à ses œuvres, ce « goûter » fleurant le patronage était dur à avaler.

Réveil le dimanche à sept heures quinze, suite et fin des bilans d'activité, déjeuner puis le rapport d'orientation. Henri s'installe, ses feuillets à la main. On l'a vu, affable et souriant, accueillir les congressistes, parler à l'un ou à l'autre, régler les petits problèmes d'organisation sans trop intervenir dans les débats. Seuls ses intimes savent sa nervosité. Son rapport n'est jamais fini. Il a le plus grand mal à rédiger et il a passé la nuit de samedi à dimanche à le terminer. Ce n'est pas un orateur. Brillant dans la conversation privée, souvent étincelant, il lit ses feuillets d'une voix sourde, un peu enrouée, sans jamais chercher l'effet oratoire.

Mais il subjugue l'assistance. Que ses auditeurs soient restés ses amis ou qu'ils se soient éloignés de lui, tous les témoignages concordent : le rapport d'Henri Curiel était le grand moment du congrès. Ses dons pour l'analyse politique s'y déployaient souverainement. Clarifiant le présent, il annonçait l'avenir. Il montrait les faiblesses du mouvement mondial de libération nationale, sa capacité à survivre aux pires défaites. Il coupait les ailes à l'illusion lyrique en rappelant sans cesse que l'accession à l'indépendance, étape nécessaire, ouvrait toujours pour les peuples concernés une période de secousses et de difficultés redoutables. En 1967, quand tous les siens croient avec Guevara à la possibilité de créer « deux, trois, dix Viêt-nam », il leur répond sans ambages : « Il n'y aura qu'un seul Viêt-nam, et c'est déjà bien beau. » Nous possédons une dizaine de ses rapports. Il ne s'est guère trompé que sur l'évolution intérieure des Etats-Unis, en surestimant les conséquences politiques du mouvement d'insoumission et les possibilités de la révolte des Noirs. Pour le reste, lumineuse analyse des faits, prospective mesurée, alliance d'une foi irréfragable dans le progrès humain, d'une certitude totale de la victoire finale, et d'un réalisme permettant l'économie des désillusions : Henri Curiel était un révolutionnaire alliant, comme le voulait Gramsci, le pessimisme de l'intelligence à l'optimisme de la volonté.

Plus tard, lorsque la calomnie déferlera sur lui en tentant d'imposer l'image méphistophélique d'un manipulateur agissant dans l'ombre, ourdissant des complots à double ou triple détente, les centaines d'anciens congressistes de Solidarité se souviendront de la longue silhouette voûtée s'installant à la tribune et de la voix enrouée qui leur proposait chaque hiver un programme d'action pour l'année à venir.

Les élections clôturent le congrès.

⁂

La théorie des cercles sera utilisée par les détracteurs de Curiel pour décrire le fonctionnement de Solidarité. Au centre, le premier cercle des initiés : Henri et ses intimes. Ils détiennent tous les secrets, connaissent le pourquoi et le comment des choses. Puis un deuxième cercle auquel la vérité est dispensée à doses soigneusement mesurées. A l'extérieur, le troisième cercle formé du *vulgum pecus,* vaste troupeau de braves gens manipulés que les initiés conduisent par le bout du nez. Solidarité fonctionnerait en somme sur un plan horizontal, peu propice à la démocratie puisque la périphérie ignore ce qui se mijote au centre.

Solidarité avait une structure verticale, comme n'importe quel parti politique ou syndicat d'initiative communal.

A la base, le congrès. Il ratifie le bilan présenté et définit la ligne à suivre. Les congressistes élisent un comité directeur de quinze membres, lequel désigne en son sein un secrétariat de cinq ou huit membres selon les périodes.

Le secrétariat est sur le terrain. Il assure les liens avec les mouvements, organise les stages, fait tourner la boutique. Il se réunit trois à quatre fois par semaine, quotidiennement dans les moments de chauffe. Un élément permanent : Henri. Les premières années, les frères Wangen sont les deux piliers du secrétariat. Lorsqu'une opération importante implique particulièrement tel membre de l'organisation, il est intégré pour le temps nécessaire à l'équipe. Les qualités exigées du secrétariat sont la rapidité dans l'efficacité. Il doit trouver sans délai une solution aux multiples problèmes soulevés par l'action quotidienne.

Le comité directeur se réunit au moins une fois par mois, souvent deux fois. Sa fonction théorique est de veiller à la bonne application des décisions du congrès. Pratiquement, il joue un rôle essentiel de décantation et de pondération. Sa moyenne d'âge est nettement supérieure à celle de l'organisation. Composé d'hommes de poids – de sénateurs, dirait plus noblement la classe politique –, il est la chambre de réflexion de Solidarité. Les liens avec les mouvements sont pris par le secrétariat mais c'est le comité directeur qui décide du principe de l'aide et de ses modalités. Il peut à tout moment interrompre une opération. Entre deux congrès, il dit la loi de Solidarité.

Le comité directeur est un garde-fou et un bouclier. Garde-fou contre les dérapages auxquels est exposée une organisation clandestine marginale travaillant par force dans un flou périlleux. Bouclier contre une éventuelle répression. Il y a là du beau monde. Un service de police y regardera à deux fois avant d'envoyer ses paniers à salade.

Sa composition varie au fil des ans. Trois composantes dominantes : les communistes, les protestants, les catholiques. Voici deux pasteurs, un prêtre, deux dirigeants d'associations, un ancien membre du comité central du PCF, un ancien secrétaire fédéral de la CGT. Les majorités se forment parfois bizarrement. Il est des circonstances où les divergences entre catholiques et protestants sont plus fortes qu'entre chrétiens et communistes. Le plus souvent, le vote reflète une position personnelle, non une réaction de groupe.

Tout les sépare : foi, idéologie, allégeance politique. Une prise de position sur une affaire européenne quelconque ferait voler en éclats le comité directeur. Une discussion sur l'intervention soviétique en Tchécoslovaquie déclencherait la tempête. La politique gaulliste a des partisans et des adversaires également farouches. Il y a des prosoviétiques, comme Henri, en nombre à peu près égal aux opposants décidés ; la majorité est pour le moins réservée.

Ils ne se retrouvent que sur l'aide aux mouvements de libération nationale. C'est leur ciment unique mais suffisant. Ils sont là pour ça.

Bien entendu, agacement réciproque entre hommes de terrain et sages du comité. Les jeunes gens les appellent volontiers « les potiches », s'énervent de leurs prudences et se vantent de les rouler gentiment dans la farine. Alain Bréjac (il a pris du galon et s'occupe à présent des liens) avec un clin d'œil : « Il y avait un art de présenter les choses. A force, je savais ce qu'il fallait dire pour qu'on aide un mouvement et aussi ce qu'il fallait ne pas dire. » En écho, le pasteur Rognon, membre du comité directeur, plissant sa paupière sexagénaire : « Evidemment, tout dépendait de la façon dont on nous présentait un mouvement. Mais même si l'on nous l'enveloppait dans du papier de soie avec de beaux rubans, le moment venait vite où nous savions de quoi il retournait. Le mode de fonctionnement aurait empêché que nous ignorions la vraie nature d'un mouvement : entre les filières d'entrée ou de sortie, l'hébergement, les stages, chaque groupe de militants rencontrait de très nombreux membres de Solidarité. »

Les copieux comptes rendus de séances du comité directeur conservés aux archives témoignent d'une belle vivacité. Nous ne sommes pas dans une chambre d'enregistrement. Les discussions sont parfois très âpres. Robert Davezies se souvient avec un sourire carnassier d'avoir « mis Henri sévèrement en minorité à plusieurs reprises ». Le pasteur Rognon : « Il régnait une franchise absolue. Certains débats ont été passionnés. Et il m'est arrivé d'attaquer Henri avec beaucoup de violence. » Le père Barth, dominicain : « Nous avions au comité directeur des discussions souvent très vives. Le secrétariat avait une tendance naturelle à engager les actions et à nous informer ensuite. Nous n'acceptions pas. Nous exigions une information immédiate et complète. Cela déclenchait de grosses bagarres. Mais nous n'avons pas eu une seule fois le sentiment d'être doublés. C'était dans la logique du fonctionnement. »

Une certaine presse présentera ces deux ecclésiastiques – Barth et Rognon – comme de sympathiques imbéciles, belles âmes infiniment cocufiables que le roué Curiel, armé de son imparable sourire, venait arracher à leurs dévotions en leur demandant d'héberger un ami de passage qui pouvait être l'effroyable Carlos. Rien de tel. Avec leurs collègues du comité directeur, Barth et Rognon ont, des années durant, supervisé l'ensemble et le détail des activités de Solidarité.

L'un, René Rognon : études de théologie à Genève de 1934 à 1938, aumônier protestant en stalag pendant cinq ans, convaincu à son retour de la nécessité de témoigner en milieu ouvrier, tourneur à Ivry de 1946 à 1954, puis chez Panhard jusqu'en 1962, secrétaire du comité d'établissement et de la section d'entreprise (sa femme travaille comme lui en usine), dépanneur et programmateur d'ordinateurs jusqu'à sa retraite en 1979 – il aura été rétribué par l'Eglise réformée onze mois dans sa vie –, responsable CGT, vice-président du Mouvement de la paix.

L'autre, Maurice Barth : cadet de Saumur en 1940, études à la faculté de théologie des dominicains à Etioles, ordonné prêtre en 1949, envoyé aussitôt à Berlin, « lieu clos et absurde » où deux mondes s'entrechoquent. Problème des réfugiés. Complexité des rapports internationaux. Il crée le cercle Saint-Bernard, centre d'échanges où se rencontrent chrétiens de l'Est et de l'Ouest. Contacts avec les Russes, les Polonais, les Allemands de l'Est. « La chrétienté française avait alors un visage extraordinaire. Le prestige de la Mission de France ! Toutes les portes s'ouvraient pour un prêtre français. Je suis parti au bout d'un an et quand je suis arrivé à Paris avec mes valises, on m'a dit : « Tu repars. » Les étudiants allemands avaient envoyé une pétition pour demander mon retour. Je suis resté six ans. » Puis une pleurésie, le besoin de souffler. Longs séjours en Italie, en Finlande. Il prend en 1966 la direction de la résidence Maydieu, rue de la Glacière, foyer dominicain pour étudiants du tiers monde. Son deuxième choc. Des étudiants mexicains lui envoient un billet d'avion pour qu'il visite leur pays. Dénuement, misère. « J'ai découvert des choses que j'ignorais. » Rencontrant Curiel après avoir accepté de cacher un déserteur américain du Viêt-nam, il lui dit : « Il n'y a pas que les victimes des régimes fascistes. Il y a les victimes des régimes staliniens. » Curiel : « Dans un cas, l'oppression est le parcours. Dans l'autre, l'incident de parcours. De toute façon, on ne peut pas tout faire à la fois. Nous sommes engagés dans la lutte pour le tiers monde. » Barth accepta : « Je me sentais très loin de lui sur bien des points. Mais chaque fois qu'il proposait une action concrète, on ne pouvait pas ne pas être d'accord. »

Le génie d'Henri fut d'inventer le comité directeur, grâce à quoi Solidarité évita pendant quinze ans les Charybde et Scylla de l'aventurisme. Son talent fut de le peupler d'êtres de la qualité d'un Barth ou d'un Rognon, qui avaient roulé leur bosse, s'étaient frottés à tous les milieux, possédaient enfin une expérience du monde que pourraient leur envier leurs contempteurs sonores et creux. René Rognon sur Curiel : « Un homme complexe et déroutant. Mais l'homme politique était cohérent, limpide, imprégné d'une magnifique humanité. »

Maurice Barth : « Une sorte de mystique laïc, avec une pureté d'engagement totale. Un homme dépouillé, désintéressé. »

*
**

Le congrès est fini.

On rentre chez soi.

Demain, la routine.

JENNY

« Je suis américaine. Ma vie a été assez bizarre. C'est probablement cela qui a fait de moi une militante. Ma grand-mère, d'origine irlandaise, était socialiste. Elle a fait plusieurs années de prison à cause de ses opinions et elle a été la première Américaine à être « nominée » pour la vice-présidence des Etats-Unis. Elle était sur le « ticket » de Debbs, lui-même en prison au moment de l'élection.

« Ma mère était ce qu'on appelle une mère indigne. Je lui ai été retirée quand j'avais huit ans et j'ai été placée dans une institution spécialisée. C'était une véritable prison, avec des gardes armés. On était des numéros. On n'avait même pas le droit de s'appeler entre nous par nos prénoms. J'en ai été sortie à dix ans par un médecin et j'ai ensuite été confiée à diverses familles. Mon père n'était pas au courant. Je ne l'ai retrouvé que beaucoup plus tard.

« Je suis venue en France en 1951 – j'avais vingt et un ans. Je faisais des études supérieures de maths et j'étudiais le français à la Sorbonne et à l'Alliance française. J'allais prendre mes repas au *Petit Paname,* près des Invalides. J'y ai rencontré un habitué qui était un homme absolument délicieux et qui m'a beaucoup aidée à me débrouiller : Raoul Curiel. Quand il a su que j'envisageais de faire un voyage en Italie, il m'a dit : « Mon frère est à Rome. Vous devriez faire sa connaissance. »

« J'ai découvert là-bas un être extraordinaire, d'une générosité inouïe, d'une intelligence exceptionnelle. Je connaissais des communistes mais je n'en avais jamais rencontré de la qualité d'Henri : ouvert, rayonnant. Moi, j'ai eu l'impression d'être en face d'un premier chrétien, un chrétien des catacombes. On s'est vu très souvent pendant mon séjour à Rome.

« Je suis rentrée aux Etats-Unis en 1952 pour étudier à l'Université Columbia, j'ai épousé un archéologue français, nous nous sommes installés au Canada, où j'étais professeur à l'université de Montréal, et puis nous avons divorcé. J'ai décidé de retourner en France après mon divorce, en 1969.

« A Paris, j'ai retrouvé Raoul et il m'a invitée à dîner avec Henri. Je leur ai parlé de mes activités militantes au Canada. Je m'occupais d'une filière faisant sortir des Etats-Unis les insoumis qui refusaient la guerre du Viêt-nam. Henri m'a proposé de travailler avec lui. Les choses se sont faites progressivement. Au début, je traduisais des textes en anglais, surtout des cours destinés à des militants anglophones. Un jour, Henri m'a chargée de donner moi-même un cours, le cours « écoutes », qui consistait à apprendre aux militants comment se protéger de l'espionnage électronique. J'ai aussi fait des cours de formation générale, par exemple sur la structure politique des Etats-Unis. Les Africains du Sud étaient passionnés. Mais ma spécialité était le cours « écoutes ». Pourquoi ? Je suis biomathématicienne (j'ai fait des études de biologie après les mathématiques) et je travaille dans un institut de recherches. Disons que j'ai une formation scientifique mais rien ne me désignait pour les problèmes d'écoute. C'était la méthode d'Henri ; apprendre soi-même pour apprendre aux autres.

« Il y a des tas de gadgets. Tout n'est pas vrai dans les James Bond, mais beaucoup de choses sont vraies, hélas... Heureusement, beaucoup de polices du tiers monde n'ont ni les moyens ni la technique suffisante pour utiliser des appareillages supersophistiqués. Je me tenais au courant de ce qui s'inventait dans le domaine. Un militant de Solidarité que sa profession amenait à se rendre fréquemment aux Etats-Unis nous rapportait les catalogues spécialisés. Là-bas, tout est en vente libre. Henri raffolait des gadgets. Chaque fois qu'il tombait sur un truc nouveau, il m'en parlait, tout excité. Moi, je préférais les choses les plus simples. Nous ne devions pas oublier que nous avions affaire à des militants incapables de se procurer des matériels sophistiqués. Et il y a le problème de la sécurité, des perquisitions. J'ai beaucoup travaillé sur les utilisations possibles d'un poste radio normal, un transistor. Pour prendre le plus élémentaire : si vous soupçonnez la police d'avoir posé des micros chez vous, vous prenez votre transistor, vous cherchez la bonne fréquence – en général, autour de 104 – et vous le passez devant les murs. S'il couine, c'est qu'il y a un micro. Il faut que le micro soit micro-émetteur, bien sûr, mais c'est le cas le plus fréquent. Avantage : en cas de perquisition, personne ne peut vous reprocher de posséder un transistor.

« J'enseignais comme ça des petits trucs très simples mais qui peuvent être utiles. Encore un exemple avec les micros : ils se déclenchent au son, quand il y a du bruit dans l'appartement. On laisse couler l'eau pendant des heures ou, mieux encore, on laisse la radio allumée. Ça épuise les piles du micro et les flics doivent venir les changer, ce qui les oblige à prendre le risque d'entrer dans l'appartement. Même chose pour les écoutes téléphoniques. L'écoute directe est rare, faute de personnel. La plupart du temps, les conversations sont enregistrées sur bande magnétique. Alors, vous appelez un ami, vous posez le combiné sur une table à côté d'un transistor ouvert et vous le laissez comme ça. Au bout de trois à quatre heures, la bande magnétique arrive en fin de course et vous pouvez en principe passer un coup de fil sans être enregistré. En principe ! Je disais toujours à mes stagiaires : "Il n'y a pas de sécurité absolue." »

[Le cours « écoutes », rédigé en anglais, précise : « Les compagnies les plus riches et les ambassades les plus puissantes sont incapables de se prémunir totalement contre la surveillance électronique. Même si vous repérez deux ou trois dispositifs, il peut toujours en exister un quatrième que vous ne trouverez pas. Ordinairement, les dispositifs multiples ne sont pas utilisés, mais c'est une probabilité, non une certitude. Les méthodes de défense de la section III vous assureront une bonne protection dans la plupart des circonstances, mais une foi mystique dans la technologie électronique – que son pouvoir soit utilisé contre vous ou que ses possibilités soient à votre service – vous conduirait à des erreurs sérieuses. La technologie ne peut pas vous battre, pas plus qu'elle ne peut vous défendre totalement. » Le cours, illustré de schémas d'appareillages de surveillance, rédigé dans une langue scientifique à la fois précise et claire, va beaucoup plus loin que les quelques recettes pratiques décrites plus haut. Il traite également des détecteurs de chaleur, sensibles au rayonnement calorifique du corps humain, employés pour repérer les militants dissimulés dans une cache, et des caméras aux infrarouges capables de filmer la nuit comme en plein jour. Ces deux techniques, très utilisées par les spécialistes américains au Viêt-nam, étaient rediffusées par eux dans les polices sud-américaines.]

« Je crois que nos cours, à Solidarité, étaient sérieux et utiles. Ils se déroulaient dans une ambiance extraordinaire de chaleur, d'amitié. Les militants étaient avides des connaissances que nous leur transmettions mais ils étaient aussi très sensibles au fait que d'autres militants, en France, si loin de chez eux, se dévouaient pour les aider. Solidarité, c'était d'abord cette fraternité qui nous liait les uns aux autres. »

UNE vie de pilier de café.

Tôt levé, Jehan de Wangen va de rendez-vous en rendez-vous dans des arrière-salles tristounettes, plonge dans les sous-sols malodorants pour passer ses coups de fil. Il affirme avoir utilisé en dix ans toutes les cabines publiques de Paris. Il est chargé des liens avec les mouvements. Henri, par mesure de sécurité, ne rencontre qu'exceptionnellement les militants étrangers. Jehan lui téléphone au moins deux fois par jour à un central téléphonique (les deux hommes n'utilisent jamais leurs postes personnels). Il le rencontre trois ou quatre fois par semaine au secrétariat et, selon les urgences, lui demande un rendez-vous. Ils se rencontrent bien entendu dans un café. L'un boit de la bière, l'autre des jus de fruits. Noir regard d'Henri sur les épais nuages de fumée expectorés par Jehan. Wangen lui-même n'intervient qu'après les contacts exploratoires de ses adjoints. Alain Bréjac, à cheval sur son Solex, sillonne Paris pour tester les émissaires des mouvements. La prudence s'impose car l'opération la plus payante pour les services français ou étrangers consisterait à infiltrer un faux militant qui découvrirait en voyage guidé les arcanes de l'organisation. Il y aura des tentatives. Bréjac et ses homologues sondent le candidat, examinent ses références, laissent entendre qu'ils ont avec eux quelques amis aptes à rendre de petits services. Il n'est jamais question d'une organisation. Démarrage en douceur. Seule la pratique permettant de séparer le bon grain de l'ivraie, plusieurs rencontres assorties de tests ont eu lieu lorsque la candidature du mouvement est présentée à Curiel. C'est ensuite au comité directeur de prendre sa décision.

La meilleure preuve du succès de Solidarité n'est pas dans les bilans forcément un peu triomphalistes des congrès mais dans l'afflux constant de demandes d'aide. Au hasard des rencontres internationales, dans les prisons surpeuplées d'Amérique latine et dans les ghettos noirs d'Afrique du Sud, parmi les groupes d'exilés politiques rongeant leur frein dans les capitales européennes, il se chuchote qu'un groupe français aide les militants des MLN. Un émissaire est envoyé, aussi circonspect que son interlocuteur français. Connaissance faite, le travail commence. Quinze mouvements en 1963, quarante-trois en 1970.

La nébuleuse référence au « mouvement ouvrier international » avait disparu de la plate-forme, remplacée par l'affirmation que Solidarité inscrivait ses activités « dans la perspective du socialisme », ce qui ne mangeait pas de pain et permettait d'aider indistinctement mouvements prochinois et prosoviétiques.

La plate-forme spécifiait aussi que l'aide cessait avec l'accession du pays concerné à « une véritable indépendance ». Plusieurs Etats africains, théoriquement indépendants, restaient soumis à un néo-colonialisme économico-politique organisé pour le plus grand profit d'une oligarchie autochtone. Il fut décidé, pour éviter de graves complications, de ne pas intervenir en principe dans les pays ayant adhéré à l'Organisation de l'unité africaine (OUA) ; on avait assez à faire avec les colonies portugaises, la Namibie, la Rhodésie et l'Afrique du Sud. Les deux exceptions à la règle avaient leur justification sentimentale dans l'ancienneté des liens. Le contact fut maintenu avec l'opposition marocaine : c'était dans son sein que Solidarité avait, dès 1961-1962, trouvé ses premiers appuis. Une aide multiforme lui fut apportée. Guère de congrès où ne fût évoquée la mémoire de Ben Barka, l'ami assassiné. L'Union des peuples camerounais d'Ernest Ouandié avait été l'une des premières organisations à nouer des relations avec l'antenne marocaine de Solidarité, en 1962. Elle ne fut pas abandonnée. Ouandié tint le maquis pendant des années avec des fortunes diverses, puis la répression eut raison de lui et il fut capturé en 1969, alors qu'un émissaire de Solidarité faisait ses valises pour le Cameroun afin de l'évacuer en lieu sûr. Henri Curiel et ses amis déployèrent des efforts considérables pour lui obtenir la vie sauve, mobilisant des dizaines de personnalités à travers le monde au prix de nombreux voyages. Leurs démarches, interventions, rapports, suppliques forment un épais dossier. Tout fut vain. Le 15 janvier 1970, sur la place centrale de Bafoussan, Ernest Ouandié, cinquante ans, exténué par les tortures, fut fusillé par un peloton camerounais devant un parterre d'officiers français ; ce fut l'un de ces derniers qui lui donna le coup de grâce. Le fondateur de l'UPC, Ruben Nyobé, avait été assassiné en 1955 par les services secrets français. Son successeur, Félix-Roland Moumié avait été empoisonné à Genève en 1960 par William Bechtel, officier du SDECE. La mort d'Ernest Ouandié, troisième dirigeant de l'UPC à recevoir du plomb ou du poison français, définissait bien le Cameroun comme l'un des plus dépendants des Etats indépendants d'Afrique.

Chronologiquement, les Antillais avaient l'antériorité des liens avec Solidarité, qui n'était même pas encore la « chose » puisque les contacts avaient été pris dès 1961 au sein du réseau de soutien au FLN. La même année était créé le Front antillo-guyanais réunissant pour la première fois la Martinique, la Guadeloupe et la Guyane française. Il fut dissous par le gouvernement après un mois d'existence. Parallèlement, de Gaulle, soucieux de ne pas avoir une affaire antillaise sur les bras au sortir de l'affaire algérienne, voulait prendre langue avec les militants indépendantistes. Le président du Sénégal, Léopold Senghor, vieil ami du député martiniquais Césaire, s'efforça vainement de nouer la négociation : le Front opposa un refus catégorique. « Erreur historique » constate aujourd'hui l'un des principaux animateurs du mouvement. Cinq dirigeants du Front avaient été assignés à résidence en France avec interdiction de sortir de la métropole. Solidarité organisa leurs déplacements en leur fournissant faux papiers et filières de passage. Ils se rendirent notamment en Tunisie et au Maroc, où des déserteurs antillais s'entraînaient à la guérilla avec l'ALN algérienne. Mais le Front antillo-guyanais allait rapidement éclater et Solidarité n'apporterait plus qu'une aide ponctuelle à quelques militants faisant pour ainsi dire partie des meubles de l'organisation tant les liens amicaux tissés avec eux étaient anciens. La cessation du combat faute de combattants fut accueillie avec un grand soupir de soulagement par le comité directeur de l'époque. Un soutien aux Angolais ou aux Mozambicains n'était pas de nature à consterner le pouvoir gaulliste. L'aide au Cameroun faisait problème avec le SDECE, mais le SDECE n'était pas un problème insurmontable. Un appui à des militants luttant pour l'indépendance de départements français plaçait Solidarité dans la ligne de mire de polices beaucoup plus redoutables – les Renseignements généraux et la DST. Des voix s'étaient élevées pour demander qu'on ne sacrifiât point à un secteur si limité la sécurité d'une organisation intervenant dans l'ensemble du tiers monde. La disparition du Front réglait la question.

Dans l'euphorie des premiers temps, des liens candides avaient été noués avec d'autres indépendantistes francophones : ceux du canton de Vaud, en Suisse. Le comité directeur avait disjoint leur cause, assurément respectable, du mouvement mondial de libération nationale, et refusé l'aide. Puis l'île de Nassau, aux Bahamas, s'était manifestée par un émissaire représentant les forces de libération locales. Cela avait surpris. La condition des habitants de Nassau ne hantait point les consciences. Un ecclésiastique, agacé de ce qu'on perdît du temps à ces fariboles, finit par exploser : « Alors quoi, s'il y a un Esquimau nationaliste, il faudra l'aider ? » – « Pourquoi pas ? » avait répondu Henri avec son air abouna. L'ecclésiastique n'était plus revenu.

C'étaient péchés de jeunesse.

⁂

Il n'était demandé à un mouvement que d'être sérieux et représentatif. Le succès à l'examen de passage n'empêchait pas toujours les accès de perplexité. « Il y a des tracts, soupirait le pasteur Rognon, mieux vaut ne pas les lire pour garder envie de les imprimer... » (Nous trouvons dans les archives des textes du mouvement haïtien prochinois qui en font un parti marxiste de la tendance Groucho.) La règle absolue était de ne pas s'immiscer dans les débats internes du mouvement. La définition de sa stratégie et de sa tactique lui appartenait en propre. C'était à lui et à nul autre de décider, par exemple, le passage à l'action armée. La plate-forme spécifiait : « Nos activités sont totalement désintéressées. Cela signifie d'abord que nous ne les menons pas dans le but de faire partager aux militants et aux organisations que nous aidons nos vues sur les problèmes qu'ils affrontent : pour employer un terme usité, nous rejetons tout « paternalisme ». Cela signifie ensuite que nous n'aidons pas tel mouvement de libération nationale plutôt que tel autre, parce que ses conceptions seraient plus proches des nôtres, mais que nous apportons une aide de principe à l'ensemble des mouvements de libération nationale. »

Certains choix furent imposés par les mouvements eux-mêmes ; l'un ou l'autre refusait qu'une aide fût apportée à telle organisation rivale. L'antériorité des rapports pouvait ici jouer son rôle. Ordinairement, en pareil cas, Solidarité choisit l'organisation qui n'impose point d'exclusive.

Mais les choix ne vont pas sans drame. Jean Tabet : « Nous marchions à fond avec le MPLA angolais. Ma femme était même devenue la secrétaire de leur bureau algérois. Nous recevions des volontaires algériens pour l'Angola. Et voilà qu'Henri m'annonce un jour que Solidarité va soutenir l'Unita de Holden, le mouvement rival du MPLA ! Je lui ai dit : « Mais ce n'est pas possible ! Est-ce que tu sais que les Américains aident Holden ? » Il m'a répondu : « Et après ? Il faut obtenir l'indépendance, même avec l'appui des Américains. » – « Mais s'ils ont les Américains, ils n'ont pas besoin de nous ! » Il a fini par caler et on n'a pas aidé l'Unita. Mon premier désaccord avec Henri. Pas le dernier. »

Une scission maoïste, conduite par un certain Viriato, déchire ensuite le MPLA. Solidarité décide de la soutenir malgré les réticences d'une minorité du comité directeur. Du coup, on laisse tomber le vieux Camara, représentant du MPLA orthodoxe en France, vieil homme remarquable, un peu porté sur la boisson. Solidarité lui avait organisé des tournées de conférences de presse à travers l'Europe, des rendez-vous importants, et assurait l'essentiel de sa subsistance par un versement mensuel. Indignation véhémente des militants de l'organisation qui, depuis des années, s'occupaient de Camara. Monique Burke, ancienne du réseau de soutien au FLN et l'un des contacts de Solidarité avec Ben Barka : « Camara était un vieux grand bonhomme respecté même par ses ennemis. Il était d'une générosité totale. Tout militant arrivant d'Angola était sûr de trouver l'hospitalité chez lui. J'ai vu jusqu'à dix-sept personnes coucher dans son logement. Un type merveilleux. Et du jour au lendemain le voilà abandonné et sans un sou. J'ai fait un esclandre au comité directeur. Cela n'a rien donné. Je leur ai dit : « J'en ai marre. Je viens ici comme on va à la messe pour recevoir une hostie. » Et j'ai claqué la porte. J'ai quitté Solidarité. [Elle reviendra en 1968.] Avec quelques copains, nous avons créé une sorte de sous-réseau officieux à l'intérieur du réseau et nous avons aidé Camara jusqu'à la fin, jusqu'à sa mort. » Conséquence classique des relations de réelle affection qui se nouent entre membres de Solidarité et militants des mouvements. Il y aura, comme cela, des ruptures aussi passionnelles que politiques.

L'affaire espagnole fut de plus lourde conséquence.

Solidarité aidait en Espagne le Front de libération populaire de Carlos Semprun, frère de l'écrivain et scénariste Jorge Semprun, lui-même l'un des dirigeants du parti communiste espagnol. (Le FLP de Carlos, assez proche du PSU français, devait être perçu comme gauchiste par des communistes orthodoxes. Conformément à sa méthode habituelle, qui visait à faire parvenir à la compréhension mutuelle par l'action commune, Curiel affecta au travail avec le FLP un couple de communistes français exerçant au sein du PCF des responsabilités relativement importantes. Lorsque ce couple militait dans le réseau de soutien au FLN, il lui avait confié l'hébergement d'un dirigeant algérien de la Fédération de France d'un anticommunisme virulent.) Le soutien consistait surtout à faire passer en Espagne du matériel de propagande imprimé en France. Robert Davezies, grand spécialiste des filières pyrénéennes, avait organisé l'affaire.

Le second mouvement espagnol à solliciter un soutien fut le PCML, né d'une scission prochinoise du parti communiste espagnol. Il avait fait la preuve d'une vitalité certaine en organisant plusieurs grèves. Quelques membres du comité directeur firent observer que ces grèves, lancées dans des conditions aventureuses, n'avaient eu pour seul résultat qu'une répression très dure. Solidarité lui apporta néanmoins son soutien. A Alger, Jean Tabet rua dans les brancards. Il se rapprochait lui-même du PCF, après l'avoir beaucoup vilipendé, et ne comprenait pas qu'on aidât une fraction prochinoise peu représentative au lieu du parti communiste espagnol. Solidarité eût bien entendu aidé le PCE si celui-ci en avait fait la demande, mais ce n'était pas le cas. Les mouvements communistes se situant dans l'orthodoxie soviétique n'avaient guère besoin d'une organisation française artisanale, affligée d'une inquiétante odeur de soufre, pour résoudre leurs problèmes, de sorte que Curiel et ses gens étaient sollicités de préférence par les mouvements maoïstes (la mère-parti idéologique était bien lointaine et bien démunie) ou les organisations sans parrainage. Définition de Solidarité par l'une de ses plus brillantes militantes : « Une structure de paumés pour accueillir des paumés. »

Robert Davezies était furieux : « Mes passeurs pyrénéens étaient des gens sérieux, tout à fait bénévoles, des maires, des curés. Nous leur disions ce qu'ils passaient. Il y avait un risque réel. Nous avions eu un pépin avec le FLP de Semprun. Une militante de chez nous, fille d'un magistrat toulousain, s'était fait piquer. Rien de trop grave mais quand même. Je rentre des maquis angolais et j'apprends qu'Henri s'est mis en tête de passer le matériel maoïste du PCML. Il fallait voir ce que c'était. Un antisoviétisme délirant. J'ai dit à Henri : « Ce n'est pas possible. On ne va quand même pas faire prendre des risques à des braves gens pour passer des textes où l'on explique à longueur de pages que l'Union soviétique est de la merde liquide. Et tout ça dans une Espagne franquiste où il y a quand même autre chose à faire ! » Il n'en a pas démordu. Ce n'était pas notre premier désaccord. Je le sentais très réticent vis-à-vis du MPLA, qui était pourtant prosoviétique. Je n'ai jamais compris pourquoi mais le fait est qu'on a mis du temps à lui faire comprendre que Holden n'était pas le bon cheval avec son Unita. Le PCML espagnol a fait déborder le vase. Je suis parti sans faire d'histoires. »

Jean Tabet prit la même décision : « Je m'étais beaucoup bagarré sur l'aide aux maos espagnols. Il m'a dit : « Le congrès tranchera. » Je suis venu en France pour le congrès mais je n'ai obtenu que le tiers des voix contre Henri. A l'un de ses voyages à Alger, je lui ai annoncé ma décision de rentrer en France pour militer au PCF. D'habitude il incitait les gens à le faire. J'ai eu droit à une vraie scène : « Tu ne peux pas me faire ça ! Qui es-tu, à vingt-trois ans ? Ici, à Alger, tu es essentiel. A Paris, tu iras vendre *L'Huma-Dimanche* sur les marchés ! » Et il a eu une idée géniale : il m'a emmené faire le tour des bureaux des MLN en leur annonçant mon projet de départ. Evidemment, ils m'ont tous demandé de rester. Il n'y a eu que le représentant camerounais pour me dire à l'oreille : « C'est vrai qu'on a besoin de toi mais je comprends que tu veuilles rentrer. » J'étais secoué – un bel hommage pour moi, cette tournée des mouvements – mais je lui ai dit que je persistais à vouloir rentrer. Alors là, la grande scène du quatre, il s'assied sur des marches, en pleine rue, se passe la main sur le front, il est au bord de l'évanouissement, il réclame Joyce, la sœur de Joyce, des sels : le drame. J'ai vécu ça comme une comédie. Ça ne l'était peut-être pas. »

Une grande partie du travail avec le PCML espagnol s'effectuait à partir de son antenne suisse, dirigée par une certaine Marina. Son contact était Bernard Riguet. Né dans une famille de notables d'Annecy – son père était adjoint au maire MRP –, Riguet, vingt-huit ans en 1960, avait beaucoup milité dans le réseau de soutien au FLN. Installé à Annecy, où il dirigeait un florissant cabinet de promotion immobilière, il était membre du PCF. Elu au comité directeur de Solidarité, il avait été de ceux qui, avec Henri, avaient voté pour l'aide aux maoïstes espagnols. En avril 1965, désobéissant aux règles de fonctionnement, il se met au volant de sa voiture et prend la route d'Espagne : « Au poste-frontière de Béhobie, mes valises sont très minutieusement fouillées. Pas de problème. Je les replace dans le coffre et je m'apprête à redémarrer quand le flic espagnol me dit : « Non ! Vous vous garez là... » Une bascule. Ils ont découvert que la voiture pesait cent soixante kilos de trop et ils ont trouvé sous le plancher des centaines d'exemplaires du journal du PCML. On m'a mis les menottes. Je trouvais que les choses n'étaient pas si terribles que ça. Mais au commissariat de San-Sebastian arrive un capitaine Rodriguez qui fonce sur moi en hurlant et me colle un coup de poing dans la figure. Je me suis dit : « Très bien, puisque c'est comme ça... » J'étais dans un état de rage absolue. Ils m'ont frappé sans interruption pendant quarante-huit heures, j'ai eu l'épaule démise, bloquée pendant plus d'un mois, les pieds si gonflés que je ne pouvais plus enfiler de chaussures, mais le pire a été quand ils m'ont pendu à un clou. Je me suis évanoui deux fois. Ensuite, la prison. J'avais été formé par Henri, pour qui une arrestation n'était jamais une catastrophe, seulement l'obligation de militer ailleurs et autrement. Le tribunal de l'ordre public m'a condamné à deux ans de prison. C'était une bonne période. A un autre moment, j'aurais pris cinq ans. J'ai milité à la prison de Carabanchel avec les communistes espagnols orthodoxes. La sortie n'a pas été très facile. Le PCF m'avait exclu. Mon cabinet immobilier d'Annecy était en liquidation. Je suis devenu permanent à Solidarité.

« J'avais été donné par quelqu'un du groupe Marina qui travaillait pour la police franquiste et avait indiqué aux flics de Béhobie le numéro d'immatriculation de ma voiture. »

Fin du soutien au PCML.

Ceci encore, qui illustre parfaitement le processus de maintes ruptures avec Solidarité : vécues dans l'instant comme la conséquence d'un désaccord politique insupportable ; replacées avec le temps dans une perspective où les motivations personnelles (lassitude, ambitions nouvelles) tiennent leur large part. Jean Tabet, quinze ans après son départ : « Je voulais rentrer en France et faire des choses au parti communiste. C'était la période Khrouchtchev, on sentait venir Waldeck-Rochet. Vendeur de *L'Huma-Dimanche* ? J'avais de grandes illusions. Je me voyais devenir le Dubcek français ! Mais c'est Henri qui avait raison : j'ai vendu *L'Huma,* je ne suis pas devenu permanent. « L'organisation, c'est le choix des gens »... J'ai eu l'impression qu'ils ne savaient pas vraiment choisir. Et quand j'ai voulu mettre mon expérience de l'étranger au service du Parti, je me suis heurté à ce crétin de Mignot. Il a suffi que je prononce le nom de Curiel pour qu'il entre en transe... »

Robert Davezies, quinze ans après : « La raison décisive de mon départ, c'est qu'il me devenait chaque année plus difficile de « faire la révolution » par personnes interposées. Dès l'automne 1965, après la sortie de mon premier livre sur l'Angola, j'avais entrepris une longue enquête sur les paysans d'un village des Bouches-du-Rhône, Ensuès... En 1967, j'étais déjà pour l'essentiel rentré dans la société française et dans l'Eglise, décidé à porter dans l'une et dans l'autre, selon mes modestes forces, la révolution. »

***

Ainsi vont « les liens », cahin-caha, au hasard des rencontres, sans cadre politique déterminé, même si une partie des membres s'offusque à l'occasion de l'aide apportée aux prosoviétiques tandis que l'autre trouve qu'on en fait trop pour les prochinois, avec toujours quelques voix isolées pour regretter que les mouvements anarchistes n'aient pas la cote à Solidarité...

Trois bureaux se partagent le travail : bureau Afrique, bureau Amérique latine, bureau antifasciste (Espagne de Franco, Portugal de Salazar, Grèce des colonels). On pourra se tromper sur la représentativité ou le sérieux de tel mouvement, éprouver des déceptions avec tel autre : l'erreur restera vénielle et ne mettra jamais l'organisation dans une promiscuité compromettante.

Lorsqu'un soutien est accordé en 1965 à l'ETA basque, le rapporteur annonce au congrès : « Son poids dans la lutte antifasciste en Espagne est reconnu par tous les progressistes espagnols. C'est à ce titre et non en tant que mouvement autonomiste que la décision de fournir notre aide à l'ETA a été prise. » Elle sera supprimée le jour même de la création de l'ETA politico-militaire.

Des relations avaient été nouées avec le Front de libération du Québec car ses militants étaient en mesure de jouer un rôle dans le soutien aux milliers de déserteurs américains passés au Canada pour ne pas servir au Viêt-nam. Lorsque le FLQ s'abandonne à des débordements violents que l'environnement canadien ne justifie pas, le comité directeur ordonne la rupture immédiate des contacts.

L'IRA irlandaise est le seul mouvement dont une demande d'aide eût posé, de l'aveu même des sages du comité directeur, un épineux problème. Elle se battait pour une minorité nationale et religieuse subissant une indéniable domination. Sa survivance aux pires répressions – elles-mêmes consécutives à ses excès – attestait son implantation dans les masses et sa représentativité d'un mouvement populaire. Les sacrifices consentis par ses militants lui valaient enfin la sympathie d'un grand nombre de membres de Solidarité. Mais il n'y eut jamais la moindre demande d'aide de l'IRA. Avec son expérience clandestine d'un demi-siècle et ses puissantes bases arrière dans la communauté irlandaise des Etats-Unis, l'IRA n'avait rien à apprendre ni à attendre de Solidarité.

Le projet fondateur de l'organisation était l'aide au tiers monde. La lutte antifasciste fit déroger au principe mais les dirigeants de Solidarité, dont beaucoup avaient participé à la Résistance, se faisaient du fascisme une idée précise. Aussi bien les seuls pays européens où ils intervinrent – Espagne, Portugal, Grèce – subissaient-ils une dictature indiscutablement fasciste. Après 1968, les membres de Solidarité accueilleraient avec un haussement d'épaules les analyses furibondes de la Gauche prolétarienne selon lesquelles la France était occupée par sa bourgeoisie comme elle l'avait été par les nazis. Quant aux thèses de Baader en Allemagne ou à celles des Brigades rouges en Italie, elles leur paraîtraient relever du fantasme le plus délirant et le plus dangereux.

Dans son existence de près de vingt ans, Solidarité ne mettra pas une seule fois sa mise sur un mouvement dont elle ne puisse aujourd'hui avouer – proclamer ! – l'aide qu'elle lui a apportée.

FREDERIC

« Je suis né dans l'Ain en 1925. Mes parents étaient communistes. La famille était communiste. Le village était communiste. Communiste et anticlérical. Anticlérical primaire. Encore aujourd'hui j'ai des discussions avec ma mère. Elle n'accepte pas mes amis curés. Il faut dire que ma famille a été ruinée au début du siècle par un curé.

« Mon père était douanier. En 31, il a attrapé une pneumonie très grave et demandé sa mutation en Algérie. J'ai fait toutes mes études à Oran mais c'était comme si j'avais été à Nice ou à Marseille, sans aucun contact avec le monde algérien. Pendant ma scolarité, j'ai rencontré en tout et pour tout deux élèves algériens.

« Mon père a été révoqué par Vichy en 41 : SFIO, militant CGT, franc-maçon. Il a été réintégré en 42 et s'est inscrit au parti communiste algérien. Moi, j'ai passé mon deuxième bac en 43 et, sur instruction du PCA, j'ai préparé Saint-Cyr. Quatre cents candidats en juin 44, on s'est retrouvés huit reçus. Je suis arrivé en Indochine en octobre 45. Une situation très trouble. En décembre 46, mon unité est engagée à Lang Son, je participe à la prise de l'aérodrome de Mai-Pha. Ensuite, dix-huit mois en brousse contre les Viets. Il y avait bien des problèmes. Mon bataillon était composé d'anciens FTP de la Haute-Marne, avec beaucoup d'anciens des Brigades internationales... A la fin de mon séjour, en mai 48, j'ai vingt-trois ans, je suis lieutenant, j'ai la Légion d'honneur, la croix de guerre 39-45, la TOE avec palmes, je ne suis pas du tout communiste et je me prépare à faire une très brillante carrière dans l'armée. Et quand je retrouve ma femme (on s'était rencontrés à la bibliothèque d'Alger en 43), elle a adhéré au parti communiste et on a une grosse bagarre...

[Elle : son père, fils d'un industriel juif d'Odessa,

militant marxiste, est arrêté par la police tsariste en 1905, à dix-sept ans. La police avertit la famille : « On le pend demain si vous ne lui faites pas quitter la Russie. » Au lieu de Zurich, où la famille a des intérêts, il choisit de faire ses études de médecine à Montpellier en souvenir de Rabelais. Il y est accueilli et aidé par des francs-maçons. Engagé volontaire en 1914, chirurgien dans un hôpital de campagne, il trépane à tour de bras à Verdun. Victime d'une infection, il est évacué à Bar-sur-Aube, où il rencontre sa future femme, institutrice, originaire d'une vieille famille de vignerons ruinés par le mildiou. Ils s'installent à Tunis. Le père fait un brevet d'arabe, ce qui est rare à l'époque. Il est responsable franc-maçon pour l'Afrique du Nord. Déporté à Oranienburg, il ne reviendra pas. « Le 8 mai 1945, jour de la victoire, j'étais heureuse parce que j'espérais encore voir rentrer mon père. Mais j'ai vu ce jour-là décoller les avions français qui allaient bombarder Sétif. Je me suis juré de quitter l'Algérie et de n'y revenir qu'après l'indépendance. J'ai tenu parole. »]

« J'ai été affecté pendant deux ans à Maisons-Laffitte. En 50, plutôt que de retourner en Indochine, je me suis fait affecter à Madagascar. Sur le bateau, j'ai parlé avec un professeur d'histoire qui m'a signalé à l'arrivée à la Sécurité militaire. Ma femme n'a pas pu obtenir de poste alors qu'elle est agrégée d'histoire. Après quinze mois à Madagascar, j'ai été muté disciplinairement parce que j'avais été vu au restaurant avec un conseiller communiste de l'Union française qui était un ami d'enfance d'Oran. Je me suis retrouvé à Versailles dans l'unité bidon où l'on avait regroupé tous les officiers cocos. On n'avait strictement rien à faire. Ensuite, je me suis fait piquer par les flics avec ma femme et une équipe de copains en train de peindre « Ridgway-la-Peste » sur les murs. Soixante jours d'arrêts de rigueur pour insultes à un général allié. J'ai été mis en disponibilité à partir de juillet 1952. J'avais le droit de travailler à condition de ne faire ni avocat ni éboueur, je n'ai jamais compris pourquoi. Je suis entré dans l'industrie sucrière, chez Lebaudy. En 56, j'ai été élu au secrétariat de la Fédération CGT de l'alimentation. Sur les douze cents ouvriers de l'usine Lebaudy, mille étaient algériens. C'est comme ça que je suis venu au soutien au FLN. Il a fallu rompre avec la CGT. Ma femme, qui était au PCF, s'est fait traiter d'agent provocateur par son responsable lorsque la DST est venue perquisitionner chez nous. Elle a rompu.

« J'ai milité à fond avec le FLN [son bilan d'activité, superflu ici, est des plus impressionnants]. Sans me poser aucune question, sans aucun problème de conscience. Le soldat français était l'ennemi. J'ai été partisan des attentats contre les installations industrielles françaises. Le terrorisme, c'est l'artillerie du pauvre. Je continue à penser avec Guevara qu'il faut être du côté des humiliés.

« Cela dit, si nous n'avons pas eu en France les Brigades rouges et la bande à Baader, je suis sûr que c'est grâce à des gens comme moi qui ont fait leur devoir dans les guerres coloniales. Je dirais que nous sommes une trentaine à avoir empêché ça. Parce que nous avions l'autorité morale suffisante pour stopper les conneries. Les jeunes sont venus nous trouver, après 68. Ils voulaient faire péter les voies de chemins de fer, des trucs sévères. Ils savaient que ce n'était pas la peur qui pouvait nous retenir. On avait des références. On les a calmés.

« J'ai rencontré pour la première fois Henri Curiel le 5 juillet 62 à la fête de la Fédération de France du FLN, à La Courneuve. Il sortait de prison. J'ai été surpris par son aspect clergyman. Je ne l'imaginais pas comme ça. On a parlé pendant un spectacle de danses du ventre qui ne nous passionnait pas. Nous avions déjà eu des accrochages par personnes interposées pendant la guerre, et là, nous étions encore en désaccord. Il voulait marcher avec l'ALN ; moi, je me rangeais avec Boudiaf et le GPRA. Au fond, j'ai presque toujours été en désaccord politique avec Henri. Ce n'était pas son prosoviétisme. Bien sûr, il croyait un peu trop au petit jésus soviétique mais c'était lié à sa vie, à sa jeunesse en Egypte. C'était une fidélité sentimentale. S'il l'avait remise en cause, il ne lui restait plus qu'à se flinguer. Il se raccrochait au mythe : « Ne me casse pas mon jouet ! » Il était complexé par son origine bourgeoise, alors il fallait être plus pur, plus intransigeant, plus discipliné que les autres. Mais je l'ai souvent entendu critiquer l'URSS. Il le faisait avec moi, pas avec d'autres. Il savait parfaitement s'adapter à son interlocuteur. Mais on s'entendait bien. On avait des rapports fraternels. Je le bousculais un peu, je lui sortais des trucs énormes pour le choquer. Je lui disais aussi : « Arrête ton cinéma d'homme de l'ombre. » Il rigolait. C'est pourtant vrai qu'il a contribué à créer son mythe d'œil de Moscou, d'agent du KGB...

« Il faut n'avoir jamais travaillé avec lui pour croire à l'agent du KGB. Moi, le soupçon ne m'a jamais effleuré. Je ne me suis jamais considéré comme membre à part entière de Solidarité. Les désaccords politiques, le côté chrétien qui ne me plaisait pas trop et le sacré paquet de cons dont il s'était entouré. Je leur ai amené des mouvements et j'assistais aux réunions quand il était question de ces mouvements. Henri n'a jamais refusé une aide, jamais fait la moindre réserve d'ordre politique. Il a même porté le plus grand tort à l'URSS et aux Cubains en aidant des mouvements qui ont pu conserver leur indépendance idéologique grâce au soutien de Solidarité. Je pense aux maos du Venezuela, aux Erythréens, à la Ligue du 18 février du Salvador. Au point que les Cubains le considéraient comme un agent du SDECE. Je sais de source très sûre qu'ils le croient encore aujourd'hui. Ce sont des cons bénis.

« J'ai été surtout utile comme instructeur. Je donnais des cours d'armement, sabotage, explosifs, tout ça. Très suivis. Je prenais les stagiaires par groupes de trois. Six était un maximum. Il fallait compter cinq ou six séances pour un stage complet. J'ai eu des Sud-Africains, des Erythréens, des gens d'Amérique du Sud, des Grecs. Aux Grecs, on a envoyé aussi trente kilos de plastic qui n'ont pas servi à tuer des mouches. Je leur apprenais des choses simples. Utilisation des armes. Comment se défendre face à une arme de poing. J'avais ma petite panoplie. Je leur apprenais surtout à se débrouiller avec ce qu'ils avaient sous la main. Comment se fabriquer des explosifs dans sa cuisine avec des produits de jardinage – chlorate de potassium, par exemple. On ne pouvait faire que des exercices très limités. Quelques incidents quand même. Une fois, mon adjoint a fait sauter une table pendant un cours aux Portugais. Un obsédé de l'explosif, cet adjoint. A onze ans, il faisait sauter la poubelle de ses parents.

« J'avais le contact avec l'entourage pour les questions pratiques mais Henri venait souvent me voir. On s'aimait bien, même si on s'engueulait souvent. Un homme parfaitement intègre, d'une probité politique complète. Si je devais le définir, je dirais « un militant du tiers monde ». Il nous manque. En tout cas, il a réussi sa mort. Moi, c'est la mort que je souhaite aussi. Que nous souhaitons tous. Debout, comme ça. »

UNE fois le lien noué sous les auspices de Jehan de Wangen, son frère Gerold prenait en charge les militants du MLN auxquels le comité directeur avait décidé d'accorder soutien. Excellent organisateur, autoritaire sans verser dans le caporalisme, Gerold dirigeait l'ensemble des services. La fonction de secrétaire général de Solidarité serait créée pour lui. Sa responsabilité première était d'assurer la sécurité de l'organisation et celle des militants. L'apport d'Henri Curiel fut essentiel dans la définition toujours délicate du niveau de sécurité nécessaire et suffisant. Trop sacrifier à la sécurité, c'est renoncer à une efficacité possible au profit d'un souci de protection excessif. Mépriser la sécurité conduit aux catastrophes.

La plupart des membres de Solidarité estimaient insuffisantes les précautions prises ; beaucoup s'effaraient des risques inacceptables qu'impliquait, par exemple, le congrès annuel. Comment revendiquer la clandestinité lorsque cent personnes se réunissent pendant deux jours à cinquante kilomètres de Paris ? Par quel miracle un tel rassemblement ne serait-il pas fliqué ? A tout le moins, comment espérer que la police ne soit pas informée de l'existence et d'une grande partie des activités de Solidarité ? C'est au point que des membres peu portés à la suspicion systématique en déduisirent de bonne foi que Curiel devait pratiquer un double jeu, telle cette adhérente qui avait longtemps travaillé à l'antenne algéroise : « Ces énormes congrès, ce n'était pas possible. On était clandestin ou pas ? Je me disais que les services français étaient forcément au courant, que Curiel, lui-même très surveillé, devait leur donner des choses. Il était probablement assez intelligent pour savoir quels renseignements donner sans nuire aux militants et aux mouvements, mais comment être sûr du choix ? Je lui en ai parlé. Il m'a répondu : « Tout est transparent. Solidarité est une maison de verre. » Je ne l'ai pas cru. Il devait quand même exister une petite monnaie d'échange. »

Henri Curiel avait posé le principe que Solidarité ne courrait aucun risque sérieux tant que le général de Gaulle serait au pouvoir. L'expérience vérifia la justesse de l'analyse politique.

Quant à prétendre dissimuler l'existence de l'organisation à la police, il n'en était évidemment pas question. L'intelligentsia parisienne de gauche était au courant. Si l'on n'y appelait pas Solidarité par son nom, c'était « le groupe Curiel », « le réseau Curiel », « Curiel et ses gens ». Des partis politiques de la gauche non communiste adressaient les camarades étrangers en difficulté à tel ami dont on savait qu'il travaillait avec Curiel. Les anciens de Solidarité bavardaient souvent plus qu'ils n'auraient dû. Rien de tout cela ne gênait Henri. Le moindre défaut d'étanchéité est mortel pour un réseau de renseignement ; une trop grande étanchéité condamne au chômage une centrale de prestations de services. Si l'organisation avait été immergée dans la clandestinité, elle eût été assurément bien protégée mais n'aurait rendu aucun service faute d'être détectable et approchable par les mouvements. Il était contradictoire de vouloir être connu d'un mouvement salvadorien ou mozambicain, et ignoré de la DST ou des RG parisiens. Les militants eux-mêmes devaient assurer, contraints et forcés, une certaine publicité à Solidarité. La percée technologique foudroyante accomplie depuis la fin de la deuxième guerre mondiale dans le domaine de la torture fait que le mutisme absolu, encore concevable pour quelques héros devant la Gestapo, est aujourd'hui hors de question. Le héros est celui qui ne dit pas tout. Il était bien normal que des militants soumis à d'effroyables sévices dans des pays lointains choisissent de se montrer diserts sur l'aide qu'ils avaient reçue à Paris – sur une autre planète – de la part de braves gens hors de portée de leurs tortionnaires. La presse a beaucoup glosé sur une phrase attribuée à Henri Curiel selon laquelle son dossier était « le plus gros de la DST ». Il est gros. Son volume tient aux multiples rapports envoyés par d'exotiques polices sur le soutien apporté par une organisation secrète française aux révolutionnaires du pays concerné. Il existe aussi une Internationale des flics. Solidarité sut en 1964 que des militants vénézuéliens avaient parlé. En 1969, des résistants grecs torturés avouèrent d'où leur venaient leurs faux papiers et l'organisation fut évoquée au procès. Puis un message arriva des prisons brésiliennes annonçant qu'un militant avait révélé beaucoup de choses. L'affaire de Saint-Domingue eut enfin un épilogue malheureux. On évoque toujours les désastres éprouvés par la CIA. L'un de ses plus tristes succès fut, après l'intervention des Marines, l'infiltration et la manipulation des mouvements dominicains de gauche, lancés par elle dans une guerre fratricide aussi exterminatrice que celle qu'organiserait plus tard le FBI au sein des Panthères noires. Il en résulta d'affreux règlements de comptes. En 1971, à Bruxelles, Maximiliano Gomez, nouveau dirigeant du Mouvement populaire dominicain, meurt empoisonné par la veuve de son prédécesseur, Miriam Pinedo, dont on découvre sept mois plus tard le cadavre dépecé. Un magazine bruxellois signale que les exilés dominicains circulent grâce à des faux papiers fournis par l'organisation d'un Monsieur X assez précisément défini pour que les initiés reconnaissent Curiel.

Il fallait en prendre son parti : avec ou sans congrès, Solidarité ne risquait pas de passer inaperçue. Le romanesque dût-il en pâtir, Henri Curiel l'acceptait d'un cœur assez léger.

***

Les adhérents couraient des risques.

Dans sa première version, la plate-forme avertissait : « Clandestinité et illégalité (il ne faut pas avoir peur des mots et il faut être pleinement conscient des risques encourus) sont les caractéristiques fondamentales de cette organisation. Cette orientation a été lucidement choisie. Ce choix ne résulte pas d'un goût prétendu : nous nous efforçons, au contraire, de déceler et d'écarter les personnes désireuses de se joindre à nous qui seraient poussées par le goût de l'aventure et du complot. » Une nouvelle formulation adoptée par le congrès de 1970 indique : « Un trait majeur et inévitable du travail de Solidarité est qu'il comporte des risques... Il est indispensable que [ses membres] en prennent conscience le plus clairement possible. »

Le plus grand risque eût consisté à se battre sur le terrain. Il était formellement exclu : « Les activités de Solidarité ne sont pas une participation directe aux luttes de libération, mais une aide à ceux qui mènent ces luttes comme ils l'entendent. Cette distinction est capitale. Elle exprime un refus catégorique de toute forme d' « exportation de la révolution » qui ne s'identifie pas, mais s'oppose, à l'obligation d'aider concrètement les luttes de libération. » Et plus loin : « Cette évaluation des risques encourus a amené Solidarité à s'abstenir de toute activité de soutien sur les terrains mêmes où se mènent des luttes de libération. Les exceptions à cette règle, non seulement ne peuvent être que rarissimes, mais ne peuvent être faites, dans des conditions rigoureusement fixées, qu'à travers des membres acceptant en connaissance de cause les risques particuliers qu'ils assument. »

Michèle Firk sera plus tard évoquée par les détracteurs d'Henri Curiel. Il répondra qu'il ne la connaissait pas. Leurs chemins s'étaient pourtant souvent croisés. Michèle, jeune communiste, cinéaste, avait participé à l'une des opérations les plus risquées du réseau de soutien au FLN : l'envoi en France de deux tonnes d'armes achetées en Belgique, dont une partie fut clandestinement introduite à Fresnes où l'on craignait une attaque de l'OAS contre la détention algérienne. Elle avait ensuite séjourné à Alger parmi les Pieds-Rouges puis était partie pour Cuba, où elle avait tourné un film. C'est dire qu'elle relevait typiquement de la mouvance où Solidarité recrutait ses adhérents – une mouvance pour laquelle l'existence de l'organisation n'était pas un secret. Mais elle n'entra jamais à Solidarité. Si elle y avait adhéré, son ultime aventure n'aurait pas eu lieu. Elle s'envola en 1968 pour le Guatemala, milita avec les FAR et participa à une opération de représailles où l'ambassadeur des Etats-Unis perdit la vie. Le 8 septembre, la police frappa à la porte de son appartement. Elle se tira une balle dans la bouche. L'affirmation de Curiel selon laquelle il ne la connaissait pas ne valait pas reniement d'une camarade tombée face à l'ennemi, mais le fait est que son engagement poussé jusqu'au sacrifice suprême suscitait chez Henri autant de consternation que d'admiration. Régis Debray, plusieurs fois évoqué aux congrès de Solidarité, était désigné comme l'exemple à ne pas suivre. Sans doute Henri Curiel appréciait-il en l'occurrence la valeur symbolique d'une aventure sensibilisant l'opinion publique aux luttes du tiers monde (et il eût été heureux d'apprendre que Régis ne s'était pas précipité en Bolivie pour apporter au Che le concours salvateur de sa dialectique, mais des petites choses triviales comme un lot de chaussures pataugas difficiles à trouver sur place) : la condamnation demeurait. Elle ne résultait pas d'on ne sait quels principes mais d'une pratique éprouvée. Né en Egypte d'une famille installée dans le pays depuis un siècle, frappée cependant du sceau de l'extranéité, Henri portait en lui, inscrite en douloureuses cicatrices, la certitude qu'un philosophe parisien égaré parmi les Indiens de Bolivie finirait par écrire *L'Indésirable.* (Mais le lecteur a-t-il besoin de ces rappels ? Il voit bien sans qu'on le lui dise à quel point Solidarité est issue, dans ses fins comme dans ses moyens, de l'expérience maintenant longue d'Henri Curiel. Il fallait avoir été rejeté comme il l'avait été pour borner son rôle à être au service des autres sans jamais céder au puissant attrait d'être avec eux dans l'action, pour le meilleur ou pour le pire. Il fallait avoir éprouvé soi-même les affres de la création d'un mouvement de libération nationale pour accepter de situer son soutien à un niveau que tant d'autres eussent trouvé médiocre et peu gratifiant : celui des mille et un problèmes qu'affrontent les mouvements, problèmes en effet médiocres mais dont la solution conditionne leur survie. Il fallait avoir vécu comme il l'avait fait en Egypte les imprévisibles détours qu'emprunte la volonté de libération nationale pour savoir que l'allégeance idéologique formelle d'un mouvement à une mère-parti pesait peu auprès de son implantation réelle et de la capacité de ses dirigeants à se lier avec le peuple – lorsqu'un débat s'éternisait au comité directeur sur prochinois ou prosoviétiques, il concluait : « Les masses reconnaîtront les leurs. »)

On ne va pas sur le terrain, sauf exceptions « rarissimes » concernant des membres « acceptant en connaissance de cause les risques particuliers qu'ils assument ». Un adhérent très expérimenté, d'un sang-froid absolu, grand voyageur par profession, s'apprêtait à évacuer Ernest Ouandié lorsque le chef de l'UPC fut arrêté. Le même militant se rendit ensuite en Afrique du Sud, prit maints contacts, organisa à grand risque des filières de passage. Une adhérente fit un voyage en Amérique du Sud pour donner des cours de faux papiers, mais c'était une Argentine exilée. Quelques voyageurs assurèrent des liaisons, portèrent des messages, assurèrent des cours de clandestinité. Le Chili fut ainsi souvent visité. Jamais, nulle part, un membre de Solidarité ne s'intégra, fût-ce pour un temps limité, à un mouvement étranger, ni ne participa à une action locale.

Tant et si bien que le seul risque encouru par l'ensemble des adhérents était de subir les foudres peu calcinantes de la justice française pour fabrication de faux papiers, passages clandestins de frontières et autres activités indubitablement illégales. Ils furent moins d'une demi-douzaine à se faire prendre.

*
**

Les militants des mouvements couraient des risques mortels. C'était pour les en protéger que l'organisation imposait à ses membres des règles de sécurité minutieuses. Henri Curiel avait expérimenté dans l'Egypte de Nasser et dans l'Algérie de Ben Bella qu'un Gulliver charismatique peut se retrouver emberlificoté par les Lilliputiens de ses services de police. L'Elysée avait son discours mais la rue des Saussaies, à cent mètres, ne vibrait pas tout à fait sur la même longueur d'ondes. Il était notoire que la police politique portugaise avait ses grandes entrées dans les divers services français. Le célèbre commissaire Fleury, responsable de la répression au Brésil, était reçu à Paris en collègue estimé. Certains policiers français arrondissaient leurs fins de mois en « pigeant » pour des correspondants étrangers. Plusieurs pays entretenaient en France une structure permanente chargée de détecter et d'identifier les militants exilés.

La première précaution résidait dans le recrutement. Il s'opérait par cooptation. Un membre de Solidarité signalait que telle de ses connaissances lui paraissait susceptible d'adhérer. Il lui parlait à mots couverts d'un « groupe d'amis » s'efforçant de rendre des services aux mouvements du tiers monde. Le candidat potentiel était alors mis en observation. S'il répandait autour de lui la bonne nouvelle que sa vie allait prendre un virage romanesque, il perdait tout soudain le contact avec son ami. S'il observait au contraire la discrétion convenable, un autre membre de Solidarité se manifestait pour le sonder plus avant. Une étape importante était la lecture de la plate-forme. Elle ne suscitait en général aucune réserve, si ce n'est des critiques gauchistes. Le candidat se voyait ensuite soumettre un document intitulé « règles de travail » expliquant les structures et le fonctionnement de Solidarité. La troisième étape pouvait être une invitation au congrès à titre d'observateur. Le candidat était le plus souvent conquis par l'ambiance chaleureuse de la réunion et découvrait l'importance et la diversité des activités de Solidarité. Mais les bilans présentés étaient à la fois précis et flous. Le rapporteur indiquait à l'unité près le nombre d'hébergements assurés par l'organisation ;

il s'abstenait bien entendu de préciser nominalement qui était hébergé. Il mentionnait le nombre et la nationalité des stagiaires sans livrer leur identité. S'il donnait des éclaircissements complets sur le soutien apporté dans l'année à un mouvement, c'est que l'opération était terminée. Chacun des congressistes pouvait mettre quelques visages sous les chiffres annoncés – ceux des militants dont il s'était occupé : le candidat invité, le flic infiltré ou le micro subreptice se bornaient à enregistrer un bilan abstrait.

Le nouvel adhérent était confié à un membre chargé de lui apprendre les rudiments du travail clandestin. Cette phase du recrutement a conduit le principal détracteur d'Henri Curiel à de sinistres interprétations : « Pendant que se déroulent ces jeux [il s'agit des congrès], des professionnels qui entourent Curiel et s'occupent de Solidarité ont le temps de repérer les éléments qui peuvent franchir une étape supplémentaire. A ceux-là, on propose alors de participer à un stage de huit jours, toujours dans la banlieue de Paris, etc. [1] » Et de décrire ensuite le stage qui était en réalité proposé aux militants des mouvements, non aux membres de Solidarité (description parfaitement vicieuse : on aurait enseigné aux stagiaires « la situation de l'opposition en Allemagne, les méthodes de la police allemande, les milieux hostiles au gouvernement de Bonn, etc. » ! Quel intérêt pouvait avoir un militant guatémaltèque ou haïtien à disposer d'informations sur « les milieux hostiles au gouvernement de Bonn » ? Cette invention grotesque n'avait d'autre but que de relier Solidarité aux sanglantes activités de la bande à Baader...)

Les séances d'initiation au travail clandestin n'étaient pas réservées aux « éléments qui peuvent franchir une étape supplémentaire » : chaque candidat les subissait avec bonne humeur. Elles n'étaient pas dispensées par des professionnels venus tout exprès de Tripoli ou de Moscou mais, le plus souvent, par une alerte et merveilleuse demoiselle de soixante-dix ans, Elia Perroy. (« Ma foi chrétienne ?

(1) Georges Suffert dans *Le Point* du 21 juin 1976.

Mais non ! Je suis venue à Solidarité parce que je suis un être humain, une femme. Je suis toujours agacée quand on croit nécessaire d'aller chercher une foi pour expliquer des attitudes élémentaires. Mais bon, oui, au départ il y a la foi qui m'a mise dans un certain axe. ») Or donc, Elia Perroy, ancienne éducatrice d'enfants à hérédité alcoolique et de gamines prostituées, secrétaire du mensuel catholique *La Lettre*, cofondatrice en 1952, deux ans avant la guerre d'Algérie, du groupe Coopération dans le treizième arrondissement – « Pour faire quelque chose, non pas pour les Algériens, mais avec eux » –, présentée à Henri Curiel par le journaliste Georges Baguet, porteuse de quelques valises, expédiée par Henri à Oujda pour y créer un foyer d'accueil à l'intention des enfants algériens réfugiés au Maroc – Elia apprend aux impétrants comment repérer une filature et comment s'en débarrasser, le fonctionnement d'une boîte à lettres et d'un central téléphonique, l'usage de l'écriture sympathique, les précautions à prendre avec le voisinage. Elle aurait pu se citer en exemple si elle n'avait été trop modeste : non contente de ne jamais téléphoner de chez elle, conformément à la règle, elle allait passer ses coups de fil dans un autre quartier pour le cas où la police se serait branchée sur les cabines publiques voisines. En revanche, chère Elia, vous avez jeté le trouble chez des stagiaires grecs qui devaient ignorer votre identité : un matin, tandis qu'ils planchaient sur le cours de sécurité, vous avez ouvert devant eux votre courrier personnel et les enveloppes sont bavardes...)

Le nouvel adhérent recevait enfin un pseudonyme à usage interne. Pour ses contacts avec des militants étrangers, il devait user d'un autre pseudonyme, et même d'un pseudonyme différent pour chaque mouvement. Si l'on travaillait aux liens avec une dizaine de mouvements, une bonne mémoire n'était pas superflue.

Chaque adhérent était employé selon ses capacités mais surtout en fonction de son choix. Les « règles de travail » spécifiaient : « Si l'adhésion d'un membre est subordonnée à l'acceptation de la plate-forme, elle ne saurait impliquer son assentiment à chacune des activités de Solidarité. Aucune activité ne saurait être imposée. Si un membre, pour des raisons qu'il indiquerait, n'est pas d'accord pour participer à une activité déterminée, sa position sera respectée. Aucune pression d'aucune sorte ne sera exercée pour qu'il modifie ses sentiments. En sens inverse, on s'efforcera, dans la mesure du possible, de satisfaire le désir d'un membre de participer à une activité qui lui tiendrait particulièrement à cœur. » Cette possibilité de travail à la carte, en rupture complète avec les usages de tant d'organisations où la valeur militante se jauge à l'acceptation de contraintes vite lassantes, était l'une des originalités de Solidarité ; elle assura pour une part son exceptionnelle longévité. Il n'était demandé à chacun que ce qu'il voulait donner. Un adhérent pouvait à tout moment être déchargé de ses responsabilités ou en assumer de nouvelles.

Quel que fût le secteur choisi, fractionnement et cloisonnement prévalaient à tous les niveaux. Si l'adhérent chargé du lien avec un mouvement recevait une demande d'hébergement, il alertait le préposé par téléphone et spécifiait en langage codé les caractéristiques de la demande (nombre de militants, durée du séjour, etc.) Le préposé aux hébergements, faisant office de coupe-circuit, prévenait les futurs hôtes, toujours en langage codé, de l'arrivée de militants que lui-même ne verrait jamais. Les militants étaient pris en charge à un rendez-vous forain. Un quatrième adhérent s'assurait éventuellement qu'aucune filature ne risquait de faire découvrir l'appartement d'accueil. Une demande d'impression de textes passait par plusieurs coupe-circuit et les documents étaient réceptionnés dans un dépôt géographiquement et humainement éloigné. Le service des faux papiers bénéficiait d'une protection particulière.

L'organisation des stages était le plus difficile. Un stage complet nécessitait l'intervention de dix à douze moniteurs dont chacun avait ses occupations professionnelles. S'il se déroulait en externat, il fallait trouver un nombre considérable de locaux, mobiliser des adhérents pour conduire les stagiaires de l'un à l'autre, combiner un horaire satisfaisant. Gerold de Wangen, coordonnateur des services, consacrait beaucoup de temps à résoudre ces casse-tête.

Les stages en internat étaient plus simples : on installait les stagiaires dans un lieu paisible, à la campagne, et les moniteurs venaient à leur convenance donner leur enseignement. Un stage en internat durait de huit jours à trois semaines. Il était placé sous la souriante autorité d'Elia Perroy : « Je recevais les moniteurs, je faisais les courses, je m'occupais du courrier. Comme les stagiaires n'avaient absolument pas le droit de sortir, condamnés qu'ils étaient à la claustration, il fallait s'occuper de tout. Je veillais au bien-être et à la sécurité. Le programme prévoyait au moins deux cours par jour. Je n'ai jamais été très chaude pour les cours d'armement et d'explosifs. C'est comme la cuisine : donner des recettes sans se mettre aux casseroles, ce n'est pas sérieux. En plus, même sans travaux pratiques, ils se débrouillaient pour faire un boucan épouvantable qui gênait les autres. J'ai un souvenir formidable des cours d'Henri. Surtout celui sur l'attitude à avoir en prison. Le cours d'Yvon sur l'organisation était lumineux. Il y a eu des tire-au-flanc parmi les militants mais dans l'ensemble ils étaient merveilleux. Un désir d'apprendre ! Une gentillesse ! Le travail commençait à neuf heures jusque tard dans la soirée parce qu'il y avait les exercices pratiques : fabriquer une valise à double fond, prendre l'empreinte d'une serrure, changer une photo sur une carte d'identité.

« Le dernier soir, il y avait un apéritif avec « les gens de la maison », nos hôtes. Gerold venait souvent pour faire la synthèse du stage, dresser le bilan. Il demandait aux stagiaires s'ils étaient satisfaits. Ils étaient presque toujours très satisfaits mais nous profitions des critiques pour améliorer encore le fonctionnement.

« Et puis c'était la séparation. Un arrachement très dur. De grandes amitiés se nouaient pendant ces stages. C'est normal lorsqu'on reste enfermés ensemble pendant quinze jours, trois semaines. C'était un déchirement de ne pas pouvoir donner son nom et son adresse, de devoir couper totalement les ponts. Souvent, les militants me disaient : « Vous, à votre âge, vous pourriez bien donner votre adresse... » Il fallait refuser. Les Sud-Africains m'appelaient Maracoco. C'est comme ça qu'on appelle les vieilles femmes dans leur pays. Une fois, à la fin d'un stage, un Sud-Africain m'a supplié de lui faire voir la tour Eiffel. J'ai hésité et puis je me suis dit : « Ah ! tant pis, il va repartir là-bas... », et je l'ai emmené à la tour Eiffel. Je dirai que c'était ça le plus dur. Les voir repartir sans même savoir leur nom, leur prénom. Quand je lis qu'un garçon a été pendu là-bas, je me demande toujours si c'est l'un de ceux qui m'appelaient si gentiment Maracoco... »

***

« En politique, disait François Mauriac, tout va toujours mal. » Ainsi de Solidarité. Dix ans de bilans ne mentent pas. L'organisation devait être efficace puisque des mouvements toujours plus nombreux venaient à elle sur la foi d'un bouche à oreille laudatif ; et pas un pépin sérieux en une décennie. Mais le quotidien était traversé de contrariétés, bousculé par la péripétie. Plutôt que d'appartenir à l'organisation intelligemment conçue et bien huilée qu'on vient de décrire, le membre de Solidarité avait le sentiment de vivre dans un désordre décourageant où dix choses allaient de travers pour une qui marchait droit.

Le préposé aux hébergements reçoit l'appel fatidique : « Il y a un manuscrit passionnant à traduire mais c'est très pressé. » Autrement dit : « Un militant important doit être logé d'urgence. » Le préposé demande : « Il faut sans doute venir le chercher ? » – « Ah oui ! Il ne saura jamais se débrouiller dans le métro ! » Tête du préposé qui imagine la tête du flic possiblement à l'écoute.

Les logeurs ne résistent pas à l'amitié et restent en relations avec les logés ; c'est interdit. Les logés amènent des copains ou répandent la bonne adresse parmi leurs camarades, de sorte que les logeurs, trois ou six mois plus tard, trouvent sur leur palier de parfaits inconnus. Les Sud-Américains sont de ce point de vue terribles (les pauvres diables sont en train de faire leurs classes). Les Grecs, au contraire, observent rigoureusement les règles : même jeunes, ils bénéficient de la tradition culturelle de la résistance au nazisme.

Les logeurs mettent les petits plats dans les grands et attendent vainement leur invité. Il y a eu empêchement ou embrouille quelque part. Les logeurs finissent par râler. Un membre du secrétariat déclare au préposé : « C'est qu'ils ont un niveau de conscience politique insuffisant. » Insurrection des logeurs. Henri les affronte, sourire au poing : « Vous faites un travail remarquable. Vous êtes des gens vraiment bien. Pardonnez-nous d'être si mal organisés. » On a eu chaud.

Les spécialistes des faux papiers grognent. On leur apporte toujours les documents à la dernière minute. Nuits blanches, jours noirs.

Henri, délectable dans le tête-à-tête, lumineux au congrès, fait de chaque comité directeur une redoutable épreuve. Une jeune femme : « Il avait le génie de fabriquer des réunions emmerdantes. » Elia Perroy : « Une pagaille ! C'était son côté oriental, égyptien. Un bazar sans queue ni tête... » Heureusement que le rigoureux Gerold de Wangen est là pour ramener à l'essentiel et mettre un peu d'ordre. Tensions perceptibles avec Henri. Mais Gerold ne lâche pas. Que ferait-on sans lui ?

Les Vénézuéliens ont fourni des passeports à transformer. On les leur a promis sous huitaine. La semaine écoulée, plus de passeports : ils ont été « détournés » pour une opération urgentissime. « Abus de confiance ! » protestent les Vénézuéliens. « Escroquerie morale ! » renchérissent leurs amis de Solidarité. Le secrétariat fait le dos rond sous l'orage.

Les militants maos prennent contact avec les maos français ; les trotskistes avec les trotskistes ; les prosoviétiques vont traîner leurs guêtres du côté du comité central du PCF : et la sécurité ?

Jehan de Wangen a perdu son porte-documents dans le métro.

Ainsi de suite.

Mais le pire : cette déchirure toujours recommencée évoquée par Elia Perroy, ces femmes et ces hommes qu'on a aidés, qu'on a aimés, et qui disparaissent dans l'opacité clandestine – la vraie, celle qui mène à la torture, à la potence, au peloton. On ne saura plus rien d'eux, on n'a pas le droit de savoir. Plusieurs anciens ont un mot fort pour nommer l'épreuve : une ascèse. Elle eût été assumée d'un cœur plus léger si les risques avaient été partagés. Ils ne l'étaient pas. Peine des amitiés tranchées. Sentiment désolant de faire répéter inlassablement les acteurs d'une pièce qu'on ne verra jamais. Un désir d'Histoire toujours frustré.

D'avoir assumé cela restera la grandeur des gens de Solidarité.

Quelquefois, un geste inattendu ensoleillait les cœurs. Cette lettre rédigée par des stagiaires sud-africains à l'instant de repartir pour le pays où la mort tenait comité d'accueil :

« Nous avons été frappés par la force de votre esprit de camaraderie. Vous avez été patients. Vous avez recommencé sans cesse quand nous ne comprenions pas.

« Grâce à vous et à votre groupe, nous sommes des privilégiés. Si dans les autres pays, il existait cette même camaraderie, ce même dévouement, beaucoup de problèmes seraient résolus.

« Nous insistons sur votre travail. Nous chargeons les camarades ici présents de transmettre toute notre gratitude et nous vous rappelons à quel point votre travail est important.

« Même demain, ne vous lassez pas, continuez à travailler.

« Nous partons déjà. Comme tous les départs, ce n'est pas facile. Nous ne quittons pas seulement la France mais des camarades de combat.

« C'est la première fois que nous avons des contacts pareils avec l'Europe de l'Ouest.

« Nous sommes heureux de voir dans un pays qui vend officiellement des armes contre nous des camarades qui luttent avec nous, de voir dans un pays qui nous est hostile des camarades qui nous aident à gagner notre combat. C'est très important pour nous.

« Lorsque notre président nous a dit de venir vous voir, les instructions n'étaient pas claires. Nous ne savions pas qui nous allions rencontrer, à quelles positions nous allions nous confronter.

« Nous comprenons maintenant pourquoi nous avons été envoyés ici.

« Nous comprenons maintenant pourquoi vous nous avez imposé tous ces cours de sécurité.

« Nous comprenons maintenant pourquoi tout ce travail, et combien ç'aurait été mieux si nous avions eu plus de temps.

« Ce n'est pas seulement les cours qui nous ont beaucoup appris, c'est aussi le brassage de contacts humains, cette possibilité de se frotter à un ensemble de camarades nombreux et divers.

« Vous laisserez une empreinte profonde dans notre esprit, dans notre cœur, dans notre lutte. Nous aurons grâce à vous des camarades qui pensent à nous et qui nous aiment. Ce sera important dans notre combat.

« Notre lutte n'est pas facile. Il n'y aura pas de victoire demain. Mais notre gouvernement peut être vaincu. Nous ne pouvons pas garantir ce que nous ferons ici ou là mais sachez que notre lutte sera empreinte des leçons que nous avons reçues de vous. »

Il menait une vie réglée comme papier à musique. Quittant l'appartement de la rue Rollin le matin vers huit heures, il rentrait déjeuner vers midi et demi s'il n'avait pas d'autre obligation et lisait religieusement le *Herald Tribune,* qu'il considérait comme le meilleur quotidien disponible en France. Il repartait à deux heures pour rentrer vers sept heures et demie, ayant déjà absorbé *Le Monde* entre deux rendez-vous. Sa rapidité de lecture ne cessait d'épater ses amis. Alain Saillens : « Je n'avais pas terminé la première page qu'il repliait déjà son exemplaire en me disant : "Le troisième paragraphe du Fontaine est très intéressant." » Les soirées étaient consacrées à la lecture et à la télévision, souvent simultanément. Il posait cependant son livre lorsqu'un western était au programme. Il avait conservé l'habitude égyptienne de ne soustraire à la militance que le dimanche après-midi. Aux beaux jours, les deux époux consacraient cet après-midi de congé hebdomadaire à des promenades au Luxembourg ou sur les quais de la Seine ; sinon, télévision et lecture. Ils recevaient très peu ; sortaient rarement. Chaque année, ils allaient passer deux semaines de vacances dans l'appartement que Joseph Hazan mettait à leur disposition à Deauville.

Les petits fonctionnaires de tempérament casanier ont des vies plus mouvementées.

Pas un dossier à la maison et aucune conversation compromettante avec les rares amis franchissant le seuil : Henri se défiait des micros. En entrant rue

Rollin, en 1972, il avait posé le principe que toute phrase prononcée chez lui devait être considérée comme écoutée. Mais cette prudence obligée n'était pour rien dans le mutisme conjugal sur ses activités. Rosette n'en voulait rien connaître : « Solidarité ? Je savais en gros de quoi il s'agissait mais nous n'en parlions pas. J'étais d'accord, bien sûr. J'ai toujours été d'accord. Mais je voulais rester complètement en dehors. Je crois qu'il en était heureux. Il me disait : « La maison est mon oasis. » C'était l'endroit où il pouvait cesser de penser à son travail. »

Si Rosette s'abstenait de toute récrimination, Henri n'en était pas moins profondément culpabilisé par l'existence dépourvue d'attrait à laquelle il la condamnait. Comment accepter les austères servitudes de la militance lorsque l'espoir n'est plus ?

Rosette, le temps passant, avait compris que la brisure opérée en elle lors de son séjour en Tunisie résultait d'une fêlure plus ancienne. Elle avait trop cru en l'URSS et en Staline (« lorsqu'il est mort, j'ai pleuré comme si j'avais perdu mon père ») pour surmonter le choc du XXe Congrès et l'avalanche de révélations sur les horreurs du stalinisme. L'Union soviétique, statue immarcescible pour Henri, pourrissoir de ses illusions lyriques pour Rosette, était entre eux le seul sujet de discorde. Elle ne déclenchait pas des scènes de ménage qui n'étaient pas dans leur tempérament mais entretenait la même aigreur que, chez d'autres, un adultère jamais amnistié. « Ne me parle pas du goulag, gémissait Henri, ça me fait souffrir, tu sais bien que tu me fais du mal. » Les dissidents soviétiques, très présents à la télévision, envenimaient les soirées. Au harcèlement de Rosette répondait la surenchère provocatrice d'Henri. Rosette : « Quand je l'entendais me parler de l'Union soviétique, je me disais : "Ce n'est pas possible, il joue la comédie..." »

***

Henri Curiel fut toute sa vie un partisan passionné de l'Union soviétique. S'il se définissait comme un « communiste orthodoxe », c'était par rapport à elle et non point à quelque dogme ou doctrine. Il répétait à ses contradicteurs : « C'est en URSS qu'existe la plus forte concentration de marxistes compétents », formulation qu'on peut trouver malheureuse. Il concédait à l'occasion que des problèmes sérieux subsistaient mais faisait confiance à l'avenir pour les résoudre. L'Union soviétique incarnait sa foi dans le progrès humain.

Au sein du clan des Egyptiens, Rosette était à peu près la seule à penser autrement.

Qu'une jeunesse en Egypte fît de Curiel un homme-charnière très apte à être en sympathie avec le tiers monde, voilà qui n'a rien de surprenant. L'étonnement commence avec la découverte que cette naissance extra-européenne modifie radicalement la perception d'un pays d'Europe – la Russie – par des esprits pourtant formés à la culture européenne comme l'étaient Henri et ses amis d'Egypte.

Pour nous-même comme pour notre lecteur français, l'Union soviétique, avatar de la Russie, s'inscrit dans une continuité historique dont le point de départ est l'entrée de l'empire des Tsars dans le concert européen, voilà trois siècles au moins. La tendance naturelle est de la juger par rapport au peloton des nations européennes avec lesquelles son histoire est intriquée depuis si longtemps. Et même si d'excellentes raisons expliquent ses retards, force est de constater qu'elle se situe en queue de peloton. Tant sur la liberté que sur le niveau de vie, tant sur l'avoir que sur l'être, l'Union soviétique est la lanterne rouge de l'Europe.

La perception d'Henri Curiel ne se situait pas dans le temps mais dans l'espace. L'Union soviétique, au lieu de s'inscrire dans l'histoire européenne, s'insérait dans la géographie tiers-mondiste. Il ne lui serait pas venu à l'esprit de la comparer à la France ou à l'Allemagne : c'est à l'aune égyptienne ou indienne qu'il la mesurait. De même, lorsque Didar suit Osmane à Moscou, où il est nommé attaché militaire en 1953, elle ne s'étonne point de voir les femmes soviétiques balayer les rues de Moscou par des températures sibériennes – tableau toujours consternant pour le voyageur européen – car elle vient d'un pays où les femmes travaillent dans le bâtiment par des températures sahariennes. Son étonnement est de voir les frustes travailleuses moscovites entrer dans le premier grand magasin Goum le jour même de son inauguration et acheter ce dont leurs homologues égyptiennes n'auraient pas osé rêver. « Ils étaient en avance sur tout le monde », affirme Didar. Elle veut dire : sur le tiers monde. Pour elle comme pour Henri, l'Union soviétique est un pays du tiers monde qui a réussi à résoudre les trois problèmes fondamentaux : nourrir, éduquer, soigner. Parcourant les banlieues, elle s'étonne des masses de bonnes choses proposées dans les magasins d'alimentation. L'effort d'éducation l'ébahit. Sa concierge a toujours un livre à la main ; sa femme de ménage prépare une licence d'ingénieur. Si l'on conteste l'Union soviétique devant Joyce, elle s'enflamme : « Allez voir les Kurdes en URSS et comparez avec les Kurdes de Turquie et d'Irak ! Et les Tadjiks ! Ils sont deux millions en URSS. Ce sont des Persans, ils parlent persan. Pas un analphabète. Ils ont une université, une académie – tout ! Alors qu'en Iran, vous avez soixante-dix pour cent d'analphabètes. » Le vol de Gagarine les comble d'orgueil : c'est l'un des leurs qui est allé le premier dans l'espace. Lorsque Khrouchtchev donne sa démission et se retire paisiblement dans son isba au lieu de descendre à la cave de la Loubianka pour y recevoir une balle dans la nuque, nous soupirons de soulagement : l'Union soviétique rentre dans le rang – le rang européen. Henri, exultant, fait le tour de ses amis également ravis et leur dit : « Ça y est ! On ne tue plus ! » : l'Union soviétique sort du rang des nations violentes où le pouvoir se prend et se perd dans le sang. Ils mesurent les progrès quand nous ne cessons de vitupérer les retards, déplorent les violations des droits de l'homme en faisant observer que le pire est révolu et vous répondent Tadjiks, peuple qui vous est déplorablement inconnu, si vous leur parlez Sakharov.

On peut assurément discuter le bien-fondé de cette mise en perspective tiers-mondiste de la deuxième superpuissance mondiale : le fait est qu'Henri la voyait ainsi, tout comme ses amis égyptiens, et, pour autant qu'on ait pu en juger, maints militants des MLN.

Henri la savait aussi superpuissance et l'aurait voulue plus forte encore pour un succès encore plus rapide des luttes de libération nationale. Jehan de Wangen : « Sa pensée constante était le tiers monde – l'Afrique, l'Amérique latine – non pas l'Union soviétique. Mais agissant dans le tiers monde et pour le tiers monde, il était bien obligé de constater, comme nous tous, que seule l'existence de l'Union soviétique offrait une chance de succès aux peuples luttant pour leur indépendance en interdisant à l'impérialisme de déchaîner contre eux les moyens extrêmes. L'Union soviétique était aussi leur base arrière. En cas de reflux, les militants en exil y trouvaient un asile et une aide. C'était déjà vrai des Angolais. Ce l'est encore des Chiliens. Les hôpitaux psychiatriques et la répression contre les dissidents n'étaient pas le problème d'Henri. Je ne veux pas dire qu'il considérait que ce n'était pas un problème, mais que son engagement personnel se situait sur un autre terrain. Et sur ce terrain-là, l'Union soviétique jouait et continue de jouer un rôle positif. »

Mais tout ne relevait pas de la pure rationalité.

« Un jour, raconte Joseph Hazan, il passe me voir alors que je lisais une revue économique soviétique où l'on racontait d'énormes bêtises sur la culture du coton en URSS. Je lui ai dit : « Les camarades devraient éviter ces foutaises qui les déconsidèrent auprès des spécialistes. » Je suis ingénieur agronome et j'ai cultivé le coton en Egypte : les taux de rendement imprimés dans la revue étaient ridiculement gonflés. Henri s'est mis dans une fureur incroyable, m'accusant d'antisoviétisme et donnant raison au rédacteur de la revue contre moi : « S'il l'a écrit, c'est que c'est vrai ! » Il était tellement en colère qu'il a pris un livre dans ma bibliothèque et me l'a jeté à la tête. Il était comme fou. Heureusement, il m'a raté. »

Le père Barth : « A une réunion du comité directeur, il s'est fâché tout rouge parce que quelqu'un avait dit que l'URSS n'échappait pas à la crise économique. Une colère d'enfant ! On n'a pas insisté pour ne pas lui faire de peine. Il était si candide ! On préférait en rire... »

Nous pourrions multiplier les anecdotes.

Les plus âgés prenaient la chose avec l'indulgence qu'on doit à une maniaquerie inoffensive. Les jeunes évoquaient un « gâtisme idéologique » ne tirant pas à conséquence. Tous écoutaient les tirades prosoviétiques d'Henri avec un ennui résigné en attendant le retour à l'ordre du jour qui le verrait soutenir aussi souvent les hérétiques que les orthodoxes. Le sentiment général à Solidarité est bien exprimé par cette jeune femme de la génération soixante-huitarde : « Je ne supportais certains propos d'Henri que parce que toute sa pratique était en contradiction avec son orthodoxie affichée. »

Il n'empêche que son attitude en étonnait plus d'un. On ne lui demandait rien. On ne venait pas à Solidarité pour discuter du goulag ou de la culture cotonnière en Ouzbékistan mais pour aider les MLN. Quant au reste, chacun son truc. Pourquoi cet exhibitionnisme prosoviétique ? Pourquoi ces outrances idolâtres qui consternaient ses plus anciens amis, pourtant peu suspects d'antisoviétisme, et risquaient de le faire passer pour un crétin auprès des plus jeunes ?

Le pasteur Rognon a probablement la réponse : « Il s'était enté sur l'URSS. C'était sa seule patrie. Une patrie imaginaire, certes, mais la seule qui ne pouvait pas le renier, comme l'avaient fait toutes les autres, puisqu'elle était imaginaire. Le fait est qu'il n'y a jamais mis les pieds, ni dans aucun pays socialiste. Il l'aurait pu à l'époque où il voyageait en Algérie. Mais elle aurait cessé d'être la patrie idéale. Il m'avait parlé avec un frisson rétrospectif de la proposition de Marty d'aller vivre là-bas – je crois que c'était en Tchécoslovaquie. Pas seulement parce qu'on l'aurait sans doute pendu – il en était convaincu – mais parce que sa vie aurait été gâchée. En même temps, il tenait ce discours d'une ferveur bouleversante ou atterrante, comme on voudra. C'était incompréhensible pour celui qui écoutait d'une oreille politique un discours affectif. Henri, qui était l'internationaliste par excellence, l'homme du monde entier, m'a fait comprendre que chacun de nous a besoin d'une patrie. Il avait élu l'Union soviétique. »

Explications, interprétations... Henri, lisant ces lignes, trépignerait peut-être de rage en cherchant un livre à jeter à la tête de l'auteur. Et comme celui-ci, en des temps d'hystérie anticommuniste qui lui rappellent la guerre froide de sa jeunesse, n'est point trop sûr de ne pas céder à la pression idéologique dominante en rassemblant fiévreusement ce qui peut expliquer-excuser l'inclination de son héros, il souhaite finir comme il avait commencé, c'est-à-dire en énonçant la seule certitude en la matière : Henri Curiel fut toute sa vie un partisan passionné de l'Union soviétique.

***

Il mourut égyptien.

« En Egypte, écrivent les Lacouture, un appel forcené se fait entendre vers les puissances rétives de l'au-delà... Découvrant la Vallée des Rois ou pénétrant dans une pyramide, le moindre voyageur est frappé par le recours perpétuel à la magie que dénoncent motifs décoratifs, dispositions des lieux, artifices de construction. L'hypogée de Sethi Ier, c'est le salon de la voyante, l'antichambre du grand sorcier. S'il est un art qui n'a pas dégénéré en Egypte, c'est bien celui-là, et les astrologues y font encore meilleure carrière que les psychiatres [1]. »

Henri croyait en l'astrologie. Il n'y voyait pas le moyen de déchiffrer l'avenir mais la possibilité d'appréhender un caractère. Selon Jehan de Wangen, c'était pour lui façon de pallier un manque de psychologie dont il était cruellement conscient. Au comité directeur, lorsque la conversation venait sur la mésentente entre deux membres qu'on avait cru bon d'accoupler pour une tâche, il laissait tomber avec la force de l'évidence : « Qu'espériez-vous ? Un

(1) *Op. cit.*, p. 22.

Taureau et une Balance... », observation généralement accueillie dans un silence de mort. Si quelqu'un lui reprochait une dispute avec Gerold, il levait les bras au ciel : « Qu'est-ce que j'y peux ? Un Sagittaire... » Il avait des problèmes avec les Sagittaires. Il déployait des ruses de Sioux pour découvrir mine de rien le jour et l'heure de la naissance d'un nouveau camarade pour dresser son thème astral. Lorsqu'il était en prison, ses intimes lui adressaient les précieux renseignements concernant toute personne entrée dans leur vie privée afin qu'il demandât aux astres un feu vert ou rouge. Raoul, cédant à son insistance, accepta de se faire tirer un astro-flash mais objecta qu'il ignorait l'heure exacte de sa naissance. « Aucune importance, lui rétorqua son frère. Fais-en plusieurs et choisis celui qui te conviendra le mieux. » « Etrange, songea Raoul : c'est le thème astral qui donne l'heure de la naissance, et non l'inverse. » Il fut très étonné par l'acuité des révélations astrologiques mais demeure néanmoins sceptique. L'une des vraies joies d'Henri fut d'apprendre on ne sait où que des spécialistes soviétiques dressaient une carte astrologique sans précédent : il transmit la bonne nouvelle à ses amis comme une preuve supplémentaire que l'URSS était sur la bonne voie. « L'astrologie n'en est qu'à ses balbutiements, disait-il, elle recèle des possibilités inimaginables. »

Le révolutionnaire Curiel : « L'organisation, c'est le choix des hommes. » Et Henri l'Egyptien scrutant en douce les thèmes astraux.

Un autre paradoxe voulut que cet homme maintes fois emprisonné et souvent inculpé ne fut jamais condamné que pour usage du bakchich. Le renouvellement du permis de séjour était son cauchemar trimestriel. Un fonctionnaire montra de la bienveillance au point de se déplacer rue Rollin pour les formalités. Henri lui donna un livre dans lequel étaient glissés trois mille francs. Après une réflexion de plusieurs mois, le fonctionnaire porta plainte pour tentative de corruption. Sombre histoire. Henri écopa d'une condamnation légère en première instance et se désista de son appel au grand dam du cousin Weil-Curiel, convaincu d'obtenir l'acquittement.

Il récidiva. En juin 1976, au lendemain de l'article retentissant le dénonçant comme un suppôt du terrorisme international, Renaud Vincent, de *France-Soir,* obtient de lui une rencontre. Vincent, excellent journaliste, repart avec le sentiment que l'homme qu'il avait abordé avec prévention ne correspond pas au portrait sulfureux qu'on en a tracé. Le surlendemain, nouvelle rencontre dans un café. Navré, il explique à Henri que son article n'est pas passé pour une quelconque raison. Puis il descend téléphoner au sous-sol. Lorsqu'il remonte, Henri poussotte une enveloppe dans sa direction et, d'une voix affreusement abouna, murmure : « Vous avez travaillé : il est normal que vous receviez quelque chose... » Quand on connaît Renaud ! Il part sans proférer un seul mot mais avec l'envie furibonde d'en écrire une avalanche. Henri l'Egyptien a encore frappé.

L'Afrique était son continent d'élection. Les luttes africaines de libération nationale avaient la simplicité élémentaire de celle qu'il avait menée en Egypte : Algériens, Angolais ou Mozambicains se battaient pour mettre à la porte le colonisateur européen. Il se passionnait moins pour l'Amérique latine, au vif regret des jeunes membres de Solidarité sensibles au charisme guévarien. Là-bas, les choses étaient plus complexes. Des dictatures-gorilles soumises à l'impérialisme étranger pouvaient à l'occasion faire jouer en leur faveur le sentiment national. Il analysait mieux que personne le phénomène mais l'Afrique gardait sa préférence.

La vie lui avait appris les contingences corporelles. Suractivité militante, tensions inséparables de la clandestinité, enfermement carcéral : seul un être physiquement et nerveusement trempé pouvait y résister. Il prêchait à ses gens l'obligation d'être en bonne forme pour être un bon militant. L'une de ses tristesses indignées fut qu'un médecin membre de Solidarité mourût d'un cancer qui eût peut-être été guérissable s'il avait été soigné à temps. L'alcool des uns et le tabac des autres lui étaient des fautes politiques. Lui-même se surveillait avec vigilance. Chaque année, il consacrait trois jours à un check-up dans une clinique spécialisée. Son seul vrai problème fut une surdité apparue vers 1968 dont les progrès rapides lui firent craindre le pire. Au cinéma, il n'allait plus voir que les films sous-titrés. Il fut sauvé par un appareil miraculeux, retombée scientifique de la conquête de la lune par les Américains. Tant pis pour Gagarine. Ce problème réglé, une sciatique à éclipses et une grippe tous les quatre ou cinq ans. Mais il ne lui suffisait pas d'être en bonne santé : il voulait atteindre à une mobilisation totale de son potentiel physique et psychique. Dès l'Egypte, il s'était initié à la méthode Vitoz avec le célèbre docteur Katz. Elle vise à une « prise de conscience de soi psychosensorielle ». Henri lui attribua sa bonne résistance à ses deux ans de camp. De la méthode Vitoz au yoga, le pas n'est pas large. Il le franchit en 1957 avec Joyce. « Nous avons été, affirme celle-ci, parmi les premiers adeptes du yoga en France avec Robert Barrat. » Ils se rallièrent aussi à l'acupuncture, à la digital opuncture et à l'homéopathie. Henri annonça un jour avec fierté à ses amis qu'un institut homéopathique venait d'être inauguré à Moscou ; il l'avait lu dans *Etudes soviétiques.* Obsédé par le vieillissement, il envoya Joyce suivre en Roumanie le traitement de la fameuse doctoresse Aslan ; elle lui rapporta des implants de cellules qui, à défaut d'éternelle jouvence, lui donnèrent une fièvre de cheval pendant deux jours. Joyce servit ainsi de cobaye à divers traitements d'une douce extravagance.

Végétarien en Egypte, où il avait englouti des quantités prodigieuses de jus de carotte, il finit carnivore à Paris, mettant sa foi dans les protéines.

En somme, il était drôle.

Il fallait le connaître un peu pour s'en apercevoir. Son extérieur de moine de la révolution masquait le pittoresque. Clergyman plutôt que moine, avec son sous-pull à col roulé et son costume gris foncé. Beaucoup de jeunes le soupçonnaient de s'être composé cet uniforme austère mais les sous-pulls ecclésiastiques étaient une idée de Rosette : elle les trouvait plus faciles à laver que les chemises. A quoi tient une image... Certains vous disent : « Quand il passait à la maison à l'heure du repas, on l'invitait à s'asseoir mais il refusait toujours. C'était à croire qu'il ne se nourrissait jamais. » Mais Elia Perroy : « Un ascète, Henri ? C'est vrai qu'il était austère mais il connaissait les bons glaciers et savait où trouver la meilleure tarte aux prunes. Moi, c'est le café liégeois qui est ma folie. Il m'a dit où je trouverais le meilleur café liégeois de Paris. » Expédiant ses repas en quelques minutes, ayant oublié au dessert ce qu'était le hors-d'œuvre (« Si je te donnais de l'avoine, lui disait Rosette, tu mangerais de l'avoine. »), il pouvait débattre une heure avec un cordon bleu de la meilleure façon d'accommoder la tête de veau. Un jour, l'une de ses anciennes belles amies égyptiennes lui présenta son grand fils de vingt-trois ans ; elle eut la stupeur d'entendre Henri discuter avec lui des punks, de leur essoufflement déjà perceptible, des sous-groupes aptes à prendre la relève ; le mieux informé des deux était le sexagénaire. Il avait son opinion sur l'emploi du travelling par Pasolini, suivait avec attention l'évolution de Jean-Luc Godard, s'enchantait des comédies musicales américaines.

Il se levait au milieu d'un rendez-vous et, avec un naturel écrasant, prenait la position yoga du poirier, en équilibre sur la tête, sans appui, et la tenait une minute ou deux. « Excellente promenade pour le sang », constatait-il en reprenant place face à son interlocuteur médusé.

Il adorait marier, démarier, remarier. Ménie Grégoire autant que Mme Soleil. Un côté pipelette abouna qui lui restait du Caire. Les détails lui étaient friandises. Certains s'en exaspéraient. La plupart l'aimaient pour sa disponibilité chaleureuse – son côté apôtre. Il ne résistait pas à la tentation d'aider une âme en peine. En 1960, il rentre épuisé d'un voyage à Genève. La direction du réseau de soutien au FLN accapare ses forces, réquisitionne son temps. Joyce le voit s'asseoir à sa table et rédiger comme d'habitude brouillon sur brouillon – il avait la plume nouée. Elle s'approche et découvre, au lieu du texte politique qu'elle prévoyait, une lettre commençant par : « Cher Hugo, je ne vous connais pas, etc. » Une jeune femme éplorée, dans le train, avait raconté à Henri sa vie tout juste brisée par une rupture avec son ami Hugo. Touché par ses larmes, il avait promis d'intervenir. Une copieuse correspondance s'ensuivit malgré les reproches de Joyce, furieuse du temps gaspillé. Elle se conclut par un mariage.

De même les Baker furent-ils affaire de cœur plus que de politique. Baker était le pseudonyme collectif donné par Solidarité à cinq jeunes Noirs américains échoués en France au terme d'une folle aventure. En juillet 1972, ils avaient détourné un avion américain dans lequel ils avaient pris place avec femmes et enfants, obtenu de Washington une rançon d'un million de dollars contre la libération des autres passagers, et contraint le pilote à mettre le cap sur Alger. Ils sortaient tous les cinq du ghetto, avec des biographies tissées de malheur et de misère. Le détournement se voulait protestation spectaculaire contre la condition faite à leur race. Le million de dollars était destiné à Eldridge Cleaver, dirigeant des Black Panthers en exil à Alger. Le gouvernement algérien restitua avion et rançon aux Etats-Unis mais accorda le droit d'asile aux desperados. Ils échouèrent à s'insérer. Vite insupportables aux Algériens, ils furent bientôt en conflit aigu avec la farouche cohorte entourant Cleaver. Ils n'avaient pas la tête politique. Leur acte avait été un geste de révolte primaire, instinctive. Craignant pour leur sécurité, ils renvoyèrent les enfants aux Etats-Unis et passèrent clandestinement en Europe. L'un d'eux, établi en Allemagne, se lia avec l'ultra-gauche et manqua de justesse d'être exécuté comme rebut du *Lumpenproletariat.* Il rejoignit ses camarades en France. Une organisation humanitaire, ne sachant que faire de ces clandestins en cavale, signala leur cas à Solidarité. Henri plaida au comité directeur pour qu'une aide leur fût apportée. Il rencontra une réticence quasi unanime. La justification de Solidarité était d'aider les MLN, non pas d'intervenir pour les individus sujets à caution qui feraient courir des risques superflus à l'organisation. Henri remontra que les pauvres diables étaient eux-mêmes en grand danger de tomber par désespoir dans les pires dévoiements s'ils étaient abandonnés à leur sort. Il enleva le morceau dans le ronchonnement général. Les ronchonneurs étaient bons prophètes. Sans vouloir désobliger les Baker, qui vivent aujourd'hui à Paris après avoir apuré leurs comptes judiciaires (le verdict de la cour d'assises fut clément), leur prise en charge mit les nerfs à rude épreuve. Trois ans durant, de 1973 à 1976, on s'évertua à leur trouver hébergements et moyens de subsistance. Il fut décidé que l'un d'eux apprendrait le métier d'électricien. Il était fait pour être électricien comme Raoul Curiel pour être banquier. Ce fut pur miracle si l'on n'enregistra pas plusieurs morts par électrocution.

« Je ne regrette pas l'investissement, dit aujourd'hui un prêtre, membre du secrétariat. On ne peut pas être sans arrêt un militant pur et dur. On ne peut pas vivre sans tendresse. J'en ai logé un qui sortait de Harlem. Un soir, il m'a montré son corps. Il était littéralement creusé de cicatrices. Les bagarres, les flics... Comment juger ? Henri a eu raison. Nous l'aimions pour cela. Et c'est aussi pourquoi nous avons accueilli avec un haussement d'épaules les articles l'accusant d'être un agent du KGB. Imagine-t-on un agent du KGB perdant autant de temps avec de tels paumés ? »

En écho, le pasteur Rognon : « Oui, ce fut très difficile. Henri se dévouait pour eux à un point extraordinaire. Personne d'autre n'aurait fait ce qu'il a fait – personne ! Mais quels drames épouvantables avec les logeurs, que d'histoires ! Ils sortaient tout droit du ghetto. Moi, j'ai trouvé cela très beau, j'ai beaucoup aimé cette action d'Henri Curiel. Et on l'a accusé d'être un agent !... Je vous jure qu'un agent n'aurait pas perdu tant de temps avec ces gens-là. Pour Henri, les hommes comptaient. »

SAMAYA

« Je suis née en 1933. Ce n'est qu'à trente-cinq ans que j'ai su qui était mon père. Un Roumain, d'une famille très pauvre de Bessarabie. A quatorze ans, il s'est loué sur une péniche avec son frère cadet. Ils étaient laveurs de matelas. Les gens apportaient leurs matelas aux péniches pour les faire nettoyer. Partis du Danube, ils sont arrivés à Lyon par les fleuves et les canaux, lavant les matelas.

« Ma mère a un nom de famille dont personne ne sait d'où il vient. Mon prénom a été refusé par l'état civil mais j'ai réussi petit à petit à le faire inscrire sur mes papiers. Ma mère n'a jamais voulu me dire pourquoi elle m'avait prénommée ainsi.

« Elle avait un frère qui travaillait sur les péniches à Lyon. Il est mort de delirium tremens. C'est probablement par lui qu'elle a rencontré mon père mais je n'en suis pas sûre. Nous avons beaucoup questionné notre mère, ma sœur et moi. Elle nous répond que nous ne saurons rien avant sa mort. Elle ne parle presque jamais de mon père, et toujours en termes péjoratifs. Mais je sais par des témoins qu'ils se sont beaucoup aimés.

« J'ignore comment elle s'était retrouvée bonne à tout faire à Lyon, à quatorze ans.

« A cinq ans, après avoir été en nourrice, j'ai été mise à l'orphelinat Favre de Lyon comme pupille de l'Etat. Il y avait aussi des pupilles de la nation. C'était la guerre entre nous. Nous, les pupilles de l'Etat, nous étions pour la plupart des filles de prostituées ou de filles-mères. Maman n'était pas prostituée mais j'étais traitée de fille de pute comme les autres. Il y avait aussi parmi nous des filles qui avaient été violées par leur père. Elles m'écœuraient. Je trouvais qu'elles sentaient mauvais. Je préférais les filles de putains. Un dimanche par mois, leurs mères venaient les chercher avec leurs clients boches et le soir, au dortoir, elles se mettaient à deux pour nous mimer ce qu'elles avaient vu. A douze ans, j'ai décidé que jamais un homme ne prendrait mon corps.

« Chaque matin, nous assistions au lever des couleurs.

« A onze ans, j'ai voulu que ma petite sœur vienne avec moi. Maman a fini par céder. Elle avait sept ans. Elle était placée dans une famille où elle était adorée. Je ne la connaissais pas. Je ne me suis pas rendu compte de ce que je faisais. L'orphelinat a été pour elle une épouvante dont elle ne s'est jamais remise. Elle était pourtant sage, jamais punie. Moi, j'étais infernale. Je me battais avec le personnel. Une fois, j'ai lancé un couteau sur une surveillante. Les surveillantes étaient des filles qui sortaient de l'orphelinat. J'ai été souvent mise au cachot.

« Le jeudi, les dames de la Charité venaient avec des petits colis réservés aux pupilles de la nation. Une fois, je me suis mise dans leurs rangs. On ne m'a remarquée qu'au moment de la remise du colis. Cela a fait un scandale énorme. Nous, les pupilles de l'Etat, nous étions les bâtardes, les sans-honneur. J'ai été fouettée, bien sûr, mais j'ai surtout eu droit à l'organisation de la honte. On m'a isolée pendant très longtemps. J'avais fait quelque chose d'impensable, d'abominable.

« Pourtant, je n'étais pas malheureuse. Nous étions en dehors de tout, même pas une radio, la guerre n'existait pas pour nous. Je vivais dans un monde imaginaire. Je m'inventais des pères selon les pays que j'aimais. J'ai eu comme ça un père brésilien avec de grandes moustaches. J'en parlais aux autres et j'avais du mal à me retrouver dans tous mes mensonges. J'avais adopté une petite fille qui nous était arrivée à quatre ans, petite grenouille tellement maigre. Son père avait été fusillé sous ses yeux. Je disais que c'était ma fille. Elle a été finalement adoptée par un couple de collègues de ma mère. A ce moment-là, ma mère avait réussi à entrer comme employée de bureau à la Sécurité sociale. Elle en était très fière.

« Il y avait tout le temps des fugues. J'aidais à leur préparation. Mais je n'avais pas envie de partir. Là, j'ai appris la solidarité. Je n'ai pas vu une seule dénonciation.

« On nous appelait par nos numéros. De 1938 à 1947, j'ai été 70. Ma sœur était 75.

« J'ai passé mon certificat d'études. Après, pour beaucoup d'entre nous, la perspective était le trottoir ou le placement comme filles de ferme. J'ai voulu continuer mes études. On m'a mise dans un centre d'apprentissage où j'ai étudié la comptabilité et la sténodactylo. Pour moi, c'était le sommet des sommets. Je vivais avec ma mère dans le quartier des Canuts. Une pièce unique sous les toits. J'ai eu ensuite un lit dans un cagibi. Il pleuvait sur mes couvertures. Tout l'étage était habité par des prostituées. Ma mère avait la hantise des maladies vénériennes. Elle m'obligeait à aller aux toilettes sur un seau. Pendant la guerre, quand elle venait me chercher pour la sortie mensuelle, elle m'envoyait demander de la nourriture à ces prostituées qui en recevaient des soldats allemands. Elles étaient très gentilles. Je revenais toujours avec quelque chose. Ma mère lavait cette nourriture, même le jambon, et elle me désinfectait la bouche après le repas. J'en ai vu, sur ce palier, et je pourrais raconter les drames, les avortements, des choses incroyables, et je pourrais dire que c'était l'enfer. Mais ce n'était pas l'enfer. J'avais seulement une grande nostalgie de l'orphelinat. Là-bas, c'était mon monde, ma jungle.

« J'ai eu la grande chance d'attraper une maladie pulmonaire. On m'a envoyée dans un sana où un docteur très chouette s'est intéressé à moi. Il m'a mise avec des étudiants. Je me sentais le canard boiteux. J'essayais de comprendre des cours d'algèbre de quatrième. Ma mère me disait : « Tu veux péter plus haut que ton cul. Tu renies ta classe. » Mais ces deux ans de sana ont été pour moi l'éveil, l'éveil à l'amitié. Je n'étais plus la bâtarde.

« A la sortie du sana, j'ai demandé à être monitrice dans une maison d'enfants. Je crois que c'était pour retrouver ma jungle. J'ai été envoyée dans une maison pour déficients pulmonaires. J'y suis restée neuf ans, et ensuite deux ans avec des prédélinquants caractériels en Provence. Je n'avais pas l'impression de changer. J'étais toujours dans mon rêve. Un jour, je retrouverais mon père et je vivrais ce que tout enfant a vécu. Un été, j'ai fait l'amour avec une monitrice. J'avais vingt-six ans. C'était la première fois qu'on m'embrassait. J'avais toujours eu honte de mon corps. Mais ce fut sans lendemain. Il n'y a plus rien eu pendant douze ans. »

[Elle a aujourd'hui cinquante ans. On dit machinalement de certaines personnes qu'elles ne paraissent pas leur âge. Elle, c'est autre chose : on lui donnerait trente ans. Un phénomène. Longue et mince, avec une chevelure magnifique et un sourire encore plus jeune que son corps. Elle parle d'une voix très douce.]

« Au centre pour prédélinquants travaillaient deux garçons fantastiques. Je n'avais jamais connu de garçon ni de près ni de loin. L'un était artiste-peintre ; l'autre, professeur de maths. Je n'ai compris que longtemps après qu'ils étaient homosexuels. C'est peut-être pour cela que je suis allée vers eux. Leur amitié était vivifiante et je suis devenue un peu leur mascotte. Nous avons décidé de vivre ensemble. C'était juste avant la fin de la guerre d'Algérie. Nous avons connu une jeune femme suisse qui travaillait avec Henri Curiel. Que pouvions-nous faire, dans notre coin de Provence ? Nous sommes montés à Paris.

« Alors a commencé une vie passionnante et infernale. Nous avions soif de culture, de connaissance ; nous allions au concert, au théâtre ; nous lisions énormément. Le peintre faisait la cuisine et le ménage. L'autre était professeur. Moi, j'étais institutrice – enfin, moins que ça. En même temps, c'était une existence folle. Le peintre assumait mal son homosexualité. Les nuits étaient démentielles. Les garçons défilaient. Des paumés, des drogués, des délinquants. Il y en avait tout le temps qui se tuaient en voiture. Nous avons déménagé je ne sais combien de fois à cause des voisins. La police intervenait. Moi, je draguais pour eux. J'allais chercher des garçons comme j'allais acheter un kilo de pommes de terre. J'étais dans une amoralité complète. Je volais aussi. C'était plus fort que moi. Je volais pour rien ;

souvent j'allais le lendemain remettre dans le magasin ce que j'avais piqué. Il m'est arrivé de me faire prendre et j'ai été condamnée.

« Les deux garçons travaillaient à Solidarité. Ils travaillaient sérieusement. Le peintre passait des heures à préparer ses cours. La nuit, nous avions le défilé des paumés. Le jour, c'étaient les gens cravatés de Solidarité. La maison prenait alors des allures très mystérieuses. Mon rêve était d'entrer à Solidarité mais je n'osais pas.

« La première fois que j'ai rencontré Henri, je n'ai vu que son sourire. Un sourire... Il est devenu très vite l'image de mon père. Il refusait ce rôle mais je n'en étais pas consciente. Il écoutait. Il avait une intelligence fulgurante. Il vivait en moi comme un père et un amant. Je ne pouvais plus me passer de lui. Cette image du père, que de bagarres entre nous ! Je ne voulais pas comprendre.

« Pendant trois ans, il y a eu cette sorte d'amour extraordinaire, ce regard l'un vers l'autre, sans que ce soit jamais révélé. C'était un amoureux de la vie, un avaleur de vie. Tout son corps l'exprimait. C'était un être enflammé.

« Il m'a poussée à reprendre mes études. Il me disait : « Rêver, non ! Il faut faire. » J'ai passé mon bac en 1970, à trente-six ans. Je lui ai téléphoné. Il est arrivé, les bras ouverts. C'était sa victoire.

« Avec beaucoup de délicatesse, il avait abordé les problèmes de ma vie sexuelle. Quand il a su que j'étais vierge, il m'a envoyée chez un gynécologue qui a confirmé que j'étais constituée tout à fait normalement. Henri voulait me prouver que mon blocage était psychologique. Il me disait que je devrais quitter les deux garçons pour vivre ma plénitude de femme avec un autre. Les garçons ont très mal réagi. Ils ne voulaient pas qu'Henri se mêle de nos affaires.

« Et puis est venu l'été 1971. Nous nous sommes retrouvés seuls à Paris. J'ai vécu un rêve de trois semaines. Il m'a semblé qu'Henri avait voulu tenir le rôle que je refusais qu'un autre tienne. Sans lui, je suis sûre que je n'aurais jamais découvert cela. J'avais vécu dans une sorte d'anorexie sexuelle. A la fin de l'été, il m'a dit : « Maintenant, tu vas rencontrer des hommes. Nous resterons amis. Je serai leur ami. » C'était de nouveau le père. J'ai vécu une année très difficile, très douloureuse.

« Il y avait l'homme politique et le poète. C'était un poète. Il me parlait de la France comme personne ne m'en avait jamais parlé. Il était amoureux de la France. Elle était pour lui le havre des libertés. Les promenades dans Paris... Il connaissait chaque monument, chaque statue... Il m'a fait prendre un bateau-mouche. Notre-Dame ! Il était merveilleux quand il parlait de Notre-Dame, de ses bâtisseurs, de la foi qui les soulevait... Lui, Henri, était un bâtisseur d'âmes. Il m'a fait découvrir Proust, la valeur et la résonance des mots chez Proust. Et du Balbec de Proust, il passait au Baalbek du Liban et à l'Egypte. Chaque fois qu'il me parlait de l'Egypte, c'était avec tant d'amour que j'en étais bouleversée. J'étais avec lui quand il a appris la pendaison au Soudan d'Abdel Khalek Mahjoub, qui était son disciple. Il ne disait rien, il ne pleurait pas mais les larmes étaient au fond de ses yeux. Cette douleur rentrée était pire que tout.

« Il m'a fait quitter les garçons. Cela a été très difficile, surtout avec le peintre. Nous étions comme frère et sœur, amant-amante sans avoir jamais fait l'amour. La séparation a été douloureuse, presque insupportable. Il nous a fallu quatre heures pour nous quitter. J'ai appelé Henri en pleurant. Il est venu me chercher. Une fois dehors, il m'a dit : « C'est bien, tu l'as fait. »

« C'est grâce à lui que j'ai continué mes études, grâce à sa force. J'ai passé une licence d'art et de lettres, une maîtrise d'arts plastiques à la Sorbonne et un diplôme d'études approfondies qui me permet de préparer mon doctorat. J'enseigne l'histoire de l'art dans un institut français.

« J'ai fait beaucoup de choses à Solidarité. Au départ, on m'a chargée de rassembler une documentation sur la reprographie. Le problème était de se débrouiller avec les moyens du bord : comment monter une imprimerie clandestine, fabriquer des faux papiers avec pas grand-chose, diffuser un matériel de propagande dans un pays analphabète. Les Vietnamiens avaient trouvé pas mal de trucs. J'ai passé des journées dans les bibliothèques à étudier certaines techniques pour pouvoir les adapter. Les techniques de l'école Freinet, par exemple, peuvent rendre des services fantastiques aux mouvements. On fabrique l'instrument de reproduction à partir d'un bout de bois et d'un chiffon. Je crois être allée assez loin dans ce travail, je peux même dire que c'était très au point, mais je sais que la fille qui m'a succédé dans ce secteur a fait encore beaucoup mieux. C'était cela, Solidarité : on rassemblait l'expérience des mouvements et on essayait d'aller plus loin.

« Si je peux parler de mon enfance, c'est grâce à Henri. Avant lui, je ne l'avais jamais fait. Sans lui, je ne l'aurais jamais fait. Il a beaucoup insisté pour que je lui en parle, et il m'écoutait avec une attention extrême. Au fait, c'est ma sœur qui a découvert qui était notre père. Elle a fait des recherches. Sa péniche avait coulé et il s'est établi sur les berges de la Saône. Ma sœur m'a dit son nom. Je croyais que c'était très précieux et pourtant le nom est parti. Je l'ai oublié. A l'Université, je me suis inscrite au cours de roumain. Je n'y suis restée que trois mois. J'étais incapable de mémoriser le moindre mot de roumain.

« Henri a été la rencontre de ma vie.

« Et Solidarité. A Solidarité, on aidait et on s'aidait. »

LE chargé du cours d'organisation générale et de renseignement aurait-il un côté abouna ? Nous disposons de l'enregistrement du cours dispensé à un groupe de stagiaires le 10 décembre 1968. Ils sont ensemble pour cinq heures. Blaise commence benoîtement : « Sans doute ai-je participé à la résistance française au nazisme – trois ans de clandestinité – et eu une certaine activité également clandestine pendant la guerre d'Algérie, mais cela ne m'autorise nullement à vous infliger des leçons ni même à vous donner des conseils. Ce que j'aimerais, c'est que vous me parliez, vous, de la sécurité telle que vous la concevez dans les conditions de travail qui sont les vôtres, parce que vous en savez certainement sur ce point beaucoup plus que moi... »

Blaise est alors aux approches de la cinquantaine. Haute silhouette distinguée, le cheveu plaqué en arrière, le vêtement d'une sobre élégance, la parole précise, l'air pas commode, il ressemble à un grand patron. C'est un grand patron. Un ingrédient de plus au cocktail Solidarité. Mais il n'est pas un grand patron tout à fait comme les autres : doctorat en droit et CAP de menuisier.

Il a le goût et l'expérience du renseignement. Chargé d'assurer la sécurité de son maquis, il a posé le principe que le meilleur moyen de neutraliser les plans de l'adversaire était de les connaître à l'avance, et il a infiltré des hommes dans les unités voisines de la Milice. Deux de ses agents ont été découverts et exécutés mais, dans l'ensemble, le système a parfaitement fonctionné. Toutes les opérations pratiquées par son maquis sur les banques ont été réalisées en deux minutes et sans problème parce qu'il s'était chaque fois débrouillé pour avoir quelqu'un dans la place. Officier du Deuxième bureau après la Libération, il a participé à la traque aux SS dans le Vorarlberg. Il croit au renseignement, qu'il définit comme « la façon la plus pacifique et la plus efficace de se battre ». Membre du PCF en 1947, il a vacillé au moment de l'intervention en Hongrie et rompu sur l'Algérie. Engagé à fond dans le réseau de soutien au FLN, il a participé aux besognes ordinaires – filières de passage, finances, *Vérités Pour* – mais a fait bénéficier de ses compétences certains secteurs particuliers : formation des Algériens à la clandestinité, préparation des évasions.

Le 10 décembre 1968, un expert s'adresse à des néophytes. La modestie dont use Blaise avec ses stagiaires n'est pourtant jésuitique qu'en apparence. Elle procède de la technique d'enseignement en faveur à Solidarité : éviter autant que faire se peut le cours didactique et pratiquer la maïeutique (« Dans la philosophie socratique, art de faire découvrir à l'interlocuteur, par une série de questions, les vérités qu'il porte en lui. » *Petit Larousse illustré.)* Le long entretien en est l'illustration parfaite. Les stagiaires sont haïtiens. Chaque question aventurée par le moniteur amène des réponses prouvant à quel point un cours magistral eût mis à côté de la plaque. En Haïti, tout est différent d'ailleurs (ailleurs est toujours différent d'ailleurs). Les tontons macoutes ne se peuvent comparer à aucune autre police. Un militant sait la mort inévitable à l'instant même de sa capture. La propagande écrite est sans effet sur une population largement analphabète. Mais le jeu dialectique des questions-réponses finit par dégager une Haïti où peut s'investir, judicieusement adaptée, une bonne part de la science clandestine détenue par le moniteur.

Au départ, l'expérience des hommes. Le cours sur les filatures, par exemple, est dans un premier temps fondé sur le vécu des moniteurs du type Blaise : ancien résistant, ancien membre du réseau de soutien au FLN. Dans un deuxième temps, le service de documentation de Solidarité dépouille des dizaines de récits d'histoire contemporaine et en extrait ce qui concerne les filatures. Les acquis du groupe juif Stern, de l'Orchestre rouge, etc., sont ainsi intégrés au cours. Puis les expériences rapportées par les stagiaires de chaque mouvement sont à leur tour engrangées, tout de même que la reprographie puisait à la fois dans les techniques Freinet et dans les trouvailles vietnamiennes. Parallèlement, Solidarité se procure les textes spécialisés. Nous trouvons dans les archives le *Manuel de technique policière* de la police française, *Les Règles de filatures* de la police de New York, les *Méthodes de surveillance* du FBI et du Bureau des narcotiques. Solidarité est ferrée à glace sur la théorie de la filature. N'importe quel membre, après quelques dizaines d'heures d'étude du dossier, pourra faire fonction de moniteur et confiera au service de documentation un texte enrichissant la masse commune de ce qu'il aura appris au contact des militants. Mais les travaux pratiques sont ici essentiels. Le cours théorique est suivi d'au moins cinq exercices. Un : le stagiaire, lâché en ville et sachant qu'il va être suivi, doit repérer les suiveurs. Deux : coupure d'une filature sans donner l'éveil ou en catastrophe. Trois : modifier son apparence dans un lieu public (grand magasin) en quelques secondes avec les moyens du bord. Quatre : visite d'un quartier sous la conduite du moniteur pour repérer les lieux permettant la coupure (immeuble à double issue, gare, etc.). Cinq : filature d'un moniteur par deux stagiaires.

Solidarité : centralisation, accumulation et rediffusion de l'expérience.

***

C'est d'une plume résignée que nous avons évoqué le cours sur les armes et explosifs, sachant bien que le spectaculaire de la chose occulterait le reste. Il faut rappeler que le principe ne soulevait aucune réserve de la part de l'organisation. Aujourd'hui encore, lequel d'entre nous (je veux dire : parmi les nôtres) hésiterait, s'il en avait les moyens, à procurer un cargo d'armes aux Noirs sud-africains de l'ANC, à la résistance chilienne, aux Haïtiens souffrant sous Bébé Doc ? Mais les conditions pratiques restaient si contraignantes que le cours était une sorte de récréation dans l'enchaînement plutôt austère du stage, un moment de détente égayé par le caractère enjoué du moniteur (lui-même grand spécialiste de la filature). Pourquoi s'en désoler ? N'importe quel petit Libanais de dix ans vous dira, hélas, qu'une maîtrise complète de la Kalachnikov s'acquiert en trois heures, et l'explosif se trouve si généreusement réparti sur la surface du globe qu'il était improbable qu'un militant en fût réduit à bricoler des produits de jardinage dans sa cuisine. Blaise raconte à ses stagiaires haïtiens : « Pendant la guerre, Londres nous parachutait des brochures expliquant comment fabriquer de l'explosif. J'aime autant vous dire qu'on n'a jamais perdu notre temps à ça : on le fauchait. Fauchez le vôtre ! » Les trente kilos d'explosif envoyés aux résistants grecs ne sortaient pas des cuisines de Solidarité mais avaient été tout bonnement barbotés quelque part en Suisse. (Emotions pour le transport, organisé classiquement avec une voiture ouvreuse et une voiture porteuse. Deux des membres de l'équipe de Solidarité craquent nerveusement. Il faut improviser en catastrophe une opération de sauvetage. L'explosif passera la frontière par le train...)

La justification de Solidarité ne résidait pas dans une conférence sur le maniement du fusil d'assaut mais dans la diffusion de techniques de défense forgées au fil d'une expérience accumulée. « Il s'agissait, résume l'un de ses dirigeants, d'apprendre aux militants à s'organiser, à communiquer, à circuler, à s'exprimer, à se protéger. » Aussi bien un stage se composait-il en fin de compte d'une série de cours sur la sécurité.

Rien de comparable, certes, à ce qui s'enseigne dans les écoles de renseignement ; on s'adresse à des militants, non à des agents. La vocation des uns est la recherche du renseignement alors que le militant est voué à l'action politique. Il était déjà bien difficile de faire admettre aux stagiaires que leur sécurité dépendait d'une information au moins élémentaire sur l'adversaire. Lorsque Blaise s'aventure à prononcer le mot « espionnage » devant ses Haïtiens, lourd silence. Un stagiaire : « L'espionnage n'est pas noble. Il y a un problème psychologique... » Blaise se lance sur son sujet favori, évoque au passage la nécessité de ne pas traîner dans le règlement du sort des agents doubles, ce qui semble accroître le malaise, et conclut avec force : « Un réseau de renseignement se fait avec des gens qui ont des contacts avec l'ennemi. Mais cela, un militant politique, il lui faut deux ans pour se le foutre dans la tête ! »

A feuilleter les dossiers d'archives, impossible de n'être pas touché par la somme de travail investie, et surtout par la modestie qu'elle suppose de la part d'hommes et de femmes dont on doit commencer à entrevoir le niveau intellectuel mais qui s'ingénient à mettre leurs facultés au service de militants inexpérimentés affrontant des problèmes élémentaires. Dix feuillets à simple interligne pour décrire un contact clandestin entre deux militants : fixation de l'heure et du lieu, annulation, couverture, attente, reconnaissance, etc. Une partie du cours de bricolage a été rédigée par un moniteur davantage prédestiné à enseigner la théologie que l'aménagement de caches dans des objets divers : valises, livres, épaulettes. La transformation d'une valise normale en valise à double fond est expliquée dans le moindre détail mais le moniteur a pris soin d'indiquer à ses successeurs que les meilleurs fournisseurs de carton et de colle au néoprène sont Relma, 6, rue Danton, et Rougie & Plé, 13, boulevard des Filles-du-Calvaire. Pour les livres, il est précisé qu'on en trouve à bon marché au 32, rue de Provence.

Grand effort aussi pour adapter l'enseignement aux conditions locales particulières. Le cours de bricolage note que les chaussures les plus propices au recel de petits objets sont les chaussures en mousse des judokas mais il évoque aussi la cachette aménageable dans une tige de canne à sucre ou une racine de manioc. Le cours de secourisme valable pour tous climats se double d'un cours de survie en zone tropicale. Nous apprenons sans véritable appétence que

« même les grillons, les œufs de fourmi, les chenilles dépourvues de duvet, les larves et les termites sont bons après cuisson. Ôter la tête, la peau et les intestins des serpents, rats, mulots, grenouilles, lézards avant la cuisson ». Le festin terminé : « En l'absence de papier hygiénique, se servir d'herbes et de feuilles. Prendre soin d'examiner ces dernières pour s'assurer qu'il n'y a pas d'insectes. N'utilisez pas les feuilles à surface rugueuse ou pelucheuse, ou qui proviennent d'arbres ou plantes à suc laiteux, non plus que l'herbe à bords coupants. N'utilisez pas de matériaux traînant sur le sol. » Solidarité est d'ailleurs particulièrement bien armée dans le domaine médical. Voici une demande de sérum antivenimeux présentée par un mouvement dont les militants affrontent les araignées casampulga, les serpents cascabel *(crotalus terrificus)* et botrops. L'Institut Malbian de Buenos Aires, consulté, peut fournir les sérums nécessaires mais suggère, pour les serpents botrops, de s'adresser à l'Institut Botentan de Sao Paulo, dont la production est mieux adaptée. L'organisation dépouille les publications américaines spécialisées et diffuse parmi les mouvements les caractéristiques du matériel répressif mis au point aux Etats-Unis pour être généreusement distribué aux dictatures sud-américaines. Tous les types de grenades lacrymogènes sont décrits et analysés, y compris la DA-DC, inconnue en Europe, qui déclenche une défécation instantanée. Les mesures de protection, souvent tirées de rapports officieux américains, sont indiquées aux mouvements ainsi que les soins à donner aux blessés.

Nous trouvons de moindre intérêt, mais c'est peut-être à cause de notre niveau de conscience politique insuffisant, la propagation des règles du combattant révolutionnaire chinois (« Etre toujours doux envers le peuple mais avoir le plus vif ressentiment envers l'ennemi – Ne prendre aucune nourriture, aucune boisson, ne fumer rien qui soit contre-révolutionnaire – Respecter, aimer et servir la masse ouvrière et agricole – Etre prêt à servir avec la plus grande joie sur le front le plus difficile, etc. »).

La prison étant une étape presque obligatoire de

la militance en même temps que la hantise du militant, rien d'étonnant à ce que le cours d'Henri Curiel fût l'un des plus appréciés du stage. Il avait une façon bien à lui d'évoquer la prison comme un lieu non dépourvu d'incommodités mais propice à l'épanouissement culturel et politique du prisonnier, et surtout très apte à la continuation de la lutte par d'autres moyens. Riche d'une expérience carcérale qui lui avait fait connaître prisons sous-développées et développées, il pouvait donner des conseils utiles en toutes situations. Il insistait beaucoup sur la nécessité de rester en bonne forme physique et conseillait vivement le yoga. Les militants peu tentés par la position du poirier disposaient de solutions de rechange, y compris les mouvements de gymnastique mis au point pour les cosmonautes américains. L'évasion faisait l'objet d'un cours spécial. Elle est souvent facilitée par un transfèrement à l'infirmerie de la prison ou dans un hôpital. Solidarité avait commencé par diffuser les trucs de potache (un verre d'eau additionné de savon de Marseille fait monter la température) puis, conformément à son génie propre, avait creusé la question en allant aux meilleures sources. De même que des comédiens professionnels venaient donner des cours de maquillage, d'éminents professeurs de médecine avaient rédigé à l'usage des militants des listes de symptômes propres à faire poser le diagnostic souhaité. Le stagiaire apprenait ainsi à simuler la crise d'appendicite ou de coliques néphrétiques, le syndrome pulmonaire, l'angine de poitrine, l'hémorragie digestive ou la méningite. Henri Curiel avait testé la technique en se présentant devant un médecin choisi au hasard auquel il avait récité les symptômes d'une crise cardiaque. L'homme de l'art, très alarmé, avait insisté pour le conduire sur-le-champ à l'hôpital. Une étude particulièrement attentive avait été consacrée aux maladies psychiques, longues et diffuses, qui ont le mérite de dévaloriser l'interrogatoire. Le cours démontre au profane à quel point la simulation est aisément décelable car les extravagances spectaculaires auxquelles on est tenté d'avoir recours ne trompent point le spécialiste. Il commence par cet avertissement : « Bien voir la différence entre le banal état dépressif-névrotique (névrose d'angoisse) et la mélancolie. Montrer qu'on a été toute sa vie un névrosé angoissé, mais faire craindre qu'on « devient » un psychotique. Il faut que le psychiatre se demande si le sujet n'est pas en train d'évoluer vers la mélancolie, s'il ne se trouve pas devant un tournant de la maladie, avec apparition de signes d'aggravation (douleur morale, idées délirantes particulières, fatigue considérable, volonté de mourir). C'est là que la notion d'antécédents familiaux et personnels pourra prendre de la valeur, etc. »

Quinze moniteurs en 1966 ; quarante en 1970. Un stage complet représentait alors plus de deux cents heures de cours (en 1970, un stage en internat donné à des militants de l'ANC dura un mois et demi. Les stagiaires étant anglophones, des interprètes devaient assister les moniteurs ne parlant pas anglais). Cette même année 1970, dix-sept cents pages ont été dactylographiées, dont neuf cents sur stencils ; soixante-treize voyages professionnels ou touristiques de membres de Solidarité ont été mis à profit pour établir des liaisons avec les mouvements ; huit passages de frontières clandestins ont été réalisés ; vingt faux passeports ont été fournis, ainsi qu'une dizaine de valises et une vingtaine d'attaché-cases à double fond ; une documentation a été remise à l'ANC sur les fournitures d'armes à l'Afrique du Sud et à la Rhodésie ; traductions nombreuses ; impression et diffusion de bulletins, dossiers, tracts ; organisation de conférences de presse. Le poste « fonctionnement » du budget est équilibré malgré une baisse des cotisations (c'est la première fois que le niveau des cotisations diminue : mauvais signe). Le poste « services » est également équilibré mais le trésorier demande que les devis présentés soient mieux étudiés : les mouvements s'irritent d'une facture finale plus élevée que prévu. Le poste « dons » est cette année misérable : 2 212 F. « Problème tragique et urgent à résoudre », lance le trésorier, seul membre de Solidarité à donner dans le pathétique. Il propose, pour parer à toute éventualité, de constituer une dotation de cinquante mille francs « bloqués et même placés »...

COMMENT dire la durée ?

1962-1972 : dix ans.

10 congrès, 200 séances du comité directeur, 2 880 réunions du secrétariat. Pour chacun des quinze à vingt membres de Solidarité engagés à fond dans les activités, entre 15 000 et 30 000 appels téléphoniques donnés à partir des cabines publiques, et des milliers de rendez-vous forains. Pour tous, la multiplicité répétitive des tâches.

Un mouvement bougeait, évoluait, traversait victoires et défaites, parvenait éventuellement au pouvoir.

Solidarité assurait ses services et enseignait immuablement l'abécédaire de la clandestinité.

Dix ans : 1962-1972.

JEHAN DE WANGEN lâcha en 1971. Cela faisait treize ans qu'il était le militant le plus proche d'Henri. Il avait pour lui une profonde affection tout en le maintenant à l'écart des heurs et malheurs de sa vie privée. Leur accord politique était total. Les rares divergences avaient toujours été résolues par une discussion. En treize ans, pas un mouvement d'humeur, pas une de ces brouilles, même légères, presque inévitables dans le frotti-frotta quotidien. Jehan partait à cause d'une conjonction de problèmes personnels. Il partait surtout par besoin irrépressible d'une nouvelle respiration. Treize ans à vérifier si l'on est suivi ou non, à attendre devant des cabines téléphoniques occupées, à faire trois fois le tour du pâté de maisons, conformément aux règles, avant de pénétrer dans l'immeuble où se tient une réunion ou un rendez-vous (Elia Perroy : « C'est fou ce qu'on a pu trottiner pour respecter la sécurité. ») Jehan était entré en clandestinité avec le réseau de soutien au FLN. Les risques étaient réels, même s'il n'y allait pas de la vie. Enfin c'était la guerre. Elle justifiait les mille et une contraintes de la clandestinité. Il est plus difficile de s'astreindre à pareille discipline quand les risques sont pratiquement inexistants et que le contexte social invite au contraire à la libération de toute entrave.

Il ne trouva pas la force d'annoncer lui-même son départ à Henri ; ce fut son frère qui s'en chargea. Jehan sut qu'Henri avait été éprouvé. C'est au-dessous de la vérité. Mais au comité directeur suivant, quand il fit officiellement part de sa décision, Henri ne broncha pas, ne souffla mot. C'était sa manière. Jehan l'avait vu cent fois réagir avec une dureté d'apparatchik dont il se recouvrait comme d'une cuirasse. Il partit pour les Cévennes sans avoir eu un mot d'explication avec lui.

L'un des deux piliers de Solidarité s'effondrait. Jehan de Wangen, responsable des liens avec les mouvements, alliait une vaste expérience à une intelligence rapide, précise, concrète. Grâce à lui, hurluberlus et émissaires suspects étaient écartés avant que d'encombrer l'ordre du jour du comité directeur. Les militants appréciaient son ouverture et son réalisme. Il ne promettait rien qui ne pût être tenu. Il eut des successeurs mais ne fut pas remplacé. Avec lui, Henri pouvait s'abstenir de rencontrer les mouvements ; il n'avait de contact qu'en cas de problème grave, et au plus haut niveau. Après lui, il dut aller au charbon, tester les émissaires. Ce n'était pas son fort. Il avait ses engouements.

Si Jehan de Wangen partait après treize ans de travail acharné, un nombre considérable de membres lâchaient après une ou deux années d'activité, voire quelques mois : le « turn over », comme on disait au congrès au risque d'irriter les mânes d'André Marty, était la plaie de Solidarité. Dix à quinze pour cent de membres perdus chaque année. Gerold de Wangen : « Solidarité a été une mangeuse d'hommes. » Le rapport d'Henri Curiel au congrès de 1968 analysait le phénomène : « Ces personnes nous ont quittés pour les raisons les plus variées. Parce que nous en faisions trop, parce que nous n'en faisions pas assez, parce que nous les négligions, parce que nous les accablions, parce qu'elles changeaient, parce que nous changions, parce que nous allions à leur gré trop lentement ou trop vite – surtout parce que la vie les éloignait... » Avec son habituel optimisme, il concluait : « Nous sommes convaincus que tous ceux qui ont travaillé avec nous n'ont pas, une fois les liens défaits, renié leur engagement d'aider les mouvements de libération nationale, et que beaucoup d'entre eux doivent continuer à le faire... Nul doute que d'avoir participé à nos activités les a enrichis. » C'était vrai. Les centaines d'adhérents passés par Solidarité avaient acquis une connaissance sensible des problèmes du tiers monde dont l'emploi se retrouverait tôt ou tard. L'organisation contribuait à créer un vivier où beaucoup d'actions publiques en faveur de tel ou tel mouvement gagneraient leur plus ferme soutien. Mais c'était faire contre mauvaise fortune bon cœur. L'hémorragie incessante d'adhérents était en soi une malédiction. Si les effectifs restaient à peu près constants (une centaine de membres actifs) l'arrivée annuelle d'une nouvelle fournée d'adhérents obligeait à les tester et à leur apprendre ce qu'ils devraient à leur tour enseigner.

Beaucoup partaient parce qu'ils n'avaient rien à faire, ou trop peu. Dans l'enthousiasme des débuts, plusieurs antennes provinciales avaient été mises sur pied. Celle de Toulouse avait eu ses malheurs. Les autres s'étaient dissoutes après qu'on eut vainement cherché à quoi les employer. Paris, centre de tout, monopolisait les liaisons, les moyens techniques, les stages. Un groupe très actif, fort d'une quarantaine de membres, subsistait à Genève ; un autre à Bruxelles.

Puis des militants se lassaient d'être utilisés à des tâches ponctuelles dont les tenants et aboutissants leur restaient obscurs. La cohérence des décisions n'apparaissait que si l'on faisait partie du secrétariat ou du comité directeur. Le congrès éclairait, mais on pouvait avoir manqué le congrès. La succession d'ordres et de contrordres finissait par déconcerter. Certains avaient le sentiment d'être manipulés ; d'autres, l'impression d'agir en enfants perdus. Une adhérente remarquable, fille d'ancien ministre, sœur de futur ministre, est envoyée seule en Espagne pour récupérer une Portugaise dont le mari écrivain croupit dans les geôles de Salazar et qui va franchir clandestinement la frontière espagnole ; elle doit la présenter à l'ambassadeur d'Algérie à Madrid, qui la mettra dans un avion pour l'Italie. L'ambassadeur propose une promenade en attendant la réfugiée, gare sa voiture dans un bois et tente de violer un peu la jeune femme. Il la punit de sa résistance en la laissant rentrer à pied à Madrid. Lorsque la réfugiée arrive, l'émissaire de Solidarité doit se transformer en duègne pour lui épargner pareille mésaventure. On a beau y croire, cela refroidit. Une mission à Londres pour rencontrer des Sud-Africains. Solidarité imprime leur journal sur papier bible. Elle cerne mal ces militants. D'autres se plaignent de fournitures promises et non assurées. Elle a l'impression que les mouvements prosoviétiques sont favorisés, ce qui lui déplaît. Elle aime bien Curiel mais ne le voit qu'au congrès. Elle redoute qu'on se serve de son nom. Elle s'esquive sur la pointe des pieds.

Les deux membres du parti communiste engagés dans le soutien aux maos espagnols perdent le contact après l'arrestation du passeur de Solidarité. On ne leur demande plus rien. Ils ignorent encore pourquoi.

Certains sont débordés par l'avalanche des besognes ; d'autres ont l'impression démobilisatrice de travailler dans le vide. Les filières de passage héritées du réseau de soutien fonctionnent à dix pour cent de leurs capacités. Un jeune militant, influencé peut-être par la lecture de Jan Valtin et la découverte de ce qu'avaient fait pour le Komintern le génial Wollweber et son Internationale des gens de mer, se consacre à l'organisation de liaisons maritimes. Des sympathisants syndicalistes de haut niveau fournissent le tableau des mouvements de navires et donnent de précieuses introductions auprès des officiers de bord. Les accords nécessaires sont obtenus. Cela pourrait marcher. Cela ne marche pas faute de matériel à enfourner dans cette belle machine. L'ANC l'utilise quelque peu. Un an de travail pour rien, ou presque.

Un malaise chronique tenait à la hiérarchie involontaire mais bien réelle des tâches. Les adhérents chargés des liens avaient la meilleure part. Ils rencontraient de nombreux militants, souvent des responsables importants, connaissaient les mouvements, vibraient à leurs espoirs, partageaient leurs déceptions. Ils avaient l'impression justifiée de vivre à l'unisson d'une lutte mondiale. L'adhérente qui expédiait le dîner de ses enfants pour aller donner dans une lointaine banlieue un cours d'écriture sympathique à des étrangers anonymes était exposée à des pannes de militance. Les logeurs étaient souvent à la peine, rarement à l'honneur, tandis que les spécialistes des faux papiers travaillaient dans l'angoisse exaltante de savoir que des vies étaient suspendues à la qualité de leurs fournitures. Les membres désignés pour abriter un central téléphonique ou une boîte à lettres servant aux liaisons avec l'outre-mer avaient le sentiment déprimant que leur téléphone ou leur boîte militaient à leur place. Le cloisonnement obligé enfermait chacun dans la monotonie répétitive des tâches : c'était à la longue asphyxiant.

Le malaise fut tel que le secrétariat décida d'y remédier par la création de groupes polyvalents, le sacro-saint cloisonnement dût-il en souffrir. Un bureau de coordination se réunissait chaque semaine pour répartir le travail entre les groupes ; ceux-ci l'exécutaient en s'efforçant de varier les responsabilités de chacun. Grogne des spécialistes des faux papiers : ils ne veulent pas sortir de leur tour d'ivoire pour perdre leur temps avec des polyvalents incapables de produire un passeport convenable ; on les laisse à part. Le système fonctionne malgré un certain cafouillage au niveau du bureau de coordination. Il dure trois ans, quatre ans, puis l'on revient insensiblement à la spécialisation si commode mais qui ressuscite l'ennui mortel de la monotonie...

L'événement extérieur avait enfin ses répercussions.

***

Mai 68 fit des dégâts. Henri en fut le spectateur passionné. Il avait trop d'expérience pour croire un seul instant que c'était la révolution. Il était assez sensible au fond de l'air pour pressentir que c'était une révolution. La société française ne serait plus la même.

Solidarité ne fut plus tout à fait la même. Les jeunes adhéraient souvent faute de trouver en France une espérance et un champ d'action. La gauche au bois dormant regardait régner de Gaulle.

Tout semblait établi. Alain Peyrefitte déclarait : « Si nous ne faisons pas de bêtises, nous sommes au pouvoir pour cinquante ans. » Pourquoi pas ? L'éclat de rire de mai fissura la muraille, dissipa les certitudes. L'avenir redevenait d'actualité. Du coup, la perspective de rédiger des adresses pour les textes d'un mouvement exotique perdait de ses couleurs (c'était l'une des tâches ennuyeuses dont écopaient les nouveaux membres). Le renouveau de militantisme dans les organisations gauchistes comme dans les partis de gauche traditionnels écorna le recrutement de Solidarité. La vieille garde fatiguait ; la jeune classe venait moins. L'hystérie policière du nouveau ministre de l'Intérieur, Raymond Marcellin, contraignit d'ailleurs l'organisation à revenir sur l'une de ses constantes. La double ou triple appartenance était non seulement tolérée mais souhaitée ; rares étaient les membres qui ne militaient pas dans un parti, un syndicat ou une association quelconque. Avec un Marcellin déchaîné contre le gauchisme, invoquant à chaque instant le complot international et les chefs d'orchestre clandestins, la fréquentation de la mouvance gauchiste devenait périlleuse pour Solidarité et pour cette mouvance même. On prit ses distances.
Les distances étaient déjà prises avec le groupe Liberté mais le printemps 68 régla le problème en délivrant au groupe son acte de décès. L'une des grandes frustrations de Solidarité était le Viêt-nam. Le mouvement que les membres de l'organisation eussent souhaité d'appuyer à l'unanimité était assurément le FLN vietnamien. Mais il s'aidait fort bien tout seul et disposait au besoin de protecteurs plus proches et autrement plus puissants que la lointaine et petiote Solidarité. Les désertions de soldats américains cantonnés en Allemagne furent l'occasion d'une aide indirecte. Ils arrivaient en France démunis de tout ; beaucoup de leurs camarades hésitaient à partir faute d'avoir l'assurance de franchir la frontière franco-allemande. Solidarité suscita un groupe autonome pour les prendre en charge. Son dirigeant, Antoine Griset, jeune homme très doué, était un ancien du réseau de soutien et du MAF. Sollicité par Henri Curiel, qui l'estimait fort, d'entrer à Solida-

rité, il avait refusé, préférant militer dans les organisations d'étudiants. Sa situation et ses qualités en faisaient l'homme adéquat pour trouver parmi les étudiants, très sensibilisés au Viêt-nam, des forces qui épargneraient d'autant celles de Solidarité. Liberté était un iceberg. La partie visible s'occupait d'obtenir permis de séjour et de travail, hébergements, emplois ; elle inspirait des campagnes de soutien et diffusait un matériel justifiant les désertions. La partie officieuse assurait le passage de la frontière et réglait les problèmes de sécurité. Des contacts permanents existaient avec les groupes homologues d'Allemagne, de Suède et du Canada, ainsi qu'avec le SDS américain. Groupe autonome, Liberté était cependant représentée au comité directeur de Solidarité par Antoine Griset. Il en prit une impression favorable : « On y traitait à la fois de problèmes d'orientation et de problèmes très concrets. Il n'y avait aucune mégalomanie. Personne ne jouait à faire la révolution. Et une très grande transparence. La manipulation était exclue. »

Liberté assuma si bien ses responsabilités que son autonomie de principe vira à l'indépendance de fait. Elle avait à sa tête, outre Griset, quelques jeunes gens dont les carrières ultérieures démontreraient la capacité à dominer des situations complexes. Ils pouvaient se passer de chaperon. Le chaperon Curiel prit très mal la chose. Son comité directeur exigeait un contrôle rigoureux d'une activité grosse de provocations policières et d'incidents diplomatiques. Tous les déserteurs n'étaient point des idéalistes. Le pasteur Rognon garde un souvenir horrifié de quelques cowboys désinvoltes arrivant à Paris au volant de leur camion militaire pour échapper à une sanction disciplinaire. Lors d'une réunion tumultueuse, les jeunes gens de Liberté refusèrent de communiquer aux sages de Solidarité la liste de leurs adhérents. Cette liste leur fut alors récitée à peu près dans sa totalité, ce qui les irrita beaucoup. La rupture fut consommée. Puis Liberté se liquéfia au soleil de Mai 68, ses militants s'engageant à fond dans l'action politique, dont certains émergeraient dix ans plus tard pour donner à la presse française quelques-unes de ses plus brillantes signatures.

***

Liberté ne relevait pas exactement de ce qu'on nommait à Solidarité le « travail démocratique » ou le « travail extérieur ». L'idée était née de l'expérience dominicaine. L'opération consistant à amener en Europe plusieurs dizaines de mutilés avait exigé l'intervention d'organismes officiels et d'associations humanitaires puissantes. Pourquoi ne pas épargner les forces de Solidarité en ayant recours à de pareils relais chaque fois qu'il était possible ? Avec ses pasteurs protestants, ses prêtres catholiques, ses syndicalistes et autres membres d'associations diverses, l'organisation disposait d'un incomparable clavier humain. Elle n'en joua que pour des causes « ouvertes » excluant un dérapage incontrôlé. Ainsi les militants arrivés malades en France trouvaient-ils un réseau médical susceptible de les prendre en charge. Plusieurs dizaines en profitèrent, dont certains souffraient d'affections graves. Le cas échéant, une équipe de médecins pouvait partir dans les meilleurs délais pour n'importe quelle région du monde. Les médicaments les plus divers étaient acheminés vers les mouvements. Un résistant grec reçut de la sorte, des années durant, un remède très rare qu'il ne pouvait se procurer dans son pays pour des raisons de sécurité. Pour les réfugiés, un autre groupe résolvait les problèmes administratifs et s'occupait de trouver des emplois. Les associations de juristes étaient sollicitées d'intervenir dans les cas litigieux. Plus proches du politique, l'impulsion de comités de soutien aux prisonniers, le lancement de campagnes de signatures, la mobilisation de l'opinion publique pour sauver des militants menacés. L'aide à l'UPC camerounaise relevait de la seule Solidarité : la campagne pour sauver la vie de son chef, Ernest Ouandié, ressortissait au « travail extérieur », c'est-à-dire à un large éventail de personnalités, d'organismes et d'associations. Toujours à mi-chemin entre le politique et l'humanitaire : l'initiation des mouvements aux grandes machines internationales et leur affiliation à des organismes tels que la Croix-Rouge ou le Croissant-Rouge. Tout à fait politique mais aussi « ouvert » : la présentation de dirigeants de mouvements aux partis de la gauche non communiste et aux syndicats, CGT incluse.

Si nous prenons pour référence l'année 1970, nous constatons que Solidarité a impulsé deux comités de soutien à des prisonniers politiques, accueilli et pris en charge onze réfugiés haïtiens chassés des Bahamas, soigné deux militants séjournant à Paris, régularisé la situation administrative de trois autres, obtenu divers certificats indispensables, envoyé une tonne de médicaments à la ZAPU rhodésienne, des remèdes et des vêtements au PDK du Kurdistan, des sérums et vaccins aux FAR guatémaltèques, aidé à la création du Zimbabwe Welfare Trustee en liaison avec la Croix-Rouge internationale, rédigé six études destinées à éclairer l'opinion publique sur la situation de pays où se déroulait une lutte de libération nationale, composé trois revues de presse dans le même but, fait publier dans des journaux sympathisants mais non politiques une quinzaine d'articles rédigés à partir d'informations fournies par les mouvements. C'était, s'agissant du « travail extérieur », une année moyenne.

Travail délicat mais autrement plus passionnant que la prestation de services routiniers ou les stages de formation. Supervisé par Henri Curiel, coordonné par Gerold de Wangen, il nécessitait du doigté. Solidarité devait rester dans l'ombre, non point par volonté manipulatrice, mais pour préserver ses propres activités clandestines. Le choix de l'interlocuteur était essentiel. Il devait être assez intelligent pour comprendre à demi-mot ce qui devait l'être, suffisamment discret pour ne pas poser les questions superflues. Si la référence à « un groupe d'amis » ne bornait pas sa curiosité, les contacts étaient rompus sans tambours ni trompettes. La réussite s'accompagnait du plaisir délicieux de voir s'épanouir dans l'opinion publique, répercutée par de puissants relais, une campagne décidée dans l'intimité du comité directeur. Petits dividendes de la clandestinité. Mais on peut faire l'inventaire des initiatives ainsi impulsées par Solidarité : on n'en trouvera pas une dont les protagonistes extérieurs, peut-être surpris d'apprendre qu'elle était née du côté de Curiel, eussent remis en question leur participation. Si le point de départ restait nébuleux, la cause ne comportait aucune ambiguïté.

Henri Curiel le répétait à ses gens et aux militants : la clandestinité est une contrainte dont il faut faire l'économie autant qu'il est possible. L'Association médicale franco-vietnamienne fut en partie créée par les anciens de l'opération Saint-Domingue. Avec la Cimade, la Ligue des droits de l'homme, le Mouvement de la paix et autres organisations humanitaires, elle envoya des tonnes de médicaments aux hôpitaux vietnamiens. L'Appel fut fondé par un membre de Solidarité pour porter secours aux enfants vietnamiens victimes de la guerre ; ils étaient évacués sur la France et pris en charge par des familles françaises. France-Terre d'asile naquit de Solidarité et se consacra à l'accueil des réfugiés sans distinction d'aucune sorte, consacrant autant d'efforts aux Chiliens fuyant Pinochet qu'aux boat-people vietnamiens.

Cette floraison exprimait la vitalité de Solidarité. Elle trahissait aussi une certaine asphyxie, le besoin pour ses membres de trouver, comme Jehan de Wangen, une autre respiration. Lorsque Jehan reviendra d'une retraite de deux ans dans les Cévennes, il ne reprendra pas sa place dans l'organisation mais travaillera à France-Terre d'asile : la clandestinité, c'est fini. Son frère Gerold finira lui aussi par se consacrer à la direction de France-Terre d'asile. « Dix ans ça suffit ! » hurlait la jeunesse soixante-huitarde. « Dix ans c'est bien long... », soupire-t-on à Solidarité. En 1972, l'essoufflement est manifeste. Ça traîne les pieds.

Dix ans à se frotter le lard, comme disait un grand éditeur dont ce n'était pas le vocabulaire habituel, mais l'expression colle à la triviale réalité. Oppositions et antagonismes de caractère finissent par s'exaspérer. On se supporte moins bien, ou plus du tout. La vie en vase clos sécrète du délétère.

On s'en voudrait de faire le cuistre en jouant les Clausewitz de la guerre clandestine mais il faudra bien un jour analyser cette proposition apparemment déraisonnable : que la répression est peut-être indispensable à une organisation opérant dans la clandestinité (non pas à un réseau de renseignement, dont les agents n'ont que des contacts rares et fugitifs : à une organisation assez nombreuse pour former une micro-société). Trop de répression écrase. Un peu de répression purge les humeurs peccantes, assoupit les querelles, rétablit l'harmonie. Ça repart du bon pied. Cent exemples dans l'histoire de la Résistance. Le réseau Jeanson est traversé de zizanies à la veille des arrestations ; son chef est taxé par certains de mégalomanie ; on déballe le linge sale. La rafle de la DST creuse quelques vides mais les rescapés oublient comme par miracle leurs fortes raisons de n'en pouvoir plus et se remettent si bien au travail que le réseau redémarre avec une efficacité inégalée. A l'inverse, pendant la Résistance, quelques organisations se développant quiètement hors du regard de l'ennemi, atteignant une honorable vitesse de croisière, traçant une route paisible : on se dit que ces gens-là vont atteindre la Libération sans encombre... Pas du tout. L'organisation, qui eût peut-être encaissé sans trop broncher un méchant coup de Trafalgar, se paralyse par auto- intoxication. Combat des chefs ou taupinières caractérielles prises pour des montagnes : l'air confiné devient irrespirable. Désintégration par implosion. C'est bizarre.

Toujours est-il que lorsque Alain Bréjac, membre du comité directeur, découvre en 1972 la lettre adressée par le secrétariat à Moscou, Solidarité était mûre pour une crise majeure.

ANDRE

« Je suis né à Paris, dans le onzième, en 1934. Mon père est un juif polonais arrivé en France vers 1920. Il était casquettier. Son frère aîné était allé aux Etats-Unis, où il a fait fortune, et mon père l'aurait rejoint s'il n'avait pas rencontré et épousé ma mère. Elle était bonne à tout faire.

« J'ai donc vécu dans un milieu très humble jusqu'à la guerre de 39. A ce moment-là, mes parents se sont séparés. Mon père est parti dans le Midi. Je ne l'ai revu que longtemps après, et ce n'était plus pareil. Il y avait eu une rupture affective. C'est un homme qui parle avec un très fort accent et qui passe son temps à écouter la radio allemande. Il est fasciné par l'Allemagne.

« Ma mère et moi avons rejoint ma grand-mère maternelle en Sologne. Ma grand-mère était la servante-maîtresse d'un notable local, un gros marchand de bois. Il m'a pris en amitié. Je crois même qu'il m'a bien aimé. Grâce à lui, j'ai changé du jour au lendemain de statut. J'étais un notable. Il m'a fait beaucoup lire, comme lui ; il m'a initié au bricolage, comme lui. Mais j'étais dans le malaise à cause du changement de milieu. C'est devenu un malaise permanent. Je n'ai jamais très bien su quel était mon statut social.

« Nous sommes rentrés à Paris en 1944. Ma mère est devenue femme de ménage. Elle m'a fait apprendre le métier d'ajusteur. A l'école professionnelle, j'étais « le juif » de l'atelier alors que j'étais pourtant catholique. Et j'avais compris que les classes sociales existaient. J'ai été un mauvais ajusteur. A quinze ans, muni de mon CAP, j'ai cherché à entrer à la SNECMA : on débauchait. J'ai décidé d'entrer dans l'armée. Trois ans à l'Ecole des apprentis mécaniciens de Rochefort – ce n'était pas très gai – et ensuite Villacoublay, où j'étais sergent-chef instructeur de mécanique.

« A dix-huit ans, j'ai rencontré ma future femme dans le train de Besançon, où j'allais passer trois jours de perme chez un copain. Elle avait vingt-deux ans. Son père était un général de l'armée de l'air très bourgeois, très réactionnaire. Et moi : à moitié juif, ouvrier, parents divorcés... Je revois encore ma pauvre mère assise chez eux du bout des fesses... Nous sommes restés fiancés trois ans avant de nous marier.

« En 1955, j'ai été envoyé en Algérie, à Maison-Blanche. Je ne peux pas dire que j'aie éprouvé un choc – je n'étais pas politisé – mais j'étais quand même perplexe. On ne menait pas une guerre juste. Ça n'allait pas. J'ai quitté l'armée sans histoire, d'un commun accord. J'ai travaillé dans une société vendant du matériel de photocopie et de photographie avant de m'installer comme artisan dans une arrière-cour de dix mètres carrés. Je faisais du tirage de plans mais j'ai surtout été l'un des premiers à Paris à me lancer dans le microfilm. Mon affaire a démarré avec le microfilm.

« J'ai compris Mai 68. Je me suis mis à lire beaucoup, avec pour la première fois une vision politique des choses. En 70, j'ai divorcé. Nous avions deux enfants. Et ma mère meurt. Elle ne trouvait plus de travail, elle perdait un peu la tête. Mon père continuait à bien s'en occuper malgré leur séparation si ancienne. Un jour, je vais la voir. Elle venait de donner ses oiseaux et ses plantes. Je n'ai pas compris. Je suis parti en week-end avec des amis. Quand je suis revenu, elle s'était suicidée. J'ai beaucoup culpabilisé. Je me suis dit aussi qu'elle était morte à cause des conditions faites aux vieux travailleurs.

« C'est à ce moment-là que j'ai décidé de militer. J'ai cherché ce qui se faisait dans mon quartier, et je suis tombé par hasard sur la Gauche prolétarienne. On a utilisé mes compétences pour la ronéo. Un copain très politisé a fait mon éducation politique en me parlant de Marx et de Mao. J'étais très intéressé par la révolution chinoise. D'un autre côté, j'étais affolé par le sectarisme de la Gauche prolétarienne, l'autoritarisme. J'ai fait partie quelques mois des NRP (Noyaux de résistance populaire) où se préparaient des choses qui m'ont effrayé. J'ai préféré décrocher. Il était tout juste temps...

« J'avais une liaison avec une femme qui me dit : « Tu fais des faux papiers pour les NRP : je connais des gens que ça intéresse. » – « Mais je ne suis qu'un débutant. J'ai tout à apprendre. » – « Tu pourrais sauver des vies de militants. » – « Laisse- moi réfléchir. » Je n'avais pas plaqué les NRP pour me balancer dans n'importe quoi. Mais elle revient à la charge quand je lui dis que je vais partir au Pérou et en Bolivie pour un reportage photo. C'était une commande d'agence à destination du *Nouvel Observateur.* C'est finalement tombé à l'eau mais j'avais reçu une avance. Elle me dit : « Nous connaissons une femme à La Paz qui est sans nouvelles de son mari parce qu'il s'est évadé de prison. Acceptes-tu de lui porter une lettre ? » J'ai voulu en savoir plus sur cette mystérieuse organisation. Je redoutais l'activisme. Je lui ai demandé : « Est-ce toi qui décides ? » Elle m'a répondu : « Tu devrais rencontrer un vieux monsieur. »

« Le rendez-vous était chez des bonnes sœurs ; dans une banlieue. Il est arrivé pile à l'heure. Je me suis dit : « C'est un militant. » Un vieux monsieur habillé d'un complet gris élimé avec des yeux très pétillants, malicieux. Une grande courtoisie. J'ai senti l'homme de classe, l'homme d'une certaine naissance, même si ces expressions ne sont pas vraiment dans mon langage. Tout de suite, ça va marcher, nous deux. Au premier regard, une chaleur de contact. Une amitié profonde. Il m'a dit plus tard : « Je t'ai tout de suite beaucoup aimé. » Il a eu des amitiés très fortes avec des personnages un peu bizarres comme moi. Je l'ai tutoyé. J'étais habillé négligé, vieux jean crasseux, le côté prolo de la Gauche prolétarienne ; à l'époque, j'y croyais vachement. Il m'a dit : « Tu es gauchiste, maoïste. Moi, je suis un communiste orthodoxe, un stalinien. On ne va pas commencer à discuter parce qu'on n'aboutira à rien. Voilà ce que nous faisons : l'aide aux mouvements du tiers monde, petits ou grands, sans aucune distinction idéologique. Tu pourras donner tes opinions aux militants. Je n'y vois aucun inconvénient.

C'est toujours mieux que rien – en tout cas mieux que ce qu'ils ont dans la tête. » Je dois dire que j'ai été soufflé par cette franchise. Il m'a plu aussi quand il a parlé de l'activisme, des dangers de l'activisme. Je sortais d'en prendre. Il vomissait littéralement le terrorisme. Il ne croyait qu'au mouvement de masse. Il m'a expliqué longuement Solidarité et il est passé au concret : « On me dit que tu es un spécialiste des faux papiers. – Oh ! tu sais, c'est un grand mot. J'apprends... » Il m'a demandé de m'y mettre sérieusement. En attendant, on a cherché quels services je pouvais rendre et on s'est mis d'accord sur un cours de photographie. Je suis mauvais photographe mais je possède bien la technique.

« Mon premier cours, je n'étais pas trop fier. C'était au fond d'une banlieue. J'avais six Grecs en face de moi. J'ai expliqué ce qu'est un appareil photo, un film, comment photographier au téléobjectif, comment dissimuler un appareil dans une cache, dans un ventilateur – des idées nouvelles me venaient pendant que je parlais. Quelques jours plus tard, un type vient me voir, très gentleman, très vieille France, qui me dit que le cours a beaucoup plu aux Grecs. Henri aussi a téléphoné pour me féliciter. J'ai donné un cours d'électricité et, par la suite, j'ai dirigé le groupe « bâtiment » qui s'occupait des serrures et des caches. J'ai rencontré beaucoup d'architectes et de maçons pour étudier avec eux comment aménager des caches dans une maison.

« Quatre mois plus tard, quand le moment est venu de partir en Amérique du Sud, j'avais fait de gros progrès dans le domaine des faux papiers. Mon métier m'y prédisposait. Henri m'a demandé de passer la technique aux Péruviens. C'est comme ça que je me suis retrouvé en route via les Etats-Unis avec des tas de bouteilles d'acide dans mon sac. Les bagagistes m'en ont cassé pas mal mais je n'ai eu aucun problème avec la douane. A Lima, j'avais un contact avec un certain Roberto, Argentin replié au Pérou. C'était le beau-frère de Che Guevara. Je lui téléphone. Il me donne rendez-vous dans un café du quartier. J'y vais, parfaitement détendu. Je venais de France. Je ne me rendais pas compte. Au café,

Roberto me dit très vite : « Attendez-moi à l'arrêt du bus de la calle... » – j'ai oublié le nom. J'y vais, toujours tranquille. Une voiture s'arrête, deux types en bondissent, me poussent à l'intérieur et me bandent les yeux. Là, j'ai commencé à avoir le cœur battant. On a tourné un bon bout de temps avant de retrouver Roberto au quatrième étage d'un immeuble. J'ai donné mon premier cours de faux papiers. C'était extraordinaire. Il y avait cinq types très gentils, des métis, mineurs syndicalistes. Ils ne parlaient pas français, ni moi espagnol, c'est Roberto qui traduisait. Ils écoutaient, ils regardaient... j'avais l'impression d'être le messie. J'ai compris Solidarité dans cet appartement. Avec du matériel sophistiqué, il est très facile de fabriquer des faux papiers. L'important, c'est d'apprendre à en faire à des gens sachant à peine lire et écrire, et démunis de moyens techniques.

« Roberto m'a mis en garde à propos de la Bolivie, où je devais remettre la lettre à cette femme de militant. Il m'a conseillé d'être très prudent parce que la répression était féroce. C'est à La Paz que j'ai découvert ce qu'est le tiers monde. J'avais visité un bidonville à Lima, j'avais vu vendre l'eau potable, j'avais trouvé une misère terrible, avec une mortalité infantile tuant plus d'un enfant sur deux, mais à La Paz, j'ai vu dans la rue des gosses mourir de faim devant moi. A l'ambassade de France, on m'a conseillé la prudence : « Ici, la vie ne compte pas. » Je suis allé dans le quartier où habitait cette femme, le quartier Miraflores, très chic. Il me semblait que tout le monde me regardait. Je n'ai pas osé remettre la lettre. Henri m'a dit que j'avais eu raison.

« Je suis rentré à Paris décidé à faire quelque chose pour le tiers monde. Je ne savais pas qu'une telle misère pouvait exister. J'ai raconté à Henri le choc que j'avais reçu. Il m'a écouté avec plus que de l'attention : de la passion. L'entente entre nous est devenue complète. Et moi, je me suis lancé dans le travail à corps perdu.

« J'étais responsable des faux papiers. En arrivant, j'ai trouvé un mode de fonctionnement artisanal. Il fallait une nuit entière pour faire l'empreinte d'un tampon. J'ai introduit la fabrication à Solidarité. Simple question de moyens techniques. Je les avais. Nous avons pu passer du maquillage artistique d'un passeport à la fabrication des faux papiers par dizaines à la fois. Une demande de cinq cents passeports intérieurs pour les militants de l'ANC ne posait plus de problème.

« C'est après la crise de la fameuse lettre à Moscou que je me suis beaucoup rapproché d'Henri et que je suis entré au comité directeur. »

AGÉ de vingt-sept ans en 1972, Alain Bréjac est un ancien de Solidarité où il milite depuis dix ans. Membre du parti communiste, responsable à l'Union des étudiants communistes, il a, certaine nuit de mai 68, fait la navette entre une réunion du comité directeur et les barricades du quartier Latin. Il travaille aux liens avec Jehan de Wangen, continue après son départ, et s'occupe du « travail extérieur » sous la direction de Gerold. Un garçon très actif. Vif, sympathique, efficace, il est l'un des hommes clefs de l'organisation. Sur Curiel : « Je l'ai rencontré des centaines de fois. Mais justement : je le voyais trop fonctionner, manipuler. Il avait un don pour s'immiscer dans la vie des gens et la modifier. Il pensait que son contact devait modifier les gens. Moi, je ne me cherchais pas un papa. Il avait deviné que j'avais compris son truc et que je n'étais pas preneur. On s'est côtoyés, observés mais aucun désir de liens profonds de sa part ni de la mienne. Or, il n'y avait pas d'autre type de relation possible avec lui. Il fallait l'aimer. Et il fallait que cet amour place dans une situation de dépendance. Les frères Wangen l'ont compris et ont servi d'écran. Pas seulement pour moi. Cela dit, ses relations avec les autres me fascinaient. J'ai été fasciné par lui pendant dix ans. Mon plaisir le plus grand, c'était de le voir discuter avec un chrétien. Je l'ai compris, admiré. Aimé ? Je ne crois pas. C'est difficile. »

Henri Curiel a de son côté des réticences envers Bréjac. Il a mis Gerold en garde contre lui. D'ordinaire, ce sont les frères Wangen qui retiennent Henri par les basques.

Alain est en charge depuis 1971 de la gestion des archives et du service de documentation. En octobre 1972, compulsant le dossier des liens avec les gouvernements étrangers, il tombe sur la copie d'une lettre envoyée à Moscou par porteur (un ami égyptien d'Henri Curiel faisait là-bas un voyage). Datée de 1969, elle commence par un « Très chers et très honorés camarades » qui fleure bon sa Troisième internationale. En quinze lignes, elle assure les camarades du parti communiste d'Union soviétique des sentiments de fidélité de Solidarité, indique que ses activités s'inscrivent dans la ligne glorieuse du PCUS et suggère une collaboration. Elle est signée « le secrétariat ». Alain Bréjac s'étonne car Gerold de Wangen et sa femme Sylviane, membres du secrétariat, ne passent pas pour des partisans résolus de l'Union soviétique. Sur la forme, il trouve ridicule le ton pompeux, carrément démodé de la missive. Sur le fond, il est époustouflé. Le comité directeur n'a pas été informé. Pourquoi ? C'est d'autant plus ahurissant que Bréjac, qui en est membre, se rappelle fort bien que des prises de contact beaucoup plus délicates lui ont été soumises, et qu'il les a approuvées.

Engagée dans un combat à l'échelle mondiale, Solidarité devait forcément croiser sur son chemin les services secrets et agents plus ou moins officieux de divers Etats. Aucune timidité n'existait à cet égard. Si Henri Curiel ne voyait qu'avantages à ce qu'un mouvement angolais bénéficiât de l'aide américaine dans sa lutte de libération nationale, ce n'était pas pour récuser avec horreur des appuis venant de l'autre bord.

Il s'était rendu avec Gerold de Wangen à l'ambassade chinoise en Suisse pour évoquer la possibilité d'un soutien aux nombreux mouvements maos aidés par Solidarité. Les camarades chinois n'avaient pas donné suite.

A chacun de ses voyages en Algérie, Henri ne manquait pas de rencontrer l'ambassadeur de Cuba, personnage séduisant avec lequel il avait établi des relations de réelle amitié. L'homme était proche de Guevara. Les liens avec Cuba s'étaient approfondis en 1965 lors de la préparation de la Tricontinentale. L'échec de l'entreprise ne les avait pas interrompus. Il était du reste impossible d'agir en Amérique du Sud sans croiser les Cubains. Une fructueuse collaboration semblait devoir s'instaurer, même si Henri Curiel ne croyait guère à l'avenir des entreprises guévaristes. Mais les services cubains agirent avec Solidarité comme Solidarité devait agir par la suite avec Liberté : ils exigèrent un strict contrôle et commencèrent par demander la liste complète de ses membres. N'importe quel service eût agi de la sorte. Un service engageant par ses actions la responsabilité de son gouvernement ne peut en aucun cas entrer dans une collaboration régulière avec une organisation qu'il ne contrôle pas. Les risques sont trop grands. Solidarité, canard sauvage égaré dans la basse-cour des services orthodoxes, justifiait des précautions exceptionnelles. Elle soutenait des mouvements sentant le soufre. A l'œil froid d'un technicien, elle devait être infiltrée (ces congrès ! ce comité directeur !) Première démarche avant la mise au pas : la liste des membres.

Le comité directeur, désarçonné, approuva la solution proposée par Henri Curiel. Blaise et quelques autres conservent un souvenir pittoresque de la longue nuit au cours de laquelle on fit apprendre par cœur à un volontaire la liste de patronymes qu'il irait réciter à La Havane. Ils étaient tous inventés. Les camarades cubains ne furent pas dupes puisqu'un long silence s'ensuivit. Henri Curiel s'efforça de renouer. Avec l'accord du comité directeur, il confia à un membre de Solidarité invité à un congrès culturel à La Havane une lettre pour les services cubains. L'émissaire, jeune et brillante mathématicienne, déposa la missive chez le concierge du ministère de l'Intérieur. Elle reçut à son hôtel plusieurs coups de téléphone lui fixant des rendez-vous. Personne ne vint. Elle rencontra finalement un interlocuteur réticent. Il semblait très au fait des activités de Solidarité mais déclara que son service ne pouvait accorder aucune confiance à des gens qu'il ne contrôlait pas. Le seul résultat fut qu'un agent cubain rencontra Curiel à Paris. L'un et l'autre prirent acte de l'impossibilité de travailler ensemble.

Les Cubains n'en restèrent pas là. Selon la logique primaire d'un service, il n'est que des alliés et des adversaires. Solidarité aggravait son cas en soutenant en Amérique du Sud des mouvements hérétiques. Pendant dix ans, La Havane répandit les pires rumeurs sur l'organisation. Par exemple : Henri Curiel, agent des services français, communiquait aux polices locales les caractéristiques des faux papiers fournis aux militants. Le Tout-Paris procubain multipliait les mises en garde. La campagne ne fut pas sans effet sur les mouvements. Certains membres de Solidarité en furent eux-mêmes ébranlés. La DGR cubaine (Direction générale des renseignements) inscrivit Solidarité parmi ses objectifs prioritaires. Nous disposons de la déposition faite le 16 octobre 1969 par un transfuge des services cubains, Orlando Castro Hidalgo, devant une commission du Sénat américain. Le transfuge livre à la commission un document du quartier général de la DGR en date du 2 novembre 1967. Il s'agit d'un document de travail. Le sixième paragraphe dispose : « Organisation Curiel : A) Coordonner les actions contre cette organisation avec nos différentes sections et le service de surveillance du territoire (DSE). B) Tracer le plan de travail et effectuer les arrangements nécessaires pour ces opérations. C) Tirer au maximum avantage de toutes les possibilités d'obtention de renseignements sur cette organisation et le travail de ses agents à Cuba. »

Une annexe pour la section II-1 précise : « Organisation Curiel : A) Connaître et contrôler chaque fois qu'il est possible les relations des MLN avec Curiel. B) Analyser et coordonner les possibilités de pénétration de Curiel par l'intermédiaire des MLN. C) Maintenir et développer les opérations s'appuyant sur le premier point. »

Une seconde annexe pour la section II-2 ajoute : « Organisation Curiel : A) Coordonner avec la section II-3 pour avoir connaissance de la présence à

Cuba des personnes appartenant à cette organisation. B) Appliquer contre Curiel les points prévus dans le plan de travail en effectuant, suivant chaque cas, les mises en place opérationnelles nécessaires. Concernant ces points, nous tiendrons compte des informations pouvant être obtenues par l'intermédiaire des responsables de l'organisation, des voyageurs en visite à Cuba, des colonies latino-américaine, espagnole et française à Cuba, en même temps que de l'exposition d'un plan de travail efficace pour tirer avantage des bourses que nous offre la France. »

Dernière annexe, à l'intention du MI : « Organisation Curiel : A) Coordonner avec la section L de façon à avoir un contrôle toujours plus grand des mouvements de cette organisation à Cuba. B) Coordonner avec la section L et procéder suivant le plan de travail contre cette organisation et ses activités à Cuba. C) Parvenir à un consensus sur notre travail contre l'organisation Curiel et coordonner les activités suivant le plan de travail. D) Coordonner avec la section K le travail de surveillance de la correspondance, des appels téléphoniques et autres contacts, suivant le plan de travail et l'action opérationnelle qui s'y rapportent. »

Dans ce plan de campagne résolument hostile, un détail étonnera le lecteur ignorant la paranoïa des services de sécurité : que la DGR ait pu croire à l'existence d' « agents » de Solidarité à Cuba. Inutile de dire que l'intention n'effleura même pas Curiel et ses amis. Le soupçon naquit sans doute de quelques voyages à Cuba d'anciens adhérents ou de membres encore actifs de Solidarité à l'occasion de festivals ou de congrès culturels. Puis la jeune et brillante mathématicienne qui avait servi d'émissaire était sympathisante de la révolution castriste : elle retourna à Cuba en 1969 et enseigna pendant deux ans à l'université de La Havane. C'était témoigner d'une candeur propre à désarmer les soupçons. Mais la candeur n'existe pas pour un service secret. Elle n'est que le masque trompeur dont s'affublent les agents les plus redoutables. Nul doute que les équations de la belle Marianne furent étroitement surveillées.

Les camarades cubains, six ans après la mort d'Henri Curiel, persistent à croire qu'il était un agent du SDECE.

Quant aux camarades soviétiques, la lettre découverte par Alain Bréjac n'était certes pas la première tentative de prendre langue avec eux. Le camp socialiste, comme disait Curiel, pouvait apporter à un mouvement une aide si décisive qu'il eût été condamnable de ne pas la solliciter. Henri et ses amis tenaient en piètre estime la formation technique dispensée à l'Est. Les dirigeants de mouvements orthodoxes leur avaient parlé des stages organisés en Corée du Nord et en Tchécoslovaquie, voire en Chine. Les militants y recevaient une formation exclusivement militaire se situant au niveau de chef de bataillon. Les blindés et l'artillerie n'étaient malheureusement pas fournis avec le billet de retour. Mais la simple reconnaissance par Moscou valait introduction sur la scène diplomatique et facilitait la prise en compte par les grandes institutions internationales disposant d'importants moyens (en 1976-1977, la SWAPO namibienne reçut cinq millions de nouveaux francs de l'ONU et de ses organisations satellites – Unesco, FAO, etc.).

Moscou observa un silence marmoréen. Henri nommait sans ambages l'étouffoir : Elie Mignot. Un contact fragile fut cependant établi par l'intermédiaire d'un membre de Solidarité installé hors de France. Il fut approché par un Soviétique qui eut la naïveté de lui demander de taire sa démarche à Henri Curiel. Le membre de Solidarité, fort d'une longue expérience militante, traça nettement les limites de l'épure : « Pas question d'un travail de renseignement au profit de l'URSS. Nous sommes en relation avec des mouvements que vous pourriez beaucoup aider. Le cas échéant, je vous dirai ce que sont ces mouvements, ce qu'ils représentent et, si vous le souhaitez et s'ils le souhaitent, je vous les présenterai. » Ainsi fut fait en quelques occasions. Mais le contact resta fugace, limité de par la position géographiquement excentrée du membre de l'organisation, d'un rendement bien inférieur à ce qu'attendait Henri Curiel de relations établies avec l'Union soviétique.

La lettre aux « très chers et très honorés camarades » resta sans réponse, à moins d'appeler réponse l'article signé du camarade Ivisiev et diffusé par la très officielle agence de presse Novosti le 7 avril 1981, trois ans après l'assassinat d'Henri, dont nous extrayons cet éclairant paragraphe : « Qui est Curiel ? C'est un grand commerçant juif, né en Egypte, qui s'est épanoui à l'époque de Farouk... Après la révolution de juillet 52 et le renversement de la royauté, Curiel s'est enfui d'Egypte de peur d'être interné à cause de ses activités prosionistes et hostiles à l'Egypte. Il s'est présenté ensuite comme un allié de la lutte de libération en Afrique et s'est introduit dans les milieux intéressés. Les renseignements qu'il recueillait étaient adressés aux services secrets israéliens et à la section de renseignement de l'Organisation sioniste mondiale qui, depuis le début, attachaient la plus grande importance aux questions africaines. »

A Alger, la rumeur publique faisait aussi d'Henri Curiel un agent sioniste. Mais les camarades des services algériens en savaient davantage que le petit peuple des ministères. Un soir, le chef de la Sécurité déclara devant un groupe d'amis que Curiel était un agent américain. « Je ne comprends pas ! s'exclama quelqu'un : l'un de tes adjoints m'a affirmé qu'il était un agent soviétique ! » – « C'est la même chose », trancha avec placidité le chef de la Sécurité.

⁂

Alain Bréjac, très ému, requiert une explication de Gerold de Wangen. Gerold, d'abord pris de court (la lettre date de trois ans), soupire : “Oui, je m'en souviens. On s'est dit : « On la signe : ça fera tellement plaisir à Henri...” » Bréjac ne l'entend pas de cette oreille : « Je lui ai répondu que la lettre posait une série de problèmes et que je voulais en discuter avec Henri. » Wangen n'y comprend rien. Quelle mouche pique Alain ? Pourquoi un vieux de la vieille de

Solidarité, au fait de tous les liens noués depuis dix ans, prend-il feu et flamme à propos d'une lettre plus bête que méchante ? Et c'est un membre actif du parti communiste qui s'indigne (feint de s'indigner ?) alors que Gerold et sa femme, critiques envers l'URSS, ont signé une missive tirant si peu à conséquence qu'elle ne devait même pas recevoir de réponse... Lorsque Bréjac menace de quitter Solidarité – en précisant qu'il ne sera pas seul – s'il n'obtient pas une explication en tête à tête avec Henri Curiel, Gerold, n'apercevant aucune explication raisonnable, commence à penser qu'il y a là-dessous une conjuration...

Le mécanisme de la crise est en place.

« Le fond de la lettre me gênait moins que la forme, affirme Alain Bréjac. La forme était inacceptable. Ça ne passait pas. » On le comprend. Jeune homme d'action, il a approuvé les contacts les plus épineux s'ils pouvaient faciliter l'action. Le ton de dévotion sirupeuse de la lettre l'exaspère au plus haut point par ce qu'il exprime d'allégeance de principe. Si le climat n'était à la crise, l'affaire se réglerait en une brève et brutale séance d'explication comme le secrétariat ou le comité directeur en ont vu cinquante depuis dix ans, et la taupinière n'accoucherait pas d'un éléphant. Mais l'ambiance est délétère. « Le problème le plus grave était politique, continue Bréjac. Nous étions en octobre 1972, quelques mois après l'union de la gauche. Si cette lettre était découverte, elle pouvait être utilisée pour porter un coup aux forces de gauche, elle pouvait servir à discréditer les communistes. »

On voit mal comment Solidarité, petite organisation marginale, aurait pu compromettre l'union de la gauche française. Un scandale public l'eût fait ranger dans l'extrême gauche et Raymond Marcellin, ministre de l'Intérieur, aurait fait ses choux gras de très réels contacts avec les services cubains plutôt que d'une lettre assez tarte rédigée dans un style propre à faire sourire même un ancien du Komintern.

Sans doute l'organisation comptait-elle des membres du parti. Ils n'étaient pas plus nombreux au comité directeur que les pasteurs ou les prêtres. Leur présence à Solidarité restera inexplicable pour le lecteur se formant du parti communiste l'image d'un bloc monolithique. Il ne l'était certainement pas à la fin des années soixante. Elie Mignot – les témoignages sont unanimes – entrait en transe au seul énoncé du nom de Curiel. « Cet agent du Deuxième Bureau ! » criait-il dans un style aussi rétro que la lettre d'Henri. Fournial, qui suivait les affaires d'Amérique du Sud, marquait de compréhensibles réserves : il recevait les plaintes des mouvements orthodoxes sur l'aide apportée par Solidarité aux mouvements non alignés. A *L'Humanité,* l'organisation était évoquée avec des moues sceptiques. On se demandait d'où venait l'argent et les initiés murmuraient que pour disposer de si nombreux passeports, Curiel devait avoir un bon fournisseur. La cote de Solidarité était donc assez basse mais le fait est qu'aucune consigne formelle ne tomba jamais du sommet de la hiérarchie pour interdire aux communistes d'y adhérer. Volonté d'avoir un œil et une oreille dans l'organisation ? C'est évident. Leçon tirée des erreurs commises envers les « porteurs de valises » ? C'est plausible. Circonspection dans un moment où le parti faisait peau neuve et recrutait massivement dans une jeunesse soixante-huitarde proche de la sensibilité des gens de Curiel ? C'est à notre avis le plus vraisemblable. Toujours est-il qu'un ancien membre du comité central fit partie du comité directeur, ainsi qu'un ancien dirigeant de la CGT, et que plusieurs jeunes communistes appelés par la suite à d'importantes responsabilités dans le Parti travaillèrent avec Henri Curiel. Mais ils étaient l'objet d'une méfiance vigilante. Tant qu'ils étaient à Solidarité, leur ascension dans l'appareil restait bloquée. Si la proposition d'une responsabilité intéressante leur était faite, elle s'accompagnait d'une formule sibylline telle que : « Bien entendu, il faudra mettre tes affaires en ordre. » Cela signifiait le départ de Solidarité. Plusieurs membres furent sommés de choisir entre Curiel et le Parti. Une adhérente affligée d'un casier judiciaire pour cause de kleptomanie (elle proposa de donner un cours de fauche aux militants, suggestion que le comité directeur, emmené par ses ecclésiastiques toutes tendances confondues, repoussa avec fermeté) avait été néanmoins acceptée sans problème au Parti ; lorsque son responsable de cellule connut son appartenance à Solidarité, il lui déclara qu'elle ne recevrait de responsabilités qu' « à la condition de jurer de ne plus jamais rencontrer un seul membre de Solidarité »...

Alain Bréjac obtint son rendez-vous avec Curiel. Il proposa de s'y rendre en compagnie de l'ancien dirigeant de la CGT : « Ainsi, dit-il, nous nous expliquerons entre communistes. » Ils retrouvèrent au lieu dit Henri, Gerold et Sylviane de Wangen. Les Wangen restèrent absolument silencieux. Bréjac et l'ancien syndicaliste ouvrirent le feu en soulignant les problèmes de sécurité soulevés par la lettre. « C'est de l'inconscience ! On te tient avec ça ! s'exclama Bréjac. Si cette lettre était découverte, quel moyen de pression et de chantage sur toi... » Il eut le tort d'ajouter ceci, qui ressortissait précisément au chantage : « Si je balançais cette lettre au comité directeur, ce serait la désunion et l'éclatement de Solidarité. »

Henri Curiel parla pendant cinq heures.

Si l'on songe aux difficultés qu'il se fût épargnées et aux blessures qu'il eût épargnées à autrui en s'expliquant à cœur ouvert, à de certaines occasions, au lieu de se caparaçonner dès qu'il se sentait contesté, comment ne pas déplorer de le voir se dévoiler devant ses deux camarades comme il ne l'avait peut-être jamais fait, et n'être pas compris ?

Il raconta sa vie. Vie d'éternel paria. Sa patrie charnelle – l'Egypte – l'avait renié. Sa patrie d'élection – la France – ne le tolérait qu'en sursis. Il ne lui restait que la patrie rêvée – l'Union soviétique – où il avait ancré l'espérance de sa jeunesse. Il dit au vieux et au jeune militants communistes qu'ils avaient, eux, un pays, un parti ; que leurs réactions étaient sans doute justifiées mais qu'ils devaient essayer de comprendre pourquoi il avait écrit cette lettre.

Cinq heures.

Il s'engagea pour finir à rédiger une seconde missive qui annulerait la première. Bréjac et le syndicaliste en prirent acte sans illusion. Ils sortirent de l'entretien décontenancés. « Ce fut mon seul vrai contact avec Henri en dix ans », constate Bréjac, qui l'avait rencontré « des centaines de fois ». Le courant n'est pas passé. « Avec le copain de la CGT, on s'est dit que le personnage était un peu maboul et que la lettre devait effectivement s'expliquer par sa vie... Mais nous persistions à penser qu'elle pouvait être utilisée pour porter un coup aux forces de gauche. »

Henri est déçu, amer, humilié. Bréjac en est conscient : « Il avait comparu. C'était la première fois que cela lui arrivait. Pénible épreuve ! A un moment, je lui ai demandé : « Que diraient les autres s'ils connaissaient cette lettre ? » Il m'a répondu : « Ils n'ont rien à dire. Ils doivent se considérer comme très heureux de m'approcher et de pouvoir travailler à Solidarité. » C'était tout lui. » Bréjac, qu'Henri appelait « le jeune coq », n'a peut- être pas compris que le mot, de toute manière inadmissible, s'appliquait surtout à lui.

Le congrès est imminent. L'épisode de la lettre ne devrait pas compromettre sa sérénité puisque Bréjac et son camarade se sont spontanément engagés à ne point en faire état. Même sans cela, le congrès 1972 s'ouvrait sous de noirs auspices.

⁂

Henri Curiel n'avait jamais cessé de se préoccuper du Proche-Orient. C'était son affaire. Mais il tentait depuis quelques mois d'investir Solidarité dans la recherche d'une paix équitable entre Israéliens et Palestiniens. Le comité directeur freinait des quatre fers et venait justement de le mettre en minorité sur cette question. Les sages du comité estimaient qu'engager l'organisation sur un terrain idéologiquement, politiquement et sentimentalement miné conduirait à son explosion à brève échéance. « Nous nous enrichissons de nos différences », déclarait-on à chaque congrès. Encore fallait-il qu'un consensus existât pour imposer sa force centripète. Toutes les composantes de Solidarité se retrouvaient sur Haïti ou sur l'Afrique du Sud. Israël et la Palestine déchaînaient d'irrésistibles forces centrifuges. La seule tentative d'Henri d'approcher le problème avait entraîné des démissions, notamment d'adhérents communistes. Plusieurs membres étaient décidés à porter l'affaire devant le congrès.

L'école de cadres avait créé une sombre pagaille et un profond malaise. Le projet était né d'une demande de l'ANC sud-africain. Certains, tel Alain Bréjac, lui trouvaient du bon sens : « Nos stages forment des militants, expliquaient-ils. Il faut maintenant passer à un degré supérieur d'organisation et former des cadres qui repartiront dans leur pays enseigner les techniques. D'une part, nous éviterons d'être noyés sous le nombre des stagiaires ; d'autre part, nous élargirons la diffusion des techniques. » Au vrai, Solidarité ne faisait pas autre chose que former des moniteurs car il est évident que chaque stagiaire, rentré au pays, transmettait à ses camarades ce qu'il avait appris à Paris. L'école de cadres, comme son nom l'indique, et comme le voulait Henri, visait à former des cadres politiques. Un cours de filature faisait le bonheur d'un stagiaire banal. Pour un stagiaire cadre, Henri concoctait par exemple un cours sur la relation entre parti révolutionnaire et mouvements de masse. C'était une autre paire de manches.

Le moins qu'on puisse dire est que le flou du projet créa une certaine confusion. Blaise, que bien des partis souhaiteraient avoir à la tête de leur école de cadres, en reste encore perplexe : « C'était devenu l'idée fixe d'Henri. Une absurdité totale. Je ne voyais même pas exactement ce qu'il avait en tête. Enfin quoi, son école de cadres, c'était ce qu'on faisait depuis dix ans plus une sauce idéologique impossible ! »

L'ensemble de l'organisation eut une réaction admirable de modestie : « Nous ne sommes pas capables. » Une véritable consternation s'empara de ces moniteurs qui avaient consacré des nuits de veille à améliorer leurs cours et qui les avaient souvent portés, à force de travail minutieux, à un point de perfection rare. Ils s'éprouvaient dépassés.

L'usure générale poussait aussi à traîner les pieds. Un effort considérable était demandé à une organisation fatiguée. Le cours sur l'encre sympathique, l'un des classiques du stage, avait été rendu assimilable en une heure par n'importe quel nouveau membre. On ne deviendrait pas aussi aisément moniteur à l'école de cadres. Les adhérents les mieux équipés pour y parvenir ne trouvaient plus en eux l'enthousiasme nécessaire.

Mais les partisans du projet, qui imputeraient son échec à la mobilisation insuffisante de leurs camarades, étaient-ils eux-mêmes – Henri le premier – indemnes de tout soupçon de lassitude ? L'école de cadres peut s'analyser comme l'accession de Solidarité à des responsabilités nouvelles. Elle était aussi une échappatoire par le haut à la routine des tâches. La singularité de Solidarité consistait à faire travailler des esprits déliés sur des problèmes simples. Rude ascèse ! Plus d'un s'en trouvait bridé. Nul doute que l'école de cadres traduisait à sa façon, après une décennie de labeur modeste, le besoin pour certains de trouver une respiration intellectuelle plus ample. L'un de ses promoteurs entreprit de mettre la clandestinité en formules algébriques. Exercice à peu près aussi utile à un militant haïtien que des informations détaillées sur « l'opposition au gouvernement de Bonn » mais plus gratifiant pour son brillant auteur que la description en deux feuillets de l'aménagement d'une cachette dans une semelle de cuir...

Outre ces réserves diverses, contradictoires, la crainte de voir l'affaire déboucher sur le politique arrêtait la plupart des adhérents. Un cours sur les relations entre parti révolutionnaire et mouvements de masse n'était pas innocent. Solidarité n'allait-elle pas conduire les mouvements à se donner des types d'organisation les mettant dans la mouvance soviétique ?

Les mouvements le redoutaient. Les plus vives réticences vinrent curieusement de l'ANC, dont deux dirigeants avaient été à l'origine du projet. Ils durent s'expliquer devant leurs pairs. Leurs justifications parurent insuffisantes. L'ANC posa ouvertement la question : « Où veut en venir Henri Curiel ? Son école de cadres sera-t-elle une école marxiste-léniniste ? Prétend-on nous endoctriner ? » Comme l'une des fonctions de Solidarité consistait à mettre les mouvements en contact les uns avec les autres, la réticence se répandit vite.

Tout cela fit que l'école de cadres ne fonctionna jamais, même si certains moniteurs ont cru le contraire sous prétexte que leur cours était assaisonné de cette « sauce idéologique » évoquée par Blaise. Il ne faut sans doute pas le regretter. Le génie de Solidarité était d'être résolument ancrée dans le réel quotidien, de se situer avec abnégation sur le terrain pratique délaissé par les théoriciens tiers-mondistes, d'entretenir avec les militants un dialogue réciproquement enrichissant (le projet d'école de cadres excluait par principe le dialogue). Autant les cours classiques conservés aux archives sont merveilleux d'invention, d'astuce, d'opportunité, d'utilité, autant les cours prévus pour l'école de cadres sont empesés, agaçants d'abstraction, exprimés dans une assommante langue de bois. Les premiers sont l'œuvre de camarades dégourdis ; les seconds, dont les auteurs sont parfois les mêmes, paraissent sortir de la plume d'un pion bureaucratique. Les uns enseignent modestement comment faire pour circuler, communiquer, se protéger, en adaptant les techniques aux circonstances ; les autres prétendaient répondre à l'immense question « Que faire ? » mais dissertaient à propos d'une organisation abstraite, dans une région indécise et selon des théories qui se voulaient polyvalentes.

La clandestinité en équations resta donc dans les tiroirs et les militants sud-africains ou guatémaltèques échappèrent au cours d'idéologie *(sic)* dont les premières phrases sont difficilement réfutables : « Un mouvement a avant tout besoin d'une idéologie. Il n'y a pas de cadre qui ne soit idéologiquement trempé. Un mouvement ne peut être fort s'il est idéologiquement désuni. Il ne peut y avoir de militants trempés s'ils sont faibles idéologiquement.

Donc, il faut former idéologiquement les militants de votre mouvement. Il faut aussi que les militants qui ont été formés idéologiquement soient constamment tenus éveillés idéologiquement. Si la formation idéologique est d'entrée un préalable, elle implique une action continue dans ce sens, etc. » Les militants pouvaient probablement faire l'économie du cours au profit d'une lecture idéologique de Molière...

Le Proche-Orient inquiète ; l'école de cadres crée des tensions et introduit le doute sur la fonction même de l'organisation. Dans les deux cas, l'initiative est venue d'Henri et il l'a soutenue contre vents et marées avec cette obstination pour laquelle on l'admirait avant d'en être exaspéré. A la veille du congrès de 1972, le fondateur de Solidarité est un homme contesté – plus contesté qu'il ne l'a jamais été depuis dix ans –, et c'est un homme affaibli.

⁂

Il a vieilli, même s'il n'a encore que cinquante-huit ans. Les jeunes posent sur lui un œil impitoyable mais un Gerold, son compagnon de combat depuis bientôt quinze ans, est lui aussi sensible à son usure nerveuse : « Il avait pris un coup de vieux. Les rapports devenaient difficiles. » Il rabâche. Il pontifie. Il s'énerve. Il en a marre, comme les autres. « La clandestinité use. » Un quart de siècle de militance sans aucune des compensations psychologiques qu'apporte une carrière politique normale ; les dix dernières années consacrées à enseigner l'abécédaire du militant clandestin. Il patine. Il ne s'est pas remis du départ de Jehan, qui comprenait au quart de tour. Chaque trimestre, le renouvellement de son sursis et l'angoisse de voir le fonctionnaire de la préfecture de police secouer la tête : c'est fini. Pire que cela : son exclusion persistante du mouvement communiste international. Le PCF sourd et muet. Cette année 1972 marque même une recrudescence d'hostilité sous prétexte que le parti communiste sud-africain, composante de l'ANC, s'est déchaîné contre le projet d'école de cadres (de là une certaine suspicion quant à la bonne foi de Bréjac et de ses amis communistes : ne s'agirait-il pas d'une tentative de torpillage télécommandée par le Parti ?). Bientôt soixante ans et toujours suspect dans son propre camp. Il s'exaspère. Même les militants en pâtissent. Il use avec eux d'un ton paternaliste qui eût été inconcevable quelques années plus tôt, s'irrite de devoir répéter cent fois la même chose à des stagiaires dont il oublie qu'ils sont chaque fois différents. Rumeur énorme, stupéfiante : il se murmure qu'Henri deviendrait un petit peu raciste. Manquait plus que ça. C'est dire la dégradation du climat. On l'a entendu ronchonner : « Que veux-tu, ces nègres, etc. » La chère Elia, très choquée mais toujours charitable, se souvient de l'Egypte et observe que c'est le mépris ancestral de l'Arabe envers le Noir. Daniel Curiel doit se retourner dans sa tombe. Quelle mélasse !

L'Egypte. Il nous émeut dans ce moment où tant des siens le vitupèrent parce que nous voyons bien, nous qui le suivons depuis le berceau de Zamalek, qu'arrivé au terme d'un long cheminement, il fait retour à ses sources. Ils ne sont pas plus de deux à Solidarité – Didar, Joyce – à pouvoir deviner que le projet d'école de cadres renvoie à ce qui fut l'éblouissement de sa jeunesse militante : l'école de cadres tenue en 1943 dans la ezba paternelle de Mansourieh, *L'Internationale* chantée pour la première fois en arabe, la sensation enivrante que quelque chose commençait là qui allait changer l'Egypte. De même sa préoccupation croissante pour le Proche-Orient était-elle retour à ses racines et aux problèmes qui avaient hanté sa jeunesse. Le temps va vite. Solidarité, l'incessant renouvellement aidant, ignore son passé égyptien. On sait vaguement qu'il a porté les valises du FLN mais les jeunes se désintéressent de cette histoire ancienne. Ils ne voient qu'un déjà vieux monsieur dont le magistère leur paraît pesant.

En 1960, les jeunes du réseau de soutien, avec un respect affectueux, appelaient Henri « le Vieux ». En 1972, pour les jeunes frondeurs de Solidarité, il est « le vieux mégalo ».

Le congrès s'annonce difficile.

Alain Bréjac : « Le jour du congrès, j'avais rendez-vous avec un copain dans un café de Montparnasse où une voiture devait passer nous prendre. Le copain n'est pas là et je trouve Barth à sa place. Il me dit : « La police est sur les lieux du congrès. On annule tout. » Je n'ai pas du tout apprécié le procédé : être prévenu par lui et au dernier moment. Pas un coup de téléphone – rien ! Je lui ai répondu : « C'est la version qu'on t'a dit de me donner. » Après, j'ai regretté de lui avoir parlé de cette façon. Barth est un brave type. Mais je n'ai pas cru un instant à cette histoire. C'était trop facile ! »

Même scénario dans une quinzaine de cafés de la ceinture parisienne : un messager annonce aux membres ahuris l'annulation in extremis du congrès. Une seule voiture n'est pas touchée par le contrordre. En arrivant à F., ses quatre occupants ne s'inquiètent pas de voir trois voitures remplies d'hommes garées à proximité : « Ce sont les nôtres. » Mais l'hôte se précipite sur les arrivants : « On a été vendus ! Filez vite ! » La conductrice démarre en trombe tandis que les hommes des voitures prennent des photos. Elle roule jusqu'au soir et se débarrasse de sa voiture dans la semaine.

Les hôtes du congrès venaient d'engager un jardinier yougoslave dont la spécialité était de faire pousser des micros dans les bacs à fleurs. Les lieux abritaient souvent des stages en internat.

La suspicion ravage aussitôt l'organisation. Non pas la psychose policière habituelle en période de répression mais le doute sur la bonne foi des dirigeants. Beaucoup refusent de croire à la version officielle des faits. Par un renversement révélateur de la dégradation des relations internes, les plus prompts à la méfiance sont ceux-là mêmes qui dénonçaient l'insuffisance des mesures de sécurité et les risques insupportables impliqués par la réunion annuelle d'une centaine de membres. Ils criaient au loup ; on leur montre le loup ; ils se tapotent le menton avec un sourire sceptique. La clandestinité a décidément le don de déranger les meilleures têtes. Une ancienne du réseau de soutien blanchie sous le harnois comme Elia Perroy s'aligne sur les jeunes coqs : « Je veux bien admettre qu'on était infiltrés mais de là à croire que des micros et des caméras étaient installés dans la maison où devait se tenir le congrès... J'ai l'impression qu'Henri a un peu fabulé. » Incroyable incrédulité ! Car l'extraordinaire n'est pas que le congrès de 1972 ait été fliqué : c'est que la police ait attendu si longtemps pour placer ses micros, ou que l'organisation ait mis dix ans à les détecter !... On barbote dans l'irrationnel.

Bréjac et ses amis vont répétant que si la version officielle était exacte, les dirigeants de Solidarité devraient plonger dans une clandestinité rigoureuse pour échapper à la répression. S'ils ne le font pas, c'est que l'annulation du congrès n'avait d'autre objectif que d'épargner à Curiel une sévère offensive. (« Je ne crois pas qu'il aurait été mis en minorité, estime Elia Perroy, mais il n'aimait pas la contestation. ») Le raisonnement manque de cohérence. Ce n'est pas parce qu'un lieu est fliqué que l'organisation doit rentrer dans sa coquille. C'est une alerte comme on en a connu d'autres. Un soir, rentrant chez lui, Henri repère un couple d'amoureux dont les baisers claquent faux. Une heure plus tard, un correspondant anonyme lui demande au téléphone d'aller chercher des Brésiliens à la gare de Lyon. Blaise reçoit au même moment un appel identique. L'un et l'autre font mine de ne rien comprendre. Provocation. Une autre fois, c'est Joseph Hazan qui reçoit à son bureau un coup de fil : « Apporte vite le contrat ! » Un contrat est un passeport.

Hazan, qui ne fait pas partie de Solidarité, répond qu'il y a erreur. L'interlocuteur anonyme rappelle trois fois en se réclamant de Marc. Marc est le pseudonyme d'un membre important de Solidarité. Hazan prévient Curiel, qui donne sa langue au chat. La pire alerte sans doute : un soir, Henri débarque chez des amis hors d'haleine, blanc comme un linge, en état de choc ; il lâche d'une voix entrecoupée : « Cette fois, j'ai vu la mort en face. » Il n'en dira pas plus. Sa règle était d'accueillir avec sérénité l'évocation d'une possible mort violente. Les micros du jardinier yougoslave n'allaient pas si loin.

Il suffirait bien entendu au secrétariat de produire le témoignage des hôtes du congrès – personnes éminemment respectables – ou des quatre occupants de la voiture aventurée jusqu'au lieu de la réunion, pour réduire à néant les accusations rampantes. Personne n'y songe. Dix ans après, la plupart des sceptiques ignoreront encore que quatre de leurs camarades ont vu de leurs yeux les policiers embusqués. Le secrétariat n'admet point de devoir prouver sa bonne foi. Il refuse de s'abaisser à réfuter une accusation infamante. Blaise assure depuis toujours la sécurité des congrès. La parole de Blaise ne se discute pas. Et l'équipe dirigeante est convaincue de la mauvaise foi de Bréjac et de ses amis.

Faut-il déplorer la noire malchance qui veut que le premier accroc conduisant à l'annulation d'un congrès se produise précisément l'année où l'exaspération des tensions rendait indispensable l'exorcisme collectif ? Regret sans doute superflu : la crise venait de trop loin et tenait à trop de causes pour que deux jours de convivialité pussent la réduire. Le congrès manqué ne fut qu'une étape dans un processus inexorable.

On le vit bien lors de la séance extraordinaire du comité directeur élargi, ultime tentative pour enrayer la crise. Aux quinze titulaires du comité s'ajoutait une demi-douzaine de membres parmi les plus actifs. Didar était venue d'Alger. Bernard Riguet, le rescapé de l'opération espagnole Marina, était en déplacement professionnel à Tunis mais avait fait savoir son désir d'être présent. Sensible au vieillissement d'Henri, il attribuait à son désir de jouer enfin un rôle politique la nouvelle orientation proposée à Solidarité. Il était contre et entendait bien le faire savoir. « Je savais qu'il voulait venir, raconte Alain Bréjac, et je pensais qu'un minimum de loyauté existait encore : j'avais donc demandé à Gerold, dont c'était le rôle, de le prévenir de la date et du lieu. Mais comme je n'étais quand même pas si naïf, j'ai mis un mot dans sa boîte à lettres parisienne. Son avion atterrissait à Orly trois heures avant le rendez-vous. Gerold ne l'a pas prévenu et l'avion a eu du retard. Il a raté la réunion. Il était furieux. Moi, j'y suis allé décidé à éviter la rupture. Comment pouvait-on penser que je voulais faire éclater Solidarité ? J'y étais entré à dix-sept ans et j'en avais vingt-sept. J'avais investi ma jeunesse dans Solidarité. Par prudence, je suis venu sans la photocopie de la lettre de Moscou. Je ne voulais pas être amené à la sortir au cas où j'aurais été mis hors de moi. De cette façon, je refusais toute provocation. »

Dès l'ouverture de la séance, le secrétariat demande que la réunion reste confidentielle et que les propos tenus ne soient pas répétés aux membres non présents. Bréjac suggère que la décision demeure suspendue jusqu'à la fin du débat. Il attaque bille en tête sur l'annulation du congrès en exprimant ses doutes sur l'authenticité de la version officielle. Tollé dans la salle. Henri Curiel se lève, déclare qu'il ne supporte pas de voir son honnêteté mise en doute, et prend la porte. Joyce court le rattraper mais échoue à le convaincre de revenir. Le calme rétabli, Gerold se lève et lit un rapport. C'est un long exposé des relations entre le parti communiste et Solidarité. Il constate qu'on est passé au Parti d'une « neutralité bienveillante » à une « hostilité sourde », puis à la volonté délibérée de détruire l'organisation. Bréjac est dénoncé comme l'agent exécuteur de l'opération, et avec lui quelques membres communistes du comité directeur.

Bréjac et ses amis sont abasourdis. Ils ne croient pas plus à la bonne foi de Curiel et de Wangen que ceux-ci n'ont cru à la leur. Pour Bréjac (« c'était la première fois que j'entendais faire de l'anticommunisme à Solidarité »), l'opération vise à éliminer la composante communiste. Pour Curiel et Gerold, l'organisation est victime d'une agression délibérée du Parti.

Dix ans après, un ancien de Solidarité occupant auprès du comité central des fonctions importantes nous dira sa quasi-certitude qu'il y avait bien eu volonté de torpiller Solidarité, Alain Bréjac n'étant que l'exécuteur inconscient d'une entreprise téléguidée par d'autres.

La réunion s'achève par des réquisitoires. Blaise et le pasteur Rognon, tous deux informés de l'affaire de la lettre, à laquelle ils n'attribuent aucune espèce d'importance, attaquent sévèrement Bréjac. « J'étais très choqué, explique René Rognon. Comment pouvait-il accuser d'une chose aussi scandaleuse que l'invention d'un faux problème de sécurité ? C'était indigne ! » Blaise, dans un style Robespierre, parachève la démolition. A la fin de la séance, Gerold s'approche de Bréjac et lui lance : « Tu m'as trahi ! » Le pauvre Alain essuie pour finir les reproches de ses propres amis : il aurait dû soulever les problèmes de fond et parler de la lettre. Le calice jusqu'à la lie.

De cette bataille ne sortent que des vaincus.

Alain Bréjac quitte l'organisation. (« Ce fut difficile. A vingt-sept ans, j'avais l'impression d'être à la retraite. La vie me semblait un peu triste, un peu morne. Sans compter la rupture brutale avec tous ces gens qui m'étaient si proches. Je ressentais un grand vide. ») Bernard Riguet part, et aussi le vieux syndicaliste CGT. Mais le mouvement de démission déborde largement le cercle des protagonistes – preuve supplémentaire, s'il en était besoin, de la préexistence de la crise aux incidents qui l'ont révélée. L'affaire de la lettre à Moscou fait le tour de l'organisation. Comme on compte sur les doigts de la main ceux qui l'ont lue, la rumeur lui fait subir de sérieuses distorsions. Ainsi l'enquêteur découvre-t-il dix ans plus tard que pour la plupart des adhérents, le lièvre avait été levé « par un catho de gauche venu du PSU ». Cette invention est évidemment plus rationnelle que la réalité, qui vit un membre du parti communiste élevé dans l'anticléricalisme (Bréjac : « C'est à Solidarité que j'ai rencontré pour la première fois de ma vie un curé : Robert Davezies. Il a complètement modifié mon optique. ») se heurter dans une bataille à front renversé à des prêtres et pasteurs pleins de réticences à l'égard de l'Union soviétique. Le contenu de la missive est l'objet d'interprétations hasardeuses. Une adhérente, ancienne de la base algéroise du temps de Ben Bella : « J'ai su que la lettre proposait les services de Solidarité au KGB. C'était tout de même très choquant. » Elle part. Elia Perroy, plus chanceuse, a eu en main la photocopie de la lettre (mais elle ignore qu'elle a été signée par le secrétariat et croit que Curiel, auteur unique, l'a fait subrepticement dactylographier par Joyce) : « Qu'une chose comme ça ait put partir en notre nom alors qu'il y avait eu Prague en 68... Merde ! Je suis partie. Je n'avais plus confiance. J'ai donné ma démission du comité directeur en disant que je voulais retourner à la base. Je voulais bien encore rendre de petits services mais on s'est empressé de ne plus m'en demander. »

1962-1972. C'est long.

***

A partir de là commence une autre histoire. Car l'affaire de la lettre et de l'annulation du congrès ne fut pas la cause de la crise mais sa conséquence, le symptôme d'une dégradation organique. « Il y a un moment où il faut savoir s'arrêter, estime le père Barth. Ou alors faire autre chose. Nous tournions en rond, nous perdions des forces. Solidarité continuait sur sa lancée mais machinalement. Les congrès ne m'intéressaient plus. On se répétait. Moi, j'ai continué par amitié pour Henri, parce que j'aimais cet homme. Mais je ne voyais plus très bien mon rôle là-dedans. Mon idée était que je serais plus utile dans un truc avec pignon sur rue. J'étais du reste à France-Terre d'asile. » Solidarité va cependant continuer. Elle perdurera au-delà de l'assassinat d'Henri. Les adhésions ne manqueront pas et les nouveaux membres ne le céderont en rien aux anciens quant à la richesse humaine et à la générosité militante. Les services continueront d'être rendus aux mouvements ; leurs militants bénéficieront des mêmes stages. Le coup d'Etat de Pinochet au Chili donnera au « travail extérieur » une importance inégalée. Mais si « l'organisation, c'est le choix des hommes », force est de constater que les hommes sont désormais moins organisés. Un subtil équilibre est rompu, qui avait fait le secret de l'efficacité de Solidarité et lui avait permis de fonctionner sans accroc sérieux pendant dix ans – probable record de longévité pour une organisation clandestine de ce type.

En 1974, Gerold et Sylviane de Wangen partent pour prendre la direction de France-Terre d'asile. Ils étaient essentiels au secrétariat. Le départ de Gerold, consécutif de quelques mois à celui de sa femme, effectif dès 1973, avait les mêmes motivations que celui de Jehan, à quoi s'ajoutaient l'amertume de la crise de 1972 et un épisode douloureux – hélas symbolique. L'un des membres les plus brillants de Solidarité était un jeune peintre accablé de problèmes personnels. Henri s'était passionné pour lui. Il l'avait encouragé à chercher dans le militantisme un apaisement, sinon une solution, à ses tensions intimes. Le garçon était devenu permanent. Mais les excès de sa vie privée le faisaient régulièrement ramasser par la police. Il représentait ce qu'on appelle dans les services secrets un risque de sécurité. Gerold, secrétaire général de l'organisation, avait la responsabilité d'assurer la sécurité. Il posa plusieurs fois la question devant le comité directeur. Henri faisait le sourd. A la fin, Gerold mit sa démission dans la balance. Le garçon quitta Solidarité. Gerold, sachant qu'il aurait un problème de subsistance, s'était engagé à lui payer sur ses fonds personnels un an de salaire, ce qui l'exposa à se faire traiter de grand bourgeois paternaliste. Il versa la somme. En 1973, le garçon se suicida. On ne sait jamais les raisons d'un suicide (celui-ci avait été précédé de plusieurs tentatives) mais les familiers ne lui voient aucun lien plausible avec son exclusion de Solidarité.

Henri et Gerold s'aimaient profondément et communiquaient mal parce qu'ils étaient de tempéraments opposés. Henri abouna – pour aller vite ; Gerold le cavalier. Leurs différences profitaient à l'organisation : ils se complétaient à merveille. Le départ de Jehan avait été un coup dur pour Curiel ; celui de Gerold le fut pour Solidarité. Il était facteur d'équilibre et de bon sens. Surtout, il tenait la bride courte aux emballements d'Henri pour tel nouvel adhérent et colmatait tant bien que mal les brèches creusées par ses erreurs de psychologie. Henri ouvrait les cieux à la recrue toute fraîche avec sa formule magique : « Tu es capable de grandes choses... » ; puis Gerold la ramenait sur terre, sans trop de miel dans la voix, en lui demandant de préciser ses heures de disponibilité.

Solidarité assista après son départ à des carrières prodigieuses. Telle recrue qui eût fait auparavant ses classes avant d'accéder aux tâches délicates, se voyait confier des responsabilités importantes quand elle n'était pas catapultée dare-dare au secrétariat. Nous croyons sans en posséder la preuve formelle qu'un indicateur de police parvint ainsi à l'échelon supérieur de l'organisation. La volonté de surmonter la crise conduisit les néophytes à une activité débordante, au mépris de la prudence dont leurs aînés s'étaient fait une règle. L'une des forces de Solidarité avait toujours été de mesurer exactement sa marge de manœuvre. Elle avait été immense avec de Gaulle. La présidence de Pompidou l'avait quelque peu contrainte. L'arrivée au pouvoir de Giscard d'Estaing allait la rétrécir comme peau de chagrin. L'avenir serait malaisé.

MARIA

« Je suis née le 25 décembre 1950 à Buenos Aires.
« Nous sommes originaires des îles Canaries. Mes aïeux étaient des Guanches, une race à part qui peuplait les Canaries avant l'arrivée des Espagnols au XVIe siècle. Elle a été pratiquement exterminée.

« Mon père faisait partie d'un groupe républicain clandestin. Il avait cru en 1945 que la France attaquerait Franco. Il était ingénieur en télécommunications et inspecteur des ports. En 1950, un centre de transmissions a sauté. C'était une provocation des flics de Franco. Mon père a réussi à s'enfuir avec mon frère et ma mère, qui était enceinte de moi. Il a été condamné à mort par contumace.

« Nous sommes allés en Argentine, où mon grand-père paternel était déjà parti, passager clandestin. Mon père a travaillé comme réparateur de radios avant de devenir ingénieur frigoriste. Il a fait ensuite des études pour devenir pasteur – ma mère et lui étaient protestants. Il dépendait de l'Eglise des disciples du Christ, dont la maison mère est aux Etats-Unis. Nous étions dans un quartier populaire et nous menions une vie très modeste alors que nous avions été presque riches lorsque mon père était ingénieur frigoriste.

« Moi, après l'école primaire, j'ai fait des études commerciales. J'étais très mauvaise élève. Jusqu'à l'âge de seize ans, j'ai été en conflit aigu avec mon père. J'étais complètement révoltée. Je passais mon temps à traîner dans les bas quartiers. J'aurais pu très facilement finir dans la délinquance.

« Mon père était très préoccupé par la délinquance. Il est allé voir le rabbin et le curé du quartier pour leur proposer de faire quelque chose ensemble. Ils ont commencé par un service commun dans l'église protestante. C'était la première manifestation œcuménique en Argentine. Elle a fait sensation. La télévision est venue. Mais ça n'a pas plu du tout à la maison mère. Ils ont envoyé un pasteur pour remplacer mon père. Les fidèles ont occupé l'église pour l'empêcher de prendre ses fonctions. Le combat a duré près d'un an et je suis sûre que mon père aurait gagné si les autorités n'étaient pas intervenues. Mon père avait créé une école primaire, où ma mère était institutrice, et un centre culturel.

A l'époque, c'était révolutionnaire. Les autorités voyaient d'un très mauvais œil ce lieu de rencontre où l'on discutait. Il n'y avait pas de vie politique normale. L'Eglise était le refuge de la vie politique.

« Il a fallu partir. Nous avons choisi la France. C'était pour nous le pays de la liberté. Nous sommes arrivés à la fin de 1966.

« La famille s'est installée à Strasbourg grâce à des amis protestants. Je suis entrée à l'Ecole des arts décoratifs. Mon père avait découvert en Argentine que j'avais des dons artistiques. Ma mère m'avait conduite chez des psychologues qui avaient confirmé. Elle a laissé traîner des pinceaux dans la maison et je m'y suis mise. Le directeur de l'Ecole était un type d'extrême droite. Je me suis constituée contre lui, même si ça m'a valu beaucoup de problèmes – conseil de discipline, etc. C'était en même temps un excellent professeur.

« Mon père était ouvrier, manœuvre dans une usine frigorifique. Ma mère faisait des ménages. Mon père rentrait si fatigué qu'il était incapable de lire. C'est à ce moment-là que je me suis réconciliée avec lui. Nous menions une vie très dure. Pour moi aussi, c'était difficile. J'apprenais le français aux Arts Déco mais dans la rue, on me répondait en alsacien. Je me sentais complètement déracinée. Je le suis toujours. L'Argentine est mon pays mais je me sens française par la culture. A mon arrivée, la découverte de Sartre, de Camus, a été quelque chose d'important.

« Quand le patron de mon père s'est rendu compte de ses connaissances dans le frigorifique, il l'a employé au-dessus de sa catégorie sans le payer un sou de plus. Et quand il a su qu'il avait une proposition de travail à Paris, il lui a offert un pont d'or pour rester. Mon père a refusé. Il est entré à la Cimade, à Paris, où il s'est occupé des immigrés.

« J'ai suivi mes parents à Paris et je suis entrée aux Beaux-Arts. C'était en 1970. Je travaillais en usine pour payer mes études. Travail posté. C'était si crevant que je tenais trois mois et que je m'arrêtais un mois. Nous habitions Nanterre. Je militais dans les trois bidonvilles avec Gilbert Mury, le dirigeant maoïste, un type très attachant. Nous faisions de l'alphabétisation et des choses avec les femmes et les enfants. J'ai fait là-bas beaucoup de peintures murales. J'ai même fait la première maison peinte à partir de maquettes d'enfants. J'étais devenue une sorte de personnage, à Nanterre. Je militais aussi au Comité de solidarité avec les prisonniers en Argentine. En passant, j'ai failli être expulsée en 1972 pour participation à une manif politique au Sacré-Cœur. En 1973, j'ai obtenu mon diplôme supérieur des Arts plastiques.

« C'est en 1973 que j'ai été recrutée à Solidarité par une fille formidable, sous-directrice de la Maison de la culture où j'étais animatrice. Elle me parle et je suis très méfiante parce que je me dis qu'il s'agit d'aller aider les mouvements sur place. Et moi, je ne crois pas à l'exportation de la révolution, surtout par des gens qui ne connaissent pas les conditions locales.

« J'ai eu un rendez-vous avec Henri au café *Mistral,* au Châtelet. Pour moi, il était Luc. Je n'ai appris son nom que beaucoup plus tard. J'ai écouté avec méfiance ce personnage très mystérieux. Il m'a fait un topo complet sur Solidarité. J'avais l'impression de subir un examen de passage. Il était intéressé par mes talents de dessinatrice, en vue des faux papiers, et par ma connaissance des langues étrangères.

« On a commencé par me faire suivre tous les cours. Ils m'ont paru plutôt bien, sauf les faux papiers. Il y avait mieux à faire. J'ai rencontré l'un des spécialistes – le plus ancien de l'organisation. Je n'en revenais pas. Pour effacer une lettre sur un passeport, il donnait six mille coups de grattoir. Six mille ! Il le faisait : je l'ai vu ! Moi, j'ai acheté une machine à effacer fonctionnant sur piles. En utilisant des piles usées, elle effaçait sans laisser de marque.

« J'ai pris en main le secteur des faux papiers. Un copain avait les moyens techniques (machines, etc.) mais cela ne réglait pas tous les problèmes. Les cinq cents passes sud-africains, par exemple, qui sont exactement comme des passeports classiques, il a fallu les coudre à la main parce que nous n'avions pas la machine spéciale. Et il y avait tout l'habillage : cachets, visas, etc. Pour les papiers sud-américains à transformer, le plus difficile était la reconstitution des empreintes. En Amérique latine, les flics comparent le pouce du client avec l'empreinte digitale de son passeport...

« A mon arrivée, le travail était démultiplié. Pour un même passeport, l'un s'occupait de la photo, l'autre du tampon sec, etc. Il y avait le spécialiste des fonds (quand on a gratté, il faut reconstituer le fond), celui du passeport américain, celui du tampon humide... Ce n'était pas très heureux techniquement mais chacun avait l'impression de faire quelque chose. Moi, j'ai décidé de tout faire toute seule sans me soucier de faire plaisir aux uns et aux autres. Je suis devenue une professionnelle des faux papiers. On m'avait dit qu'avant 1972, Solidarité avait eu des moyens humains et matériels considérables. C'était terminé. Il fallait regrouper les tâches au maximum, viser à la meilleure efficacité. Je disais souvent à Henri : « Devenons carrément un réseau. » Je ne voyais pas l'intérêt de perdre du temps à des conneries comme le comité directeur ou le congrès.

« J'ai formé des centaines de militants aux faux papiers. Je commençais par leur dire : « Ce n'est pas si grave si l'on vous prend avec des faux papiers : vous serez expulsés. » Ils me répondaient : « Non, chez nous, on fusille. » J'enchaînais : « Alors, il faut que vos papiers soient impeccables. » L'ambiance était créée. L'expérience m'a appris que le plus important, c'est de croire en ses papiers. J'ai vu des passeports troués passer les contrôles. Une fois, j'ai fait un échange de passeports avec une amie très blonde [elle-même est noire comme jais] : aucun problème. Personne n'a jamais eu le moindre problème avec mes faux papiers.

« Le coup d'Etat de Pinochet, en 1973, nous a mobilisés. Solidarité a créé un groupe spécial, le groupe Jacques, pour s'occuper de faire sortir les militants traqués et soutenir la résistance intérieure. Il était dirigé par Apolhino de Carvalho, maoïste brésilien, qui a d'ailleurs fini par se fâcher avec Henri. L'un des premiers problèmes a été de fabriquer une fausse carte d'identité chilienne. C'est un document très spécial, en six volets. Mon père hébergeait justement un réfugié chilien. Je lui ai emprunté sa carte d'identité. Là, un truc drôle : mon père la lui demande juste après. Le gars s'étonne et répond qu'il me l'a filée. On s'est expliqués en marchant sur des œufs, mon père et moi : « Mais pourquoi as-tu... – Ça ne te regarde pas ! » Bref, mon père venait d'être recruté de son côté par Solidarité ! Il a fait beaucoup de voyages au Chili.

« J'ai eu un gros boulot avec la carte d'identité chilienne. Quand j'ai pu montrer mon produit à Henri, il m'a embrassée pour la première et dernière fois. Nous avons eu beaucoup de mal à trouver un plastique correct – les cartes chiliennes sont en plastique. On en a fabriqué pas mal.

« Henri m'a envoyée en Argentine dans le cadre du groupe Jacques. Solidarité avait réussi à faire sortir une masse de militants chiliens qui restaient le long de la frontière, côté argentin. Pour les faire vivre, nous avions créé des ateliers. C'est une opération qui a exigé un fric considérable et qui a bien marché. Je suis allée prendre contact avec eux à Mendoza, au pied de la cordillère des Andes. Mon voyage avait aussi pour but de donner des cours à ces Chiliens et à des Uruguayens exilés. Je donnais des cours de liaisons, de transformation de la personne, de faux papiers naturellement, et de « propagande armée. » Pour balancer des tracts, par exemple, ils en étaient encore à mettre les paquets de tracts sur un balcon avec un ventilateur devant pour les disperser, et ils se faisaient piquer parce que la police était dans l'escalier avant qu'ils soient sortis.

Je leur ai appris la boîte explosive, qui disperse les tracts sans les endommager, et le ballon explosif, qui est encore mieux. On appelait ça « la propagande armée ». A Mendoza, pendant mes cours, il y avait des types qui s'entraînaient au maniement d'armes dans la pièce à côté et je trouvais que les conditions de sécurité n'étaient pas terribles. C'était l'époque où les groupes fascistes de l'AAA commençaient leurs ravages.

« J'ai sillonné l'Argentine avec ma petite mallette couverte d'autocollants, avec à l'intérieur plein de jolis crayons et mes produits pour les faux papiers. Un produit corrosif pour sensibiliser s'est répandu et m'a tout salopé... J'avais un peu peur en passant la frontière péruvienne mais le flic a regardé mes crayons et m'a dit avec un grand sourire : « Ah ! petite Picasso ! » A Lima, deux militants venaient de se faire arrêter. On m'a envoyée passer trois jours à Cuzco. Ensuite, j'ai donné mes cours. On me baladait en voiture à travers Lima en m'obligeant à baisser la tête. Trois jours de formation complète à des filles et à des garçons. Pour les papiers, je préfère les filles. Ils étaient très bien, très attentifs. J'avais l'impression d'apporter quelque chose de vital. Un papier c'est une vie. Tous les militants n'étaient pas comme ça. Les Kurdes, je leur disais : « Appuyer sur la gâchette, c'est facile, mais pour les tampons secs, vous n'êtes pas extraordinaires. » Ces Péruviens étaient parfaits. Comme les Salvadoriens. Aujourd'hui, quand je vois à la télé les dirigeants de la guérilla salvadorienne et que je reconnais mes anciens élèves qui ont fait leur chemin, ça me fait quelque chose. Une femme, surtout, qui accomplit des missions diplomatiques pour la guérilla.

« Je suis rentrée à Paris au bout d'un mois et demi. »

***

Le Chili mobilise et remobilise. Exemplaire d'un certain type de militance à Solidarité est le parcours de cette femme, ancienne de la base algéroise, qui s'était éloignée après que l'organisation eut accueilli sans broncher la chute de Ben Bella, puis avait repris du service avant de rompre une nouvelle fois sur l'affaire de la lettre à Moscou (c'est elle qui trouvait choquant que Curiel eût proposé, comme elle le croyait, le concours de Solidarité au KGB). Deux ans plus tard, rencontrant par hasard un membre du secrétariat à une réunion de parents d'élèves, elle se porte volontaire pour le Chili.

Henri venait d'avoir l'une de ces idées folles qui s'abattait comme la foudre sur l'organisation et le faisait aimer des plus réticents. Rajeuni de trente ans, l'œil étincelant, le sourire radieux, il suscitait chez les jeunes gens un regard attendri et leur donnait envie de le protéger. Impossible de comprendre qu'il se soit gagné tant d'amour et tant d'affection au milieu des aigreurs ordinaires de l'action clandestine, si l'on oublie ces jaillissements de générosité qui lui raflaient les cœurs.

Un membre du secrétariat qui pourrait être son fils : « Un jour, il m'annonce : « On va faire évader les prisonniers politiques chiliens détenus à l'île Dawson. » Bon, très bien. Par curiosité, je prends un atlas pour voir où était cette île et je découvre qu'elle est tout en bas du Chili mais surtout au fond d'un bras de mer pénétrant sur cent kilomètres à l'intérieur des terres. J'ai revu Henri et je lui ai dit : « Ecoute, je ne veux pas te contredire mais je ne vois pas une vedette remonter par le cap Horn et s'enfoncer au bout de ce bras de mer sans être repérée. Comment espères-tu t'en sortir ? » Il m'a répondu : « On trouvera des complicités parmi les gardiens. On se débrouillera. » La plupart des dirigeants de la gauche chilienne étaient détenus à Dawson... »

La militante rengagée hérite le projet : « Il m'a dit : « Ce serait fantastique d'envoyer un bateau suédois pour faire évader en masse les Chiliens de l'île Dawson... » Faire sortir quelqu'un de prison était son obsession. Il aurait fait n'importe quoi pour ça. Il considérait que c'était le devoir de base d'un militant.

« Je suis partie pour le Chili en 1974. J'étais censée étudier la spiritualité des Indiens Araucans. Heureusement, il n'y avait pas que le projet Dawson parce qu'il s'est tout de suite révélé complètement impraticable. Ma seconde mission consistait à donner des cours de clandestinité aux ecclésiastiques chiliens – encre sympathique, liaisons, etc. Je suis arrivée directement à Santiago, je me suis installée à l'hôtel indiqué par Paris, et je suis ressortie aussitôt me promener dans le parc en face. A mon retour, vingt minutes plus tard, mes bagages avaient été fouillés. Un très beau travail de professionnel.

« Je me suis promenée deux jours à Santiago. Quand j'ai été sûre de ne pas être filée, j'ai pris mes contacts. On m'a envoyée au vicariat de la solidarité. Là, dans les bureaux, malgré ma réticence, on me parle à tort et à travers. L'inexpérience de ces gens, leur naïveté, était quelque chose d'effarant.

« Une fois, un pasteur m'emmène dans sa voiture et je lui fais mon cours. Au retour, il me largue devant la cathédrale. Deux flics en civil convergent sur moi. La voiture avait été filée. J'ai été championne de course dans ma jeunesse et je m'entraîne toujours : j'ai sprinté dans la foule, j'ai semé les flics. Le pasteur s'en est tiré mais il a été arrêté un mois plus tard.

« On m'a envoyée à Concepcion, le fief du MIR – les gauchistes. Tout s'est très bien passé. J'ai donné mes cours. Je n'avais pas peur pour moi mais j'avais la hantise de faire arrêter quelqu'un.

« Je suis rentrée par l'Argentine, où commençaient les éliminations physiques. Je me suis arrêtée à Mendoza. Le groupe Jacques y avait créé des petites entreprises pour les exilés chiliens. Nous avions collecté pour cela des sommes considérables auprès des syndicats hollandais et scandinaves. Ils ont été très généreux, mais que de voyages, que de rapports pour mener l'affaire à bien ! J'ai dû régler à Mendoza quelques petits problèmes et je suis repartie pour Paris avec une escale à Rio. C'était le carnaval. Sortir du Chili de Pinochet pour tomber dans le carnaval de Rio, c'était fou ! »

⁂

Une petite dame très digne, vêtue volontiers de laine violette, qui paraît sortir d'un roman d'Agatha Christie bien qu'élevée en son jeune âge dans l'entourage immédiat de Charles Tillon et se souvenant avec émotion du temps où l' « on chantait rouge » dans la Bretagne d'avant-guerre, membre elle-même du parti communiste, porta aux résistants chiliens les trois cents premières cartes d'identité fabriquées par Solidarité. Elle les passa en une seule fois, dissimulées dans des paquets cadeaux. Voyageuse intrépide, son statut social lui permettait de prendre l'avion pour le prix d'une course en taxi, de sorte qu'Henri l'utilisait pour les liaisons à longue distance. Elle avait assuré les contacts avec la résistance grecque tout au long de la dictature des colonels, effectuant jusqu'à trois voyages par mois ; grâce aux relations ménagées avec le personnel au sol de la compagnie d'aviation qui avait sa préférence, elle n'avait même pas besoin de sortir de l'avion pour délivrer son courrier. Elle assura des liaisons avec le Brésil, l'Uruguay, le Pérou, l'Argentine. Un voyage en Zambie pour proposer aux maquisards mozambicains le renfort de cadres brésiliens exilés, ce qui fut fait pour six d'entre eux. Un voyage en Bolivie pour acheter à La Paz les grandes flûtes taillées dans les roseaux géants du lac Titicaca que les artistes boliviens en exil ne pouvaient se procurer à Paris. [Le jour de notre rencontre, elle rentrait du Salvador où elle avait transmis dix mille dollars à la guérilla.] Nombreuses missions au Chili : « J'y étais allée avant de connaître Henri mais c'est lui qui m'a fait comprendre ce pays où il n'avait jamais mis les pieds. Quand je rentrais, il me demandait : « Et alors ? » En lui racontant, je percevais des choses dont je n'avais pas pris conscience et il m'aidait à aller au bout de mes intuitions. Il faisait un travail d'accoucheur. On arrivait avec une vague idée, un vague projet, et, grâce à ses questions, cela prenait forme. C'est l'homme qui m'a fait le plus confiance. Il m'a permis de me réaliser dans toutes mes possibilités. Sans lui, je n'aurais pas eu l'idée des *arpilleras*. Les *arpilleras* sont des tapisseries populaires chiliennes, un patchwork avec des personnages cousus en relief. Normalement, la matière première est la feutrine. Une militante emprisonnée s'est servie d'un sac à farine pour raconter en broderie les tortures qu'elle avait subies. L'aumônier a fait sortir son œuvre de la prison. Ils ont été dénoncés par le *Mercurio*, le grand journal chilien, et tous deux ont été tués. Les femmes libérées se sont mises à broder des *arpilleras* sur des sacs à farine. Elles racontaient ce qu'elles avaient subi aux mains de la police, la misère dans les *poblaciones*, les enfants affamés. C'était bouleversant. J'ai dit à mes amis de Santiago que je voulais en rapporter quelques-unes à Paris. Les femmes se sont réunies et m'ont dit : « Prends-les toutes et fais au mieux. » Le lot pesait plus de trois cents kilos. Pour les sortir du pays, il fallait remplir neuf formulaires et présenter un garant solide. Je suis allée voir le vicaire général de Santiago. Pour que tout soit bien clair, je lui ai dit : « Dans ma ville, en France, je suis une élue communiste. » Il m'a répondu : « Moi, je sers mon Eglise. » Nous avons fait ensemble du bon travail.

« A Paris, j'ai montré les *arpilleras* à Henri et nous avons décidé de faire une exposition. Nous avons tenté le coup à l'Unesco. Ils ont accepté. On a fait de magnifiques affiches sur papier glacé avec le minimum d'indications. Le moindre mot de trop pouvait entraîner un veto du représentant chilien à l'Unesco. Il n'y a vu que du feu. L'exposition a été un grand succès. On l'a refaite en Angleterre, en Suède et en Hollande. La Cimade a publié un livre. Henri m'aidait pour les contacts : il connaissait tout le monde. Les *arpilleras* ont été le point de départ de la grande campagne pour les cantines populaires. Avec l'argent collecté, nous avons pu donner, sous couvert des églises, un repas par jour à cinq mille gosses pendant cinq ans.

« C'est à Santiago que j'ai appris la mort d'Henri. Un titre barrait la une du *Mercurio :* « Un espion juif égyptien à la solde des Russes abattu. » Il y avait une photo de lui en première page et une autre en troisième. Le texte reprenait l'article du *Point.* »

Le 26 juillet 1974, un voyageur japonais arrivant de Beyrouth est requis par un douanier d'Orly d'ouvrir son attaché-case. L'homme, âgé d'une trentaine d'années, est de physionomie peu amène. Il a exhibé un passeport au nom de Furuya Yutaka.

Le douanier découvre dix mille dollars qui paraissent authentiques mais se révéleront faux, trois passeports à des noms différents portant des photographies ne correspondant pas à celle du voyageur, et quelques lettres dont la traduction laissera les policiers perplexes. L'une d'elles, rédigée sur papier de riz parfumé, est trop belle pour être vraie : « Petite Miss Pleine Lune, je suis malade de désir pour vous. Laissez-moi enlacer encore une fois votre merveilleux corps. Votre esclave d'amour : Suzuki. » Voilà qui fleure bon le message codé.

Furuya Yutaka, aussitôt arrêté, est pris en charge par la DST. Il ne démontrera pas un flegme de samouraï. Les policiers savent rapidement qu'il est membre de l'Armée rouge japonaise, redoutable organisation extrémiste dont la particularité est d'agir à l'échelle mondiale pour des fins souvent énigmatiques mais sans jamais hésiter sur les moyens. C'est cependant l'un de ses compatriotes japonais, milliardaire installé en Allemagne, que Furuya Yutaka s'apprêtait à kidnapper avec d'autres membres de l'ARJ et le concours de la RAF allemande, plus connue sous le nom de « bande à Baader ».

La DST trouve sur lui le nom de Taketomo Takahashi. Prénom et nom étant d'une élocution difficile, les gens de Solidarité avaient pris l'habitude de réduire le tout aux deux premières syllabes : Tak-tak. Lorsque les policiers lui mettent la main au collet, Tak-tak s'efforce d'avaler quelques bouts de papier. On les lui fait dégorger. Sur l'un est inscrit « Achème ». Sur l'autre, « Jean-Baptiste ».

Les services français n'identifieront Achème que beaucoup plus tard. Il s'agit du Brésilien Pereira Carvalho, tenant boutique d'antiquaire rue de Verneuil à Paris. Ce Pereira Carvalho, inconnu de Solidarité, n'a rien de commun avec Apolhino de Carvalho, alias Pierre, responsable du groupe d'aide aux résistants chiliens (Carvalho est au Brésil ce que Dupont est en France). Sous couvert d'antiquaille, il se livre au commerce des armes et fournira notamment le sinistre Carlos. Il prendra la fuite après l'arrestation manquée de Carlos, rue Toullier (deux inspecteurs de la DST assassinés, un indicateur abattu, un commissaire grièvement blessé).

Jean-Baptiste est à Solidarité le pseudonyme d'André Haberman, membre du comité directeur, spécialiste des faux papiers avant que les fâcheux événements imminents ne mettent un terme à ses activités. En résumé : un terroriste japonais de l'ARJ est en relation avec Tak-tak, bien connu de Solidarité, et Tak-tak mène à Haberman, l'un des jeunes gens qui ont assuré la relève après la crise de 1972.

Cette fois, c'est la tuile.

***

Tak-tak avait été amené à Solidarité par le pasteur Rognon, très engagé dans l'aide aux déserteurs américains. Affable, souriant, le Japonais était professeur de sciences humaines. Féru de littérature française, il était venu suivre les cours de la Sorbonne. René Rognon l'avait rencontré à une réunion contre la guerre du Viêt-nam. Causant avec lui, il avait découvert avec surprise que ce sympathique garçon était membre d'une organisation clandestine accomplissant au Japon exactement le même travail que le groupe Liberté impulsé par Solidarité. Tak-tak et ses camarades faisaient de la propagande dans les bases américaines pour inciter les GI's à refuser la guerre du Viêt-nam, recueillaient les déserteurs et les évacuaient par des filières sûres hors du Japon.

Henri Curiel, intéressé par cette coïncidence, avait souhaité rencontrer Tak-tak, qui lui avait fait la meilleure impression. Et comme Solidarité, hormis son travail humanitaire pour le Viêt-Nam, n'avait aucun lien avec l'Asie, il avait conçu le projet de donner à Tak-tak une formation lui permettant, à son retour au pays, de mettre sur pied une Solidarité asiatique. Au congrès, le rapporteur des liens avec les mouvements évoquera à propos de Tak-tak « le travail de formation et d'élaboration qui a pour objet de lui faire assimiler le maximum des expériences de Solidarité en vue de la transformation du groupe japonais d'aide aux déserteurs américains en groupe d'aide aux MLN asiatiques ».

Tak-tak n'avait pas fait mystère de sa sympathie pour l'extrême gauche japonaise. Il y entretenait des amitiés nées à l'Université. Henri l'avait mis en garde contre le danger de telles fréquentations, l'extrême gauche et les milieux radicaux étant, à Tokyo comme à Paris, soumis à une étroite surveillance policière. Tak-tak avait promis de prendre ses distances.

Il semblait du reste aussi peu préoccupé de politique intérieure japonaise que l'étaient de politique intérieure française la plupart des membres de Solidarité. Il avait formulé dès les premières rencontres une demande indicatrice d'un état d'esprit adéquat. Il avait séjourné en Indonésie. Un million de morts achevaient d'y pourrir dans les charniers ouverts par le général Suharto en 1966. Ce considérable massacre, perpétré avec la complicité avouée des services secrets américains, avait fort peu dérangé les consciences occidentales ; les victimes étaient communistes. Toujours est-il qu'il avait ému Tak-tak, comme encore le supplice de centaines de milliers de prisonniers détenus dans des conditions parfaitement abominables. Le professeur avait noué un contact avec un groupe de rescapés réfugiés sur une île indonésienne. Leur plus grand problème était l'absence de liaisons avec leurs camarades cachés sur l'île principale. Il leur fallait un poste émetteur.

Un ingénieur des Télécom sorti de Centrale fabriqua un émetteur et expliqua son fonctionnement à Tak-tak. Les cours radio spécifiques étaient assurés à Solidarité par un Anglais de très grande classe qui traversait la Manche sans rechigner à chaque appel de l'organisation. Parallèlement, Tak-tak suivit un stage complet. Un soin particulier fut apporté à l'étude des valises à double fond puisque l'émetteur devrait être transporté en pièces détachées jusqu'en Indonésie. Par bonheur, Tak-tak s'était fait à Paris trois amis japonais qui l'aideraient dans cette tâche.

André Haberman suivait de près l'opération. A cette époque, il suivait de près toutes les opérations. Mais une coïncidence le désignait particulièrement pour celle-ci : son amie Catherine, membre de Solidarité, étudiait le japonais aux Langues orientales, ce qui apportait un surcroît d'intimité non superflu avec le petit groupe. « Nous avions du mal à les intégrer, se rappelle Haberman. Aucune difficulté avec Tak-tak, très ouvert, très sympathique, mais ses copains... Il y avait une fille qu'on avait surnommée « le frigo ». Elle était vendeuse dans une parfumerie. Ils n'accrochaient pas du tout à notre style de vie. Eux, ce n'était vraiment pas le genre marginal. Ils nous reprochaient de ne pas être assez politisés. »

Puis Tak-tak disparut pendant quelque temps. A son retour, il reprit contact avec l'organisation. Alain Bréjac : « On l'a vu débarquer au comité directeur. Il a été la seule exception à la règle selon laquelle aucun militant ne devait assister à nos réunions. Il nous apprend qu'il rentre du Liban, où il a séjourné dans un camp d'entraînement palestinien du Fath, et il nous transmet avec son grand sourire une invitation des Palestiniens à venir les voir là-bas. On n'en croyait pas nos oreilles. On s'est tous regardés. C'était vraiment la grande surprise. On n'avait pas besoin de lui pour avoir un contact avec le Fath. Personne ne l'avait chargé de quoi que ce soit. Et qu'avait-il bien pu leur raconter sur nous ? C'était le plus grave. Nous n'avions aucun moyen de le savoir. On a évidemment décliné l'invitation. C'était grotesque. Et nous avons aussitôt distendu les relations avec Tak-tak. Le contact n'a pas été rompu mais on se méfiait de ses initiatives. » Maurice Barth confirme : « Il y a eu un halte-là très net avec Tak-tak. Un halte-là d'Henri lui-même. »

***

Furuya Yutaka avait été arrêté sans esclandre à Orly le 26 juillet. *Le Monde* donna l'information une dizaine de jours plus tard. Henri Curiel n'avait aucune raison de croire que Tak-tak avait le moindre contact avec l'ARJ. Plus de deux années s'étaient écoulées depuis la promesse du Japonais de rompre avec l'extrême gauche, et son discours politique le situait loin des débordements terroristes. Mais l'épisode du Liban incitait à la prudence. Un matériel spécialisé et quelques documents d'archives étaient entreposés chez Catherine, l'amie d'Haberman, dont l'appartement était fréquenté par Tak-tak et ses camarades. Henri demanda à Haberman d'évacuer le dépôt.

« Catherine était en voyage à l'étranger – au Japon justement ! Elle habitait tout en haut d'un immeuble bourgeois du quinzième arrondissement. J'y suis allé un vendredi soir. La soirée était très chaude. Un type faisait pisser son chien devant l'immeuble. J'ai traîné dans le quartier pendant un quart d'heure. Rien de suspect. A onze heures et demie, je monte. Je ferme les volets, j'allume la lumière et je commence à rassembler les papiers. On frappe à la porte : « Police ! » Je suis allé ouvrir. Il y avait trois types et une femme sur le palier. Plutôt jeunes, dans les trente-cinq ans. La femme était très chic. J'ai su après qu'elle était juive. L'un des types a joué les cowboys en pointant son revolver dans l'embrasure de la porte. Comme il y avait une chaîne, j'ai dû lui expliquer patiemment que s'il ne retirait pas son arme, je ne pourrais pas ouvrir. Il a fini par comprendre. J'ai ouvert. Ils n'ont eu qu'à ramasser les papiers que j'étais en train de réunir. C'était la DST.

« Ils ont fouillé pendant une heure. Ils n'étaient pas agressifs. J'avais eu un manque de pot terrible.

Ils planquaient depuis trois jours devant l'immeuble. Leurs chefs venaient de leur donner l'ordre de lever la surveillance et ils étaient allés dîner. En sortant du restaurant, l'un d'eux a dit : « Si on allait faire un tour ? » Et ils ont vu de la lumière.

« Ils m'ont emmené rue des Saussaies. En franchissant le porche, j'ai pensé à la mère de ma femme qui avait été torturée là par la Gestapo.

« J'ai subi l'interrogatoire d'identité classique. Deux flics, deux gros bras menaçants. Ils n'arrêtaient pas de me dire : « Vous faites partie de l'ARJ ! » A trois heures du matin, ils m'ont ramené chez Catherine pour une nouvelle perquisition. Ils ont trouvé des faux tampons, des faux papiers, des vieux cours de faux papiers et de filature archivés depuis longtemps, et ce que nous appelions « les textes » : plate-forme, règles de sécurité. Mais ils n'ont pas trouvé le matériel de fabrication. On est revenus aux Saussaies et j'ai pu me reposer dans une cellule. A neuf heures du matin, nouvel interrogatoire et nouvelle perquisition chez Catherine. Elle n'a rien donné. Rien de ce qui a été trouvé ne compromettait un seul membre de Solidarité ni un seul militant.

« Retour aux Saussaies. Pour mes deux flics, j'étais un petit mec de l'ARJ. Ils n'étaient pas vraiment méchants mais j'avais l'impression d'avoir affaire à des petits flics.

« Après le déjeuner, tout a changé.

« J'ai vu arriver le commissaire Herranz. Un homme d'une cinquantaine d'années, très intelligent, très courtois. Il a un fils qui avait à l'époque une douzaine d'années et dont il m'a montré les photos [les vieilles ficelles sont décidément inusables !]. Ce n'était plus un flic, c'était un commissaire. Il m'a fait de grands compliments sur les faux tampons et les faux papiers. Je me suis rendu compte très vite qu'il n'avait pas envie d'approfondir. Il m'a confronté avec Yamamoto, la fille qu'on appelait « le frigo ». Elle m'avait reconnu sur la photo de mon permis de conduire prise quand j'avais dix-huit ans [il en a quarante]. J'ai dit immédiatement : « Je ne vous connais pas. » Du coup, elle a dit la même chose : « Non, je ne le connais pas. » L'adjoint de Herranz a soupiré : « Bon. Il va falloir tout retaper et vous ne pourrez pas prendre votre train pour la Belgique... » Elle se ravise et me reconnaît. Elle admet même être venue chez moi. Je lui demande de décrire mon appartement. Elle en a été incapable. Elle n'était jamais venue chez moi. Paniquée, la pauvre « frigo »... Quant à Tak-tak, il s'est complètement dégonflé, liquéfié – Herranz n'en revenait pas.

« La seconde nuit, j'ai obtenu que la lumière soit coupée dans ma cellule. Pendant ma garde à vue, je n'ai jamais eu peur. J'avais confiance dans la démocratie. Je me disais qu'ils ne pouvaient pas aller bien loin. Je n'ai d'ailleurs jamais senti quelque chose de répressif. Les repas étaient excellents. Je n'ai même pas eu à les payer. J'ai été très, très bien traité.

« Le lendemain, dimanche, j'ai été interrogé sur les faux tampons et les faux papiers. J'ai dit qu'une femme avait déposé tout cela. Ils m'ont questionné aussi sur la plate-forme et les règles de sécurité. Je me suis déclaré solidaire du tiers-monde. [La consigne en cas d'arrestation était de nier ce qui pouvait l'être et de s'en tenir à une déclaration de sympathie pour le tiers monde.]

« Le lundi matin a été consacré à la rédaction de ma déposition. Herranz était toujours aussi courtois. A un moment, je dicte : « Je fais partie d'un mouvement de solidarité au tiers monde. » Il me coupe : « Non. Vous devriez dire : d'aide au tiers monde. » Il me fait passer dans un autre bureau et me dit en tête-à-tête : « Le mot *solidarité,* ça me gêne. – Qu'est-ce qui vous gêne ? De toute façon, je ne suis qu'un petit militant. – Non, vous n'êtes pas un petit militant. Vous êtes Thomas. » C'était mon dernier pseudonyme. Il ajoute : « Croyez-moi, il vaut mieux utiliser l'expression *aide au tiers monde* que *solidarité au tiers monde.* » J'ai été soufflé.

« Ensuite, nous avons bu le pastis. Il était très détendu. Il m'a dit : « Vous vous êtes fait avoir par ces Japonais. » Il m'a aussi parlé de lui : « Je suis du pays basque. Ne me classez ni à droite ni à l'extrême droite. Je suis assez progressiste. J'aide beaucoup d'Espagnols à obtenir leurs papiers. » Et il a ajouté :

« Pourquoi cette clandestinité ? Pourquoi pas une organisation avec pignon sur rue ? Ce que vous faites ne gêne en rien le gouvernement français... Ça l'arrangerait plutôt dans la mesure où nous savons ce que vous faites. » Cela m'a beaucoup frappé. Plus tard, en y réfléchissant, je me suis dit : « Pourquoi pas ? On fait une organisation tout ce qu'il y a de plus officiel, quitte à ne pas crier sur les toits tout ce qu'on fait. . . »

« Ce qui est sûr, c'est qu'ils en savaient long sur Solidarité. Quand Henri disait que son dossier était le plus gros de la DST, il avait sûrement raison : ils le connaissaient parfaitement. Et ils étaient persuadés qu'il n'était pas un terroriste.

« Dans l'après-midi, le sous-directeur de la DST est entré dans le bureau. Il a été très paternaliste : « Vous êtes irresponsables. Vous avez été bernés par les Japonais et vous auriez pu aider n'importe qui, des malfrats ! » Ensuite, un discours branquignolesque : « La France est un pays d'asile et la DST n'est pas une police répressive. Si vous voulez aider des militants du tiers monde, parlez-nous-en ! Collaborons ! »

« Herranz m'a fait ses adieux. La cour de sûreté s'était entre-temps dessaisie du dossier et je devais être présenté au Parquet. Il m'a donné son numéro de téléphone pour que je l'appelle au retour de Catherine : il voulait l'interroger. Elle n'a jamais été inquiétée. Il m'a dit : « Je vous confie à mon adjoint. Ne vous faites pas de souci : ce soir, vous dormirez dans votre lit. Vous serez condamné à quinze jours avec sursis. Cela n'ira pas plus loin. »

« J'ai été conduit au Parquet sans menottes. Depuis l'entrée en scène de Herranz, je n'avais plus les menottes. Son adjoint est resté en tête à tête avec le substitut pendant trois bons quarts d'heure. Quand je suis entré à mon tour, le substitut, un assez vieux monsieur, m'a dit avec beaucoup de gentillesse : « Il est tard et je n'ai pas de magistrat instructeur à ma disposition. Je suis donc obligé de vous faire passer par la désagréable expérience du Dépôt. Mais je vais faire diligence pour que vous soyez chez vous ce soir. Au revoir, Monsieur. » Et il me tend la main. J'imagine que c'est quand même assez rare...

« J'ai été inculpé le soir même par un juge d'instruction des plus sympathiques qui m'a aussitôt mis en liberté provisoire. On ne voulait pas me coller en prison. »

André Haberman sera condamné en 1977 à trois ans de prison avec sursis et cinq mille francs d'amende. Aucune allusion ne sera faite pendant les débats aux Japonais. La presse n'avait pas été informée de son arrestation ; elle ne mentionnera pas sa condamnation.

*
**

La DST avait vu clair.

Tak-tak avait été la dupe de l'ARJ. Remis aussitôt en liberté, l'hurluberlu passa en Suède après avoir subi la fureur d'Henri. La Suède l'extrada vers le Japon. Emprisonné, jugé, il fut acquitté par une justice japonaise peu suspecte de complaisance envers les terroristes.

Et Solidarité avait été la dupe de Tak-tak, au moins la victime de ses relations imprudentes.

Si l'on songe au flot de terroristes de tout poil que charriaient ces années soixante-dix, le plus étonnant est encore que l'organisation n'ait effleuré ce monde du militantisme perverti qu'à travers le seul Tak-tak, dont la naïveté faisait une proie rêvée pour ses compatriotes japonais en même temps qu'elle rendait inimaginable pour ses camarades français sa fréquentation des cercles terroristes. La crise de 1972 ne peut être ici invoquée pour expliquer le défaut de vigilance : les relations avec Tak-tak étaient établies avant la crise, avant le départ de Gerold de Wangen. Sans doute eût-il fallu rompre après son voyage au Liban au lieu de se borner à distendre les liens. Sa franchise désarmante lui avait épargné d'être rejeté dans les ténèbres extérieures.

Si la DST est un service de police démocratique respectueux des lois, son attitude est normale. Sachant le vrai des choses, elle ne pouvait pas incriminer Tak-tak et Haberman dans une affaire de terrorisme.

Si la DST est disciple de Machiavel, comme il arrive parfois aux services de police, et considère que la fin justifie les moyens, son attitude est sidérante. Solidarité a la corde au cou et il suffit de serrer pour l'étrangler. L'opinion publique est traumatisée par l'inflation terroriste. La DST ne manque pas de porte-plume dans la presse pour déclencher un raz de marée journalistique. La seule révélation de la conjonction Furuya-Tak-tak-Haberman suffisait à justifier le coup de filet liquidant Solidarité. Que le dossier soit en vérité vide, on ne s'en apercevrait que des années plus tard, devant la cour de sûreté de l'Etat, encore que cette juridiction ait une répugnance invincible à trouver vides les dossiers vides. On serait débarrassé en tout cas d'une organisation importune. Quelle économie d'hommes et de moyens si Solidarité n'existait plus !...

La DST a refusé l'occasion.

C'est d'autant plus méritoire que l'affaire ne s'arrête pas là. Les terroristes japonais décidèrent de récupérer Furuya Yutaka. Armés grâce aux bons offices de Carlos, ils firent irruption dans l'ambassade de France à La Haye et prirent en otage cinq diplomates dont ils marchandèrent la vie contre la remise en liberté de Yutaka et le versement d'une rançon d'un million de dollars. Carlos contribua à assouplir Paris en jetant une grenade dans le drugstore Saint-Germain et en menaçant de faire sauter un cinéma si le gouvernement ne cédait pas. M. Poniatowski, ministre de l'Intérieur, qui devait faire par la suite si grande carrière de matamore, capitula devant l'ultimatum. Furuya Yutaka fut mis dans un avion pour Damas avec un viatique de trois cent mille dollars. C'était une grande humiliation pour la place Beauvau, où débouche la rue des Saussaies. Il était tentant de la compenser par une opération spectaculaire sur une organisation offerte à portée de main et pour laquelle aucun Carlos ne se mobiliserait.

La DST sut résister à la tentation.

Une considération l'a peut-être encouragée à ne

pas se servir du prétexte Yutaka pour frapper Solidarité : le fait qu'elle avait enfin réussi à infiltrer convenablement l'organisation. Aucun coup de filet n'est définitif. Quelque chose se serait reconstitué, avec une structure plus hermétique, une vigilance accrue, et tout eût été à recommencer. L'efficacité coïncidait avec l'équité.

Le pasteur Rognon l'avait bien compris : « Après l'affaire Haberman, j'ai dit à Henri : « Il faut continuer, mais en sachant que nous le faisons parce que la DST le veut bien, avec sa bénédiction, et que ça finira quand elle le voudra. » Je n'avais pas été étonné par la mansuétude dont avait bénéficié Haberman. Il n'a pas intéressé la DST parce que la DST s'intéressait au terrorisme, et elle savait bien que nous n'avions rien à voir avec lui. »

Le congrès fut cependant le théâtre de débats passionnés. Un membre du secrétariat lança une violente offensive pour que Solidarité (rebaptisée Aide et Amitié) s'enfonçât dans une clandestinité rigoureuse, avec suppression des congrès, réduction du comité directeur à un rôle de poste de commandement, et strict cloisonnement.

« J'étais contre, indique le pasteur Rognon. On se serait coupés du pays. C'est la voie du réseau, qui mène au communisme. » Henri Curiel se rallia une majorité en faisant prévaloir ce qu'il répétait depuis toujours : la seule sécurité vitale était celle des militants, et aucune infiltration policière ne pouvait la mettre sérieusement en péril. En quatorze ans, pas un seul des militants passés par l'organisation n'avait été pris à cause d'elle. Pour les membres français, et le romanesque dût-il en souffrir, les règles de sécurité spécifiaient : « Il faut garder à l'esprit que Solidarité n'est pas une organisation révolutionnaire qui viserait à transformer le régime social en France. Il serait donc erroné de se conduire à l'image des militants qui, dans leur pays, mènent une lutte révolutionnaire. Le devoir des membres de Solidarité dans ce domaine réside avant tout dans l'application des principes énoncés plus haut et non dans une sorte de "lutte contre la police". »

André Haberman fut cependant mis sur la touche.

Henri le revit malgré la réticence générale. Haberman fit un rapport sur son arrestation et se présenta devant le comité directeur. Cela ne se passa pas bien. Il souhaitait recommencer à militer. Le comité directeur l'admit à condition qu'il rompe toute relation avec les membres de l'organisation, sauf avec le courrier spécial désigné pour lui porter les documents à transformer. Il refusa. « A Solidarité, dit-il aujourd'hui, j'ai commencé par être Jean-Pierre. Puis est venue la belle époque de Thomas. Et j'ai fini par être Judas. » Il exagère un peu.

NATHALIE prit peur. Non pas pour elle – sa famille avait fait ses preuves dans la résistance antinazie – mais pour les militants.

Le poète sud-africain Breyten Breytenbach, dont elle était très proche, l'avait fait entrer à Solidarité. A sa demande, elle était partie pour Santiago, juste après le coup d'Etat de Pinochet, pour nouer le premier contact avec la résistance chilienne. Toute jeune, très belle, elle était devenue semi-permanente, se consacrait essentiellement aux liaisons et couvrait pour Solidarité les activités du groupe Jacques, à la tête duquel elle avait eu la surprise de retrouver Apolhino de Carvalho, ancien des Brigades internationales, qui avait combattu avec son père dans les rangs des FTP français.

La clandestinité est une infatigable accoucheuse de rumeurs. La nouvelle de l'arrestation d'André Haberman plongea l'organisation dans la paranoïa ordinaire. Il se murmura que l'ensemble des archives était tombé entre les mains de la police. C'était faux. Certains affirmèrent que des fichiers avaient été pris. Rien de tel. Les documents trouvés chez l'amie d'Haberman, que la justice lui restituera, ne mettaient en péril aucun militant. Même infondée, la rumeur existait. Henri, mithridatisé par une longue expérience, eut le tort de ne pas prendre au sérieux les alarmes de ses jeunes camarades. Pressé de questions par Nathalie, il se borna à lui répondre que rien ne justifiait son inquiétude. C'était un peu court. Il eût mieux valu vider l'abcès. La jeune femme tira de ce quasi-mutisme l'impression qu'Henri voulait dissimuler une réalité encore plus désagréable qu'elle n'avait imaginé. Elle s'ouvrit de ses doutes à Carvalho. Haberman n'arrangea pas les choses en débarquant inopinément dans une réunion du groupe Jacques où il n'avait que faire. Apolhino de Carvalho décida de prendre ses distances avec Solidarité.

Averti par son amie Nathalie, Breytenbach accentua l'autonomie du groupe Okhela.

Tout Solidarité avait eu le coup de foudre pour Breyten Breytenbach. On l'aimait d'amour. Les pires vicissitudes n'éteindraient pas cette passion.

Il était né le 16 septembre 1939 dans une famille afrikaner installée près du Cap. Doué pour l'écriture et la peinture, il étudia les beaux-arts à l'université du Cap, publiant ses premiers poèmes dans des revues littéraires. Paris le fascinait : « Cette métropole internationale des arts, devait-il déclarer à son procès, dont mes amis artistes et écrivains m'avaient parlé si souvent et avec tant de chaleur. » En 1960, à vingt et un ans, il prit un billet de quatrième classe et débarqua à Lisbonne avec vingt livres en poche. Installé à Paris, il y rencontra dans l'année une ravissante Vietnamienne de nationalité française, Yolande, qui allait devenir sa femme. Ce mariage le mettait au ban de son pays, où les relations entre partenaires de races différentes sont punies par la loi.

Son existence devint quelque peu étrange. Il fréquentait à Paris l'intelligentsia progressiste, se liait à Londres et à Amsterdam avec les groupes anti-apartheid, nouait de fortes amitiés dans l'immigration sud-africaine antiraciste, tandis que ses poèmes sulfureux étaient publiés dans son pays avec un succès grandissant. Mouton noir il était, si l'on ose dire, mais le troupeau continuait de le tenir pour sien. Cette faveur insolite tenait à son origine afrikaner. Les Afrikaners, en qui s'incarne le pouvoir blanc d'Afrique du Sud, sont les descendants des premiers colons hollandais du XVIIe siècle, les héritiers des Boers légendaires. Majoritaires parmi la population blanche, ils souffrent d'un complexe culturel vis-à-vis des habitants d'origine anglaise. Leur langue, l'afrikaans, dérivée du néerlandais, tendait à n'être plus qu'un véhicule utilitaire et leur littérature s'anémiait dans le conformisme le plus étriqué, lorsque des jeunes gens à l'image de Breytenbach – le mouvement des Sestigers – entreprirent de les revivifier. Sa communauté d'origine ne pouvait que vomir l'homme Breytenbach : le poète l'émouvait et son début de renommée internationale la flattait. Ainsi vit-on l'ambassade d'Afrique du Sud à Paris organiser de brillantes réceptions pour remettre à Breytenbach des prix littéraires qu'il avait obtenus au pays pour des poèmes hérétiques publiés par l'Afrikaane Pers, groupe d'édition du parti nationaliste. Rien n'est simple. On en aurait confirmation au procès Breytenbach.

En 1964, sa femme Yolande sollicita un visa. Il fut refusé. Un voyage au Ngwane, ex-Swaziland, limitrophe de l'Afrique du Sud, permit à Breyten de la présenter à ses parents.

En décembre 1972, elle reçoit un visa de touriste valable trois mois. Le couple s'envole pour l'Afrique du Sud. Il y fait sensation. Un Afrikaner marié à une « non-blanche » ! Au-delà de cet engouement équivoque, Breytenbach est surpris de l'audience rencontrée par son œuvre – l'intelligentsia le fête – et par l'intérêt que suscite sa marginalité d'enfant du pays : des inconnus l'abordent dans la rue, engagent le dialogue... La presse, surtout l'anglophone, lui est favorable. En février 1973, prenant la parole à l'université du Cap devant un parterre d'intellectuels et d'hommes politiques, il attaque bellement le principe fondateur de l'apartheid en déclarant que les Afrikaners, nés des noces de l'Europe et de l'Afrique, sont des bâtards condamnés à disparaître s'ils n'assument pas leur bâtardise. La salle applaudit le poète.

Il rentre à Paris convaincu de la nécessité d'agir, assuré d'en posséder les moyens.

***

Johnny Makatini, représentant de l'ANC en Algérie et en France, parla de lui à Solidarité : « Il est bien, il a un projet, mais nous ne savons pas quoi en faire. Voyez avec lui. S'il réussit son coup, tant mieux. »

Le projet, auquel Makatini avait pris plus de part qu'il ne disait, consistait à rassembler les Sud-Africains de race blanche hostiles à l'apartheid dans une organisation clandestine apportant un « soutien invisible » à l'ANC.

Le parti communiste sud-africain, l'une des composantes principales de l'ANC, fut d'entrée de jeu hostile. Il condamnait le principe du regroupement des Blancs dans une organisation séparée et jugeait Breytenbach inapte à en assumer la direction.

Henri Curiel accueillit l'idée avec enthousiasme. C'était recommencer le réseau d'aide au FLN : des militants blancs, moins surveillés par la police, disposant de facilités de déplacement et de moyens d'action sans commune mesure avec ceux des militants noirs, pourraient rendre à la lutte contre le pouvoir raciste autant de services que, naguère, les militants français au combat contre le pouvoir colonial.

Une différence ne lui sauta pas aux yeux : le réseau d'aide avait recruté parmi les Français métropolitains, non parmi les pieds-noirs. Breyten Breytenbach créant le groupe Okhela, c'était Albert Camus fondant le réseau Jeanson. On sait que le célèbre philosophe, né en Algérie, resta fort éloigné d'un tel engagement, ce dont la postérité ne semble pas lui tenir rigueur. L'irresponsable Sartre est voué aux gémonies pour n'avoir pas dénoncé comme il aurait dû les horreurs staliniennes, auxquelles sa condamnation n'eût rien changé, mais Camus le Juste est tout à fait absous de n'avoir pas pris position dans une guerre coloniale qui coucha au sol cinq cent mille Algériens et à propos de laquelle son jugement eût pesé lourd pour des milliers de jeunes gens, dont nous fûmes.

« Entre la justice et ma mère, avait dit Camus, je choisis ma mère. » Non seulement Breytenbach choisissait la justice : il décidait de lutter pour elle.

Henri aima profondément Breyten. Pendant plus de deux ans, il le rencontra au moins une fois par semaine – le samedi de préférence – et il sortait de leurs rendez-vous rajeuni, ragaillardi, lavé des soucis routiniers. Comme tout le monde, il était sous le charme. Plus que d'autres, il était sensible à la brillante intelligence de Breyten. Et il était à peu près le seul à pouvoir comprendre un homme qui, après dix ans d'exil, veuf de sa langue originelle, retranché des siens, restait enté sur sa terre natale. Breyten, soulevé par un souffle de visionnaire, évoquait l'Afrique du Sud comme Henri ne le faisait plus de l'Egypte que dans le secret de son cœur. « Mon fils spirituel », disait-il de lui.

Il fut un père abusif. Adoptant le militant Breytenbach, il nia le poète et le peintre. On le tira par la manche pour les lui signaler : il détourna obstinément la tête. Si « l'organisation, c'est le choix des hommes », encore faut-il connaître les hommes pour les bien choisir.

Judith s'en inquiéta. Membre du comité directeur, elle assurait la liaison avec Breytenbach, fils spirituel de celui dont elle-même avoue : « Il était le père que j'aurais souhaité avoir. » Elle tenta de lui ouvrir les yeux : « J'ai demandé dix fois à Henri de venir regarder les tableaux de Breyten. Il a toujours refusé. La peinture de Breyten rappelle un peu celle de Francis Bacon. Ce n'est que torture, sang, viscères... Une obsession de la mort... Breyten est un homme écartelé, tourmenté. Quelqu'un qui doute. Henri a refusé d'en prendre conscience. Il voulait un Breyten monolithique, un militant bien carré. » André Haberman éprouva la même inquiétude : « J'ai vu souvent Breyten jusqu'en 1974 et je m'entendais très bien avec lui. Henri était persuadé que Breyten était un politique : c'était un poète. J'ai vu des peintures où il se représentait en Christ. Ça donne à réfléchir. Henri était un être de feu qui croyait tellement aux autres qu'il les idéalisait. Moi aussi, j'ai fini par y croire. Et nous avons fini par en convaincre Breyten lui-même. C'est notre responsabilité. Elle n'est pas mince. Nous lui avons donné, à

Solidarité, une confiance en lui qui n'était pas fondée. »

Mais le temps des autocritiques était à venir. Breyten organisait bien son affaire. Son groupe, d'abord nommé Atlas, prit le nom d'Okhela, qui veut dire « étincelle » en zoulou. Il recruta des membres français, anglais, hollandais, américains, et naturellement sud-africains – tous de race blanche. Un manifeste fut rédigé, assorti de règles de sécurité. Il déclarait que le rôle des progressistes blancs ne consistait pas « à se confondre avec les organisations exprimant la conscience et les aspirations noires » mais plutôt « à rechercher la meilleure façon d'aider la lutte de la majorité pour la libération nationale ».

Okhela travaillait en contact étroit avec les puissantes organisations anti-apartheid d'Angleterre et de Hollande. Breyten trouva à Amsterdam celui qui allait devenir son adjoint, Barend Schuitema, Afrikaner comme lui. Il avait commis le crime d'aimer une femme noire. Dynamique, bardé de certitudes, Schuitema fut néanmoins perçu avec malaise par Solidarité. « Il était aussi déchiré que Breyten, constate Judith, avec un côté aventurier assez inquiétant. Ça sortait par tous les pores de sa peau. » Il remuait beaucoup d'air, annonçait de grandes choses. Mais bon : le recrutement était l'affaire de Breyten. Les liaisons entre Okhela, groupe autonome, et Solidarité se faisaient par le seul canal du peintre-écrivain.

Breytenbach suivit le cycle complet des stages de l'organisation. Quatre étudiants blancs venus d'Afrique du Sud reçurent une formation. Deux d'entre eux avaient été recrutés en 1974 par Schuitema au cours d'un voyage clandestin que la police de sécurité avait suivi de bout en bout. Le troisième avait brièvement rencontré Breytenbach au Cap lors de son voyage triomphal de 1973 et s'était rendu à Paris, où il avait été recruté. Le quatrième, en voyage en Europe, s'était présenté au bureau du mouvement anti-apartheid d'Amsterdam ; Schuitema, l'y rencontrant, l'avait enrôlé sur la foi de ses déclarations sympathiques. Les quatre stagiaires seraient témoins à charge au procès de Breytenbach.

Au mois de mai 1975, l'ANC commanda à Solidarité cinq cents passeports intérieurs. Cent cinquante furent entreposés chez Breytenbach.

Il se préparait à partir pour le Mozambique, dont l'accession à l'indépendance était fixée au 25 juin. Solidarité, qui s'était dépensée sans compter pendant treize ans pour le mouvement de libération mozambicain, avait de solides appuis dans la nouvelle équipe dirigeante. Le pays, limitrophe de l'Afrique du Sud, contigu du Ngwane, offrait une base arrière idéale à l'ANC. Ainsi Breytenbach pourrait-il entamer une étape importante du programme d'Okhela : la création en Afrique du Sud d'un syndicat clandestin regroupant les Blancs hostiles au pouvoir raciste. Un itinéraire avait été établi par le secrétariat de Solidarité et le voyageur connaissait ses points de chute. Aucune date précise n'avait été fixée pour son départ.

Aux derniers jours de juillet, les Curiel étant en vacances à Deauville, un membre du secrétariat rencontra Breytenbach à la cafétéria du Grand Palais et lui remit un passeport français préparé par la spécialiste de l'organisation. Il était au nom de Christian Galaska. Breytenbach était accompagné de Schuitema. Les deux Sud-Africains examinèrent le passeport et le trouvèrent excellent.

Le 1er août, à Rome, Breytenbach, son passeport muni du visa d'entrée qui venait de lui être délivré par le consulat d'Afrique du Sud, prit l'avion pour Johannesburg.

*
**

C'était pure folie. Il était connu comme le loup blanc en Afrique du Sud depuis son voyage de 1973. Des milliers de personnes l'avaient vu, entendu ; la radio avait diffusé des interviews et sa voix, douce et grave, est inoubliable ; ses photos s'étaient étalées à la première page des journaux. Le Boss, service secret sud-africain, savait évidemment son activité à la tête d'Okhela. Bouclier d'un Etat qui se bat le dos au mur, comme Israël, et dont la première défaite risquerait d'être la dernière, le Boss est tenu par les spécialistes pour l'un des trois services occidentaux les plus efficaces ; l'un des deux pour lesquels la liquidation physique est procédure ordinaire. Solidarité était depuis treize ans l'une de ses cibles prioritaires. Okhela l'était au moins depuis cette année 1975, et par la faute de ce va-de-la-gueule de Schuitema. Un groupe antinucléaire allemand avait volé à l'ambassade d'Afrique du Sud à Bonn des documents prouvant qu'une collaboration clandestine s'était établie entre les gouvernements allemand et sud-africain en matière de technologie nucléaire militaire. Affaire gravissime ! Les auteurs du vol avaient transmis les documents à l'ANC mais Schuitema allait répétant entre Londres, Paris et Amsterdam que le mérite de l'opération revenait à Okhela...

Breyten se jetait dans la gueule du loup.

Le 1er août, ce fut le poète qui monta dans l'avion.

Une hôtesse de l'air était ravissante. Il la suivit dans son appartement de Johannesburg et passa trois jours avec elle. Le personnel naviguant des compagnies israélienne et sud-africaine doit être considéré comme lié aux services secrets, les rares exceptions confirmant la règle. Le poète eut l'ingénuité de confier des lettres à l'hôtesse pour qu'elle les postât d'endroits sûrs. Les lettres se retrouvèrent au dossier de l'accusation.

Il avait dans sa valise deux passeports intérieurs pris sur la fourniture destinée à l'ANC.

Schuitema avait précédé Breytenbach en Afrique du Sud. Il annonça par téléphone l'arrivée de son ami : deux communications au moins furent écoutées. Mieux encore : Schuitema, en correspondance avec un pasteur sud-africain travaillant à New York, lui avait écrit de Hollande à propos du voyage décidé par Breytenbach ; le Boss ouvrait toutes les lettres reçues par le pasteur...

Breyten fut arrêté le 19 août après avoir pris quelques contacts, notamment avec deux anciens dirigeants du syndicat des étudiants qui furent jetés en prison avec lui. Schuitema échappa au coup de filet et parvint à sortir du pays. De retour en Europe, accusé d'avoir vendu Breyten, il fut traité comme un pestiféré par l'ensemble du mouvement anti-apartheid.

Allons au bout de l'histoire :

Le 7 octobre 1979, Barend Schuitema, dont il avait été dit au procès Breytenbach qu'il était le véritable inspirateur et l'homme fort d'Okhela, atterrit à Johannesburg. Son avocat, conformément à ses instructions, avait prévenu la police de sécurité. Il fut mis au secret pour cent jours, délai de garde à vue prévu par la loi, mais précisa à sa sortie qu'il avait été traité comme un hôte personnel du ministre de la Justice. Le *Sunday Times* publia une interview de lui dans laquelle il avouait avoir été un agent des services sud-africains, mais seulement à partir de 1978, et sans être payé ; le journal affirmait néanmoins avoir obtenu des services confirmation qu'il avait reçu plusieurs milliers de rands. Schuitema démentit formellement les propos qui lui avaient été prêtés. Il déclara être revenu dans son pays pour y faire la preuve de l'innocence de son ami Breytenbach. Son vœu était d'être jugé par la cour suprême. Aucune poursuite ne fut engagée contre lui. Il vit aujourd'hui librement en Afrique du Sud.

De l'avis de ceux qui l'ont connu et souvent détesté, Barend Schuitema n'a point trahi Breytenbach, sinon par imprudence, et il n'a été un véritable indicateur ni avant ni après 1978. C'est simplement un homme déchiré, partagé, un peu fou, qui n'avait pas les moyens psychiques de sa volonté politique et dont les manipulateurs à sang-froid de Johannesburg s'amusèrent comme d'une marionnette.

Choisir la justice est beau. Agir contre sa mère est peut-être trop difficile.

***

L'arrestation de Breyten frappa Solidarité comme la foudre. Judith, si proche de lui, le croyait comme tout le monde au Mozambique. Personne ne comprit sa décision suicidaire de retourner dans son pays. L'anxiété pour le sort du prisonnier se complétait d'un délicat problème politique. L'ANC avait confié Breyten à Solidarité : comment ses chefs admettraient-ils qu'une décision de si lourde conséquence eût été prise sans qu'ils en fussent informés ?

Henri calma les esprits. Il choqua même Judith en lui assurant : « Cette arrestation, ce n'est pas si grave. » Breyten était trop célèbre pour être torturé ou pendu. Grâce à son intelligence supérieure, à son pouvoir de séduction, son procès deviendrait celui de l'apartheid. Retournant l'arme judiciaire contre ses juges, comme avait fait Dimitrov au procès du Reichstag, transformant le box des accusés en tribune, son réquisitoire antiraciste retentirait dans le monde entier.

Judith reçut mission d'organiser la campagne en sa faveur, en liaison avec le MRAP qui avait aussitôt créé un comité de soutien. Breyten, dans sa cellule, raisonnait autrement. Des hommes arrêtés à cause de lui seraient jugés avec lui. Il s'estimait responsable de leur sort présent et futur.

Solidarité figurait dans l'acte d'accusation en tant qu'organisation ayant enfreint la loi sur le terrorisme de 1967. Cette loi taxe de terrorisme ce qui relève dans un pays démocratique de la liberté d'opinion. C'était la première fois depuis sa création que Solidarité était officiellement et publiquement citée en justice.

Le procès s'ouvrit devant la cour suprême le 21 novembre 1975. Accusé lui aussi d'avoir violé la loi sur le terrorisme, Breytenbach plaida coupable. Outre un inspecteur de police, les seuls témoins à charge étaient les quatre jeunes gens venus à Paris s'initier à la lutte clandestine. Charles-Albert Morand, professeur à la faculté de droit de Genève, délégué comme observateur par la Commission internationale des juristes, précise à propos des témoins, eux-mêmes inculpés : « Ils ont tous été informés que le procureur général renoncerait à la poursuite des informations en rapport avec les charges retenues contre l'accusé, s'ils voulaient bien répondre de façon satisfaisante aux questions posées. » Les quatre jeunes gens furent libérés à l'issue du procès.

La défense produisit deux témoins. Le premier était une candidate au doctorat en littérature africaine qui récita à la barre quelques poèmes de Breytenbach. Le second, plus surprenant, était le chef de la police de sécurité, le colonel Broodryk. Il attesta que l'accusé « avait collaboré pleinement dans le cadre de l'instruction » et manifestait son repentir. Son portrait de Breytenbach fut celui d'un rêveur idéaliste peu dangereux pour l'ordre établi.

Breytenbach lut une longue déclaration. Après avoir évoqué les circonstances qui l'avaient conduit à s'engager dans le combat politique, il admit avoir agi stupidement et en demanda pardon. Il présenta ses excuses au Premier ministre Vorster pour un poème dans lequel il l'avait qualifié de boucher et adressa ses remerciements « ici, en public » au colonel Broodryk et à son équipe pour la manière « correcte et humaine » dont ils l'avaient traité.

Le procureur prononça un plaidoyer insistant sur l'idéalisme inoffensif de l'accusé, et requit la peine minimale : cinq ans de prison. L'avocat fit chorus avec lui. Le juge fut d'un autre avis et condamna Breytenbach à neuf ans de prison. Ses coaccusés furent acquittés et libérés.

Charles-Albert Morand nota dans son rapport la « surprise générale » créée par l'attitude de l'accusé et, d'une manière générale, par « l'entente parfaite » entre l'accusation et la défense. Concluant que « le procès Breytenbach constitue un succès remarquable pour le gouvernement », il indiquait : « Les conséquences sont difficiles à évaluer. On peut cependant se risquer à dire qu'elles sont très défavorables à la lutte contre l'apartheid... La collaboration entre la frange libérale blanche et la communauté noire dans la lutte contre l'apartheid semble sérieusement compromise. L'accusé et les autres personnes impliquées dans le procès sont perçus, à tort ou à raison, comme des rêveurs et des romantiques mal préparés à la lutte politique et peu aptes à supporter les rigueurs de la détention préventive. »

Les comités de soutien créés en Europe fermèrent boutique sans tambours ni trompettes. Judith s'obstinant à militer pour son ami, Henri Curiel trouva qu'elle lui consacrait trop de temps et lui demanda de quitter le comité directeur. Il était profondément déçu. Pour lui, Breytenbach avait trahi alors que les circonstances lui offraient le rôle dont rêve chaque militant : incarner la cause à la face du monde entier, le temps d'un procès sans conséquence vitale, et lui donner une audience universelle. Il ne comprenait pas. Mais avait-il cherché à comprendre Breyten ? La phrase la plus raisonnable de la troublante déclaration de l'accusé était sans doute celle-ci : « Nous apportons tous une contribution, bonne ou mauvaise, à la société. En ce qui me concerne, il m'est à présent tout à fait clair que ma contribution ne peut être politique. » Et ce cri : « Je sens, je *sais* que j'ai encore beaucoup de poèmes dans mes doigts et de tableaux dans mon œil ! » Cri incongru pour Henri Curiel. Il n'aurait vraisemblablement pas admis qu'un livre sur lui fût plus important que lui.

Mais sa rigueur, qui choqua ou peina beaucoup de ses camarades, n'était pas seulement une réaction personnelle. L'ANC avait donné consigne de laisser tomber Breytenbach. Engagé dans une lutte impitoyable où plusieurs dizaines de ses militants étaient pendus chaque année dans les geôles racistes, le mouvement de libération sud-africain n'avait pas de temps à perdre avec les états d'âme d'un poète afrikaner. Son hommage aux policiers avait glacé les cœurs. Makatini, compromis dans l'affaire, fut tenu à l'écart pendant plus d'un an. Comme l'avait bien prévu Charles-Albert Morand, l'affaire avait creusé un fossé de défiance entre militants noirs et libéraux blancs.

⁂

Le deuxième procès Breytenbach vida le calice jusqu'à la lie.

Le prisonnier, isolé dans sa cellule, insomniaque, privé de visites, réduit à deux lettres de cinq cents mots par mois, s'était naïvement confié à son jeune gardien de vingt ans, Pieter Groenewald. Il lui confia des lettres qui aboutirent à la police. Il lui parla pendant des centaines d'heures sans se douter que leurs conversations étaient enregistrées. Au mois d'août 1977, Breytenbach comparut de nouveau devant la justice sud-africaine sous la double inculpation de tentative d'évasion et de poursuite d'activités terroristes.

C'était grotesque. Comment un détenu soumis à un régime relevant du quartier de haute sécurité aurait-il pu avoir des activités terroristes ? Mais la lecture des lettres et la transcription des bandes magnétiques expliquaient la hargne policière. Breytenbach, bien loin de persévérer dans le repentir affiché à son premier procès, témoignait d'une pugnacité intacte et s'efforçait de passer à ses amis d'outre-mer les informations qu'il avait pu glaner. Il pensait avoir été trahi : « Le monsieur Galaska, écrivit-il à un membre de Solidarité, qui était connu pour un certain contrat, était attendu ici. Mais c'est seulement au bout de cinq heures très dures qu'ils ont compris que c'était moi. » Galaska était le nom porté sur son faux passeport. Il demande à un autre ami de prévenir Makatini à propos « des passeports en stock » : « Les flics en ont deux, et du coup tous les autres sont mis en question. C'est certain que chez nous, à Paris, les flics surveillent. Dis-lui aussi que l'organisation avec laquelle il est en contact à Paris est très bien connue du Boss... La façon dont ils connaissent S. montre beaucoup de coopération entre eux et la France. » Il dénonçait un mouchard à Londres et révélait que deux journalistes sud-africains voyageant souvent à l'étranger travaillaient pour le Boss. Mais la sensation du procès fut la production par la police d'une très longue lettre de Breytenbach qu'elle n'avait pas obtenue par des voies détournées : le prisonnier l'avait adressée directement au général Geldenhuys, chef de la police de sécurité. Il lui faisait des offres de service : en échange de sa liberté, il proposait d'infiltrer le parti communiste sud-africain pour le compte du Boss. Ses contacts au sein de l'ANC et parmi le mouvement anti-apartheid international lui permettraient de faire bonne besogne. La justification de sa démarche était sa conviction que ses ennemis d'hier étaient en vérité « des gens qui, dans des conditions très difficiles, essayaient de trouver une solution honnête et sincère à nos problèmes, et cela précisément pour éviter à l'Afrique du Sud tout entière de sombrer dans un bain de sang ». Il ajoutait : « La prison est un mauvais endroit. » Il ne voulait pas devenir une sorte de légume invertébré (« *a spineless sort of vegetable* »).

L'accusé révéla que le Boss avait tenté de le recruter lors de son triomphal voyage de 1973. Il affirma que sa proposition au général Geldenhuys n'était pas sincère. Sorti de prison, il ne serait pas devenu un agent du Boss.

Mais il avait dû, pâle et tendu, lire l'intégralité de la lettre devant la cour, les journalistes, les observateurs internationaux et une assistance composée de ses amis.

Le juge l'acquitta des chefs de tentative d'évasion et d'activités terroristes. Il le condamna à une petite amende pour avoir enfreint le règlement pénitentiaire.

La justice pouvait se donner les gants de l'équité : l'accusé s'était lui-même infligé condamnation.

Trois mois plus tard, un Martin Welz, auteur à la déontologie indécise, publiait en afrikaans, aux éditions Mac Graw-Hill de Johannesburg, sous le titre *Breyten en prison,* des morceaux choisis des lettres et des bandes magnétiques confisquées par la police de sécurité.

Ainsi le pouvoir raciste, jouant avec son prisonnier comme le chat avec la souris, l'humiliant, le disqualifiant auprès de ses camarades, donnait-il la preuve de son sinistre savoir-faire. On a déjà vu, on reverra ailleurs les autocritiques désolantes et le pardon demandé aux bourreaux. Mais qui perd gagne à ce jeu inhumain. Car les manipulateurs de l'âme ne voient pas que leurs triomphes indolores nous font encore plus horreur que les succès des tortionnaires du corps. A tel militant physiquement torturé, notre compassion machinale. Mais aux deux procès de Pretoria, avec la dignité humaine dans le box, nous sommes tous Breytenbach.

Au-delà des revers politiques d'occasion et des

déceptions provisoires ce sont les sacrifices consentis par les hommes qui font la grandeur d'une cause et lui donnent à la fin la victoire.

Breyten Breytenbach a sacrifié sept ans de liberté à la lutte contre l'apartheid.

MARC

« Je suis né en 1935. Mon père était un paysan suisse qui faisait les saisons à Chamonix. Il y a rencontré ma mère, dont la famille tenait un hôtel. Tous mes frères sont devenus hôteliers à Chamonix.

« Nous avons passé la guerre en Suisse. Mon père travaillait en usine. A la Libération, je suis allé chez mes grands-parents à Chamonix. J'y ai vécu de onze à dix-sept ans. J'ai fait un peu de montagne et beaucoup de patinage artistique. La famille était très sportive. Ma mère était une excellente hockeyeuse, mes frères ont été internationaux de hockey et l'un de mes oncles est devenu le coach de l'équipe de France après avoir été lui-même international.

« Après le BEPC, il fallait quitter le pays pour préparer le bac. J'ai préféré choisir le métier d'imprimeur et j'ai été mis en apprentissage à Sallanches. C'était bien fastidieux. Je souffrais de l'éloignement des miens. Et puis mon père est mort à quarante-deux ans ; j'en avais quatorze. Ce fut une crise très dure. J'avais soif d'amour, de vie. Je redoutais une existence médiocre sans me sentir pour autant de l'ambition. J'ai commencé à beaucoup lire. Les *Pensées* de Pascal, des livres mystiques. Ma famille n'était pas spécialement religieuse.

« Un jour, je me baladais entre midi et une heure avant de reprendre le boulot, j'arrive devant une petite église. J'ai eu la brusque sensation d'une présence universelle, d'un Dieu qui me regardait. Une impression de foudroiement. Une présence. Mais sans rien voir. C'était une présence intérieure. Comme si vous aviez été observé et aimé à chaque pas de votre vie depuis votre naissance sans le savoir, et tout à coup vous vous en rendez compte. J'ai ressenti un grand choc physique accompagné d'un sentiment de crainte et d'amour. J'ai décidé sur-le-champ de devenir prêtre. J'avais dix-sept ans et demi.

« Ma mère a pleuré, mes oncles m'ont dit que j'étais complètement fou. D'être l'aîné de cinq enfants me donnait un sentiment de responsabilité.

« Je suis entré au séminaire des vocations tardives, près de Lyon, parce que je n'avais pas appris le latin. Je l'ai étudié de façon intensive pendant deux ans, puis je suis tombé tuberculeux. On m'a envoyé au sanatorium de Bas-Thorens, au-dessus de Grasse. J'y suis resté un an et demi. Il était réservé au clergé. J'ai rencontré des jésuites, des dominicains, des trappistes – de tout. Les malades atteints depuis longtemps continuaient à mourir. C'était atroce.

« J'ai passé ensuite trois ans au grand séminaire d'Aix-en-Provence. L'armée m'a réformé, ce qui m'a évité de me poser le problème de la guerre d'Algérie. Avant d'être ordonné (il fallait six ans) j'ai quitté le séminaire. J'avais un sens de l'absolu très fort. J'hésitais entre devenir prêtre-ouvrier et entrer à la Trappe. Finalement, j'ai décidé d'être purement et simplement ouvrier, mais en lien avec l'Eglise. Un témoin du Christ.

« J'ai été embauché comme manœuvre dans une entreprise d'électrification des voies ferrées. Nous travaillions sur la ligne Tarascon-Marseille. Tout le personnel était arabe, sauf les contremaîtres. J'ai découvert les Arabes. Nous creusions les trous pour placer les caténaires. Des trous carrés de quatre-vingt-dix centimètres de côté sur deux mètres de profondeur. Il fallait utiliser des pelles avec des manches de plus en plus courts à mesure qu'on s'enfonçait. Et boiser, parce que le terrain était marécageux. Au bout de six mois, je suis devenu boiseur. Rétrospectivement, je crois que ce fut la plus belle époque de ma vie. C'était très dur. On dormait sur les voies tellement on était fatigués, au risque de se faire écraser par les trains. Mais j'aimais les gens avec qui je travaillais.

« En 1959, j'ai entendu parler du père Gauthier de Nazareth. Il avait enseigné la théologie à Dijon avant de suivre le même cheminement que je voulais mien : communiquer sa foi à travers le vécu et en saisissant l'humanité par le bas. Il s'est construit une petite baraque sur une colline de Nazareth et a travaillé dans un chantier. Au bout d'un certain temps, il a créé avec des copains arabes une coopérative de bâtiment. Il y a eu un mouvement de solidarité en France, des fonds ont été envoyés, les choses ont bien démarré. Ils ont construit plus de mille logements.

« Quand je suis arrivé, la communauté comptait Gauthier, trois filles et un Belge. J'ai passé six mois dans un kibboutz à travailler la vigne pour apprendre l'hébreu et je suis entré ensuite dans le bâtiment.

« Gauthier avait christianisé le marxisme. C'était un homme à l'image d'Henri : la même foi, le même côté prophétique. Il a eu une grosse influence sur le Concile où il a créé avec Camara et Mercier le mouvement de l'Eglise des pauvres.

« Les Israéliens étaient très intéressés par ce que nous faisions et nous aidaient de toutes les façons. De notre côté, nous favorisions l'intégration des Arabes au mouvement ouvrier israélien et leur entrée dans la centrale syndicale Histadrout. Mais nous nous sommes rendu compte que nous faisions un peu de la collaboration alors que la plus grande partie du peuple palestinien se trouvait rejetée au-delà de ses frontières. C'était parmi les réfugiés qu'il fallait témoigner. Je suis parti en Jordanie, dans le secteur jordanien de Jérusalem, avec deux filles. Une démarche politique. Gauthier faisait la liaison.

« Je logeais dans un bidonville, une bicoque sur une grotte dans laquelle vivait toute une famille. L'eau servait d'abord à laver les légumes, puis à se laver, puis à la vaisselle, puis à arroser le jardin. Je travaillais toujours dans le bâtiment, coffrage et peinture.

« Sur le conseil de Gauthier, j'ai refait trois ans de séminaire chez les pères blancs de Jérusalem. J'étais externe – le seul cas connu ! Ils étaient au service de l'Eglise melkite, une Eglise catholique grecque de rite byzantin mais rattachée à Rome. Elle a toujours protégé Gauthier, qui avait parfois des problèmes avec le Vatican. J'ai été ordonné prêtre.

« La guerre de 1967 a tout bouleversé.

« Les Israéliens ont immédiatement encerclé le secteur oriental de Jérusalem. Les Palestiniens n'étaient pas armés. Le premier jour, tout le monde se terre. Moi, j'étais dans la grotte sous ma bicoque. Le soir, je suis allé au Lythostratos, le couvent des sœurs de Sion. J'y ai retrouvé, bloqués, Gauthier et l'une des filles. Gauthier a pris les choses en main. Il a transformé le couvent en hôpital de secours. C'était important car les installations hospitalières étaient très pauvres à Jérusalem. Je suis parti avec une équipe de secours. C'était l'horreur. Les bombardements étaient terrifiants. On mourait partout. Nous ramassions les blessés sous les obus. Nous en avons sauvé des centaines, aidés par les Arabes. Le napalm faisait des brûlures horribles. Pendant six jours, Jérusalem a été un charnier. Quand le général Dayan est entré triomphalement par la porte Dorée, nous étions là, transportant des morts sur des brancards. Nous avons rejeté les draps pour qu'il voie bien qu'il entrait dans la ville sur un tapis de cadavres.

« Nous avons raconté cela dans un livre, *Jérusalem et le sang des pauvres,* qui a été publié par *Témoignage chrétien.* Gauthier a eu un tel choc émotionnel qu'il a eu un accident de santé dont il s'est heureusement remis. Personnellement, j'ai été scandalisé par l'explosion de religiosité primaire en Israël. C'était « Dieu nous a donné la victoire ! » C'était « le peuple de Dieu entre à Jérusalem ! » Si ma foi n'était pas remise en cause, l'institution religieuse l'était. Le chauvinisme religieux, le racisme spirituel me faisaient horreur. J'ai vu ensuite les Israéliens chasser les Arabes par la terreur.

« J'aurais souhaité rester à Jérusalem, où j'avais tissé des liens très forts, mais Gauthier craignait une situation équivoque. Si nous nous opposions aux Israéliens, nous aurions des problèmes. En marchant avec eux, nous deviendrions des collabos. Nous sommes partis par le pont Allenby, au milieu du flot des réfugiés. Je me suis retrouvé à Bordeaux, où j'ai fait pendant un an une formation professionnelle accélérée de tôlier-chaudronnier. Je voulais retourner là-bas et exercer ce métier.

« J'ai commencé par un séjour à Bikfaya, au Liban, pour apprendre l'arabe classique. C'est la grande école des jésuites. J'y étais avec une fille de l'équipe, Bernadette. Pendant ce temps, Gauthier voyageait et essaimait ses communautés à travers le monde, surtout en Amérique du Sud. Il a pris contact avec des Palestiniens à Paris et nous avons eu leur accord pour retourner parmi eux.

« Nous nous sommes installés à six dans le camp de Husson, près d'Irbid, en Jordanie. Nous avons monté un atelier de tissage employant quarante personnes, hommes et femmes. Il y avait vingt mille réfugiés à Husson. Des parias sans terre et sans travail depuis 1948. Un désespoir total. Le Fath était majoritaire. Il avait de grands moyens et distribuait beaucoup d'armes sans enseigner leur maniement ; les accidents étaient fréquents. Le FDLP, marxiste, était plus sérieux. J'ai suivi un stage d'entraînement avec eux. Par solidarité. On était dans un camp qui pouvait être attaqué à tout instant. L'entraînement était excessivement dur. On partait clandestinement dans le désert pendant un mois, couchant dans des grottes, mangeant du chien. Il y avait des cours politiques et des exercices de tir et d'explosifs. J'étais prêt à partir dans une base, c'est-à-dire à devenir vraiment un fedayin, mais Gauthier et les autres m'en ont empêché.

« Nous avons passé deux ans à Husson, de 68 à 70.

« Le septembre noir est arrivé [le massacre des Palestiniens par les Bédouins du roi Hussein]. Les chars jordaniens se sont présentés devant le camp, mais des blindés syriens les ont bloqués à coups de canon. Puis les Syriens se sont retirés, nous laissant face à quarante chars de Hussein. Personne n'y comprenait rien. La milice populaire du camp, dont je faisais partie, était sous les armes, mais comment résister à des chars d'assaut ? Beaucoup se sont remis en civil. Il n'est resté qu'un groupe de combat du Fath et vingt-quatre du FDLP. Nous nous sommes dit que si nous ouvrions le feu, les représailles sur la population seraient sanglantes. Il faut savoir que les Bédouins ont coupé les mains d'enfants qui avaient porté les armes. Nous avons décidé d'essayer de briser l'encerclement pour rejoindre Irbid, où se trouvaient les bases de commandos.

« Nous sommes partis à trois groupes de huit hommes bien armés. Des enfants volontaires allaient devant pour sonder les passages. La nuit était illuminée par les fusées éclairantes jordaniennes. Deux groupes ont été interceptés par les Bédouins et exterminés. J'y ai perdu des amis très chers. Mon groupe a essuyé des tirs nourris mais nous avons réussi à passer. A Irbid, c'était la désorganisation totale. Les dirigeants étaient partis en Syrie. Nous avons déposé les armes et nous sommes partis à pied pour la Syrie. Une marche de cauchemar avec la menace des avions israéliens tournant dans le ciel. J'aidais à porter une lourde valise que nous nous repassions à deux ou trois. On m'avait dit : « C'est très important. » J'ai fini par l'ouvrir. Elle était pleine de bouteilles de whisky. On est arrivés complètement bourrés en Syrie.

« Bernadette était avec nous. Au camp de Husson, elle avait rencontré un dirigeant du FDLP mais ils ne s'étaient pas avoué qu'ils s'aimaient. Ils ont fait un enfant pendant cette débâcle.

« En Syrie, le désespoir. Tant de mes amis étaient morts que je trouvais injuste de vivre. J'en voulais à tout le monde, je pensais que nous avions été trahis, qu'il aurait fallu se battre jusqu'à la mort. Aujourd'hui, je me rends compte que la partie n'était sans doute pas jouable.

« J'ai tenté de retourner en Jordanie. On m'a expulsé, mis dans un avion pour la France.

« J'ai hésité à m'engager dans les commandos suicides. Je l'aurais fait si j'avais été palestinien. Je ne l'étais pas. Je me suis dit que je n'étais pas assez désespéré pour cela. Il y avait peut-être pour moi d'autres solutions. A Paris, je suis entré chez Alsthom, puis chez Chausson, comme tôlier-chaudronnier. Je militais avec le groupe mao Ligne rouge. Je me suis lancé dans la théorie politique. J'ai lu tout Lénine. Je ne me considérais plus comme prêtre et je suis même devenu athée. Cela s'est fait tout naturellement mais, comme toujours, après une longue maturation. Il m'est soudain apparu d'une évidence folle que Dieu n'existait pas. Moi qui avais toujours voulu l'absolu, j'ai accepté le relatif.

« J'ai rencontré Henri Curiel en 1974 par l'intermédiaire d'un membre de l'équipe Gauthier, Gabriel. Il était entré au séminaire à Rome après un séjour en Inde qui lui avait révélé une misère insondable. Gauthier l'avait débauché et emmené à Jérusalem. Il est ensuite allé au Brésil. Henri m'a fixé rendez-vous au café *Ruc,* à la gare Saint-Lazare. Il m'a écouté avec beaucoup d'attention. Lui-même n'a presque pas parlé. A la fin, il m'a demandé si je pouvais rendre quelques services. J'ai été affecté aux faux papiers. On m'a convoqué à une réunion où il y avait pas mal de monde. A la fin, j'ai dit à Henri que j'allais être beaucoup plus disponible car j'avais décidé de quitter l'usine où je travaillais depuis quatre ans. Rien ne bougeait. Il m'a dit : « J'ai besoin d'un permanent pour le secrétariat. Il y a pour l'instant un dominicain et moi. A nous trois, on va essayer de relancer les choses. »

« C'était au moment du départ de Gerold. Je le rencontrais tous les jours pour qu'il nous passe le relais. Il était déchiré par son départ. Un type très bien, Gerold, très organisé. Avec lui, les réunions étaient parfaitement au point.

« Je m'occupais de la formation – les stages, les cours. Cela marchait bien. Mieux qu'avant, même. Le « travail extérieur » a beaucoup souffert du départ de Gerold parce qu'il avait une surface sociale exceptionnelle, mais sur le plan des services techniques, nous avions atteint une remarquable efficacité.

« Pendant quatre ans, j'ai vu Henri pratiquement chaque jour, j'ai vécu de sa force et de sa certitude. Il répétait : « L'homme peut tout. » Il avait une foi sans limites dans la générosité des gens. Lui-même se remettait sans cesse en question. Il était humble, d'une humilité et d'une simplicité accablantes. Il ne s'appartenait pas. Il vivait pour les autres, toujours dépouillé, toujours sur la brèche.

« Il m'a tenu complètement à l'écart de tout ce qui concernait le Proche-Orient. »

CAR l'homme du monde entier revenait au soir de sa vie vers les rivages de sa naissance, au berceau de la plus ancienne Histoire, dans ce cul-de-sac méditerranéen ravagé par les passions.

Il recevait à Paris les dirigeants et militants des mouvements les plus exotiques, du cap de Bonne-Espérance à la Terre de Feu, de la corne de l'Afrique à la cordillère des Andes, mais agissant partout, il restait rivé à la montagne Sainte-Geneviève, cinquième arrondissement. Son palmarès de voyageur eût fait sourire n'importe quel cadre moyen français.

Son intelligence allait sans passeport. Il avait l'intuition des peuples et des situations. Des voyageurs chevronnés, familiers d'un pays, d'une nation, s'étonnaient de la connaissance qu'il en avait pris sans les avoir jamais physiquement fréquentés. Connaissance intellectuelle et sensible, mais abstraite.

Peut-être les senteurs et les couleurs lui manquèrent-elles à la fin, la familiarité d'un paysage humain, les petits riens qui font la patrie.

L'évolution est perceptible dès 1972. Elle s'accélère à partir de 1974. Il ne délaissera jamais Solidarité ni ne manquera de réchauffer à sa flamme les nouveaux venus assurant la relève de la vieille garde. Mais ses pensées le ramènent au Proche-Orient et il lui consacre désormais le meilleur de sa militance.

La cause était belle : la paix.

QUATRIÈME PARTIE

LE PROCHE-ORIENT

De 1947 à 1978, Henri Curiel n'a jamais varié sur le Proche-Orient.

Dans le même laps de temps – trois décennies – les Palestiniens passèrent de la négation pure et simple de la présence juive à la proposition d'un « Etat laïc et démocratique » où vivraient en paix les deux communautés arabe et juive, pour en arriver finalement à la suggestion d'un Etat palestinien à créer sur les territoires occupés par Israël en 1967. De leur côté, les Israéliens oscillaient entre la revendication de leur droit à l'existence dans la sécurité et leur rêve pseudo-biblique d'un Grand Israël s'étendant du Nil à l'Euphrate...

L'approbation en 1947 du plan de partage de l'ONU par les communistes égyptiens du MDLN résultait pour une large part de leur obédience vis-à-vis de l'Union soviétique. Si le plan n'avait pas été présenté par Andrei Gromyko, Henri Curiel et ses amis ne l'auraient sans doute pas approuvé. Par la suite, la réflexion personnelle prit le relais de la discipline internationaliste. Tandis que le Kremlin suivait dans la région une ligne sinueuse au gré de ses intérêts supposés, favorisant selon l'époque des politiques arabes différentes sinon contradictoires, Henri Curiel s'en tenait inflexiblement à la position adoptée en 1947. Cette permanence ne fut pas pour rien dans la confiance que lui gardèrent ses camarades au milieu des pires campagnes de calomnie. Ils ont été au moins trente membres de Solidarité à nous dire en substance (les uns sympathisants d'Israël, les autres acquis à la cause palestinienne) : « J'ai entendu pendant dix ans – ou quinze – Henri dire la même chose sur le Proche-Orient. Ce n'est pas le fait d'un agent. Un homme manipulé aurait forcément varié. Il n'a jamais bougé. » Plusieurs le quittèrent, d'une crise à l'autre, parce que la passion leur faisait trouver insupportable son équanimité. Il fut jugé intolérablement propalestinien lorsque les pires débordements terroristes, qu'il condamnait, ne l'empêchèrent pas de continuer à revendiquer une patrie pour les Palestiniens. On le trouva excessivement pro-israélien lorsque les pires aventures expansionnistes, qu'il condamnait, ne changèrent rien à son discours sur le droit d'Israël à l'existence dans la sécurité. Il préféra perdre des amitiés chères plutôt que d'infléchir ses principes.

En trente ans, il écrivit sur le problème des centaines de pages. Ses amis en réunirent un choix après son assassinat. Publié sous le titre *Pour une paix juste au Proche-Orient,* le livre est largement répandu en Israël et a été traduit en arabe par les Palestiniens. Mais le génie simplificateur de Curiel permet à l'analyse politique de tenir en un feuillet dactylographié intitulé « Considérations sur le problème palestinien » qu'il faisait approuver massivement à chaque congrès de Solidarité :

« Nous partons du droit sacré et imprescriptible des collectivités nationales à l'existence nationale. Nous reconnaissons donc le droit des juifs d'Israël à l'existence nationale, mais ce droit doit a fortiori être reconnu aux Arabes de Palestine (...) Il est vrai que chacune des communautés dénie à l'autre ses droits légitimes. Mais, dans cette situation, nous partons du principe que c'est seulement en aidant ceux dont les droits sont effectivement violés qu'on peut obtenir que soient reconnus les droits légitimes de la partie adverse. Ainsi, en défendant le droit des Arabes palestiniens, nous luttons d'abord pour une cause juste, mais nous créons aussi les conditions les plus favorables pour une reconnaissance par les Arabes des droits légitimes des juifs israéliens. »

Le but est clair : deux Etats garantissant à chaque communauté son existence nationale.

Les moyens sont, comme toujours chez cet homme rompu à la difficulté des choses, simples et modestes : « Aucun affrontement purement national ne peut aboutir à une solution qui tienne compte des droits légitimes des parties en conflit. Pour aboutir à une telle solution, il faut que s'établisse une alliance entre les forces de progrès qui doivent conjuguer leurs efforts contre les forces réactionnaires des deux collectivités et leur allié commun, l'impérialisme américain. » Autrement dit : tant que le nationalisme chauvin tiendra l'estrade, la voie vers la paix restera fermée. La seule démarche utile consiste en attendant à faire se rencontrer ceux qui, dans chaque camp, sont disposés au dialogue.

Trente ans durant, Henri Curiel fut à la recherche des hommes de paix.

***

Sa réflexion ne fut pas solitaire, ni son action. Il avait avec lui le clan des Egyptiens. Leur refus de s'engager dans Solidarité, organisation à vocation mondiale, ne signifiait pas désertion du champ politique proche-oriental. Joseph Hazan, Raymond Stambouli, Alfred Cohen, quelques autres, militèrent sans désemparer pour la paix ; Joyce Blau, membre de Solidarité, consacrait l'essentiel de sa formidable énergie au problème du Proche-Orient. Si la stratégie ne soulevait pas de discussion, l'événement brutal remettait sans cesse la tactique en question. On en délibérait ardemment et la notion d'« intellectuel collectif » pourrait trouver ici son application. A force de réfléchir ensemble depuis si longtemps, les membres du clan réagissaient à l'identique. Lorsqu'un flash radiophonique apprend à Joseph Hazan l'envol de Sadate pour Jérusalem – geste bouleversant toutes les données du jeu politique –, il décroche son téléphone et appelle Henri, en résidence forcée à des centaines de kilomètres ; dès la première phrase, les deux hommes constatent leur accord : « C'est bien. Pourvu que les communistes égyptiens aient l'intelligence de monter dans l'avion ! » (En revanche, ils jugeront Camp David néfaste.)

Sachant le terrain miné par les partis pris, dévasté par les passions, Henri décida de n'y engager que des hommes libres de tout préjugé, même si leur ignorance du problème devait, dans un premier temps, garantir leur virginité. Il suffisait qu'un nouvel adhérent de Solidarité se fût frotté au Proche-Orient pour en être par la suite systématiquement écarté. En revanche, des néophytes plongèrent dans le chaudron de sorcières, armés de leur seule bonne volonté et, il faut le dire, d'une intelligence politique propre à leur faire trouver un fil d'Ariane dans les pires labyrinthes. Ce fut le cas, entre autres, de l'avocat martiniquais Marcel Manville, qu'Henri fit inviter au premier symposium sur la Palestine tenu au Caire en avril 1965 : « J'ignorais complètement le problème. Avouons-le : je ne savais même pas que les Palestiniens existaient !... C'est après la guerre des Six Jours, en 1967, qu'ils ont fait leur entrée sur la scène politique mondiale. Henri m'avait expliqué que ce symposium traduisait un virage stratégique de la part de Nasser. Nasser ne croyait plus à la possibilité d'éliminer Israël par la force, d'où sa décision d'une action de propagande en faveur des Palestiniens. Henri m'a demandé de rencontrer au Caire Chehata Haroun et Albert Arié en me prévenant qu'ils voulaient que j'intervienne contre le fatras antisémite véhiculé par les Palestiniens. Le patron de l'OLP était à l'époque Choukeiry, de sinistre mémoire. J'ai donc rencontré Chehata, Titi Arié et une vingtaine de camarades. Ils m'ont fait de la situation un tableau effarant. Une nouvelle édition du *Protocole des Sages de Sion* circulait au Caire, ainsi qu'une pétition pour faire libérer Eichmann. Un grand hebdomadaire avait entrepris de relever les méfaits commis par les juifs depuis la nuit des temps. Au symposium, j'ai entendu des interventions incroyables. Les délégués sud-américains étaient tout simplement des nazis. Une déléguée hollandaise a déclaré à la tribune : « Les juifs, il ne faut même pas les jeter à la mer : les poissons crèveraient ! » J'ai parlé devant deux mille personnes. A la fin de mon intervention, pas un applaudissement, un silence de mort. Mehdi Ben Barka a eu le courage de se lever et de venir me serrer la main. Pendant les dix jours restants du symposium, j'ai été complètement ignoré par les antisionistes délirants. Chehata et ses camarades m'ont bien entendu beaucoup félicité mais, plus significatif, j'ai reçu les compliments du colonel Ahmed Hamrouche, un autre ami d'Henri, « au nom du gouvernement égyptien ». On voulait se débarrasser de Choukeiry. »

L'Egypte avait été, comme il était normal, le lieu des premières tentatives en faveur du dialogue.

Dès 1953, dans les froideurs de l'exil, Henri met en garde ses camarades du MDLN contre la tentation du chauvinisme et de l'antisémitisme. « Nous luttons, leur écrit-il, pour la solution du conflit entre Israël, d'une part, et les pays arabes et en particulier l'Egypte, d'autre part. » Evoquant la présence d'éléments pacifistes en Israël, il écrit : « Si les peuples arabes, et le peuple égyptien en particulier, connaissaient l'existence et l'action de ces forces, ce serait un coup décisif contre l'influence nocive du chauvinisme que les classes dirigeantes développent de toutes leurs forces dans leur intérêt et contre l'intérêt national. »

Lorsque l'avocat Youssef Helmy, proche du MDLN, secrétaire général du Mouvement de la paix égyptien, le rejoint dans l'exil, il rédige avec lui deux messages diffusés en 1956 sous la signature de Helmy. L'un, destiné à Israël, se concluait par cette exhortation : « Nous voulons la paix, et vous autres Israéliens la voulez aussi. Opposez donc aux fauteurs de guerre les slogans de la paix ! Opposez-leur, comme nous le faisons nous-même, les mots d'ordre de Bandoung qui ont été repris par les peuples du monde entier... » C'était la première fois depuis la guerre de 1948 qu'une personnalité arabe s'adressait directement aux Israéliens. Le second message, envoyé à Gamal Abdel Nasser, l'exhortait à reconnaître « les droits du peuple d'Israël dans son Etat » et lui suggérait de demander « la convocation d'une conférence internationale semblable à celle de

Genève [1954] qui a amené la paix au Viêt-nam. Cette conférence devrait regrouper les pays arabes et Israël, des Etats de la conférence de Bandoung ainsi que les autres grandes puissances ».

L'agression franco-anglo-israélienne de 1956 éparpille aux quatre vents du Sinaï le message de paix.

⁂

L'année noire n'était cependant pas finie que Curiel et ses amis exilés lançaient un nouvel « appel international aux gouvernements et aux peuples des Etats arabes du Moyen-Orient et d'Israël ». Dénonçant l'impasse où conduisait toute guerre, fût-elle dans un premier temps favorable à l'un des camps, l'appel suggérait la réunion d'une conférence internationale et spécifiait : « Les soussignés se déclarent en outre prêts à favoriser des rencontres internationales avec la participation de personnalités arabes et israéliennes, rencontres qui auraient pour objet l'étude des conditions et des bases d'un règlement pacifique du conflit arabo-israélien. » Approuvé par de nombreuses personnalités européennes, l'appel recueillit en France maintes signatures, dont celles de Robert Barrat, Claude Bourdet, Pierre Cot, Jean-Marie Domenach, François Mitterrand et Jean-Paul Sartre.

L'année précédente, Curiel avait présenté à Youssef Helmy l'écrivain israélien Amos Kenan, ancien du groupe terroriste Stern, jeune vétéran de la guerre de 1948, qu'il avait connu par son amie Christiane Rochefort. Kenan ne quitterait plus l'avant-garde des pionniers de la paix.

En 1957, Kenan présenta Uri Avnery à Curiel. Avnery, ancien de l'Irgoun, héros de la guerre de 1948 au cours de laquelle il avait été grièvement blessé (difficile dans cette histoire de trouver un Israélien qui ne soit héros de quelque guerre...) prônait le dépassement du sionisme et l'intégration d'Israël dans le contexte proche-oriental. Cofondateur et directeur du journal *Haolam Hazeh,* futur député, il était constamment menacé, agressé physiquement, le cas échéant plastiqué, pour ses prises de position en faveur de la minorité arabe d'Israël ou ses protestations contre les sanglantes opérations de représailles de l'armée israélienne contre les villages palestiniens.

Cet homme au cœur bronzé éprouva l'une des grandes peurs de sa vie en montant dans la vieille 2 CV Citroën que conduisait Curiel à la fin de l'année 1957. L'un des risques les plus sérieux encourus par les camarades d'Henri résidait dans son pilotage des automobiles, soit qu'il conduisît à trente à l'heure sous les insultes des autres chauffeurs pour poursuivre plus à l'aise une conversation, soit qu'il se lançât le pied au plancher sans se soucier de la circulation. Ce soir-là, il évita par miracle une sévère collision dans le quartier de l'Etoile et avoua qu'un accident eût été malencontreux car l'arrière de la voiture était bourré de tracts du FLN. Avnery en fut abasourdi. Il situait mal son interlocuteur. « L'impression générale donnait l'idée d'un homme timide, effacé. Au premier regard, on ne pouvait discerner la force géante qui jaillissait de lui. Sa force était de posséder un cerveau travaillant comme un ordinateur, dirigé par une foi profonde. Celui qui le rencontrait pour la première fois, le voyant assis dans un bistrot, discutant, l'aurait pris pour un professeur, pour un intellectuel écrivant un livre. Personne n'aurait imaginé qu'il s'agissait d'un militant au caractère d'acier... »

Le jeune Avnery prit cependant très vite la mesure d'Henri : « Il me conseilla de faire une conférence de presse. Il pensait que le monde devait savoir que des forces de paix existaient en Israël, que leurs positions devaient être connues. Le monde arabe devait surtout savoir qu'il y avait en Israël des forces qui se prononçaient pour l'établissement d'un Etat palestinien à côté d'Israël. A part trois Israéliens, je ne connaissais personne à Paris. Je n'avais, bien sûr, ni argent ni contacts. Cette conférence de presse fut organisée en deux jours, comme par un coup de baguette magique. On loua une salle adéquate dans un grand hôtel. Les plus importants journalistes des grands quotidiens et hebdomadaires vinrent... Je pus rencontrer des ministres, des rédacteurs en chef, des leaders politiques. »

Toujours attentif à faire sortir le bien du mal, Henri voyait dans la guerre d'Algérie une occasion de débloquer les rapports entre Israël et les pays arabes. Il s'ouvrit à Uri Avnery d'un projet d'une séduisante audace politique pour lequel il avait déjà reçu l'accord des dirigeants du FLN : l'octroi d'une aide israélienne aux patriotes algériens. Avnery : « Si Israël apportait une telle aide aux combattants algériens, des relations d'amitié et de fraternité se développeraient entre les deux peuples. On en récolterait ensuite les fruits, après l'inévitable victoire du FLN. L'Algérie libre serait une puissance du monde arabe. Ce serait notre premier ami arabe important. L'Algérie pourrait être médiatrice entre Israël et l'Egypte. On aboutirait ainsi à la paix. Je fus persuadé qu'il avait raison. J'ai prêché sans cesse pour cela dans *Haolam Hazeh* et au cours de conversations privées. Mais en vain... Henri Curiel n'en fut pas désespéré : « Si vous n'arrivez pas pour l'instant à modifier l'attitude de votre gouvernement, agissez seul. » Suivant son conseil, je créai le Comité israélien pour l'Algérie libre avec mes camarades Nathan Yalin-Mor, Amos Kenan, Maxime Ghilan, Shalom Cohen, etc., avec pour but d'apporter une aide effective aux combattants algériens, pour établir des relations avec eux et influencer la politique israélienne, pour que le monde arabe sache qu'il existait un autre Israël.

« Henri Curiel demanda aux dirigeants algériens en quoi nous pouvions les aider. Lorsqu'ils apprirent que des membres de notre Comité étaient des anciens du groupe Stern, ils sautèrent sur l'occasion. Ils nous transmirent un message nous demandant d'envoyer un groupe d'instructeurs pour le sabotage chimique et électrique dans les camps d'entraînement du FLN en Tunisie et en Yougoslavie. A notre grand regret, nous ne pûmes répondre à cette demande. Le gouvernement israélien s'y opposait et nous n'avions pas de volontaires [1]. »

(1) *Haolam Hazeh* du 10 mai 1978.

Un objectif secondaire du Comité israélien pour l'Algérie libre était de convaincre les juifs pieds-noirs de se désolidariser des ultras de l'Algérie française. L'échec fut là aussi flagrant.

Toujours en 1958, Curiel participe au colloque de Florence suscité par son ami Robert Barrat sous les auspices du prince héritier marocain Hassan. Organisé de manière un peu brouillonne par le maire de la ville, l'excellent Giorgio La Pira, le colloque se propose de renouer les liens rompus par l'expédition de Suez, d'inaugurer le dialogue israélo-arabe et d'apporter une contribution au règlement du problème algérien. Vaste programme ! Les délégations arabes ont en face d'elles des représentants du parti communiste israélien et quelques colombes, dont l'inévitable Amos Kenan. Aucun résultat concret, bien sûr, mais on a malgré tout dialogué.

La guerre des Six Jours, en 1967, déchire une fois de plus la trame fragile tissée par les pionniers de la paix. L'exaltation nationaliste des vainqueurs et l'humiliation des vaincus laminent dans chaque camp les forces pacifistes. Une violente discussion oppose Uri Avnery à Curiel. L'Israélien affirme que son pays, agresseur selon les apparences, était au vrai en état de légitime défense. Curiel dénonce la volonté expansionniste des dirigeants israéliens. Ils resteront brouillés pendant plusieurs années. Henri Curiel écrit cependant à ses amis communistes égyptiens : « Les masses israéliennes ont considéré que la guerre n'était pas une agression d'Israël mais une lutte pour la survie de leur pays. Peut-on raisonnablement leur demander de retourner à une situation où elles risqueraient d'être encore une fois menacées d'extermination ; une situation où elles devraient renoncer aux fruits de leurs immenses sacrifices sans la moindre contrepartie ? Il ne faut pas se leurrer. Les masses israéliennes renonceront aux territoires occupés *uniquement* pour une paix *véritable* et une véritable sécurité. »

Puis un touriste égyptien atterrit à Paris. Le colonel Ahmed Hamrouche, ancien du MDLN, Officier libre, renoue avec son vieil ami Henri après une longue séparation. Les retrouvailles sont émouvantes : « A ton avis, que devrions-nous faire ? » demande à la fin Hamrouche. Nasser l'a envoyé en mission exploratoire. D'un aller-retour au Caire, il rapporte un feu vert de Nasser pour des rencontres propres à ouvrir la voie de la paix. Curiel et ses amis prennent contact avec Léo Hamon, ministre de l'Information du général de Gaulle. Proposition est faite d'une conférence réunissant à Paris, sous l'égide d'un ministre français, des délégués israéliens et égyptiens. Nasser accepte. Golda Meir, ministre israélien des Affaires étrangères, refuse. Le journaliste Eric Rouleau tente alors d'organiser une entrevue entre Nasser et Nahum Goldmann, président du Congrès juif mondial. Golda Meir bloque de nouveau l'initiative. Il arrivera que l'autre camp fasse capoter de même manière des négociations qui paraissaient sur le point d'aboutir.

« Henri Curiel ignorait le désespoir, écrit Avnery. Si quelque chose ne marchait pas, il recommençait cinq fois, dix fois... Les actes des fedayins ont torpillé des initiatives très importantes au moment décisif. Toute autre personne aurait baissé les bras, mais pas Henri Curiel. S'il fut déçu, il ne le montra pas. Je l'ai toujours vu rempli d'énergie, prêt à effectuer une nouvelle démarche. »

Ahmed Hamrouche rencontre ainsi Goldmann et reçoit l'accord de Nasser pour des contacts avec les pacifistes israéliens présentés par Henri. Hamrouche : « Pendant deux ans, je suis venu à Paris chaque mois, en tout cas tous les deux mois, pour parler avec Henri du problème de la paix. Il m'a beaucoup appris. J'ai compris grâce à lui que les Israéliens n'étaient pas tout noirs, qu'il y avait parmi eux des éléments favorables à la paix. Je rendais compte directement à Nasser, qui suivait mes contacts avec beaucoup d'intérêt. J'ai rencontré par l'intermédiaire d'Henri la plupart des progressistes israéliens. C'était toujours clandestin. Nous nous retrouvions dans des cafés. Ces conversations étaient importantes, même si elles n'ont débouché sur rien de concret, parce que des Israéliens comprenaient pour la première fois que Nasser n'était pas seulement un homme de guerre, qu'il pouvait et voulait être un homme de paix. Mon premier interlocuteur israélien a été Nathan Yalin-Mor. Il a publié une longue interview de moi dans un journal de son pays. »

Entre deux voyages à Paris de son ami Hamrouche, Henri garde le contact avec Le Caire par la délégation égyptienne à l'Unesco. Il y a fait engager comme secrétaire l'une de ses proches, Claudia. Chaque quinzaine, un rapport est expédié par la valise diplomatique.

En 1970, Nasser meurt. Une nouvelle équipe arrive au pouvoir avec Sadate. Tout est à recommencer.

⁂

Maurice Barth : « J'ignorais tout du Moyen-Orient. Henri m'y a fait plonger, m'apportant sa connaissance de ce monde, sa compréhension des problèmes. Il m'a complètement initié. Il y avait chez lui une volonté délibérée de faire travailler des chrétiens sur la question. D'abord parce que beaucoup de Palestiniens sont chrétiens, ce qui est assez ignoré, mais aussi parce qu'il était convaincu que l'élargissement du champ des participants faciliterait le déblocage de la situation.

« Mon rôle a surtout consisté à préparer les conférences, colloques ou réunions secrètes. Cela exigeait une activité intense. Il fallait convaincre les deux parties d'envoyer des gens bien, aussi représentatifs que possible. Et les méfiances étaient énormes... Pour la conférence de Bologne, nous avons eu des réunions préparatoires, dont deux à Rome, et j'ai fait une grande tournée au Proche-Orient : Beyrouth, Damas, Jérusalem, Le Caire. J'ai rencontré pour la première fois Yasser Arafat. Non seulement il a approuvé le principe de la conférence mais il a promis l'envoi d'une délégation palestinienne. » Le projet d'une conférence internationale venait de loin. Nasser l'avait approuvé. Avec son accord, Khaled Mohieddine était venu lui-même à Paris pour y rencontrer les personnalités israéliennes déjà approchées par Hamrouche. Mais Sadate, nouveau maître de l'Egypte, avait commencé par placer Mohieddine en résidence surveillée. Il avait cependant accueilli favorablement le projet d'une conférence. Henri et ses amis souhaitaient la réunir à Paris. Le gouvernement français déclina la proposition. Georges Pompidou avait succédé à Charles de Gaulle. Bologne, dont la municipalité était communiste, accepta d'accueillir une conférence placée sous l'égide du Mouvement de la paix.

Le travail préparatoire fut énorme. Géographiquement, les contacts pris s'étendaient sur quatre continents. Politiquement, diktats et exclusives durent être surmontés avec une patience infinie. La partie arabe, estimant que le fait d'accepter une délégation israélienne constituait une concession inouïe, exigeait que cette délégation fût exclusivement composée d'antisionistes. C'était vouloir résoudre un problème en niant son existence. A quoi bon une délégation israélienne composée de membres du parti communiste Rakah, dont l'immense majorité des militants était des arabes israéliens ? Elle n'eût représenté qu'elle-même. Or, l'annonce de la conférence avait suscité un extraordinaire intérêt en Israël. Le journaliste Nathan Yalin-Mor écrivait : « Il n'y a pas plus de deux millions et demi d'Israéliens qui veulent venir à Bologne » : la totalité de la population. Yalin-Mor était de ceux dont Henri Curiel voulait à tout prix la présence parce que leur passé était aux yeux de leurs compatriotes garant de leurs options nouvelles. Sioniste fanatique, chef politique du groupe terroriste Stern, condamné à huit ans de prison pour participation en 1948 à l'assassinat du délégué de l'ONU, le comte Bernadotte, Yalin-Mor en était arrivé, au terme d'un long cheminement, à la conviction que la paix passait par la création d'un Etat palestinien. Son passé le faisait insoupçonnable : il n'est colombe plus efficace que l'ancien faucon. Henri le voulait à Bologne avec Uri Avnery, Amos Kenan et autres héros patentés des trois guerres israélo-arabes. Il obtint à la fin l'accord de la partie arabe.

Mais la levée des préalables avait fait perdre deux ans. Prévue à l'origine pour 1971, la conférence se réunit à Bologne le 11 mai 1973.

Dès la séance inaugurale, on la sut largement ratée. Son acquis le plus spectaculaire et le plus significatif devait être la réunion dans la même salle, pour la première fois dans l'Histoire, d'une délégation palestinienne et de représentants israéliens. Les Palestiniens n'étaient pas là. Par une coïncidence bien singulière, l'aviation israélienne avait bombardé l'aéroport de Beyrouth le matin même où ils devaient s'envoler pour l'Italie. On attendait six cents délégués de tous pays ; il en vint deux cents, dont quatre-vingt-cinq Italiens. Encore eût-on pu faire l'économie des orateurs japonais qui occupèrent la tribune pour vitupérer la Corée, ou celle des Indiens qui évoquèrent longuement le problème du Bangla Desh. Quant aux délégués irakiens et syriens, ils refusèrent de saluer les Israéliens. Amos Kenan quitte la salle en hurlant : « Commedia dell'arte : on nous invite et on ne veut pas nous voir ! » Un autre délégué israélien en tombe malade. Khaled Mohieddine et ses amis progressistes sont sous la haute surveillance de fonctionnaires égyptiens. (Ahmed Hamrouche n'a pas pu se déplacer mais il recevra du délégué israélien Yossi Amitai une longue lettre qu'il fera publier dans un grand journal du Caire.) L'Algérie, la Tunisie et le Liban ne sont même pas représentés. Le patronage du Mouvement de la paix se révèle enfin plus gênant qu'utile.

Henri Curiel n'est pas venu. Son statut d'apatride lui interdit d'apparaître dans une conférence officielle. De toute façon, il se croit plus nécessaire au stade de la préparation qu'à celui des débats. Joyce Blau, Raymond Stambouli et Maurice Barth sont présents.

Avec son réalisme coutumier, Henri constate les nombreuses raisons de tenir Bologne pour un échec. Avec son inébranlable optimisme, il ajoute : « Mais il suffit d'en citer l'aspect positif pour se rendre compte qu'il l'emporte de façon décisive sur les aspects négatifs, car il a sur ceux-ci l'avantage d'être fondamental. La conférence a constitué un fait véritablement sans précédent. Elle a en effet réuni des pacifistes arabes et israéliens pour la première fois publiquement. Elle a démontré la possibilité d'un dialogue entre eux sur une attitude convergente face aux forces réactionnaires des deux camps... Et maintenant, que faire ? Il est évident qu'on ne peut en rester là. Les participants, et avant tout les Israéliens et les Arabes, souhaitent non seulement qu'on poursuive mais qu'on avance. »

Deux ans d'efforts inlassables, de négociations, de traverses, pour aboutir à un résultat dérisoire par rapport aux espérances : on continue. Il fallait vraiment avoir la foi chevillée au corps. Cinq mois après Bologne, la guerre du Kippour redistribue les cartes en mettant dans la main de Sadate, vainqueur moral, quelques atouts maîtres.

Il ne ressentait donc point cette lassitude de militer qu'avaient cru déceler certains de ses camarades de Solidarité ; et il n'aspirait pas à une consécration politique, contrairement à ce qu'avaient pensé quelques jeunes gens de l'organisation, car l'action dans laquelle il s'était investi ne pouvait en aucun cas lui valoir reconnaissance officielle.

Parvenu à la soixantaine mais loin d'éprouver l'approche des glaces de l'âge, il brûlait d'une passion renouvelée, comme si les retrouvailles avec ses vieux compagnons – Hamrouche, Mohieddine – lui restituaient, avec le retour au berceau méditerranéen, la flamme de la jeunesse.

La paix qu'il poursuivait avec obstination depuis trente ans, il sut après Bologne qu'il lui faudrait l'aller chercher au cœur de la fournaise, et qu'il risquait d'y brûler. Il ne broncha pas. Uri Avnery : « Son attitude était la suivante : “Notre démarche est capitale. Il s'agit du sort des peuples et de la vie de beaucoup de monde. Nous ne pouvons pas nous permettre de sentiments comme la déception, la colère née de l'ingratitude, l'amertume, la peur, etc. Ce qui sera, sera. Nous devons continuer pour la paix, la chose la plus importante qui soit.” »

Ce qui sera, sera.

Sa clairvoyance politique lui avait fait pressentir dès avant Bologne le virage historique que préparait Sadate. Dans un texte de 1971 – deux ans avant la guerre du Kippour, six ans avant l'envol de Sadate pour Jérusalem – il constate la nouvelle stratégie

« que semblent emprunter les dirigeants égyptiens et qui consiste à essayer de s'entendre avec le groupe dirigeant israélien ». Or, poursuit-il, ce serait « porter le coup le plus sérieux aux forces israéliennes pacifiques et anti-annexionnistes » : elles se trouveraient disqualifiées. Il préconisait plus que jamais l'alliance avec les pacifistes israéliens « qui défendent de façon intransigeante une solution politique fondée sur la résolution du Conseil de sécurité et sur la reconnaissance des droits nationaux du peuple palestinien ».

L'Egypte ferait en effet sa paix avec Israël en laissant en plan les Palestiniens. Pour Curiel et ses amis, la paix au Proche-Orient passait par le règlement du problème palestinien, condition nécessaire sinon suffisante.

Le relatif échec de Bologne ayant montré par ailleurs les limites du dialogue israélo-arabe, et les Palestiniens eux-mêmes, désormais représentés par l'OLP de Yasser Arafat, se démarquant sans cesse davantage de « pays frères » dont ils avaient appris à mesurer les égoïsmes nationaux, Henri jugea le moment venu de substituer au flou politique des vastes colloques le tête-à-tête entre pacifistes palestiniens et israéliens.

L'idée n'était pas son exclusivité et d'autres avaient ouvert la voie. L'initiateur palestinien était Saïd Hammami, jeune intellectuel féru de Marx et de Kipling, boxeur amateur, ancien fedayin, représentant de l'OLP à Londres. Il avait été le premier Palestinien à rencontrer Uri Avnery, et à sa suite la plupart des colombes israéliennes. Claude Bourdet, lui aussi instigateur passionné du dialogue, maillon essentiel de la chaîne pacifiste, avait joué un rôle capital. Hammami rencontra Henri. Une confiance absolue s'établit entre eux. Saïd Hammami avait en lui une force, un optimisme, un bonheur de vivre auxquels nul interlocuteur, fût-il le plus mal disposé, ne pouvait rester insensible. Il apprécia en Curiel une expérience et une envergure politiques hors du commun.

Représentant de l'OLP à Londres, Hammami restait à peu près dans le cadre de ses fonctions en s'avançant en éclaireur sur des voies hérétiques : ce peut être le rôle d'un diplomate. Mais il devait forcément passer le relais au terme des contacts exploratoires. De son côté, la pléiade des intellectuels pacifistes israéliens devait s'organiser pour faire figure d'interlocutrice politique sérieuse : Avnery et ses amis créent en décembre 1975 le Conseil israélien pour la paix israélo-palestinienne.

Henri Curiel assuma la coordination politique et l'organisation pratique des contacts.

C'était pénétrer dans la zone de feu. Le dialogue subreptice entre représentants officieux d'Etats ennemis exposait à de rudes secousses : Kenan, Avnery et les autres avaient été dénoncés comme traîtres, voire inculpés. Mais l'entrée en jeu de l'OLP, avec son immense cortège de deuils subis et infligés, les haines qu'elle suscitait et celles qui la divisaient, introduisait la mort dans la partie. Certains appelleraient toujours trahison la quête de la paix. La sanction ne serait plus l'insulte ou l'ostracisme mais la liquidation physique.

Henri s'avance parmi des hommes qui ont perdu tant des leurs qu'une vie ne compte plus.

Le glas ne va plus cesser de sonner. Saïd Hammami, pionnier de la paix, sera abattu à Londres le 4 janvier 1978 ; Henri Curiel, à Paris, le 4 mai 1978 ; Azzeddine Kalak, à Paris aussi, le 1er août 1978 ; Naim Khader, à Bruxelles, le 1er juin 1981 ; Issam Sartaoui, à Albufeira, le 10 avril 1983.

***

Maurice Barth reprit son bâton de pèlerin et partit pour Israël. Le Conseil israélien pour la paix israélo-palestinienne souhaitait une rencontre officielle. A Beyrouth, Yasser Arafat était dans les mêmes dispositions : « Je suis prêt à rencontrer les Israéliens quand ils voudront. »

Une réunion préparatoire eut lieu à Athènes en mai 1976 entre Joseph Hazan, l'Egyptien Rifaat el-Saïd (vous souvenez-vous du jeune Rifaat, militant du MDLN, entré au camp de Huckstep en culottes courtes ?) et un représentant palestinien. Le principe d'une rencontre israélo-palestinienne est adopté. Elle se tiendra sous l'égide du Conseil œcuménique des Eglises avec le parrainage d'un Comité d'initiative international composé d'éminentes personnalités pour lui donner le plus grand retentissement possible. Joseph Hazan est en relation avec Abou Khalil, représentant de l'OLP à Dakar, marié à une Egyptienne. Khalil part pour Beyrouth afin d'obtenir l'accord de la centrale palestinienne sur les ultimes détails. La conférence doit se tenir à Paris du vendredi 30 juillet 1976 à quinze heures au dimanche 1er août à douze heures. Les membres du comité de parrainage ont été contactés dans le monde entier. L'ordre du jour est fixé. Tous les problèmes pratiques ont été résolus (Joyce, ouvrière inlassable !) Côté israélien, on attend l'état-major du Conseil pour la paix. Côté palestinien, c'est l'inconnue car les lignes téléphoniques de Beyrouth sont trop surveillées pour qu'on leur confie les noms des délégués. Abou Khalil rassure cependant Hazan : « Le niveau de notre délégation sera supérieur à celui des Israéliens. »

A la mi-juin arrive à Paris le docteur Issam Sartaoui flanqué de son assistant, Abou Faiçal, et d'Abou Khalil. Encore plus stupéfaits que scandalisés, Curiel et ses amis entendent Sartaoui leur annoncer avec une désinvolture impudente : « Mais non, cette conférence n'aura pas lieu, nous n'avons du reste jamais donné notre accord. » Le grand et fort Hazan se tient à quatre pour ne pas exploser. Henri s'efforce pathétiquement de rester abouna. On s'explique. Une fois de plus, l'événement guerrier a bousculé les plans pacifistes. La Syrie vient d'intervenir dans la guerre civile libanaise que les palestino-progressistes étaient sur le point de remporter. Contre toute attente, l'armée de Damas s'est rangée avec les phalangistes chrétiens, retournant à leur profit une situation désespérée. Elle a mis le siège autour du camp palestinien de Tell el-Zaatar. Prise à la gorge, l'OLP ne peut s'autoriser aucune initiative qui risquerait de lui aliéner les pays arabes du Front du refus.

La conférence est mort-née.

Mais Henri a ressuscité des morts politiques plus récalcitrants : « Ce qui serait bien, propose-t-il à Sartaoui, c'est de rencontrer un délégué israélien pour lui expliquer pourquoi vous ne pouvez pas les rencontrer. » On se retrouve quelques jours plus tard dans le bureau de Joseph Hazan. Sartaoui est accueilli par Henri Curiel, Joyce Blau, Raymond Stambouli et le petit chien hargneux de Hazan, cauchemar des visiteurs. L'Israélien est Daniel Amit, professeur à l'université de Jérusalem, qui a été de toutes les initiatives pacifistes. Issam Sartaoui expose les difficultés de l'OLP au Liban. Amit exprime sa compréhension mais regrette l'occasion manquée. Sans trop y croire, il lance : « Vous ne seriez pas intéressé par une rencontre avec le président de notre Comité, le général Peled ? » Sartaoui se recueille. Les Palestiniens avaient maintes fois regretté que le recrutement des colombes israéliennes se limitât à une intelligentsia peu représentative de la société hébreue. Un général, c'est autre chose. La colombe la plus convaincante a des serres acérées et le rameau d'olivier coincé dans un bec crochu. « Et puis, nous dira Issam Sartaoui, j'avais trop envie d'en voir un de près. » Il donne son accord. Mais il ajoute : « Faites vite : je ne compte pas m'éterniser à Paris. »

Mattityahou (Matti pour les amis) Peled : « A la fin juin, j'ai été prévenu par Daniel Amit de la possibilité de rencontrer à Paris un membre de l'OLP. Le temps de mettre mes affaires en ordre, je n'ai pu partir que trois semaines plus tard et j'ai atterri à Paris le 21 juillet. Joyce Blau m'attendait à l'aéroport avec une pancarte. Je ne la connaissais pas – je ne connaissais personne. Elle m'a conduit dans un appartement de Neuilly où était déjà Henri Curiel. J'ai découvert un homme très amical, très prévenant, mais je le sentais tendu. Nous avons bavardé un moment jusqu'à l'arrivée de Sartaoui. C'était la première fois que je voyais un Palestinien de l'OLP autrement qu'au combat. [Issam Sartaoui : « C'était la première fois que je rencontrais un soldat israélien sans lui tirer dessus – et c'était un général !... »]

Henri Curiel nous a présentés et tous les Français ont quitté la pièce, nous laissant seuls. J'ai été surpris. C'était la règle immuable d'Henri : il n'assistait jamais aux entretiens ; les présentations faites, il s'éclipsait. »

Le face à face dura de quatre heures de l'après-midi à minuit.

Ils commencèrent par vider leur sac, comme si chacun voulait avertir l'autre qu'il n'avait pas affaire à un pacifiste bêlant. « Je ne suis pas un non-violent, annonça Peled. Je vous ai combattu sur tous les fronts. » « J'ai été ce que vous appelez un terroriste, répliqua Sartaoui. J'ai du sang israélien sur les mains. »

Ils sont physiquement semblables, le corps façonné par l'action et un visage d'une grande beauté. Issam, quarante-deux ans, la chevelure prématurément argentée, le regard sombre et intense. Matti, cinquante-trois ans, les cheveux blancs coupés court, les yeux gris acier, le geste économe, un sourire rare.

Le père de Peled, charpentier juif d'Ukraine, avait décidé de se perfectionner dans les chantiers navals écossais. Il rencontra sur le bateau une jeune sioniste dont il tomba amoureux ; il descendit avec elle à l'escale de Jaffa. Leur fils Matti entra dans la Haganah, l'armée secrète juive, à l'âge de quinze ans et, après une parenthèse consacrée à l'étude du droit, fit toute sa carrière dans l'armée israélienne, où il devait finir général de division. Son rôle dans la victoire éclair des Six Jours fut déterminant.

Cet homme carré, sioniste résolu, d'un anticommunisme virulent, commença d'évoluer après l'occupation israélienne de la bande de Gaza, en 1956. Responsable du secteur, il découvrit la réalité palestinienne. Sa première démarche fut d'apprendre l'arabe. Il se prit d'une vraie passion pour la culture du peuple qu'il combattait si durement ; elle le conduirait, après sa retraite, à une chaire de professeur de littérature arabe à l'université de Tel-Aviv. La guerre des Six Jours et l'occupation de la Cisjordanie marquèrent pour lui le tournant décisif. Convaincu de l'impossibilité pour Israël de digérer la masse arabe des territoires occupés, confiant dans la possibilité d'une coexistence pacifique entre son pays et un Etat palestinien, il se consacra à la paix avec la calme résolution qu'il avait mise à faire la guerre.

Sartaoui, né à Saint-Jean-d'Acre, avait pris la route de l'exil après la guerre de 1948. Il avait quinze ans. Replié à Bagdad avec sa famille, il milite dans le Mouvement nationaliste arabe en même temps qu'il entreprend des études de médecine. Il est nassérien. En 1963, faisant escale au Caire sur la route des Etats-Unis, où il se spécialisera en cardiologie, Gamal Abdel Nasser l'honore d'une audience privée.

Il s'installe cependant aux Etats-Unis. Ses études à l'université du Michigan ont été extrêmement brillantes. Il a inventé deux nouvelles techniques d'intervention chirurgicale. Il ouvre un cabinet dont le succès est immédiat. Richesse et notoriété lui sont assurées. La guerre des Six Jours l'arrache à son confort climatisé. La débâcle arabe est pour lui une humiliation insupportable. Au troisième jour, il s'envole pour Tripoli, gagne Le Caire, demande à s'engager. La défaite le prend de vitesse. Il retourne alors à Bagdad, fonde le Mouvement d'action pour la libération de la Palestine, mène des opérations de commando sur le territoire israélien et ne recule pas devant le terrorisme. Le 10 février 1970, ses hommes font sauter à Munich un avion d'El Al en partance pour Londres. Sartaoui croyait que le général Dayan était parmi les passagers ; il s'agissait en fait de son fils Assaf. Un mort, treize blessés, dont l'actrice israélienne Hanna Meron, amputée d'une jambe. Sartaoui offre dix mille livres sterling pour indemniser les victimes et promet de rembourser tous les frais médicaux.

Pris dans le tourbillon effréné des luttes intestines palestiniennes (ses hommes se battent pendant quinze jours à Amman contre les miliciens de Georges Habache), Issam Sartaoui finit par s'intégrer au Fath de Yasser Arafat en 1971. Comme pour Peled, son évolution commence avec la découverte d'un ennemi qu'il avait combattu sans le connaître : « J'ai lu énormément sur les juifs, sur Israël, sur les anciennes communautés juives des pays arabes. » Découvrant que les services secrets israéliens ont organisé cyniquement l'exode de leurs coreligionnaires irakiens, égyptiens et marocains par des campagnes d'attentats, il conçoit le projet de vider Israël d'une bonne partie de sa substance humaine en organisant le retour des juifs arabes dans leur pays d'origine. C'est l'occasion de premières rencontres avec les membres d'Identité et Dialogue, groupe de juifs marocains exilés en France. Ils soutiennent Israël mais souhaitent son intégration dans le monde arabe et une solution équitable au problème palestinien.

Sartaoui renoncera assez vite à son entreprise utopique. Mais il aura compris, chemin faisant, qu'Israël n'était pas l'entité monolithique unanimement hostile qu'il combattait depuis bientôt dix ans.

Ainsi le général de réserve et l'ancien terroriste ouvraient-ils un dialogue pacifique qui, de l'estime réciproque, les conduirait à une amitié fraternelle, tandis que dans la pièce voisine attendait fébrilement celui qui avait été l'instigateur de leur rencontre, et dont Paris et les grandes capitales du monde venaient d'avoir la révélation qu'il était « le patron des réseaux d'aide aux terroristes ».

L'article du *Point* était paru le 21 juin, juste après l'arrivée d'Issam Sartaoui.

LE titre – lettres blanches sur fond noir – fait la couverture de l'hebdomadaire : « Le patron des réseaux d'aide aux terroristes. » Une campagne propre à allécher le chaland couvre les murs de Paris de cette couverture agrandie aux dimensions de l'affiche. Commercialement parlant, c'est un gros coup.

Voilà donc un homme – Georges Suffert, alors directeur adjoint de la rédaction du *Point* – qui, au terme d'une enquête de trois mois, est en mesure de dénoncer en Henri Curiel le patron de réseaux fournissant une aide aux terroristes. L'accusation est gravissime. Elle n'est admissible que confortée par des preuves irréfragables, au moins par des indices précis et concordants entraînant l'intime conviction. Chaque mot, chaque phrase doivent être étayés, vérifiés. La violence de l'accusation implique l'exactitude scrupuleuse de l'accusateur.

Nous faisons la part belle à Georges Suffert en choisissant dans son article les quarante-quatre lignes consacrées aux trente-cinq premières années de la vie d'Henri Curiel. C'était la partie la plus aisée de son travail puisque Curiel menait alors une existence publique. Un stagiaire frais émoulu de l'Ecole de journalisme eût suffi à la tâche tandis qu'il fallait évidemment un as de l'investigation pour dénicher au fin fond de sa clandestinité le suppôt du terrorisme.

TEXTE DE SUFFERT	COMMENTAIRE
Il se nomme Henri Curiel. Il est né en Egypte, dans les premières années de la Première Guerre mondiale. Son père, Daniel, était banquier, rue Chawarbi, au Caire.	Exact.
Au cours des années trente, il voyage en France, en Italie, et milite vaguement dans les premiers mouvements italiens antifascistes.	Henri n'a milité ni vaguement ni précisément dans un quelconque mouvement italien antifasciste.
Il est brillant, parle en quelques années couramment italien, français et anglais. Plus l'arabe, bien entendu.	Le français, Henri l'apprit au berceau. L'anglais, à l'école. Il n'apprit l'italien qu'en 1950. Quant à l'arabe, le lecteur sait que cela n'alla pas tout seul.
C'est après la mort de son père, en 1937-1938, qu'il émerge dans la vie politique égyptienne.	Daniel Curiel ne mourut pas « en 1937-1938 » mais dix ans plus tard.
En 1941-1942, il fonde l'Union démocratique, un mouvement de gauche très ouvert ; on y trouve des gens à sensibilité communiste, d'autres trotskistes, etc.	L'Union démocratique, créée en 1939, non « en 1941-1942 », rassemblait indistinctement les partisans de la cause alliée.
Henri, dès cette époque, se déclare stalinien inconditionnel. Sa mère tient une petite librairie qui devient le lieu de rencontre de toute la bonne société cultivée du Caire.	Pauvre Zéphira ; pauvre Rond-Point...

En 1946, Farouk le fait arrêter et juger. Mais c'est lui qui impressionne le tribunal par son attitude, sa dignité, sa voix. Il fait de la prison, puis est libéré.

Henri Curiel n'a jamais impressionné quelque tribunal égyptien que ce soit, car il n'est pas une seule fois passé en jugement.

Le caractère de ses activités commence alors à se modifier. En 1948-1949, il est parfois à Paris, parfois à Athènes, beaucoup à Prague.

En 1948-1949, Henri n'est ni à Paris ni à Athènes ni à Prague mais au camp d'internement de Huckstep (Egypte).

En 1950 il revient en Egypte mais n'y reste pas longtemps.

En 1950, Henri ne revient pas en Egypte puisqu'il n'en est pas sorti depuis plus de dix ans.

Nasser le fait expulser discrètement.

Nasser n'arrivera au pouvoir que dans deux ans. C'est Farouk, roi d'Egypte, qui fait expulser Henri.

Il s'installe en Italie pendant un an où il rencontre beaucoup de personnalités communistes italiennes, tchèques, soviétiques.

On sait l'accueil glacial réservé au proscrit par les « personnalités communistes ».

C'est probablement à cette date qu'il passe du statut d'amateur à celui de professionnel.

Phrase drolatique.

En 1951, il s'installe à Paris, où sa femme l'a précédé et où il réside depuis cette date, sans profession, sans ressources connues. Il n'est ni pauvre ni riche.

C'est vrai : Henri n'est ni pauvre ni riche. Mais la justesse de cette observation finale ne diminue pas notre trouble. Nous constatons que le Rouletabille du *Point,* dévoilant la première moitié de la vie d'un personnage qu'il scrute depuis trois mois, est incapable d'écrire deux phrases de suite sans commettre une erreur. Il n'est irréfutable que sur quatre points : Henri Curiel se nomme Henri Curiel ; il est né en Egypte « dans les premières années de la Première Guerre mondiale » ; son père Daniel était banquier rue Chawarbi ; il réside à Paris depuis 1951 et n'est ni pauvre ni riche. Maigre butin. Tout le reste fourmille d'erreurs d'autant plus surprenantes que le moindre effort eût permis d'en faire l'économie. Le *Petit Robert des noms propres,* qui se trouve probablement sur un rayonnage du *Point,* aurait évité la confusion entre Farouk et Nasser. Le coursier du journal, dépêché aux Editions du Seuil, aurait rapporté l'excellent ouvrage de Jean et Simonne Lacouture, *L'Egypte en mouvement,* où notre enquêteur eût trouvé maints renseignements sur un pays, accessoirement sur un homme – Curiel –, dont il ignore tout. Suffert avait enfin à Paris, sous la main, deux à trois cents exilés égyptiens capables de lui dire qu'en 1948-1949, son futur suppôt du terrorisme ne pouvait galoper de Prague à Athènes (il n'a, de sa vie, mis les pieds dans ces villes) puisqu'il était sous bonne garde au camp de Huckstep.

Biographie tronquée ; biographie truquée. Rien sur le MELN et le MDLN. Aucune lueur sur le personnage politique d'Henri Curiel, son insertion dans le mouvement national égyptien, son rôle public à la tête de partis intimement liés à l'histoire de l'Egypte. Par ignorance crasse ou volonté réductrice, Henri n'est qu'une silhouette furtive rencontrant dans des capitales plus ou moins sulfureuses des « personnalités tchèques, soviétiques ».

Il est en somme traité par *Le Point* comme il l'a été par *L'Humanité* lors de l'affaire Marty. Un Egyptien suspect. A cette différence près que l'articulet de *L'Humanité* ne portait condamnation qu'à l'ostracisme politique. En 1976, accuser un homme de favoriser le terrorisme, c'est tenir sa liberté, peut-être sa vie au bout de la plume.

*
**

« L'enquête qu'on va lire – qui a nécessité trois mois de travail – annonce le « chapeau » coiffant l'article, décrit pour la première fois l'une de ces organisations [d'aide au terrorisme] : probablement la plus importante. Elle fonctionne à Paris ; elle dispose de correspondants dans près de vingt organisations terroristes dont nous donnons la liste. »

Nous sommes au cœur du sujet. Georges Suffert n'a visiblement pas cherché à savoir d'où venait Curiel mais il va nous révéler où il a fini : dans le soutien au terrorisme. Nous nous reportons donc avec célérité à la liste des dix-neuf « organisations terroristes » répertoriées par Suffert dans un « encadré ».

Le choc est rude. Dans nos pires cauchemars, nous n'imaginions point tant de têtes, et si trompeuses, à l'hydre du terrorisme.

L'ETA basque est une organisation terroriste. Le défunt Front de libération du Québec a eu recours au terrorisme. Nous ne sommes donc pas étonnés de les trouver parmi les dix-neuf mais nous déplorons que Suffert omette de préciser que le « réseau Curiel » avait coupé ses liens avec l'ETA dès la création de l'ETA politico-militaire, avec le FLQ dès ses premiers débordements extrémistes. Déception vite oubliée car notre œil stupéfait découvre l'ANC en tête de liste. L'African National Congress, organisation de masse des Noirs sud-africains à laquelle l'ONU a accordé statut d'observateur et qui dispose à New York d'une représentation officielle souvent entendue par le Conseil de sécurité... Voici l'Association des étudiants kurdes en Europe et le parti démocratique du Kurdistan, qui doivent en être encore à la phase préparatoire au terrorisme, car si les Kurdes se battent farouchement dans ce qu'ils considèrent être leur patrie, aucun acte terroriste ne leur a jamais été reproché. Voici en vrac les FAR argentines, le VRP brésilien, les FAR guatémaltèques, le PCUH haïtien, un MIR dont on ne nous dit pas s'il est chilien ou bolivien, toutes organisations à l'époque en lutte armée contre le terrorisme d'Etat des dictatures-gorilles. Voici nos vieilles connaissances, l'UPC camerounaise et le Mouvement populaire dominicain, qui renaissent de leurs cendres froides dans l'encadré du *Point.* Et une organisation « Monima » (Madagascar) dont nous avouons ignorer les sanglants forfaits. Voici les partis communistes irakien, soudanais, marocain, que nous savions interdits mais dont la nature terroriste est une révélation. Voici – fallait-il que nous fussions naïfs ! – « les partis communistes Rakah et Maki (Israël) ». Les lecteurs israéliens du *Point,* très avertis pour leur malheur en matière de terrorisme, auront appris avec une considérable surprise que ces partis ayant pignon sur rue et députés au parlement israélien étaient rangés par notre Rouletabille parmi les organisations terroristes. Voici – l'ennemi est dans nos murs – le « rassemblement ou regroupement de l'émigration martiniquaise (REM), association politico-culturelle dont les soirées biguines servaient donc de couverture à de coupables activités. Voici enfin, fermant le sinistre cortège, le parti communiste réunionnais. Branle-bas au ministère de l'Intérieur, qui ignorait son essence terroriste ; émotion rétrospective au Palais-Bourbon, où son secrétaire général Paul Vergès fut élu ; poussée de fièvre au parlement européen de Strasbourg, où il va bientôt siéger...

Vous me demanderez : « Pourquoi Suffert ? » Judicieuse question. *Le Point,* publication honorable généralement bien informée, dispose d'une équipe d'enquêteurs soutenant la comparaison avec celle de n'importe quel magazine. Un Jean-Marie Pontaut, par exemple, n'aurait pas eu besoin de trois mois d'investigation pour découvrir que le parti israélien Maki ne peut en aucun cas être assimilé à une organisation terroriste. L'un des meilleurs enquêteurs français, il a valu à son journal la distinction de la seule condamnation prononcée dans l'affaire des micros du *Canard enchaîné.* Alors que la justice se déconsidérait en prononçant un scandaleux non-lieu au profit des auteurs du délit, *Le Point* s'inscrivait au tableau d'honneur de la presse française en écopant d'une condamnation pour avoir identifié et publié la photo de l'un des « plombiers » de la DST, au raisonnable mépris du « secret-défense » protégeant le nom et la physionomie d'individus qui, en l'occurrence, ne bricolaient pas au nom de la défense nationale.

Pourquoi Suffert ?

C'est un chroniqueur. Il en faut. L'espèce est chez nous nombreuse. Suffert, calé dans son fauteuil, peut sans désemparer développer en cinq feuillets de douze cents signes son opinion sur la révolution culturelle chinoise, le renouveau des sectes, les statues de l'île de Pâques, la crise du marxisme, ou du roman, ou de la natalité. Voyez l'organigramme actuel du *Point*— ce qu'on nomme en argot de métier « l'ours » : détaché entre le directeur et les rédacteurs en chef, nous trouvons : « Idées : Georges Suffert. » L'économie a droit à trois journalistes ; les livres en ont sept ; la société en exige onze : les idées ont Georges Suffert. Olympien face à face.

Physiquement, il remémore François Mauriac évoquant à propos du maréchal Juin « le durcissement gras des hommes de soixante ans ». Mais Mauriac était un maigre.

C'est un chrétien qui a rencontré le pouvoir sur le chemin de Damas. La maîtresse de maison soucieuse de regrouper ses invités par affinités mettra à la même table Michel Poniatowski, Jean-Baptiste Doumeng et Georges Suffert. S'il y a quatre couverts, le père Bruckberger fera l'affaire. Ou bien ce conseiller de l'ambassade d'Union soviétique à Paris qui ne cèle guère son appartenance au KGB et dont Suffert me dit qu'il adore dîner en ville avec lui, entre hommes à qui on ne la fait pas.

Bon zigue au demeurant. Jovial, franc du collier. Le contraire du malfaisant conscient et organisé.

Certains haïssent en lui le renégat politique. Il a, c'est vrai, beaucoup évolué. On a le droit. Il se faisait courageusement matraquer au premier rang des manifestations pour l'indépendance de l'Algérie tandis que je promenais une tenue léopard au grand air du djebel. Nous n'aurons probablement jamais raison ensemble.

Les amis d'Henri Curiel le tiennent pour responsable d'une agression organisée de sang-froid avec le concours officieux d'un service secret français[1]. Ce serait déplorable pour l'âme de Suffert mais satisfaisant pour l'esprit. Ses erreurs grotesques et ses amalgames outrageants s'en trouveraient au moins justifiés. Une enquête s'efforce à l'exactitude. Une exécution vise à l'efficacité. S'il s'agissait d'éliminer Curiel sans trop regarder aux moyens, la rafale de phrases hasardeuses lâchée par Suffert faisait bonne besogne. Les mots « terrorisme » et « terroriste » sont imprimés vingt et une fois dans l'article.

Mais l'évidence – hélas ou tant mieux – est qu'il s'est cru journaliste.

***

Selon lui, la révélation lui vint lors d'un dîner en ville. Il n'avait pas ce soir-là pour commensal le joyeux drille du KGB mais des ecclésiastiques atterrés. Ces gens racontèrent sur certain couvent dominicain de bien étranges histoires. Réunions secrètes, dépôt de documents, allées et venues de personnages inquiétants. Le couvent prenait des allures d'officine au service d'une mystérieuse organisation dont nul ne connaissait les tenants et aboutissants. Suffert fut d'abord réticent. Il avait du mal à y croire. On le comprend. Il n'est pas évident que l'atelier de reliure de ce couvent ou d'un autre doive servir à la fabrication de faux papiers (sauf peut-être si l'on sait qu'il s'agit de faire échapper des militants chiliens à la torture et à la mort). Un lieu consacré à la prière n'est pas de prime abord le plus adéquat pour des exercices de sécurité ou un cours d'écriture à l'encre

(1) Saisi par Georges SUFFERT, qui considère que cette phrase est diffamatoire à son égard, le Président du Tribunal de Grande Instance de PARIS statuant en référé a ordonné l'insertion de cette note.

sympathique (sauf peut-être s'il s'agit de protéger des militants de l'ANC promis à la potence en cas de capture). Alarmés par des apparences extrêmement troublantes, ignorant le fond des choses, les convives de Georges Suffert avaient les meilleures raisons d'être émus, et Suffert lui-même, sa première réaction d'incrédulité dépassée, devait normalement éprouver l'envie d'en savoir davantage.

Tout cela est des plus plausible.

Sous prétexte que les deux piliers de l'organisation s'étaient retirés, que la crise de 1972 avait entraîné des démissions et que Curiel lui-même se consacrait prioritairement au problème du Proche-Orient, nous avons peut-être donné au lecteur l'impression que Solidarité entrait en sommeil. Ce serait une erreur. D'un point de vue qualitatif, l'organisation est sans doute plus efficace que jamais. La fabrication des faux papiers est sortie du stade artisanal. Les mouvements aidés sont moitié moins nombreux que dix ans plus tôt (plusieurs nations africaines ont accédé à l'indépendance ; une répression féroce écrase l'Amérique latine) mais les services rendus sont d'excellente qualité. Les stages proposés comportent l'étude de trente-deux spécialités, chiffre jamais atteint auparavant.

La pratique n'est cependant plus la même. La machine s'est concentrée, resserrée. Au lieu de la vaste organisation répartissant au maximum efforts et moyens, fût-ce au prix d'une certaine déperdition d'énergie, tout repose désormais sur une poignée d'hommes et de femmes. Ils ne s'en plaignent pas. Leur tentation serait même d'en finir avec des structures – comité directeur, congrès – qu'ils trouvent plus gênantes qu'utiles, et de se constituer en réseau. Mais tel un moteur en sur-régime, certaines pièces chauffent. Trop de tâches sur les mêmes têtes ; trop de réunions dans les mêmes lieux. L'un des stakhanovistes de la nouvelle équipe étant un père dominicain (il ne s'agit évidemment pas de Barth, consacré au Proche-Orient), son couvent parisien est mis à contribution. Le provincial et le prieur sont d'accord. Ils savent que Solidarité est « une organisation d'aide aux militants du tiers monde ». Mais trop c'est trop. Un parloir est réservé aux réunions de l'équipe. Un meuble « un peu traficoté » recèle les archives. La bibliothèque, riche de trois cent mille volumes, sert de cachette aux cours, documents et faux papiers, dont beaucoup sont passés par l'atelier de reliure du couvent (certains textes sont encore dans la bibliothèque, oubliés dans le déménagement consécutif à l'article du *Point*, de sorte qu'un novice ouvrant un vénérable in-folio risque de tomber sur un cours de filature). Une telle surexploitation ne pouvait pas rester inaperçue des hôtes permanents du couvent. La curiosité conduisit à l'inquiétude qui, comme toujours, fit flamber la rumeur.

Elle était parvenue à l'oreille de Suffert.

Il tira la sonnette du SDECE, puis de la DST. Les directeurs le reçurent cordialement, lui souhaitèrent bonne chance mais s'abstinrent, selon lui, d'ouvrir leurs dossiers, tenus qu'ils étaient par la règle du secret. Sans mettre carrément en doute la parole de Suffert, indiquons qu'il reçut au moins des éléments de dossier. Trois ans plus tard, *Le Monde* se ferait l'écho des doléances de certains membres du SDECE, parmi lesquelles le fait que le dossier Curiel avait été « mis sur la place publique ». A relever les erreurs et approximations dont il est farci, on serait en effet tenté d'y reconnaître la signature habituelle du SDECE. Henri, ayant lu l'article du *Point*, trancha aussitôt : « Ce n'est sûrement pas la DST. Ils me connaissent beaucoup mieux que cela et n'auraient pas écrit de telles idioties. » Que le fournisseur fût l'un ou l'autre, la fourniture était maigre.

Georges Suffert descendit donc de son fauteuil et s'en fut à la recherche de l'information.

***

Il commence mal. Notre déception est d'autant plus vive qu'après avoir bâclé comme on a vu la partie égyptienne de la vie d'Henri Curiel, il aborde le temps de l'aide au FLN algérien, qu'il connaît bien pour l'avoir vécu et sur lequel il dispose de toutes les sources d'information possibles.

La preuve qu'Henri Curiel est un espion résulte pour lui de ces documents déchirés, jetés par la fenêtre mais récupérés par la police au moment de son arrestation. (Bizarrement, il ignore qu'il s'agit de l'arrestation de Curiel lui-même. Il croit que l'affaire s'est produite quinze jours après la capture d'Henri au cours d'une perquisition « à l'improviste chez un ami de Curiel ». Mais au point où nous en sommes...) « C'est le tilt », écrit-il, adoptant le style familier du reporter. Et, constatant que les documents n'ont rien à voir avec la guerre d'Algérie, il enchaîne : « Du coup, les services français changent profondément d'attitude à l'égard de Curiel : militant anticolonialiste, il n'était pas très intéressant. Il y en avait des centaines de milliers en France, qui allaient même finir par devenir la majorité grâce à l'aide décisive du général de Gaulle. Mais l'existence d'un service d'espionnage diplomatique donnait une autre dimension au personnage. » Il ne nous explique pas pourquoi la DST, si elle était si convaincue de tenir un espion, s'est abstenue de le faire juger de ce chef, d'autant qu'elle était censée détenir, avec les feuillets reconstitués, la preuve patente du crime. Nous lui conseillons de téléphoner à son ami Roger Stéphane, aujourd'hui anticuriéliste notoire, ou à Albert-Paul Lentin : ils lui expliqueront qu'un groupe de journalistes, auquel il aurait lui-même probablement adhéré si la demande lui en avait été faite, fournissait au réseau d'aide des notes de synthèse sur des sujets utiles au FLN. Or, le « compte rendu de discussions entre le gouvernement français et le gouvernement allemand », thème de la note incriminée, présentait un intérêt crucial pour la direction de la Fédération de France du FLN qui, repliée en Allemagne fédérale, redoutait constamment une intervention de Paris auprès de Bonn pour obtenir son expulsion, en tout cas une entrave à ses activités.

Sur Solidarité, Suffert est bref sur les faits, profus dans le commentaire allusif.

Trois noms ; trois affaires.

Michèle Firk, la jeune militante française qui se suicida en 1968 au Guatemala au moment d'être arrêtée par la police. Pourquoi pas Régis Debray ? Pourquoi pas Conrad Detrez, ou Pierre Goldman, ou n'importe quel Européen ayant choisi de rejoindre la guérilla ? « Quelques-uns des membres du réseau, affirme Suffert, arrêtés avec elle, confièrent *(sic)* simplement qu'elle travaillait en France avec un homme « important » qui s'appelait Julien ou Raymond. C'est tout. » Ce n'est rien. D'où Suffert tire-t-il cette affirmation ? Nous connaissons ceux qui étaient les amis les plus intimes de Michèle au moment de son départ pour l'Amérique du Sud. Elle n'a de sa vie rencontré Curiel ni approché Solidarité. Nous tenons leurs témoignages, s'il le souhaite, à la disposition de Suffert. Nous ne les infligerons pas au lecteur parce que celui-ci sait bien qu'un membre de Solidarité ne pouvait en aucun cas s'intégrer à un mouvement et participer à ses luttes.

Breyten Breytenbach, en prison depuis trois ans dans les geôles racistes d'Afrique du Sud. « Il se demande, rapporte Suffert, s'il n'a pas été manipulé sous le couvert de la lutte anti-apartheid. » Le prisonnier se serait ouvert de ses doutes à son frère. A Paris, on lui a fait rencontrer Curiel, alias Raymond. « Devant Breytenbach, Raymond ne cachait pas ses opinions : il était, disait-il, un « communiste orthodoxe ». Mais dans les réunions auxquelles il participait ou qu'il dirigeait, il gardait ses opinions pour lui. » Des réunions rassemblant des intellectuels, essentiellement catholiques et protestants. Il s'agissait d' « utiliser leurs complexes et leur bonne foi »... Suffert fait dire à Breytenbach qu' « à son avis il existait un autre niveau d'activités pour Raymond. Un réseau franchement secret, celui-là, qui consistait à fournir une aide technique aux organisations terroristes internationales. »

La pitié de voir un homme qui fut Suffert s'abaisser à se servir d'un prisonnier au pouvoir de l'une des polices les plus répressives du monde, à la voix bâillonnée, et qui n'est en l'occurrence que le masque dont s'affublent ses gardiens. Car les propos prêtés au détenu sont tenus par le Boss. Breyten, familier d'Henri pendant trois ans, savait tout de Solidarité. Il n'a jamais fait la moindre confidence à son frère, dont les opinions sont à l'inverse des siennes. Les doutes et les soupçons impudemment prêtés à un prisonnier qui ne pouvait à l'époque démentir, correspondent en fait à l'image que le Boss souhaitait imposer d'Henri et de Solidarité. Suffert s'est fait l'obligeant porte-plume des services sud-africains. Breyten, condamné à neuf ans de prison, est sorti au bout de sept ans grâce à des pressions internationales où le gouvernement français tint sa large part. Nous suggérons à Georges Suffert de lire le livre qu'il va publier dans le même temps que celui-ci : il y verra en quels termes Breyten évoque Henri.

André Haberman et l'affaire du Japonais Furuya Yutaka. C'est pour Suffert l'épisode « qui allait fournir une série de preuves à la DST [sur la] liaison entre les réseaux de Curiel et les groupes terroristes internationaux ». Il ne se demande pas pourquoi la police et la justice, si elles ont ces « preuves décisives », relâchent aussitôt Haberman et ne l'inculpent que pour la possession de faux tampons. Extraordinaire mansuétude ! Encore moins compréhensible est l'immédiate remise en liberté de Tak-tak, sans la moindre inculpation pour le motif le plus minime, alors qu'il serait, dans la thèse de Suffert, le maillon reliant Solidarité aux terroristes japonais ! Georges Suffert ne pouvait deviner en 1976 que Tak-tak serait lavé par les juges japonais de tout soupçon d'appartenance à un groupe terroriste mais l'état de l'affaire en France, au moment où il écrivait son article, ne devait-il pas le conduire à une conclusion inverse de celle qu'il adopte ?

Firk : l'allégation sans preuves. Breytenbach : l'information controuvée. Haberman : l'affirmation démentie par les faits. Le plat servi par Suffert manquait de consistance. Mais le talent du cuisinier est dans la sauce.

Le face à face hebdomadaire avec les idées n'empêche pas la roublardise. Rusé Suffert, qui égale dans l'art de slalomer entre les piquets dangereux de la diffamation les journalistes de feuilles infiniment moins distinguées que *Le Point*... Voyez-le s'avancer, vêtu de probité candide, avouant humblement ses limites, admettant volontiers que sa lanterne n'a pas complètement éclairé les arcanes du terrorisme... « Il est difficile, écrit-il, à un journaliste agissant isolément d'arriver à en savoir davantage. » (Mais qui l'obligeait à faire cavalier seul ? Pourquoi n'avoir pas découplé sur un sujet aussi grave la meute des limiers du *Point* ?) Admirez ses prudences, son hésitation à conclure prématurément, le caractère hypothétique sans cesse réaffirmé de ses allégations... Terroriste, Curiel ? Ah ! ce n'est pas lui qui lancerait pareille accusation ! « Curiel n'est pas un terroriste, écrit-il au contraire, ce genre de méthode ne correspond pas à grand-chose pour lui, ne colle pas avec son personnage. » Ce n'est pas la faute de Suffert si la DST a reçu, avec l'affaire Yutaka, « les preuves décisives » de sa liaison avec les terroristes. Et pour qui travaille-t-il donc, ce non-terroriste aidant les terroristes ? « Impossible de répondre avec une certitude totale, étayée par des preuves matérielles. Constatons simplement qu'il existe un faisceau de présomptions. » Certes, les opinions du « stalinien » Curiel sont connues. « Mais des opinions, une volonté, ne constituent en aucune manière une preuve. » Plus loin, et après avoir rappelé que des adhérents de Solidarité sont au PCF ou dans ses organisations annexes : « Ce n'est toujours pas une preuve. » Encore plus loin : « Donc nous sommes dans la mouvance communiste. » Mais attention : « Dans la mouvance seulement. » Indiquant que la société d'un membre du clan des Egyptiens a l'un de ses multiples comptes à la Banque commerciale pour l'Europe du Nord, filiale de la Banque d'Etat soviétique : « Faut-il penser, hasarde notre Suffert, que Curiel dépend directement, non pas du parti français, mais des services soviétiques ? » Il n'est pas homme à endosser sans réflexion une opinion aussi grave : « A première vue, l'hypothèse laisse perplexe. Il y a longtemps que les services soviétiques n'utilisent plus le terrorisme. »

Comment ne pas s'incliner devant tant de scrupules dans l'approche d'une question si lourde de conséquence ?

Mais à la fin de l'envoi il touche : évoquant une hypothèse des « responsables au sommet des services français » sur l'intérêt renouvelé des Soviétiques pour le terrorisme, il lâche d'une plume benoîte que pour lesdits responsables « Curiel est en liaison constante avec le KGB ». Nous ne sommes plus dans le domaine de l'hypothèse.

« Ah bon ! » s'exclame le lecteur du *Point*. Il rend hommage, ce lecteur, à la prudence de son préposé aux idées, mais le problème des employeurs de Curiel n'est-il pas réglé puisque « les responsables au sommet » des services secrets, dont c'est la fonction de connaître ces choses, affirment qu'il est « en liaison constante avec le KGB » ?

Ce n'est pas Suffert qui le dit – pas plus que pour la « liaison avec les groupes terroristes internationaux » : ce sont les services.

Quels services ? Vous plaisantez. Informations confidentielles. Et il n'est pas question pour un journaliste de dévoiler ses sources.

Citons les nôtres.

Sur la « liaison constante avec le KGB », rapport de la DST de 1974 : « Il n'est pas possible d'affirmer, en l'état actuel des connaissances acquises, que cette organisation [Solidarité relève soit du PCF, soit du service de renseignement d'un pays de l'Est. »

Sur la « liaison avec les groupes terroristes internationaux », rapport de la DST du 29 juin 1976, dix jours après la publication de l'article du *Point* : « Certains groupes ont, sous l'influence de l'organisation de Curiel, abandonné l'aventurisme gauchiste pour adopter la philosophie marxiste orthodoxe. »

***

Ayant ainsi laissé les mystérieux « responsables au sommet » assener les condamnations capitales, Suffert est libre de s'abandonner à son naturel, qui est bienveillant. Car l'homme qui a quitté un court instant son fauteuil codirectorial pour chausser les humbles godasses du reporter n'a point de goût pour la dénonciation sensationnelle : c'est un berger attentif à son troupeau dont le seul propos est d'écarter la brebis galeuse – Curiel.

On a dit plus haut l'aplatissement qu'il fait subir à Solidarité pour les besoins de sa cause. Au lieu de la structure démocratique verticale, avec un congrès élisant un comité directeur informé de tout et décidant de tout, des cercles concentriques permettant à quelques mauvais génies, Curiel en tête, de manipuler les braves gens derrière l'écran de « leaders de façade » comme le père Barth ou le pasteur Rognon. Le congrès transformé en vivier où des « professionnels » viennent repérer « les éléments qui peuvent franchir une étape supplémentaire ». Les stages de formation qui vont transformer « notre jeune militant de naïf en complice »... (Remarquez au passage comme notre Suffert échappe aisément à la naïveté. Il sait bien que ce n'est pas l' « organisation Monima, Madagascar », clouée au pilori des dix-neuf, qui mettra en émoi son lecteur, ni des partis lointains comme les FAR guatémaltèques ou le PCUH haïtien. Le terrorisme dont les Français redoutent l'irruption chez eux, en cette année 1976, c'est un terrorisme à l'image de celui qui ravage l'Allemagne et l'Italie, pays plus comparables à la France que Madagascar ou Haïti. Faute de pouvoir inclure la RAF allemande ou les Brigades rouges italiennes dans sa liste noire des organisations terroristes « reliées au réseau Curiel », Suffert avance que les stagiaires suivent des cours « sur la situation de l'opposition en Allemagne, les méthodes de la police allemande, les milieux hostiles au gouvernement de Bonn, etc. ». Nous ne savons pas où il est allé pêcher cela mais la redondance trahit le souci d'efficacité : si le lecteur ne subodore pas qu'il y a du Baader là-dessous, c'est à désespérer...)

Les militants des mouvements de libération nationale évacués du tableau alors que Solidarité n'existait que par eux et pour eux. C'est décrire l'Armée du salut en oubliant les clochards, le Club Méditerranée en omettant les touristes.

La péroraison, d'un ton superlativement abouna, révèle la mission dont Suffert s'éprouvait investi. C'est le sermon du bon pasteur aux brebis imprudentes : « Le fait qu'un certain nombre de dominicains, très particulièrement, aient, sans le vouloir, contribué au fonctionnement d'un réseau sans doute manipulé par un autre pays est en soi assez étonnant. Leur naïveté devrait avoir des limites. Nous ne sommes pas dans un univers de bons sentiments, mais dans un monde où s'affrontent des puissances que les scrupules n'embarrassent pas et qui savent comment on peut employer au mieux la générosité des enfants de Dieu. » Pour la brebis galeuse, la houlette du berger devient une baguette magique procurant sa foudroyante disparition : « J'ai la conviction qu'en expliquant l'organisation de ce genre de réseaux, on les désorganise. J'ai le sentiment qu'Henri Curiel ne sera pas arrêté, que même si on le cherche on ne le trouvera plus à son domicile, qu'il disparaîtra pendant un temps et que ses réseaux seront, comme on dit, mis en sommeil. »

Touchante outrecuidance ! Désarmante sottise ! Il y a vraiment cru. A l'instant de reprendre, mission accomplie, son commerce hebdomadaire avec les idées, il pensait voir, du haut de son fauteuil, les petits reporters se précipiter rue Rollin pour y faire chou blanc, le diabolique Curiel ayant fui, tel un cafard se réfugiant dans les ténèbres extérieures, l'éblouissante clarté prodiguée par *Le Point.*

Six ans plus tard, il me disait encore, l'œil rond et étonné : « J'étais réellement convaincu qu'il allait disparaître. » On peut m'en croire : il est sincère.

Le journaliste et l'écrivain ont droit à l'erreur, et d'autant plus que l'objet de leurs investigations, de par sa nature clandestine ou confidentielle, fait l'enquête malaisée. Ce livre comporte son inévitable lot d'erreurs alors qu'il est le résultat d'un travail de six années et que son auteur disposait de toutes facilités d'information.

On peut disputer si Georges Suffert avait le droit de commettre tant d'erreurs aisément corrigibles quand il tenait au bout de sa plume au moins l'honneur d'un homme. La justice française ne l'a pas trouvé reprochable.

Mais sa démarche présente une singularité incompréhensible pour tout reporter, une carence impardonnable pour n'importe quel professionnel de l'information. Il est extrêmement rare que le patron d'un réseau aidant le terrorisme pour le compte du KGB figure à l'annuaire du téléphone : c'était le cas d'Henri Curiel. Georges Suffert s'est abstenu de vérifier auprès de lui ses douteuses allégations. Il a préféré l'accusation à l'information. De même loge-t-il à la terrible enseigne du soutien conscient ou imprudent au terrorisme des associations humanitaires catholiques et protestantes, une société commerciale, des personnalités nommément citées. Il n'a pour aucune obéi à l'obligation élémentaire de recevoir ses explications. A tant poser de questions insidieuses dans son article, pourquoi n'être pas allé recueillir quelques réponses de la bouche même des intéressés ? Il a préféré la dénonciation à l'information.

Ce n'est pas son métier.

⁂

Sur la position d'Henri Curiel face au terrorisme, il nous faudrait vingt pages pour résumer les témoignages de ses camarades, depuis la vieille garde jusqu'à la jeune génération qui, de par son âge et sa sensibilité politique, pouvait comprendre le phénomène sans pour autant l'admettre. André Haberman : « Il vomissait réellement l'activisme, le terrorisme. » Antoine Griset : « Il avait un jugement d'une violence totale contre les terroristes d'Italie et d'Allemagne. »

Nous pourrions répéter avec ceux qui œuvraient sous son égide pour la paix au Proche-Orient ses condamnations formelles du terrorisme, même s'agissant d'un peuple qui recourait à la terreur pour survivre à la négation de son existence. La tuerie de l'aéroport de Lod, celle des Jeux Olympiques de Munich, le plongèrent dans l'accablement.

Nous pourrions aligner les déclarations de ceux qui, sans partager toutes ses opinions, répéteraient publiquement jusqu'à sa mort leur estime et leur conviction qu'il était le contraire d'un suppôt du terrorisme : un homme de paix. Nous pourrions recopier les deux articles magistraux publiés dans *Le Monde* par Jean-Marie Domenach, citer Pierre Mendès France, Jean et Simonne Lacouture, Claude Roy, Michel Foucault, Francis Jeanson, Claude Bourdet, Maxime Rodinson, Pierre Vidal-Naquet, Jacques Mercier, Georges Casalis, Jean-Michel Krivine, Jean Dresch – tant d'autres...

Nous ne le ferons pas.

Car si le lecteur nous a suivi jusqu'ici, il connaît mieux qu'aucun de ceux-ci la pensée et l'action d'Henri Curiel. Nous lui confions la mémoire de celui dont le terrorisme a tranché la vie.

IL eut mal.

Rosette Curiel : « Nous étions à Deauville chez Joseph Hazan. La lecture de l'article l'a bouleversé. Il avait été attaqué toute sa vie d'une manière ou d'une autre, et je l'avais vu réagir comme si ces attaques étaient normales, inévitables. Après son exclusion par les communistes égyptiens, son rejet par les communistes français, ses séjours en camp ou en prison, je ne l'ai jamais entendu dire : « J'ai souffert. » Il n'a jamais prononcé ces mots. Là, je l'ai vu souffrir. Il ne supportait pas d'être associé au terrorisme. Le terrorisme représentait pour lui le comble de l'idiotie politique et une horreur sur le plan humain. Il a eu honte, comme si on en avait fait un pestiféré, un lépreux. Il pensait à nos voisins de la rue Rollin. Il me répétait : « Ils vont croire cela, je n'oserai plus les rencontrer... » Je lui ai dit : « Nous allons rentrer la tête haute. » Nos plus proches voisins nous ont d'ailleurs fait savoir immédiatement qu'ils ne croyaient pas un mot de l'article du *Point.* Si Suffert a voulu faire du mal à Henri, il s'y est bien pris. Rien ne pouvait l'atteindre davantage que l'accusation d'être mêlé au terrorisme. »

Il était toujours théoriquement attaché à la maison d'édition Nathan, bien que son activité de conseiller commercial tendît vers le néant. « Va leur dire de me licencier, demanda-t-il à Hazan dès son retour à Paris. Je ne veux pas qu'ils aient des problèmes à cause de moi. » Pierre Nathan, octogénaire, sauta dans son fauteuil, tout pâle, en entendant

Hazan : « Vous êtes fou ! cria-t-il. C'est ça, le fascisme ! Je ne céderai pas. Il n'en est pas question. » Henri lui envoya néanmoins sa démission.

L'attaque laissa de marbre ses amis et camarades. Seul Maurice Barth fut traversé par le doute : « J'ai eu un choc en lisant l'article. Un ami m'avait téléphoné en me disant : « Attention, on ne sait jamais, c'est l'iceberg... » J'ai eu un doute qui a peut-être duré cinq minutes. C'était à cause de ces voyages à Prague ou à Moscou évoqués par Suffert. Je me suis demandé : « Est-il possible qu'il se rende là-bas sans nous en parler ? » Mais c'était ridicule, matériellement impossible. » Un autre prêtre, membre du secrétariat : « J'ai vu Henri quotidiennement pendant quatre ans. Il ne s'absentait que pour ses trois jours de « check-up » et pour ses deux semaines de vacances annuelles chez Hazan. »

Alain Bréjac et Elia Perroy furent effarés par l'article. Elia : « C'était un tissu d'absurdités. » Bréjac : « Pour moi, c'était une opération politique. Il fallait l'apprécier comme telle. »

La réaction générale fut celle de Bréjac. Sans s'attarder à épiloguer sur le contenu d'un article dont ils pouvaient mieux que quiconque mesurer les extravagances, les camarades et amis d'Henri Curiel s'interrogèrent sur sa signification. Personne ne croyait à une initiative de Suffert. Il avait été sans aucun doute manipulé par un service. Cela signifiait-il la fin de la tolérance accordée à l'apatride Curiel et à ses activités ? René Rognon rappela son avertissement, vieux de deux ans : « Cela finira quand la DST le voudra. » Mais si l'opération était téléguidée par la DST, comment expliquer les bourdes grotesques de son porte- plume ? Les hommes de la rue des Saussaies avaient dû découvrir avec une franche hilarité que le parti communiste réunionnais était une organisation terroriste.

Une omission fâcheuse accréditait la thèse de l'opération politico-policière : l'article – six pages ! – n'était pas signé. Georges Suffert affirme qu'un incident technique à l'imprimerie est responsable de la disparition fortuite de sa signature. C'est rare mais cela arrive. Et il n'est pas homme à s'avancer masqué.

Quelques-uns virent la mort s'inscrire en filigrane. Un juif communiste qui avait aidé les Arabes du FLN et soutenait le terrorisme pour le compte du KGB représentait l'une des meilleures combinaisons imaginables pour un tueur d'extrême droite se cherchant une cible. *Rouge* évoqua le risque « d'envoyer des militants en prison ou à la mort » et conclut : « M. Suffert devrait se méfier : on commence par un article délateur antiterroriste mais qui dira où cela finit ? » Plusieurs amis d'Henri le supplièrent de réagir, faute de quoi sa vie serait en danger. « Si tu n'attaques pas *Le Point,* lui dit Hazan, tu seras assassiné. »

Henri savait le passé de Georges Suffert, ses prises de position courageuses pendant la guerre d'Algérie alors qu'il était à la direction de *Témoignage chrétien.* Le troisième jour, il stupéfia son entourage en lui annonçant sa décision de rencontrer Suffert. Il voulait croire à la bonne foi du journaliste. Une explication loyale lui démontrerait son erreur. Une heure après son coup de téléphone, il était au *Point,* accompagné de Robert Davezies. « J'ai tout de suite compris, dit ce dernier, que nous étions venus pour rien. » En face, Jacques Duquesne, cordial, souriant, et Olivier Chevrillon, président-directeur général. Et Suffert, bien sûr. Davezies le trouva nerveux. Comment ne l'eût-il pas été ? Il avait annoncé à son de trompe la disparition du coupable, foudroyé par ses révélations, et il le retrouvait tranquille en face de lui. Dure épreuve pour Sherlock Holmes. L'homme qu'il n'avait pas eu l'esprit ou le courage de chercher à rencontrer pendant ce qu'il nomme son enquête venait à lui pour s'expliquer. Rude leçon pour un donneur de leçons.

Elle venait trop tard. La brutalité du titre de couverture et la violence des accusations équivalaient pour *Le Point* à brûler ses vaisseaux. Il ne restait plus qu'à faire front. C'était avant la publication qu'il fallait rencontrer Curiel. Quel gâchis !...

On lui proposa d'exercer son droit de réponse. Il déclina l'offre en apprenant que l'hebdomadaire se réservait de commenter sa réponse. Olivier Chevrillon lui fit observer que la voie du procès en diffamation lui restait ouverte.

Sa famille et ses proches l'y poussaient ardemment. Me Matarasso lui conseilla d'intenter une action. Me Georges Kiejman, consulté, fut du même avis. L'opinion commune représentait qu'il était impossible de laisser traîner des accusations de nature à faire d'Henri la cible de n'importe quel fou furieux.

Il était conscient du danger. Mais le choix, une fois de plus, était entre la sécurité et l'efficacité. Pour s'exonérer des accusations infamantes, il était nécessaire et suffisant de dévoiler sa vie militante. En la dévoilant, il y mettait un terme et condamnait Solidarité à la dissolution. Le piège était imparable. Il y serait tombé en acceptant l'ouverture d'une interminable polémique dans les colonnes du *Point*. Un procès le ferait entrer dans le même engrenage.

Il choisit le risque.

La réaction de la presse l'y encouragea. Souvent très sévère à l'égard du *Point*, elle témoignait d'un scepticisme caractérisé. Des journaux peu disposés à éprouver de la sympathie pour Curiel se demandaient comment un homme bien connu de la police et contraint au renouvellement trimestriel de son permis de séjour aurait pu se livrer à des activités extrémistes. *France-Soir* résumait au fond le sentiment général en titrant en lettres grasses : « Le dossier Curiel est ouvert depuis vingt ans : rien ne le rattache au terrorisme international. » L'article expliquait : « A la DST, le dossier est ouvert depuis vingt ans qu'Henri Curiel et sa femme Rosette ont été « pris en charge » après leur expulsion d'Egypte... Jamais pourtant, au cours de la longue filature dont il a été l'objet, Curiel ne sera pris en défaut. Aucune preuve n'a pu être apportée que Curiel et les membres de l'association Solidarité, devenue depuis peu Aide et Amitié, soient le soutien logistique de nombreuses organisations de terrorisme en France, pas plus que Curiel ait été un membre du KGB. »

Un inconvénient plus immédiat que le péril mortel évoqué par ses amis pouvait être une réaction des autorités françaises. Elles ne réagirent pas à l'article du *Point* par les mesures administratives à leur disposition. (Suffert, coiffant sa tête à idées d'un képi de flic, n'avait pas hésité à écrire que sa disparition ferait échapper Henri à l'arrestation...) Le « patron des réseaux d'aide au terrorisme » reçut à terme échu le renouvellement de son permis de séjour.

Le choc affectif surmonté, Henri Curiel tourna les six pages du *Point* pour n'y plus penser. Il avait mieux à faire : la première conversation entre Issam Sartaoui et Matti Peled ouvrait des perspectives inespérées.

*
**

Il lui eût suffi de révéler qu'il faisait s'asseoir à la même table un général israélien et l'un des adjoints d'Arafat pour que cette annonce sensationnelle balayât les élucubrations du *Point.* Le suppôt du terrorisme œuvrant pour la paix dans la région du monde la plus désolée par le terrorisme : voilà qui eût fait sombrer dans le ridicule le portrait qu'on tentait d'imposer de lui. Mais la révélation de la rencontre eût compromis son succès. Là encore, il se sacrifia à l'efficacité militante.

Au terme de vingt heures de dialogue à cœur ouvert réparties sur deux jours, Issam Sartaoui et Matti Peled s'étaient séparés pour rendre compte à leurs mandants respectifs. Yasser Arafat avait montré le plus vif intérêt et souhaitait la poursuite des contacts. Les colombes israéliennes ne pouvaient qu'exprimer un vœu identique. Mais Peled avait également informé le Premier ministre Rabin et son ministre des Affaires étrangères, Yigal Allon. Rabin refusait toujours tout contact officiel avec l'OLP mais il encouragea Peled à persévérer. Allon exprima une hostilité totale.

A la fin du mois d'août, nouvelle réunion à Paris sous les auspices d'Henri et de ses amis. Cette fois deux délégations sont en présence. Peled est accompagné de trois Israéliens. Sartaoui a avec lui deux Palestiniens. C'est la première fois que les contacts sortent du cadre individuel. Henri reçoit au préalable chaque groupe et s'efforce de créer un climat propice au dialogue. Les délégués mis en présence, il s'éclipsera comme d'habitude. Les conversations occupent vingt-cinq heures des deux jours suivants. Les délégations prennent leurs repas ensemble. L'idée vient en dînant de placer le dialogue sous la haute autorité de Pierre Mendès France. Les Israéliens savent sa sympathie ardente pour leur pays. Les Palestiniens reconnaissent en lui l'homme de la paix en Indochine et de l'indépendance tunisienne. Mendès a été tenu informé par Joyce des résultats positifs de la première rencontre. En vacances dans son château du Gard, il invite les délégués à poursuivre leurs conversations chez lui. Ils partent à trois : Issam Sartaoui, Matti Peled et Arieh Eliav, vétéran d'El Alamein et ancien ministre travailliste. Après cette journée passée à discuter sous les frondaisons du parc, Sartaoui verra régulièrement Mendès jusqu'à sa mort.

A la mi-septembre, nouvelle réunion à Paris. La confiance instaurée entre les interlocuteurs permet de sortir des généralités bienveillantes pour entrer dans le vif du sujet. Les Palestiniens annoncent avoir mandat de proposer à Israël une déclaration de non-belligérance (c'était une suggestion de Mendès) moyennant la création d'un Etat palestinien sur les territoires occupés. L'accord ouvrirait la voie à un traité de paix réglant le problème des réfugiés et la sécurité des frontières. C'est une ouverture capitale car elle va bien au-delà de la reconnaissance d'Israël, butoir habituel pour l'OLP.

Les deux délégations se séparent pour rendre compte.

Henri n'avait cessé d'être un absent très présent. Matti Peled : « Je crois que son attitude était juste, parce que s'il avait été là, nous nous serions adressés à lui au lieu d'avoir un dialogue direct. Mais il n'était jamais bien loin : dans la pièce à côté ou dans l'immeuble d'en face. S'il y avait une difficulté, nous le faisions prévenir et il arrivait aussitôt. Et des difficultés, il y en avait... Nous venions de loin, les uns et les autres, et nous étions des novices en matière de

négociation. Il y a eu des affrontements très durs. Henri était irremplaçable parce qu'il expliquait aux uns, avec une patience extraordinaire, les positions des autres. C'était vraiment un apôtre de la paix. Je pèse mes mots. Je ne l'ai vu tendu qu'à cause de cette histoire du *Point.* Il m'a avoué qu'il avait craint que l'article, qui a été repris en Israël, le disqualifie auprès de nous. Ces sottises ! Agent du KGB ? L'homme dont j'écoutais les analyses ne pouvait être un agent. Je n'ai jamais eu le moindre doute. Avnery non plus, et il a pourtant le soupçon facile. Pour moi, Henri est devenu très vite un conseiller. »
Issam Sartaoui : « Henri était un intermédiaire actif. Son rôle ne se bornait pas à l'organisation pratique des rencontres. Il trouvait toujours un nouveau chemin lorsque la voie paraissait bloquée, une solution aux difficultés. C'est en cela qu'il était essentiel. Sa patience paraissait sans limites. Il avait du mérite car nous savions tous que cet été 1976 était pour lui très difficile, avec cette attaque lamentable d'un journaliste français. Moi, je voyais ce communiste orthodoxe multiplier les efforts pour que nous parlions avec des sionistes non communistes et souvent très réactionnaires, parce que c'était le seul moyen réaliste d'avancer vers la paix. Je n'ai jamais pris au sérieux les accusations portées contre lui. Je lui faisais totalement confiance. »

⁂

Les pourparlers soulevèrent une double tempête.
En Israël, la presse en eut vent très vite. La délégation, tenue à la discrétion, publia des mises au point sibyllines qui ne trompèrent personne. Plus grave : la réaction du gouvernement fut négative. Une série de « gestes symboliques » avait été envisagée de part et d'autre pour rapprocher les deux peuples. Le premier consisterait en une déclaration palestinienne condamnant les détournements d'avions. Arafat avait donné son accord et s'apprêtait à la publier lorsque la marine israélienne torpilla l'affaire en organisant le blocus des forces palestino-progressistes à Beyrouth, tandis que des conseil-

lers militaires israéliens participaient au siège du camp palestinien de Tell el-Zaatar, dont les défenseurs furent impitoyablement massacrés.

Malgré cette traverse, une nouvelle réunion a lieu à Paris en octobre 1976 sur les diligences d'Henri et de ses amis. Uri Avnery s'est joint à la délégation israélienne. La perspective d'une négociation globale s'éloignant, il est décidé de s'en tenir pour l'instant à la politique des « gestes symboliques ». La liste en est revue et précisée.

Mais les colombes sont prises à leur retour à Jérusalem dans un ouragan politique. La droite israélienne attaque. Un député du Likoud exige la mise en jugement des négociateurs. Le débat au parlement israélien dure deux jours. Les passions se déchaînent. Arieh Eliav déclare : « Ma génération porte un fusil depuis les années trente... J'ai tué mon premier Palestinien à l'âge de seize ans, parce qu'il avait tué un ami à moi... Mais la tuerie ne peut pas continuer indéfiniment[1]. » Une large majorité repousse la demande du Likoud mais la secousse a été trop forte pour qu'un frein ne soit pas mis à la marche vers la paix.

La déception des Palestiniens est normale. Issam Sartaoui découvre qu'un général de réserve est en Israël un citoyen comme un autre et qu'une intelligentsia ne représente pas l'opinion publique : « Ce serait une erreur d'exagérer l'importance politique de nos conversations. Elle était limitée par l'absence de représentativité des Israéliens. C'étaient des gens individuellement remarquables, d'une bonne volonté certaine, mais ils ne représentaient finalement qu'eux-mêmes. Ils n'avaient aucun lien avec leur gouvernement, aucun poids sur lui, contrairement à ce que nous avions espéré. Nous nous adressions donc à des Israéliens très minoritaires et très isolés. Cela dit, de notre côté aussi les choses ont été difficiles. »

Elles le devinrent pour lui dès la révélation publique des pourparlers. Accusé de trahison par les plus

1 Cité par Pierre Bayle, *Les Relations secrètes israélo-palestiniennes*, Balland, p. 166.

extrémistes, désavoué par une majorité des organisations composant l'OLP, Issam Sartaoui était en réel danger d'être mis en jugement et condamné à mort lorsque s'ouvrit au Caire, en mars 1977, le Conseil national de l'OLP, parlement palestinien. Les attaques furent d'une violence inouïe mais Yasser Arafat sauva la mise – et sans doute la tête – de celui qu'il appela « le pauvre Issam » : « Personnellement, je voudrais le remercier d'accepter d'assumer une tâche que beaucoup d'entre vous refusent d'entreprendre. » Mais la résolution finale adoptée par le Conseil exclut la reconnaissance d'Israël...

La principale difficulté était que le responsable officiel de la diplomatie palestinienne, Farouk Kaddoumi, démentait régulièrement l'existence de contacts autorisés et désavouait à l'avance ce qui pourrait être tenté dans ce sens.

Côté israélien, des délégués parlant haut et clair mais ne représentant qu'eux-mêmes. Côté palestinien, une délégation conduite par un homme de confiance d'Arafat sans cesse désavoué par les instances autorisées de l'OLP.

Entre septembre 1976 et mars 1977, huit rencontres sont organisées par Henri Curiel et ses amis.

Les élections israéliennes du 17 mai 1977 marquent un terrible coup d'arrêt en donnant la victoire au Likoud de Menahem Begin. Le nouveau parti Sheli, émanation du mouvement pacifiste, n'emporte que deux sièges. Les colombes israéliennes savent que leurs démarches seront désormais assimilées à une trahison. Sartaoui, tiré d'affaire de justesse devant le Conseil national palestinien, n'ignore pas que sa marge de manœuvre s'est rétrécie comme peau de chagrin. On convient de rester en contact mais de conserver un caractère strictement confidentiel aux rencontres. Il faudra la tragédie du Liban pour qu'on découvre à la même tribune parisienne Issam Sartaoui et Matti Peled, et que des journalistes étonnés, croyant leur réunion sans précédent, apprennent de leur propre bouche qu'ils conversaient depuis des années grâce à Henri Curiel et à quelques autres...

« Nos contacts ont été importants, disait Sartaoui,

parce qu'ils ont aidé à une meilleure compréhension mutuelle. Je crois que cela a contribué à faire évoluer nos opinions publiques respectives. »

Matti Peled : « Concrètement, il est clair que nous n'avons pas obtenu beaucoup de résultats. Mais nos réunions ont fait bouger l'opinion israélienne. Nous étions des personnalités respectables, crédibles. Le fait que nous parlions avec des Palestiniens était en soi un événement aux yeux des Israéliens, pour qui l'OLP restait une mystérieuse organisation de terroristes. Nous leur avons fait prendre conscience de l'insuffisance des informations officielles sur l'OLP. En 1975, un sondage avait établi que deux pour cent seulement d'Israéliens approuvaient l'idée de contacts avec l'OLP. En 1977, après la révélation publique des rencontres organisées par Henri, ils étaient entre vingt et trente pour cent à l'accepter tout à fait. C'est un changement réellement énorme. »

Issam et Matti s'accordaient pour prévoir qu'au jour béni de la paix, Henri aurait sa rue à Jérusalem. Puissent les tueurs laisser quelques survivants pour l'inauguration...

Un an après avoir délivré le premier coup, Georges Suffert reprit sa plume pour en assener un second. L'article, encore plus copieux que le premier, paraît dans *Le Point* du 6 juin 1977. Mais nous respirons : si l'article est signé Suffert, l'enquête est de Jean Lesieur.

Il s'agit de George Blake (« Espionnage : l'extraordinaire mystère Blake »), deuxième cousin germain d'Henri à être utilisé contre lui.

Blake était né Behar. Son père Albert, frère de Zéphira Curiel, ancien combattant de 14-18, aimait son fils George d'être né un 11 novembre 1922, anniversaire de l'armistice, tout de même que Daniel Curiel ne manquait pas de rappeler qu'Henri était né le jour où Le Caire avait appris la victoire de la Marne. Albert Behar avait roulé sa bosse à travers le monde avant de se marier à Amsterdam et d'y mourir prématurément dans la médiocrité, sinon dans la misère.

En 1936, le jeune George, âgé de treize ans, fut expédié en Egypte aux bons soins de sa tante Zéphira. Il s'installa dans la villa de Zamalek. Les Curiel l'inscrirent à l'Ecole anglaise – son père était, non pas citoyen, mais sujet britannique – et il en suivit les cours avec assiduité. En 1938, il reprit le bateau pour l'Europe. On oublia vite ce petit cousin studieux, compassé, ennuyeux. Il n'avait pas caché son étonnement irrité de se découvrir des parents si peu anglophiles.

Son père était mort pendant son séjour en Egypte.

Le second mari de sa mère s'appelait Blake. Il donna son nom aux trois enfants. George poursuivit ses études, entra dans la Résistance hollandaise, fut pris par la Gestapo, réussit à s'évader et à passer en Espagne, où il gagna Gibraltar. A son arrivée à Londres, en 1943, il a vingt et un ans. Une vie menée bon train.

Affecté aux Special Operations Executive, organisation créée par Churchill pour « mettre l'Europe à feu », il travaille naturellement dans sa section néerlandaise. Elle connut tant de malheurs et suscita après la guerre tant de polémiques en Hollande qu'un providentiel incendie détruisit ses archives londoniennes. En 1947, George Blake entre au Foreign Office et sert à Hambourg et à Berlin. En 1948, il est nommé vice-consul à Séoul. C'est une couverture pour ses activités de renseignement. Un an plus tard, il est le seul agent occidental à avertir de l'attaque nord-coréenne. On ne le croit pas. Capturé avec plusieurs personnalités anglaises par les troupes de Pyong Yang, il subit une rude captivité avant d'être rapatrié avec ses compagnons de misère via Pékin et Moscou. Il sert ensuite à Berlin et à Beyrouth. En 1961, rappelé à Londres, il est arrêté et avoue sans ambages qu'il travaille pour Moscou depuis 1951. Un agent double allemand l'avait donné au contre-espionnage britannique.

Son procès révèle l'ampleur de la trahison. Il a livré à Moscou une quarantaine d'agents des services occidentaux et les plans du fameux tunnel de Berlin grâce auquel les techniciens de l'Intelligence Service et de la CIA enregistraient toutes les communications passées en Allemagne de l'Est. Jugé à Londres, il est condamné à une peine originale : quarante-deux ans de prison. La porte de la forteresse de Wormwood Scrubs ne s'ouvrirait donc pour lui qu'en 2006. Il sort en 1966 en escaladant le mur grâce à une corde de nylon renforcée d'aiguilles à tricoter et avec la complicité d'un ancien codétenu, membre de l'IRA, Sean Bourke. Parvenu à Moscou sans encombre, il reçoit en 1970 les distinctions honorifiques exceptionnelles de l'ordre du Drapeau rouge et de celui de Lénine.

Telle est l'enquête de Jean Lesieur, excellente compilation des articles et livres publiés en Angleterre à propos de l'affaire Blake. Elle établit sans contestation que l'un des quarante-trois cousins germains d'Henri Curiel (le grand-père Behar avait eu quatorze enfants) est devenu un remarquable agent soviétique après avoir été pendant dix ans un excellent agent britannique. Le cousinage n'étant pas en démocratie une complicité et nul ne pouvant être tenu pour responsable de sa parentèle, l'affaire devrait en rester là.

Mais c'est ici qu'intervient Suffert.

Il entre en scène avec son habituel roulement de grosse caisse. « Dieu sait, annonce-t-il dans son « chapeau », si les services britanniques ont enquêté sur Blake. Car le ressort central du personnage leur échappait : avec lui, il ne s'agissait ni d'argent, ni de femme, ni même d'honneur. Qu'est-ce qui faisait courir Blake ? Il se trouve que *Le Point* est probablement en mesure de remplir la case manquante, de fournir l'élément clef que les services britanniques n'ont pas vu. » Et plus loin : « Il nous a fallu des mois de recherches pour y parvenir. » A quoi ? « A l'ahurissante, sensationnelle découverte : dans presque tous les services de renseignement, les dossiers Blake et Curiel sont depuis aujourd'hui placés ensemble. Et ce n'est certainement pas par respect de l'ordre alphabétique. » Ils sont cousins.

L'information était disponible en France depuis la publication par Albin Michel, six mois plus tôt, le 20 décembre 1976, de la traduction du livre des Britanniques Christopher Dobson et Donald Fayne, *The Carlos Complex.* Le cousinage d'Henri Curiel et de George Blake est mentionné à la page 76.

Nous avions eu Suffert-Rouletabille : voici Suffert-Flaubert dans un exercice relevant de la grande tradition française : le roman de formation. Il s'agit de démontrer que si Blake a trahi l'Angleterre en 1951, c'est qu'il était tombé en 1936 sous le charme vénéneux de son cousin Henri. « Henri, écrit Suffert, qui reçoit dans sa belle villa du Nil des antifascistes italiens et de jeunes Egyptiens sympathisants des républicains espagnols, grands lecteurs de Marx, qui deviendront plus tard de hauts dignitaires du nassérisme. » Le jeune George, treize ans, n'y résiste pas : « Henri Curiel, s'il n'inquiète pas encore vraiment les services de sécurité britanniques, fascine son romantique jeune cousin venu des polders, son cadet de huit ans, qu'il entraîne partout, des salons aux tristes cafés arabes où se retrouvent les futurs groupuscules de gauche qu'il finance. Episodes qui ne figurent dans aucun des dossiers de George Blake, dont il dira pourtant plus tard à sa mère “qu'ils furent les plus importants de sa vie”. » Et Suffert de conclure avec une assurance mégalomane qui laisse pantois : « Etre l'émule d'Henri Curiel, agir dans l'ombre, devenir l'invisible héros, le deus ex machina et le martyr d'une histoire, pousser ses différences et sa marginalité jusqu'aux limites de l'acte gratuit, détenir enfin la puissance sans la gloire : ce sera, désormais, le rêve de George. »

Les dates : George séjourne au Caire de 1936 à 1938. En 1937, Henri part pour la France, victime d'une pleurésie, et passe plus d'un an entre la Savoie et la propriété des Weil-Curiel. Il ne rentrera au Caire qu'en 1938, après Munich. Les deux cousins cohabitent donc à Zamalek durant la seule année 1936. Henri est dans sa période « lilas foudroyé ». Il ne lit pas Marx mais Proust, ne discute pas du matérialisme historique mais récite des vers au téléphone, préfère le *Kit-Kat* et le *Tabarin* aux « tristes cafés arabes », entretient des danseuses et non des « groupuscules de gauche ». On le voit mal entraîner dans ce dévergondage un cousin de treize-quatorze ans ; la bonne Zéphira l'en eût bien empêché ; et si le petit George avait décidé d'être l' « émule » de cet Henri-là, il eût fini comme l'oncle Max, le débauché de la famille, et non avec la médaille du Drapeau rouge au revers de son veston.

Raoul était en France pendant le séjour cairote du jeune George mais il le rencontra à Paris entre deux séjours en Afghanistan : « Il s'apprêtait à partir pour la Corée. C'était un type assommant. Il avait le culte de l'empire britannique et se voulait plus anglais que les Anglais. Un protestant de choc. Son bateau a fait escale au Caire ; il est allé voir ma mère (Henri était à Huckstep) et lui a raconté fièrement qu'il dirigeait le service religieux sur le bateau en l'absence d'un pasteur. A quatorze ans, il paraît qu'il était déjà comme ça. Henri ne l'a jamais revu après Le Caire ni moi après cette rencontre à Paris. Nous avons été très surpris quand la presse a révélé ce qu'il était devenu. »

Tant qu'à faire du roman de formation, c'est sans doute du côté d'une marginalité mal assumée qu'il faudrait chercher. Fils d'un juif oriental et d'une Hollandaise, nommé Blake par rencontre, il est probable que George rechercha passionnément une assimilation et une admission qui ne lui furent jamais consenties. Le Foreign Office et les services, forteresses de l'Establishment, ne sont point hospitaliers aux métèques. On peut déduire les blessures qu'il reçut de l'étonnement britannique, lorsque sa carrière fut révélée, de ce qu'un homme né comme lui eût accédé à de pareilles fonctions. Aussi bien lord Racliffe, président d'une commission de sécurité créée à la suite de l'affaire, regrettera-t-il publiquement l'engagement par les services d'agents « dont les parents n'étaient pas tous les deux anglais de naissance ». On peut trahir pour une phrase pareille.

Lorsque la presse française annonça la sensationnelle évasion de Blake, Henri fit part de son cousinage à ses camarades en leur disant, comme eût fait Mme Michu : « On est quand même fier d'avoir un cousin comme ça ! »

LE 17 octobre 1977, au terme d'un long suspens qui a tenu l'Europe en haleine, le cadavre de Hanns-Martin Schleyer, « patron des patrons allemands » est découvert dans le coffre d'une Audi verte garée rue Charles-Péguy à Mulhouse. L'émotion en France est intense. En Allemagne, c'est l'indignation. La police est persuadée que les ravisseurs, membres du groupe Baader-Meinhof, ont négocié à partir du sol français avant d'assassiner leur otage. La presse allemande, déchaînée, accuse la France de servir de base arrière aux terroristes. Ils y trouveraient soutien logistique et complicités actives. Les relations entre les deux pays sont déjà empoisonnées par l'affaire Klaus Croissant, avocat allemand sympathisant de l'ultra-gauche, réfugié puis arrêté en France, dont Bonn réclame l'extradition avec la dernière énergie.

Le 14 octobre, trois jours avant la macabre découverte de Mulhouse, s'ouvre à Paris une « Conférence internationale pour une juste paix au Proche-Orient ». Deux cents délégués et observateurs représentant soixante pays. La plupart se situent dans la mouvance du Mouvement de la paix et dans l'orthodoxie communiste. C'est l'une de ces grandes machines dont Henri Curiel et ses amis n'attendent plus guère car elles servent de champ de manœuvre aux rivalités arabes et offrent un théâtre aux gesticulations. Ainsi voit-on la délégation libyenne distribuer un tract antisémite reprenant les thèmes du *Protocole des Sages de Sion.* A la tribune, les orateurs vitupèrent le sionisme et exigent la disparition d'Israël. Presque tous les délégués israéliens sont des antisionistes du parti communiste Rakah. Quelques pacifistes sionistes, dont Matti Peled et Arieh Eliav, sont présents à titre d'observateurs. Henri Curiel, absent-présent, tient ses assises dans le bistrot en face de la salle de réunion. Malgré son scepticisme, il a tout mis en œuvre pour faire de la conférence un succès. Le père Barth est allé en Israël et à Beyrouth, où il a été reçu une nouvelle fois par Yasser Arafat. Le président de l'OLP a fait état des pressions syriennes et de la nécessité de mettre en veilleuse le dialogue pour la paix « à cause de l'insuffisance de notre travail dans nos propres rangs », comme l'a démontré le Conseil national du Caire. Il a néanmoins promis l'envoi d'une délégation représentative. Elle est là mais se retire lorsqu'un représentant des colombes israéliennes prétend lire une déclaration à la tribune. Seule l'intervention en catastrophe d'Henri sauve la conférence d'un naufrage spectaculaire. Sous les yeux des policiers et agents de divers services grouillant autour des lieux, il réussit à convaincre les Palestiniens de retourner en séance. La déclaration israélienne est lue dans un silence de mort. La conférence s'achève le 16 dans une pagaille navrante. Un coup pour rien. Henri ne croit plus qu'au dialogue direct entre pacifistes israéliens et palestiniens.

Le 24 octobre, une semaine après la découverte du cadavre de Schleyer, l'hebdomadaire allemand *Der Spiegel* titre : « France : un nouveau type de terreur. » L'article, largement repris par la presse française, commence par cette phrase : « Paris est aujourd'hui le centre du terrorisme international. Sous la direction d'un Egyptien, des guérilleros latino-américains, des fanatiques palestiniens et des membres de la Fraction armée rouge allemande sont organisés. » Evoquant les grands épisodes terroristes de la décennie écoulée, livrant pêle-mêle les noms de Carlos, Régis Debray, Georges Habache et Che Guevara, le rédacteur écrit de Curiel : « Les contacts au niveau de l'organisation entre la centrale de la JCR [Junte de coordination révolutionnaire] sud-américaine et le FDLP arabe ont été établis par

Henri Curiel, originaire d'Egypte, dont le pouvoir est constitué par les « noyaux armés pour l'autonomie populaire » (NAPAP). Au cours des années passées, il a coordonné à Paris dix-neuf organisations clandestines différentes, de l'African National Congress au parti communiste d'Irak en passant par les séparatistes basques et les cadres des mouvements terroristes allemands. »

Le lendemain à l'aube, deux policiers sonnent rue Rollin et présentent à Henri un double arrêté d'expulsion et d'assignation à résidence signé le 21 octobre par Christian Bonnet, ministre de l'Intérieur. Henri enfourne quelques affaires dans une valise et prend la route de Digne, dans les Alpes de Haute-Provence, où il est assigné à résidence. Au cours du voyage, il interroge l'un des policiers sur les motifs de la mesure prise contre lui. L'homme répond : « On vous a vu à un meeting gauchiste. » Ce doit être la conférence sur le Proche-Orient.

***

Il avait déjà frôlé l'assignation à résidence en 1969. Elle lui avait été signifiée en novembre, six mois après le départ de l'Elysée du général de Gaulle. Raymond Marcellin, ministre de l'Intérieur, répondit à une intervention amicale : « J'ai l'honneur de vous faire connaître que le départ en province de M. Curiel est envisagé afin de mettre un obstacle à l'activité politique de l'intéressé. » Trois ministres gaullistes donnèrent de la voix et furent entendus. Marcellin écrivit le 25 novembre 1969 au plus puissant d'entre eux : « Je n'avais pas manqué, vous le savez, à la suite de votre pressante démarche, de faire procéder à un examen très attentif du dossier de l'intéressé. J'ai le plaisir de vous faire connaître qu'en raison des derniers renseignements recueillis sur le compte de cet étranger, j'ai donné à la Préfecture de police toutes instructions utiles à l'effet de maintenir M. Curiel sous le régime des permis renouvelables avec résidence à Paris. »

Mais en 1977, la voix gaulliste ne donnait plus le ton politique en France.

Eloigné de Paris, le dialogue israélo-palestinien suspendu, Henri n'avait pas à choisir, comme en 1976, entre l'efficacité militante et des poursuites judiciaires. Il attaqua le *Spiegel* en diffamation. L'affaire se conclut juste avant sa mort par des excuses de l'hebdomadaire allemand et le versement de dommages-intérêts. Le numéro du 30 mai 1978 annonça : « Le *Spiegel* regrette publiquement d'avoir porté contre Henri Curiel des accusations qui se sont, par la suite, révélées sans fondement. » Le correspondant parisien de l'hebdomadaire avait tenu à préciser par voie de presse qu'il n'était pas à l'origine de l'article, entièrement rédigé par la rédaction de Hambourg. Le directeur, Rudolf Augstein, affirma à Uri Avnery, son ami d'enfance, qu'il avait été incapable de découvrir d'où étaient venues les accusations contre Henri.

Conseillé par Me Philippe Waquet, l'assigné à résidence avait également introduit une requête en annulation de l'arrêté ministériel auprès de la commission des recours gracieux des réfugiés et apatrides, siégeant au conseil d'Etat. Le ministre Bonnet dut justifier sa décision par une note adressée le 17 novembre au président de la commission.

Elle mêlait le sérieux et le dérisoire. Découvrir en 1977 que Curiel avait aidé le FLN en 1 960, c'était tardif. Invoquer, dans le contexte dramatique de cet automne, une misérable affaire de bakchich à un fonctionnaire de la préfecture de Police, relevait de la frivolité.

Trois paragraphes signifiants : « En juillet-août 1974, le démantèlement à Paris d'un commando japonais de l' « Armée rouge arabe », organisation terroriste responsable de plusieurs détournements d'avions et de l'affaire dramatique de La Haye, devait amener l'interpellation d'un des proches collaborateurs de Curiel et démontrer que son organisation participait activement à l'élaboration de faux documents utilisés par des terroristes. » Le ministre omettait d'indiquer que le « proche collaborateur » était si peu suspect de participation ou d'aide au terrorisme qu'il attendait sereinement son jugement en liberté provisoire.

« Depuis de nombreuses années, le « réseau » Curiel développe une intense activité clandestine. Cette activité s'est notablement intensifiée depuis quelques mois et est devenue intolérable tant en ce qui concerne l'organisation dirigée par Curiel que Curiel lui-même. » Le ministre a raison. Nous trouvons dans un rapport de la DST de cette même année 1977 : « Loin de s'essouffler après bientôt quinze ans d'existence, le réseau Solidarité, sous l'impulsion d'Henri Curiel, poursuit son œuvre d'assistance aux mouvements révolutionnaires du tiers monde et prend en charge ceux qui émergent nouvellement dans les pays en voie de développement. »

Ceci enfin, d'une actualité significative : « Les divers faits qui illustrent l'intervention permanente et occulte de Curiel, soit dans des affaires françaises, soit dans des foyers de tension divers – en marge du conflit du Moyen-Orient en particulier – démontrent le caractère extrêmement dangereux des activités qu'il exerce à partir de notre territoire au risque de mettre constamment en péril la situation diplomatique de la France à l'égard de plusieurs pays et de créer des situations de nature à nuire à l'ordre public. »

Un dossier était fourni à l'appui de la lettre ministérielle.

***

L'automne fut rigoureux. Joyce lui envoya bien une toque de fourrure mais sans oreillettes. Il avait spécifié : avec oreillettes. Patrie de l'inventeur du moteur à quatre temps et d'un général Desmichels qui s'illustra lors de l'expédition d'Egypte et couronna sa carrière en signant un traité avec Abd el-Kader après la conquête de l'Algérie, Digne offre à l'hivernant le cadre splendide des Alpes et un air d'une salubrité suffocante.

Il s'installa d'abord dans une modeste pension de famille. Lorsqu'elle ferma pour l'hiver, il transporta ses pénates à l'hôtel du *Petit Saint-Jean,* dont il fit grands compliments.

Ses lettres se voulaient rassurantes pour ses amis.

Il écrivit à Didar : « Cela m'a donné un véritable coup de fouet. J'ai trop expliqué qu'être à l'avant-garde consistait à recevoir des coups : depuis quelque temps, je me posais des questions sur la place où j'étais. On m'a donné une réponse qui me satisfait pleinement. » Son seul souci exprimé était la santé de Rosette, toujours précaire. Il suppliait ses amis de s'occuper d'elle : « Qu'on ne l'abandonne pas, qu'on l'empêche de se laisser aller, qu'on la secoue le cas échéant... »

Joyce, qui l'avait chaque jour au téléphone, entendait une autre chanson. Le premier mois fut affreux. Il était convaincu d'être à Digne pour des années. Une anorexie lui fit perdre cinq kilos ; maigre, il devint squelettique. Joyce le suppliait de se forcer à manger. Il ne pouvait pas. Il remonta la pente grâce à la mobilisation politico-amicale autour de son cas. Puis certain détail lui donnait espoir. On avait affecté à sa surveillance six inspecteurs dont aucun ne résidait dans le département. « Six indemnités journalières plus les notes de frais, c'est trop cher pour durer », estimait-il. Il devait signer chaque jour avant neuf heures au commissariat de la ville. C'était bien un peu superflu car ses cerbères collaient à ses semelles au point que les enfants s'inquiétaient pour ce vieux monsieur de physionomie amène à qui des gaillards semblaient préparer un mauvais parti ; puis l'on s'habitua.

Il s'organisa une vie réglée. Promenades minutées, comme en prison ; lectures à la bibliothèque municipale qui l'enthousiasma par sa richesse et la gentillesse des préposés ; thé de cinq heures. La chambre voisine de la sienne était occupée par un policier énigmatique ne frayant pas avec les six autres.

Il reçut des visites. Jehan de Wangen, accouru le premier de ses proches Cévennes, examina avec lui pendant deux heures les diverses mesures à prendre pour faire avancer l'annulation de l'arrêté ; puis ils restèrent face à face, ne sachant plus quoi se dire. Ils avaient fonctionné si longtemps sur le mode pragmatique qu'ils s'en étaient rouillé l'épanchement affectif. Maurice Barth et René Rognon, en visite œcuménique, bougèrent des meubles dans sa chambre pour la rendre plus agréable. Se promenant avec lui, ils furent très impressionnés par la surveillance extrêmement rapprochée de quatre policiers et rentrèrent à Paris convaincus qu'il s'agissait davantage de le protéger que de le surveiller. Cela inquiéta Rognon.

Le 14 décembre, il obtint un laissez-passer de quarante-huit heures pour assister à l'audience de la commission de recours appelée à statuer sur sa requête en annulation. Il prit le train de Paris sans escorte. Il avait préparé une déclaration pour le cas où la commission souhaiterait l'entendre. Son action au Proche-Orient, expliquait-il, se situait dans le droit fil de la diplomatie française : reconnaissance de l'Etat d'Israël et création d'un Etat palestinien sur les territoires occupés en 1967. Sa conclusion, d'une haute inspiration, était à propos de Solidarité :

« Mes activités « d'aide et assistance » apportées sans l'ombre d'une discrimination à des militants originaires de certains pays du tiers monde qui, face à des difficultés inouïes, luttent héroïquement pour la dignité et la liberté de leurs peuples, j'affirme qu'elles sont bien connues.

« Les successifs ministres de l'Intérieur n'ont jamais cherché à les réprimer magré l'aspect quelquefois peu orthodoxe de certaines d'entre elles.

« Des personnalités de toutes tendances, des organisations françaises et internationales, souvent religieuses, leur ont apporté un appui constant, moral et matériel.

« Loin d'être « intolérables » pour la France, comme le prétend la note [de M. Bonnet], elles ne peuvent que lui faire honneur. Elles sont d'ailleurs fondées sur ce que les traditions françaises, dont j'ai été imprégné depuis ma plus tendre enfance, ont de plus élevé.

« Il n'y a pas, à notre niveau, d'activités qui soient plus nobles, plus généreuses et à la fois plus efficaces. Car s'il en existait, ce serait celles-ci, croyez-le bien, que mes amis et moi aurions choisi de mener. »

La commission, réunie le 15 décembre sous la présidence d'André Heilbronner, conseiller d'Etat, ayant entendu Philippe Waquet et André Weil-Curiel, rendit le jour même un avis dont on sut officieusement qu'il était défavorable au maintien de l'assignation à résidence. Seul le ministre de l'Intérieur eut connaissance de la décision et de ses motivations. L'avis n'était du reste que consultatif et ne le liait d'aucune manière. L'assignation ne fut pas levée.

Le 24 décembre, à l'immense joie de ses six cerbères ravis de pouvoir passer Noël en famille, il reçut de nouveau permission de se rendre à Paris. L'escorte se dispersa comme volée de moineaux et il prit le train tout seul. Etrange laxisme envers un individu dont la note de M. Bonnet décrivait les activités comme « extrêmement dangereuses ».

Le 10 janvier, Jacques Derogy, grand reporter à *L'Express,* terminait une enquête à Nice sur l'affaire du casino. Il téléphona à son rédacteur en chef, Olivier Todd : « Curiel n'est pas très loin d'ici. Personne n'est allé le voir. J'ai envie d'y faire un saut. » Todd donna son accord.

Le photographe Jean-Régis Roustan prit le volant d'une voiture de location (Jacques Derogy et Renaud Vincent, de *France-Soir,* sont probablement les seuls reporters au monde à ne pas savoir conduire une automobile). Les routes étaient verglacées. Ils arrivèrent à l'*Hôtel du Petit Saint-Jean* en fin d'après-midi. Henri les accueillit avec sa courtoisie habituelle. On l'appela bientôt au téléphone. C'étaient les Renseignements Généraux. L'assignation à résidence venait d'être levée. Il était libre de ses mouvements.

Les deux journalistes ouvrirent une bouteille pour fêter l'événement. Henri trinqua avec eux à l'eau minérale.

Joyce insista au téléphone pour qu'il rentrât par le train de nuit. Il refusa, ne voulant pas planter là ses deux hôtes. Et il était si fatigué qu'il ne se sentait pas la force de trimbaler des valises.

Le lendemain, ils redescendirent prudemment sur Nice et prirent l'avion pour Paris. Jean-Régis Roustan opéra pendant le vol. Ses photos montrent un

Curiel et un Derogy se regardant en souriant jusqu'aux oreilles avec un grand air de bonheur.

***

Les motivations de l'avis de la commission de recours ne furent connues qu'après l'assassinat. Sur un refus de communication opposé le 14 novembre 1978 par le ministre de l'Intérieur, Me Philippe Waquet saisit la commission d'accès aux documents administratifs. Elle rendit le 12 juillet 1979 un avis favorable. M. Bonnet persista dans son refus. Me Waquet en appela au Médiateur. Celui-ci conclut à la communication. M. Bonnet s'obstina. Attaqué devant le tribunal administratif, il justifia ainsi sa position : « L'avis de la commission de recours des réfugiés et des apatrides contient, en ce qui concerne les activités clandestines de M. Curiel, des éléments dont la divulgation serait susceptible de porter atteinte à la sûreté de l'Etat et à la sécurité publique. » C'était la première fois qu'il invoquait cet argument dont la signification n'échappa à personne : le dossier Curiel était trop grave et trop ténébreux pour être mis sur la place publique. Le tribunal administratif donna néanmoins tort à M. Bonnet et ordonna la communication par jugement du 6 avril 1981. Il restait au ministre de l'Intérieur à se pourvoir devant le Conseil d'Etat. Dans l'intervalle, une lettre de six personnalités au président de la République et plusieurs questions orales posées par des parlementaires étaient restées sans résultat.

Le 10-Mai leva le secret si farouchement gardé. Il était bête à pleurer : le dossier Curiel était vide.

Sur l'aide à des actions terroristes, la commission constatait que « ces accusations particulièrement graves ne sont assorties d'aucune preuve, ni même d'un commencement de preuve ». Elle notait que « les attestations émanant d'un certain nombre de personnalités israéliennes, produites à l'appui du recours, rendent d'ailleurs l'hypothèse d'une complicité avec des terroristes pro-arabes assez invraisemblable » et qu' « il résulte des attestations nombreuses qui figurent au dossier et dont l'une émane d'un ancien président du Conseil [Mendès France] que le sieur Curiel a, tout au long de sa vie, manifesté sa réprobation à l'égard des actes de terrorisme ». La commission concluait qu' « elle n'avait pas trouvé dans le dossier la confirmation du danger que l'intéressé présenterait pour l'ordre public, et encore moins de la nécessité de la procédure d'urgence qui a été suivie ».

« Aucune preuve, ni même un commencement de preuve »...

Ainsi Henri n'avait-il été qu'un commode bouc émissaire jeté en pâture à une opinion publique traumatisée par l'affaire Schleyer et à une presse allemande déchaînée contre la France.

Témoignage chrétien posa la bonne question à Christian Bonnet, qui avait confisqué l'avis et menti sur son contenu avec un insupportable aplomb : « Si cet avis avait été connu dans l'instant, Henri Curiel aurait-il été assassiné cinq mois plus tard ? Il existe des silences qui ont le goût du sang. »

***

Un titre de voyage, sorte de passeport pour apatride, illumina ses dernières semaines. Il ne se lassait pas de l'exhiber avec une joie d'enfant. Il n'en possédait plus depuis trente-six ans. Son passeport égyptien, confisqué lors de sa première arrestation, en 1942, ne lui avait jamais été rendu. Ses voyages en Algérie s'effectuaient grâce à des laissez-passer ponctuels qui n'avaient pas été renouvelés après la chute de Ben Bella. Le monde lui était désormais ouvert, Egypte exceptée. Il promettait à Rosette des balades au soleil.

Une amie grecque, cheville ouvrière de la lutte contre les colonels, mit à leur disposition son appartement d'Athènes. Ils y passeraient un mois du prochain été, peut-être deux. « La Grèce, répétait Henri, c'est déjà un peu l'Egypte. » Puis Issam Sartaoui lui dit : « Depuis le temps que tu t'occupes de nous, viens nous voir à Beyrouth. » Yasser Arafat souhaitait faire sa connaissance. Pourquoi pas ? L'avenir était bleu. L'administration française ridiculisait ses détracteurs en lui accordant un permis de séjour renouvelable désormais chaque année et un titre de voyage lui restituant sa liberté de mouvement.

Il rayonnait de bonheur.

Mais il dit à deux intimes, le visage grave : « C'est peut-être le moment le plus dangereux. » Les attaques dont il était l'objet depuis deux ans résultaient peut-être d'un enchaînement fortuit. Elles pouvaient aussi s'analyser comme une entreprise de neutralisation concertée. L'offensive par voie de presse ayant échoué à le détruire moralement, le ministre de la police avait pris le relais en le cloîtrant à Digne. Il en sortait blanchi et avec une liberté d'action plus grande que jamais. Si une volonté existait quelque part de le neutraliser, la liquidation physique était le dernier recours.

Il reprit ses activités, renoua le dialogue israélo-palestinien.

Le 3 mai, il assista à une réunion du secrétariat de Solidarité au cours de laquelle il fit le poirier.

Le soir, il dîna avec Nathan Yalin-Mor, l'ancien chef du groupe terroriste Stern, dans un restaurant de la rue de Courcelles. Ils se rendirent ensuite chez Raymond Stambouli, où ils retrouvèrent Alfred Cohen, Joseph Hazan, Joyce et Didar. Henri avait apporté son cher *Herald Tribune*. Yasser Arafat, dans une interview d'un ton très modéré, assurait qu'Israël n'aurait rien à craindre d'un Etat palestinien créé dans les territoires occupés. Nathan Yalin-Mor doucha un peu l'enthousiasme de ses amis : la prudence s'imposait car il ne s'agissait que d'une interview susceptible d'être démentie. « Henri m'écoutait avec beaucoup d'attention, écrivit-il par la suite, mais il ne disait rien. De temps en temps, il souriait. J'ai bien l'impression que, dans l'ensemble, il était de mon avis. Vers minuit, il s'aperçut que j'étais très fatigué et il proposa de me « libérer. » Il demanda à des amis de nous reconduire. Je sortis avec eux et entrai dans la voiture. Je vis alors Henri s'approcher pour me dire au revoir encore une fois. Je voulus sortir pour l'embrasser. "Non, non, me dit-il, vous êtes trop fatigué, nous aurons encore mille occasions de nous embrasser." »

Le lendemain matin, après être passé chez Joyce, il retrouva Issam Sartaoui à onze heures au bureau de Joseph Hazan. Ils discutèrent pendant plus d'une heure. Les trois amis se séparèrent sur le trottoir à midi un quart et Henri partit pour la toute proche rue Rollin avec l'intention de déjeuner légèrement à cause de sa séance de yoga de l'après-midi.

Ainsi ses derniers interlocuteurs politiques seraient-ils deux anciens terroristes qu'il avait amenés à la table de paix.

Quelque part dans Paris, deux terroristes en activité chargeaient un Colt 45.

ÉPILOGUE

VOUS en savez autant que moi.
Et nous ne savons pas qui l'a tué.
Il gênait beaucoup de monde.
Parmi ceux qui tuent, il gênait depuis seize ans le Boss sud-africain. Son premier voyage après la levée de l'assignation à résidence avait été pour Genève, où résidait l'amie grecque. Il y avait rencontré Barend Schuitema en dépit des mises en garde de ses camarades avertis des soupçons pesant sur le Sud-Africain. Celui-ci sombrait dans l'extravagance. Henri le croyait en danger et voulait le raisonner. Schuitema sut que Solidarité, malgré le désastre Okhela, entendait poursuivre ses activités de soutien à l'ANC.
Le Boss l'apprit sans doute.
Il gênait le Mossad israélien, opposé à tout compromis avec les Palestiniens. Un ancien Premier ministre français qui ne parle pas pour ne rien dire a déclaré par deux fois à la famille Curiel qu'Henri était tombé sous des balles israéliennes.
Il gênait le groupe extrémiste palestinien d'Abou Nidal dont les tueurs, tranquillement acharnés à massacrer l'espérance, abattront bientôt son ami Issam.

Le Boss, le Mossad et le groupe Abou Nidal sont assurément capables de machiavélisme. Mais ces organes au savoir-faire expéditif auraient-ils pris la peine de brouiller leurs traces en assassinant, avec une arme qui servirait cinq mois plus tard à tuer

Henri, le gardien de nuit, faute du président, d'une Amicale des Algériens en Europe étrangère à leurs contentieux ?

S'il faut en croire l'arme et les termes du communiqué Delta, il est mort victime de la haine politique. (Mais des tueurs d'extrême droite auraient donc eu à leur disposition, dans la France de 1978, des moyens sophistiqués d'écoute électronique ?) Haine pour l'apatride, le juif, l'ami des Arabes, le communiste. Haine née au temps de la guerre d'Algérie ; attisée, quoi qu'on en ait, par les campagnes de presse ; ravivée par les circonstances dramatiques de l'assignation à résidence ; exaspérée par la victoire finale du proscrit.

Ce livre satisfera ses assassins. Ils y trouveront des justifications supplémentaires à leur crime. Plus encore qu'ils ne l'imaginaient en ouvrant le feu le 4 mai 1978, Henri était leur inexpiable adversaire. Non point parce qu'il était l'agent d'on ne sait qui, le suppôt d'on ne sait quoi, mais parce qu'il aimait ce qu'ils haïssent : la justice et la liberté.

S'il faut en croire l'arme et les termes du communiqué Delta, il est mort à cause de sa vie.

C'est toute sa vie qui l'accompagne au tombeau du Père-Lachaise. Les couronnes mortuaires le disent : celle, immense, portant sur sa banderole « l'Algérie », puis « ses camarades égyptiens », « Solidarité », « l'ANC »... La plus modeste, mais qui nous serre le cœur : « Issam Sartaoui ».

Car cet homme à part ne vécut jamais que lié aux autres dans une ardente communauté. Voici le clan des Egyptiens réuni pour la dernière fois autour de son inspirateur ; voici la vieille garde du réseau de soutien ; voici Solidarité rassemblant ici ses générations successives et ralliant au cortège funèbre ceux qui l'avaient quittée pour des querelles que le temps et l'événement font inexplicables.

Ils portent en terre le meilleur d'eux-mêmes. Plusieurs doivent à ce Pygmalion acharné une métamorphose prodigieuse, l'accès à une culture que leur naissance avait mise hors d'atteinte. Il a été bâtisseur d'êtres. Certains, grâce à lui, n'ont pas roulé dans les ravins de l'extrémisme. A tous, il a apporté l'éveil au monde, une cause, une militance. Les années passant, ils sauront qu'ils lui doivent le meilleur de leur vie, le temps où ils ont existé le mieux à force d'exister pour autrui.

Voici autour de son cercueil, invisibles, les milliers de militants qu'il a aidés, formés, et dont tant et tant l'ont précédé dans les sépultures légères creusées par des mains amies ou dans les massifs charniers de l'ennemi. Sa naissance lui avait épargné les tourments réservés aux militants égyptiens ou algériens ; sa résidence le mettait à des milliers de kilomètres des chambres de torture vers lesquelles repartaient ses stagiaires africains et sud-américains. Il est l'un des leurs à présent que les tueurs ont apposé sur son front l'onction sanglante du martyre.

Cortège qui n'en finit pas, qui ne finira jamais...

Ce livre : mon tardif acte de présence.

Serez-vous au Père-Lachaise le 11 mai 1978 ?

Nous ne sommes pas si nombreux, nous ne sommes plus à la mode tandis que roule sur le monde le sanglot de l'homme blanc amputé de un pour cent de son pouvoir d'achat, qu'une nouvelle glaciation fanatise les esprits et met le cal aux cœurs, que tant de déceptions ont ruiné l'illusion tiers-mondiste.

« C'est la misère du peuple égyptien qui l'a conduit à la politique. » Il n'en est jamais sorti, œuvrant à ce degré zéro de la dignité humaine où sont maintenus par dizaines de millions affamés, humiliés, exploités, opprimés, ségrégués. A ce niveau, l'impératif catégorique d'agir ne comporte aucun risque de déception. L'homme qui se noie, qui lui demandera avant de tendre la main ce qu'il compte faire de sa vie sauve ?

Henri Curiel est mort.

Il sera recommencé.

ŒUVRES DE GILLES PERRAULT

LES PARACHUTISTES, Prix Aujourd'hui (Le Seuil).
CASANOVA (J'ai lu).
LE SECRET DU JOUR J, ouvrage couronné par le Comité d'Action de la Résistance (Fayard).
L'ORCHESTRE ROUGE (Fayard).
LE DOSSIER 51 (Fayard).
LES SANGLOTS LONGS (Fayard).
L'ERREUR (Fayard).
LE GRAND JOUR (J.-C. Lattès).
LA LONGUE TRAQUE (J.-C. Lattès).
LE PULL-OVER ROUGE (J.-P. Ramsay).
LES GENS D'ICI.

IMPRIMÉ EN FRANCE PAR BRODARD ET TAUPIN
58, rue Jean Bleuzen - Vanves - Usine de La Flèche.
LIBRAIRIE GÉNÉRALE FRANÇAISE - 14, rue de l'Ancienne-Comédie - Paris.
ISBN : 2 - 253 - 03642 - 0 30/6039/9